学术中国文丛

走在复旦的支路上

陈思和　著

广东高等教育出版社
Guangdong Higher Education Press

·广州·

图书在版编目（CIP）数据

走在复旦的支路上/陈思和著. —广州：广东高等教育出版社，2021.10
（学术中国文丛/张江，王兆胜主编）
ISBN 978 - 7 - 5361 - 7059 - 9

Ⅰ. ①走…　Ⅱ. ①陈…　Ⅲ. ①中国文学 – 文学研究 – 文集
Ⅳ. ①I206 – 53

中国版本图书馆 CIP 数据核字（2021）第 138067 号

ZOUZAI FUDAN DE ZHILU SHANG

走在复旦的支路上

陈思和　著

总 策 划　黄红丽
项目统筹　靳　辉　常泽平
责任编辑　刘秀芝
装帧设计　陈智慧
责任技编　吴练武　王丽珍
责任校对　张艳芳
营销总监　姚永清

出版发行　广东高等教育出版社
　　　　　地址：广州市天河区林和西横路
　　　　　邮政编码：510500　电话：（020）87554153　87551436
　　　　　http://www.gdgjs.com.cn
印　　刷　广东鹏腾宇文化创新有限公司
开　　本　787 毫米×1 092 毫米　1/16
印　　张　24
字　　数　345 千
版　　次　2021 年 10 月第 1 版　2021 年 10 月第 1 次印刷
定　　价　88.00 元

"学术中国文丛"编委会

总　序

张　江

习近平总书记在哲学社会科学工作座谈会上的讲话指出，当代中国正经历着我国历史上最为广泛而深刻的社会变革，也正在进行着人类历史上最为宏大而独特的实践创新。这种前无古人的伟大实践，必将给理论创造、学术繁荣提供强大动力和广阔空间。这是一个需要理论而且一定能够产生理论的时代，这是一个需要思想而且一定能够产生思想的时代。

习近平总书记的重要论述是对思想理论发展规律的科学论断，也是对哲学社会科学工作者的殷切期望。当前中国处于近代以来最好的发展时期，世界处于百年未有之大变局，两者同步交织、相互激荡。一方面，当代中国比历史上任何时期都更接近中华民族伟大复兴的目标，比历史上任何时期都更有信心、有能力实现这个目标。另一方面，当代世界全球化潮流滚滚向前，逆全球化趋势暗流涌动，各种思潮相互激荡，各种文化相互交融，各种观念相互碰撞，多样性、差异性、复杂性、不确定性正在成为这个世界越来越突出的特征。

这样的时代条件，既为我们的哲学社会科学研究带来许多新问题和新挑战，也为思想理论的创新发展增添了强劲动能，开拓了宏阔空间。在这样的时代条件下，不断推进学科体系、学术体系、话语体系建设和创新，努力构建一个全方位、全领域、全要素的哲学社会科学体系，是坚持和发展中国特色社会主义的一项重要任务，也是当代哲学社会科学的重大使命。在中国特色社会主义进入新时代的今天，中国故事需要更好地被全世界所理解，中国经验需要更好地被现代社会科学所表达，中国学术也要更好地被世界学术界所倾听。让世界了解"学术中的中国""理论中的中国""哲学社会科学中的中国"，构建哲学社会科学的"中国学派"，恰逢其时，大有可为。

理论的生命力在于创新。创新是哲学社会科学发展的永恒主题，也是社会发展、实践深化、历史前进对哲学社会科学的必然要求。学术创新离不开两样东西：一是必须立足源自于本土经验的学术传统和时代问题，二是必须牢牢把握世界学术发展的趋势和潮流。学术创新更要有批判精神，这是马克思主义最可贵的精神品质。不管是对传统的理论、范畴、体系，还是外来的概念、话语、方法，都要有分析、有鉴别、有汲取、有批判，不要盲目崇拜，不可生搬硬套。尤其是面对西方话语霸权，不应该满足于向"为西方思想作注，为西方学术致敬"，更不应该"以西方的是非为是非，以西方的标准为标准"，必须立足于中华优秀传统文化，立足于中国特色社会主义建设的伟大实践，在世界视野中发现问题，在中国经验中思考问题，让思想理论更具中国特色、中国风格、中国气派。

"学术中国文丛"正是在这样的现实语境和文化背景下产生的。丛书希望通过对中国学术传统的资源挖掘与价值再发现，在构建"学术中的中国"方面有所作为，有所贡献。我们坚信，中华民族伟大复兴必将推动知识建构范式的革命，必将带来中国学派的诞生。"学术中国文丛"的历史使命就是要形成具有中国特色、解决中国问题的知识体系，并为人类发展提供中国智慧与中国方案。

"学术中国文丛"的出版，总体而言，具有开拓补白之功，它走的是"文化积累"与"学术建设""学科建构"的路子，其理论价值与现实意义，主要体现在以下几个方面。

一是响应时代主题精神，契合国家文化战略。"学术中国文丛"关注一流专家学者，反映中华人民共和国成立以来国内学术研究最高成果，它的出版对推动中国当代学术文化的发展繁荣，加强中外学术对话，在世界学术体系传播中国声音，展现中国学派，提升中国学术的世界地位，推进中国文化"走出去"，具有重要意义。

二是承接优秀传统文化，增强民族文化自信。文丛植根于中华优秀传统文化，通过深入挖掘中华优秀传统文化蕴含的思想观念、人文精神、道德规范，按照新时代精神，去粗取精，去伪存真，赋予新的时代内涵，对推动中华优秀传统文化的创造性转化和创新性发展，增强民族文化自信具有重要意义。

三是加强学术积累传承，推进高校学科建设。文丛广泛覆盖文、史、哲、经等学科，通过荟萃不同学科学派的经典名作，全面展现中国现代学术体系发展过程，促进学术体系和话语体系创新，推进人才培育，催生学术经典，为各领域研究者提供基础性的经典范本。

总之，"学术中国文丛"的出版，是构建"理论中的中国""学术中的中国"的一部分。中华民族伟大复兴为构建中国学派提供了丰厚的实践土壤，也提供了空前的历史性机遇。"学术中国文丛"的出版，正是将中华优秀传统文化当代化以及进行创造性转化的实践，是增进文化自信的有益尝试。

"学术中国文丛"具有权威性、经典性、时代性、中国性等特点。

一是在作者选取上坚持权威性。为了保证丛书的品质，作者一律选取国内各领域的顶尖学者，并且是资历深、水平高、广受认可、影响力大的作者，做到多中选好、好中选优、优中选精，从根本上保证丛书的高标准和权威性。

二是在内容组织上强调经典性。文丛的遴选标准首要是重视学术含量、学术价值，以学术史的眼光、经典性的标准，采用自选或精选的方法来确定图书内容。入选内容应是均为作者的开山之作、奠基之作、经典之作，必须站得住、立得稳，能成为学术标杆，能经得住历史考验，具有相当的文化积累意义和学术传承价值，在国内外具有较大影响。

三是在写作旨趣上契合时代性。在选材上，文丛优先考虑体现时代精神、富有宏大格局、与国家经济社会发展密切相关的研究成果。

以学术为出发点，以文化为立足点，以中国价值为落脚点，自觉承担起举旗帜、聚民心、育新人、兴文化、立形象的使命任务。换言之，就是要自觉关注时代主题、回应社会热点、着眼于国家战略、融入世界发展大势，不是单纯为学术而学术。

四是在关注焦点上体现中国性。文丛坚持立足中国、聚焦中国，把中国成就和中国经验等重大问题的历史经验和理论阐释作为重中之重，特别是关注反映当代中国经济社会发展现状趋势经验的具有中国特色的学术成果，以便讲好中国故事，反映中国成就，传播中国声音，分享中国经验，展示中国形象。

"学术中国文丛"，值得期待。

2020 年 6 月 8 日

陈思和　1954年生于上海。复旦大学文科资深教授，博士生导师。1993年聘为教授。1995年担任人文学院副院长，2001—2012年担任中文系主任。2005年被教育部聘为人文学科首批"长江学者"特聘教授，2007年获教育部第三届高等学校国家名师奖，2009年领衔团队获教育部优秀教学成果奖一等奖。现任复旦大学校务委员会委员、复旦大学学术委员会委员、复旦大学图书馆馆长，兼任中国作家协会全委会委员、上海市作家协会副主席、中国现代文学学会副会长、中国当代文学学会副会长、中国文艺学学会副会长等。主要研究方向：中国现当代文学史、中外文学比较和当代文学批评等。著作有《中国新文学整体观》《新文学整体观续编》《中国现当代文学名篇十五讲》《当代小说阅读五种》等，主编《中国当代文学史教程》等。

本书收录了作者在复旦校园里从事研究的主要成果。作者自称其学术道路大致有三个方向：从巴金、胡风等传记研究进入以鲁迅为核心的新文学传统的研究，着眼于现代知识分子人文精神和实践道路的探索；从新文学整体观进入重写文学史、民间理论、战争文化心理、潜在写作、先锋与常态、中国文学的世界性因素等一系列文学史理论创新的探索，梳理学术传统和夯实学科建设；从当下文学的批评实践出发，探索文学批评参与和推动文学创作的可能性。本书以论文集的形式，收录论文共十五篇，分成五辑。第一辑讨论新文学传承和当代知识分子人文精神，对应第一个方向；第二、三辑探索文学史理论的创新，对应第二个方向；第四辑评论当代作家作品，对应第三个方向；第五辑是作者最近正在研究的新的课题。通过这本书，读者可以大致了解作者所努力的工作状况。

| 目　录 |

第四辑

第五辑

第 一 辑

我往何处去

写下这个题目，我首先想起了波兰作家亨利克·显克微支的一部小说，中文译名是《你往何处去》。说的是古代罗马暴君尼禄屠城迫害基督徒，使徒彼得惶惶走在逃亡路上，遇到基督迎面而来，对他说："你把我的人民丢在罗马城里不管，我只好自己去罗马，让他们再把我钉上十字架一回。"彼得大悟，于是返回罗马，为受难的基督徒祈祷，最后也被钉上了十字架。① 我想，渔夫出身的圣彼得在基督门徒中算是一个比较软弱的人，这在《圣经》里也有透露。所谓"基督君临"的幻觉正表现了他在亡命期间的内心斗争，是救世责任要紧还是个人生存要紧？这个问题困扰了彼得。不过彼得到底是基督的高足，他终于醒悟过来，重进罗马，用自己的血殉了信仰。基督教不但没有被消灭，反而更加兴盛，甚至统治了一部分人类的精神王国。所以，"你往何处去"与"重进罗马"精神联系在一起，成了一句激励人们勇敢地走向绝境、走向殉道的名言。但是在今天，这个口号可能很不受欢迎，虽然它来自宗教，却更像启蒙主义者的口气。有人会提出质问：现在谁能担当基督的角色？谁能指点别人"往何处去"？知识分子的启蒙时代已经过去，还有什么资格来说三道四？所以，我只能取这句话的反意而用之，讲讲"我往何处去"，就像中国旧戏里一句流行唱词：自己的

① ［波］显克微支：《你往何处去》，侍桁译，上海译文出版社 1980 年版。

命自己算。由自己的处境，来谈谈知识分子在当代的文化认同。

我之所以有认同的自觉，是鉴于中国国内知识分子面临的困境，归纳起来大致有这样几个层面：20 世纪 90 年代以来，中国社会发生一场深刻的转型，在国家的推动下，由社会主义计划经济体制向社会主义市场经济体制过渡，原来设置在计划经济体制下的人文社会学科发生了相应的分化。① 有些学科迅速靠拢市场需要，其研究人员大抵能在商品实现过程中直接分得一部分剩余价值，如经济学、法学、社会学以及与决策部门相关的一些学科；也有些学科（主要是人文方面的学科）因为在市场经济运转中没有直接的可用性，顿时失落了其原有的社会价值，从事这些学科的研究教学人员无法在目前还不完善的市场经济体制中找到自己的位置，经济上相对处于贫困化。这种分化出视以后，人文学科的内在价值受到怀疑。其原因来自两方面：一是原来在计划经济体制下的人文学科是权力意识形态的一部分，它在社会转型中已经渐渐变得不合时宜，趋于淘汰；二是人文学科自身的社会价值在一个急功近利的时代里得不到承认，新的"读书无用论"、轻视文化的粗鄙化思潮重新泛滥起来，并得到社会舆论的推波助澜。许多从事人文学科工作的知识分子对专业的前景失去信心。更有甚者的是，一部分知识分子为了适应这样的社会转型，用虚无的态度来破坏本专业的内在道德规范，进而也破坏（用时髦的说法是解构）知识分子自身的道德理想和社会使命。这在一部分社会学科内部，表现为为了获得剩余价值的分配，用专业知识去维护社会改革过程中出现的种种腐败、黑暗现象和不义行为，而不是依据专业知识勇敢地与之作斗争；在一部分人文学科内部则表现为不断贬低、嘲笑知识分子的精英传统和对社会的责任感，有人曾把知识分子的这种精神状态和主张概括为

---

① 中国经济体制转型酝酿了许多年，1992 年上半年邓小平"南方谈话"以后，发生了根本性变化，主要是在上海和南方的一些大城市里，商品经济迅速发展起来。平心而论，本文所展示的文化危机和知识分子"人文精神寻思"等问题，并不是市场经济直接带来的后果，而是在长期的历史发展过程中逐渐形成的。经济体制转型首先冲击了传统的道德观念和价值观念，使过去计划经济体制下被掩盖的负面精神现象一下子爆发出来。同时，在社会转型过程中，中国政府在意识形态方面也相对采取了比较宽松的态度，使知识分子关于"人文精神寻思"的讨论成为可能。

"集体自焚，认同市场，随波逐流，全面抹平"① 的十六字诀。表面上看这是一部分知识分子向市场经济的世俗文化认同，其更隐蔽的动机，则反映了人文社会学科正在向新的主流意识形态演变。更为发人深省的是，当一部分人文学科的知识分子面临这样的文化困境企图自救，呼吁"人文精神寻思"的时候，竟发现自己的声音那么微弱，理由那么不充足，几乎没有人能把这个可以意会却难以言状的"人文精神"解释清楚。② 知识分子应该成为社会良知，这种说法虽嫌陈旧，仍不失为一种激励，但问题是知识分子凭什么才能成为"良知"，光凭大胆与口才，能否成为被社会承认的"良知"，或者说，知识分子依据怎样一种知识背景在社会上发言？这就涉及知识分子拥有怎样的知识结构，认同怎样的知识传统，进而与当代社会转型构成怎样一种关系。

在目前中国学术界，构成知识分子梯队的大致有三个年龄层：70～80 岁一代，60 岁左右一代，40 岁左右一代，每代之间的年龄相隔 20 岁左右，20～30 岁一代年轻学者在学术上尚在生长，暂且不论。已经定型的三代学人之间，各有不同的知识结构和传统。若以 15～30 岁为人生求知阶段，那么现在 70～80 岁一代人的受教育期，基本上是在 20 世纪 30 年代以后完成的，也就是说，他们是"五四"新文化运动改变了传统知识结构以后的第一代受教育者。他们的知识结构带有鲜明的时代特征：一是学术专业化，无论是传统学术还是西方新学科，都建立起具体的学术专业，而不像传统士大夫那样，将治学与经国济世的大业联系在一起，学术与庙堂文化浑然不分；二是这一代学人大都进过新型学校，或者留学国外，接受了世界文化的营养，即使是从事中国传统文化的研究，其学术视野和研究方法也都是世界化的，摆脱了传统治学的狭隘民族主义立场。应该说这些特征在 20 世纪初中国士大夫向现代知识分子转化的过程中已经一步步地确立，在这一代学

---

① 这十六字诀见陈晓明《填平鸿沟，划清界限："精英"与"大众"殊途同归的当代潮流》，载《文艺研究》1994 年第 1 期。

② 关于"人文精神寻思"，可参阅拙文《关于人文精神的独白》和《关于人文精神讨论的三封信》，收编年体文集《犬耕集》，上海远东出版社 1996 年版。其详细资料请参阅王晓明编《人文精神寻思录》，文汇出版社 1996 年版。

人的治学中表现得最为完整。后两代学人是目前中国知识界的主体力量，他们的知识背景并不一样。现在 60 岁左右的一代学人，其求知阶段是 20 世纪 50—60 年代，当时新的政权刚刚建立，主流意识形态通过对人文学科的改造，建构起一个革命理想图景，并借助教育和学术领域灌输给青年一代。从世界观而言，这一代人对革命理想的认同取代了对前一代治学传统的继承，由 20 世纪 50 年代共产风—60 年代反修防修解放全人类—70 年代无产阶级专政下继续革命—80 年代"四个现代化"奔小康，逐渐演变成一种根深蒂固的乐观主义思路，以时代进步的信念制约自己的独立思考，这样的前提使学术专业又沾染了庙堂文化的色彩，学术发展似乎又经历了一次历史性的回旋。现在 40 岁左右的一代则不同，他们的求知阶段是被"文化大革命"耽误的，直到 1978 年思想解放运动中，才开始一步步走上学术研究的道路。他们在接受知识传统时往往跳过 20 世纪 50 年代，朝更前的阶段追溯。80 年代初中国学术界的中坚力量正是老一代学者，他们在当时最积极的作用是将他们一代的知识传统、人格风范、价值取向等等直接传授给了年轻一代，使青年学人在知识背景上连接了 20 世纪中国知识分子的新文化传统。现在 40 岁左右的一代学人，制约他们理性思考的参照系，往往是老一代学者传授给他们的知识分子文化传统。同样面对社会向市场经济转型，60 岁左右一代的较典型的思路是把它与 50 年代社会相比孰为优劣，而 40 岁左右一代人则更积极地从历史反省中去寻求知识分子在现代社会安身立命的可能。① 这样，学术发展似乎又经历一次历史性的回旋。

　　在以上的描述中，我使用了"新文化传统"这个词，更完整些说，

---

① 举一个现成的例子。中国学术界讨论"人文精神寻思"时，有的知识分子提出这样的质问：你们认为市场经济使人文精神失落了，那么，计划经济就能生出人文精神吗？你们是不是要恢复 20 世纪 50 年代的理想主义？有意思的是，像这样的疑问在 40 岁以下和 70 岁以上的人中间是不会发生的。就以最初提出"人文精神寻思"的几个学者来说，他们可能对"人文精神"的理解并不一样，有的认为"人文精神"在明末清初顾炎武时代就失落了，有的认为是晚清以来逐步失去的，也有的参考了民国以来的知识分子道路，但不会有人怀恋 20 世纪 50 年代的社会主义乌托邦，因为知识分子的历史不是从 20 世纪 50 年代开始的，那个时代的文化也不值得成为人类精神历史发展的重要参照系。所以，每一代人的知识传统不一样，对事物产生的联想、理解的方式也不一样。

是 20 世纪中国知识分子的新文化传统。这是相对传统士大夫的旧文化传统而言，并不以"五四"为时间和空间的限制，也不是有关"五四"以来新文化的专业知识，我是指 20 世纪中国知识分子开创的价值取向和人文精神，是超越具体专业的。关于这种精神上的承传性，可能在国外和台湾、香港的中国学者很难理解，但在中国内地的学术领域里则相当强烈。我是以研究中国 20 世纪文学史为专业的，可以从我的专业范围谈些亲身感受。我在"文革"以后进入复旦大学正式受业时，有幸遇到贾植芳教授，他是胡风的朋友，因为"胡风事件"蒙冤25 年之久。我在先生身边读书和工作，有些事给我留下了很深的印象。譬如有一天，大约是"胡风集团"冤案刚平反不久，我去先生家里，正好有许多客人聚在一起，神色很庄重，似乎是在回忆一些往事。那些客人都是当年胡风冤案的受株连者。待他们走后，先生问我：今天是什么日子？我一想，正是鲁迅的生日。先生告诉我，他们一些朋友在 50 年代每逢鲁迅的生日都会聚在一起，缅怀往事，现在冤案平反，他们获得自由了，仍然没有忘记这个习惯。我当时感到奇怪，在那些客人里面，几乎没有谁见过鲁迅，他们对鲁迅的许多感受，很可能是间接地从胡风身上获得的，但是在他们受了二十几年苦难以后，首先恢复的却是这样一个近似仪式的传统习惯，这其中似乎有某种精神上的因素在起作用。还有一件事，是先生自己告诉我的。1936 年先生在东京留学时，偶然在书店里看到一本《工作与学习》丛刊，先生从刊物的风格立刻认出是鲁迅的传统，于是便寄了一篇小说稿去，后来小说被录用了，在编辑的来信中他才知道这本刊物是胡风编的，先生就此结识了胡风。① 这篇小说叫《人的悲哀》，即使拿到今天来读仍然是一篇很不错的作品，里面的句子和意象处处都可以看到鲁迅的影响。这里似乎也有某种神秘的精神召唤在起作用。我在先生身边多年，可以说是有血有肉地获得了一种"鲁迅—胡风"的现代知识分子传统的完整印象。其除专业精神外，还直接体现出中国知识分子追求理想、

① 贾植芳先生在回忆录《狱里狱外》（上海远东出版社 1995 年版）记录了这件事。

关心社会、重义轻利、坚持民间立场等高贵素质。在现代知识分子的道路上，如果没有这样一些高贵的素质，很难想象他们怎样从抗拒野蛮的权力和猥琐的世俗中挣扎过来。

我所认识的"鲁迅—胡风"的现代知识分子道路，是20世纪以来中国知识分子遗产中相当宝贵的一部分，它所展示的复杂内涵，多少能从文学史领域折射出新文化传统的某些特点。那么什么是新文化传统呢？20世纪中国知识分子到底有没有形成过一个"新文化传统"，即20世纪以来知识分子的学术活动中是否形成了一些有别于士大夫传统的新素质，不但对当时的知识分子有普遍的制约力，而且对未来的知识分子道路也会产生较持久的影响力？

我对这些问题的理解，是基于20世纪以来知识分子历史地位及其价值取向发生的变化，即士大夫的旧传统已经失去了生命力，不足以再成为知识分子安身立命的依据。我认为20世纪以来从士大夫传统向现代知识分子转型的过程中，最大的问题不是知识分子的"边缘化"，而是知识分子价值取向的转变，即学术从庙堂转向专业化和民间化。在以前的士大夫文化里，道德、学统和国家权力是一致的，天下之道通过学术传统来体现，而统治者的庙堂文化实际上就是士大夫文化，三者有机地联系起来，构成了古代士大夫的传统。士大夫的学术范围是笼统的，不分专业，无论是人文学科还是自然学科，都是一个整体，并通过政治活动来实现其价值。我把这种价值取向称为"庙堂意识"。而现代知识分子确立的标志，首先是将自己的学术活动与庙堂文化分清界限，学术成为一种专业学科，建立起专业自身的价值体系。王国维在《论哲学家与美术家之天职》一文中率先指出：哲学家觉悟一个"宇宙人生之真理"或艺术家将"胸中惝恍不可捉摸之意境一旦表诸文字、绘画、雕刻之上"，由此获得的快乐，"决非南面王之所能易者也"。① 他把哲学上的新发现和艺术上的新创作的价值看得与庙堂上"南面王"一样重要，这或许可以看作是现代知识分子价值取向的变化

---

① 王国维：《王国维遗书》第5册，上海古籍书店1983年影印版，第103页。

之始。当然这种价值取向的变化并不是一下子完成的。在 20 世纪初第一代知识分子中，如章太炎治国学、康有为崇儒教，都不是单纯的学术活动。到了帝制推翻，中国纳入世界的格局以后，许多知识分子仍然想整合中西学术传统，演化出一套行之有效的新"道统"，主宰新的庙堂文化。[①] 且不说宣统复辟时康有为要用孔教来对应外国的宗教，即使是 20 世纪 40 年代以后，在国民党全盛时期会产生冯友兰的"贞元六书"，在共产党的全盛时期有熊十力的上"六经"，以论证共产大同在中国古已有之。[②] 冯、熊都属于 20 世纪的第二代知识分子，到了第三代，也就是现在 70~80 岁一代的知识分子里，就找不到这种做"帝王师"的现实可能性。其原因当然是多方面的，但主要是因为 20 世纪中国被纳入世界格局，"现代化"成为中国政治、经济、社会发展的总趋势，而"现代化"的模式都是以西方发达国家达到的文明程度为参照系的。西方国家并没有中国的传统，就独立地发展成今天的模样，而中国要照搬西方模式还不行，必须要将其融会到自己的传统里去才能实现，这自然要多费几番手脚。"五四"一代知识分子心急火燎地反"传统"，正是希望彻底消除传统文化的阻力，好让西方现代化在中国长驱直入，从而在西学的传统上重新确认知识分子的中心地位。这些"反传统"的知识分子心态仍然是传统士大夫型的，希望有个既适用西方又适用中国的新道统来"一揽子"地解决中国问题。但是在现代中国，庙堂文化、知识分子文化与民间文化"三分天下"的价值形态处于分裂状态，知识分子的"一揽子计划"没有一个会成功。胡适一生鼓吹的自由主义，适用于西学却走不进中国的庙堂；梁漱溟从事乡村建设，关心了中国民间问题却走不通"现代化"。到 20 世纪 50 年代以后，知识分子所操练的中西学术传统，成了一个专业性的学术部门而不再是治国平天下的道统。陈寅恪对这种形势看得最分明，尽管人们

---

① 文中关于中国知识分子的庙堂意识、广场意识和岗位意识的阐述，具体请参阅拙文《试论知识分子在现代社会转型期的三种价值取向》，收编年体文集《犬耕集》。

② 请参阅程伟礼《信念的旅程——冯友兰传》、郭齐勇《天地间一个读书人——熊十力传》，均收"世纪回眸·人物系列"丛书，上海文艺出版社 1994 年版。

都说陈寅恪是个士大夫气质强烈的人，但恰恰是他，在国民党和共产党统一天下以后，先后两次高举"独立之精神，自由之思想"的旗帜，自觉地把知识分子的学术与庙堂文化划清界限，使知识分子的学术成为一种民间工作。① 而另一位学者钱锺书，也在默默无言的学术研究中，实现了这种知识分子立场的转移。② 他们之后，知识分子的知识结构和知识传统，都不再具备古代士大夫的素质。现代知识分子中也不乏从政或向庙堂献谋略的人，但充其量是基辛格式的智囊，并非是知识分子的传统理想。这是由社会政治结构的转型所决定，并非个人的才力。

直到今天，知识分子学术从庙堂化向专业化、民间化的转移并没有最后完成。虽然有陈寅恪、钱锺书这样的大学者筚路蓝缕，开创新的价值系统，但后继者寥寥，近半个世纪的中国人文学科领域竟没有出现过真正意义上的大师级思想家、哲学家、历史学家、文学家和艺术家。学术专业的价值坐标是依据本专业大师们所达到的学术成就来决定的，缺少了这样一种坐标系，专业的价值体系无法建立起来，也无法在承传过程中形成自己的传统。这当然有客观上的重要因素，譬如社会民主和学术民主极度不健全等，即使是真正的学术大师，也只能在忍辱负重的环境下坚持学术研究，这无法不损害作为知识分子的完整人格。陈寅恪晚年发出"著书唯剩颂红妆"的哀叹，略可领会其中的悲凉。但从主观方面看，知识分子对于这样一种学术立场大转移并没有自觉认识其意义，反而主动迎合主流意识形态来指导学术专业的研究工作，以期自己的学术成果获得庙堂的承认。说到底，现代知识分子的头脑里，依然留下了士大夫情结的残余。这在 20 世纪 50—60

---

① 陈寅恪关于"独立之精神，自由之思想"，一共提出过两次。第一次是 1929 年撰写的《清华大学王观堂先生纪念碑铭》，时值国民党完成北伐，统一中国大业之时；第二次是 1953 年，共产党建立政权不久，中国科学院邀请陈寅恪担任新组建的哲学社会科学部第二历史研究所（中古史研究所）所长时，他所作的《陈寅恪自述——对科学院的答复》，重申了这一主张。此件现存中山大学档案馆收藏。可参阅吴定宇《学人魂——陈寅恪传》，收"世纪回眸·人物系列"丛书，上海文艺出版社 1996 年版。

② 参阅张文江《营造巴比塔的智者——钱钟书传》，收"世纪回眸·人物系列"丛书，上海文艺出版社 1993 年版。

年代有红与专相对立的教条主义，在今天，仍有学术能否为上致用的潜在标准。

建立知识分子的专业传统和多元的价值体系，是完成学术专业化和民间化的根本举措，这又是一项长期、艰巨的工作，要靠几代知识分子的努力才得以渐渐实现。余英时教授认为20世纪以来知识分子的"边缘化"是导致现代知识分子的悲剧，其实，"边缘化"是对政治权力的"中心"而言，知识分子与庙堂的分离，不仅使知识分子失落了原有的士大夫地位，同时也表明庙堂自身的转变，已经开始由专制集权体制向民主政治体制转化，这就意味着政权中心的一元价值体系也在发生变化，正如清帝国以后的民国政府。知识分子如果成功地建立起多元的知识价值体系，那么政治权力也仅是其中的一元，无所谓中心，也无所谓边缘，因此，知识分子离开庙堂的中心并非坏事，倒是一种积极的历史性变化。

回顾中国知识分子的道路，虽然在建立知识专业传统和多元价值取向方面步履艰难，成效缓慢，但在实现知识分子的另一个特性——发挥社会责任方面，却有很大的成绩，并积三代以上的经验，初步形成了现代知识分子的传统。中国现代知识分子身上本来就保留了旧式士大夫的忧患意识和以天下为己任的传统，他们离开庙堂以后，就自觉地在庙堂外搭建起一个"民间庙堂"，发挥他们议政参政、干预现实、批判社会的作用，并以这种自觉的现实战斗精神为一种价值取向，我把它称为"广场意识"。广场的概念与西方的民主政治和知识分子传统都有一定的联系，它的岗位可能是民间化的，如讲堂、学校、出版物等等，但内容则是士大夫式的，依然是在为国家设计各种方案，讨论什么政治模式有利于现代化，什么政治模式不利于现代化，于是"唯有什么什么主义才能救中国"的主题，常常充斥这类广场的空间。广场的对象不是庙堂，而是民众，希望通过知识分子设计的方案，改变中国民众的素质，形成一种与庙堂相对应的民主力量，来监督和制约庙堂。这与陈寅恪们在专业领域提倡"独立之精神，自由之思想"，与庙堂采取既不相迎、也不相斥的民间学术道路很不一样。自《新青年》以来，许多知识分子实践的都是这样一种价值取向。它有时也被一些从事实际政治活动的政党所欢迎，被用来宣传他们的政治主张，在 20 世纪 20—40 年代里，知识分子的广场总是受到民主运动的鼓励，成为反专制独裁的正义之声。

　　在这个传统上，我也许可以回到"鲁迅—胡风"道路的话题上去。鲁迅和胡风，都是广场上的知识分子的杰出代表。正如没有陈寅恪、钱锺书这样的知识分子，我们就无法确立学术专业的价值坐标一样；假使没有鲁迅、胡风这样的知识分子，我们同样无法在履行社会责任感的层面上认同知识分子的传统。鲁迅和胡风属于两代人，大致是 20 世纪以来的第二代和第三代，他们都是有自己专业的知识分子，鲁迅不但在古代小说史领域独有建树，他的文学创作在现代汉语审美价值上也是开了新纪元的。而胡风，以文学批评为专业立场，以文学编辑为民间岗位，对 20 世纪 40 年代以后的中国文学发展做出了积极有效的贡献，但是他们都没有把自己看作是纯学术或纯文学的知识分子。他们通过自己的文学创作和文学批评履行一个现代知识分子对社会的责任，成为广场上叱咤风云的猛士。鲁迅几乎是集现代知识分子的阳刚之气于一身的典型，《新青年》时代的战友在 20 世纪 20 年代以后有的重进庙堂，有的归隐民间，① 唯有他，始终昂然地站在庙堂之外，与社会黑暗势力进行面对面的肉搏战。他为中国知识分子所创立的一种战士风范，影响了几代人。如果说，文化的承传超过三代可以称为传统的话，鲁迅的传统应该称为中国现代知识分子的最尖锐、最持久的传统。尽管 50 年代以后，在鲁迅影响下成长起来的一代知识分子先后遭到了清洗，但这种硬骨头的反叛精神，却在历史年代里仍然以各种

---

① "重进庙堂"，是指一些学者与国民党政府合作，走上仕途，如胡适、傅斯年、罗家伦、段锡朋等；"归隐民间"是指一部分学者在"新文化运动"以后回到自己的专业中去，并在民间立场上建立自己的专业传统，如刘半农、钱玄同、抗战前的周作人等。我这里所归纳的庙堂、广场、民间三种道路，是指其不同的价值取向而言，无褒贬之意，与过去文学史上所理解的"前进"与"后退"不一样。

形式保持了下来，直到今天，年轻的一代知识分子履行社会批判使命，仍然不约而同地聚集在以鲁迅为偶像的旗帜下。①

那么，在鲁迅所代表的"广场"知识分子传统里，有没有负面的因素呢？我认为也是有的。既然广场意识本身是传统士大夫意识在现代生活方式下的延续，知识分子的思维定式中不能不残留了士大夫情结。广场意识在"五四"时期达到了登峰造极般的辉煌，但过后不久，一批最优秀的知识分子都在庙堂门口撞了礁。蔡元培在1927年支持国民党清党杀人，陈独秀在20世纪20年代以后在共产主义运动中闹出那么多风波，胡适在20世纪40年代掺和到国民党的选举中去，周作人干脆当了汪伪政府的教育督办，这一些行为，无论如何都不应该说是现代知识分子的完美形象。唯独鲁迅，不但伟大而且完美，但是他的这种完美，恰恰是以他自甘坠落到虚无绝境为代价换取的。鲁迅与其他知识分子一样，受到士大夫情结的制约，醉心于寻找一种一揽子解决中国问题的新"道统"。这在消极的方面，他自以为是找着了，那就是他持之以恒给以打击的"国民劣根性"，但在积极的方面，他始终没有如意，从进化论到阶级论，从尼采学说到俄式马克思主义，20世纪最流行的学说他都认真接受过，但又都被他老辣地看出了破绽。他与代表革命主张的改党先后都携手合作过，但又始终保持了现代知识分子的独立人格与自由追求，这就使他一生都在悲凉和痛苦中度过，②所谓"绝望之为虚妄，正与希望相同"③ 这种令人毛骨悚然的警句，正是中国现代知识分子精神世界的深刻写照。这种以怀疑、绝望、虚无的反叛精神来开创现代知识分子的实践道路，本身就决定了知识分

---

① 年轻的一代知识分子，是指20世纪90年代涌现的一批自觉批判现实的作家和批评家，他们都不约而同地举起了鲁迅的旗帜。可参阅张炜《纯美的注视》(上海远东出版社1996年版)、王晓明《刺丛里的求索》(上海远东出版社1995年版)、王彬彬《死在路上》(上海人民出版社1996年版)、李锐《拒绝合唱》(上海人民出版社1996年版)等。有意思的是，在关于"人文精神寻思"的争论中，鲁迅传统也是一个争议的主题，可参阅王晓明编《人文精神寻思录》。

② 请参阅王晓明《无法直面的人生——鲁迅传》，收入"世纪回眸·人物系列"丛书，上海文艺出版社1993年版。

③ 鲁迅：《野草·希望》，载《鲁迅全集》第2卷，人民文学出版社1981年版，第178页。

子广场意识的虚妄性，不是每一个实践鲁迅传统的知识分子都能够承受鲁迅那种深刻的内在矛盾的，所以广场上的知识分子很容易在反对庙堂的斗争中，不知不觉地向另一种庙堂转移立场，最终总是消解了广场意识。胡风的悲剧正反映了这个矛盾。胡风也是一个广场上的猛士，在与社会阴暗势力的无情斗争与保持知识分子人格独立方面，他都完美地继承了鲁迅，但是当他自以为获得了社会发展的最先进立场后，他就幻想有一种能够彻底拯救中国命运的新"道统"将会出现，并把这种幻想建立在对庙堂权力的崇拜之上。他作为完美人格形象的最后一笔，是权力及时地粉碎了他这种幻想。在绝望的精神地狱里，鲁迅是自甘坠落，胡风则是被迫打入，从这一点上说，胡风是缩小了鲁迅传统而不是发展了鲁迅传统。

无论是鲁迅还是胡风，他们对社会黑暗势力的斗争，都是严格地坚守在自己的专业岗位上进行的。鲁迅不但用小说来挖掘国民的劣根性，而且用散文诗来表达自己所感受的深刻的虚无感，他后期用杂文写作来进行斗争仍然是一种文学创作，他终生都没有离开过文学的岗位和知识分子的民间立场。20世纪30年代中国共产党在上海的领袖李立三曾希望鲁迅发表反蒋宣言，然后跑到苏联去，这个要求被鲁迅拒绝了。很显然，鲁迅非常明白自己作为一个知识分子的专业岗位应该在哪里。同样，胡风一生虽然在政治上大起大落，但他自己的立场从未离开过文学批评的专业，他因文艺思想而上书，而获罪，最终也因文艺思想为中国当代文学做出了别人不可取代的贡献。鲁迅和胡风都自觉地作为社会的良心与各种政治黑暗势力有声有色地展开斗争，但他们的战斗岗位始终在自己的专业上，绝没有成为一个浪迹天涯包打天下的文化大侠。可惜这样一种传统并没有很好地被人继承。知识分子的专业立场，愈到后来愈被轻视，学术与专业知识几乎成了传递政治主张的工具。所以胡风以后的"广场"猛士，前赴后继的有，可歌可泣的有，但要从传统的承传意义上为其价值取向提供新的分量者，一无足观。

因此，要说 20 世纪中国知识分子的实践中，究竟有没有一个新的传统？我想既可说无，也可说有。要说它"无"，是因为在我认识的 20 世纪中国知识分子传统里，一为学术专业化的价值体系，一为社会责任感的价值体系，两者都被残留的士大夫旧文化传统所压抑，以致窒息，犹如两道黑暗沉重的闸门。如果新文化传统冲不过这两道闸门，就别想有光明的去处，所谓"现代知识分子转型"也是一句空话。但要说它"有"，毕竟在前辈的实践中留下了一些宝贵的经验和业绩，可以由我们去继承，去接着做下去。鲁迅和其他现代知识分子先驱们所开创的现实战斗精神，虽然至今犹有人在自觉地继承，但若不与知识分子的学术专业化与民间化的转型结合起来，仍然会停留在"广场"的虚妄价值体系里，终究是缩小鲁迅传统而不能发扬光大；同样，学术专业化的转型若没有现实战斗精神的支撑，没有民间立场的选择，不但无法贯彻"独立之精神，自由之思想"的专业理想，而且所做的学术工作，不过是权力意识形态的注脚，更无价值可言。这些教训和经验，在世纪回眸中俯拾皆是，在 21 世纪的今天，不容我们不正视。

写到这里，关于"我往何处去"的意思大致已经说完。我自己的"重进罗马城"，也就是重进文学史，返回到被各种意识形态肢解得面目全非的 20 世纪文学历史里去，重新发扬光大我心中的知识分子传统。对于我所整合、倡导的这一文学史传统，肯定会有人不以为然。因为自 20 世纪 80 年代后半期开始，中国和海外知识分子就已经在不断反省 20 世纪以来的知识分子道路，这种反省到了 90 年代变本加厉，几乎近于全盘否定。它包含了两种倾向：一种是希望否定以前主流意识形态构造的历史传统，重新组合知识分子的传统，实现其内在价值的创造性转换；另一种则是站在消极的虚无立场上否定 20 世纪以来的知识分子历史，在这种全盘批判中，这一百多年来中国知识分子不但走了弯路，浪费了时间，还导致了中国的长期动乱和落后，简直是罪魁祸首。在他们看来，不但"五四"新文化运动不该发生，陈独秀、胡适之不该否定传统全盘西化，连孙中山也不该革命推翻大清帝国，甚至谭嗣同也不该让自己流血推动变法改革，总之，知识分子都犯了激进主义的错误。我不知道历史能否这样假设，但是我想，即使退一万步说，我们前辈走的道路有错误，也总有他们在当时不得不错的原因，现在离 19 世纪末不过一百年，许多历史背景都看得很清楚，如果我们站在 20 世纪末全盘否定这一百年来的知识分子传统，那么，等于重犯了我们前辈全盘否定两千年传统的激进主义错误一样。因为我不相信今天的知识分子还能重返旧时代的士大夫传统去安身立命，也不相信传统国学还能塑造出现代社会的知识分子的灵魂，我们的路只能从脚下的那片土地上走起，这就是 20 世纪以来的若有若无的新文化传统。尽管没有"四书五经"作为我们的经典教条，但我们能在前人歪歪斜斜的脚印里感受其生命遗留下来的体温，鼓舞自己继续走下去，而且走得更好。如果我们连这一点知识分子的传统都要丢掉，那就只能继续在虚无的价值取向里随风飘摇，当然像鲁迅那样的知识分子是能够在绝望反抗中建立起虚无的价值坐标，但大多数人是无法这样仿效鲁迅的。那么，前面还有一条出路，就是不得不背离知识分子的广场和民间，重返庙堂。这也许是知识分子另一种"重进罗马城"的走法。

当中国社会又一次面临大转型，市场经济不但激发了物质文明发展的活力，也为知识分子实现精神劳动的多元价值提供了可能性，所以，对文化传统的认同成为当前中国知识分子迫切想解决的问题。以关于"人文精神寻思"的讨论为例，所谓"人文精神失落"之说，不是指知识分子在市场经济中失落社会地位和价值，而恰恰表现出知识分子在社会转型中认识到主体认同和内在价值取向失落以后的焦灼，所以才会发动讨论，集体"寻思"。近年来新国学热、后现代热、"新市民文化"热以及各种知识分子话题的讨论，多少都表现了寻找文化认同的焦灼心理。我想这种"寻找"是有意义的，知识分子只有认清了自己的处境和依据的知识背景，才能使自己的精神劳动成为一种自觉的劳动，共同建构起这个时代的知识分子传统。

尽管这条道路漫漫不见轮廓，但还是鲁迅说过的：其实地上本没有路，走的人多了，也便成了路。①

　　　　本文是 1996 年 4 月在日本早稻田大学作的讲演；
初刊日文《世界》杂志 1996 年第 6、7 期，坂井洋史
译，中文本初刊《文艺理论研究》1996 年第 3 期；
2011 年 3 月修订，编入《思和文存》和《陈思和文
集》，略有改动

---

① 鲁迅：《故乡》，载《鲁迅全集》第 1 卷，人民文学出版社 1981 年版，第 485 页。

胡风对现实主义理论建设的贡献

胡风对中国现实主义理论的建设工作，是从对左翼文学运动内部的两种非现实主义创作倾向——主观公式主义和客观主义的批评开始的，正如他在 1984 年写的《〈胡风评论集〉后记》一文中重申："从我开始评论工作以来，我追求的中心问题是现实主义（社会主义现实主义）的原则、实践道路和发展过程。不久，我就达到了一个理解：现实主义的发展是在两种似是而非的不良倾向中进行的，一种是主观公式主义（标语口号文学是它原始的形态），一种是客观主义（自然主义是它的前身）。……我以为，现实主义是在和这两种倾向作斗争中发展的，也是非在和这两种倾向作斗争中发展不可的。"[①] 虽然这是他针对 1948 年所写的《论现实主义的路》一书而说的，但把它看作是胡风对自己一生从事的文艺批评道路的总结，也不为过。他一生所追求的，正是现实主义如何摆脱笼罩在左翼——社会主义文艺道路上的庸俗社会学影响，使其成为从"五四"新文学发展而来的现实战斗精神在文艺创作上的理论指导原则。

何谓主观公式主义？它的特征是夸大了思想意识的能动性，满足于主题上表现一个现成的革命原则，以此套用生活、图解生活，使绚丽斑斓的生活实际变成千篇一律的"革命加恋爱"和那种用"杀、杀、

[①] 胡风：《〈胡风评论集〉后记》，载《胡风评论集》（下），人民文学出版社 1985 年版，第 407 - 408 页。

杀"来形容革命、描写革命的创作倾向，正是主观公式主义的原始
状态。

何谓客观主义？胡风认为是作家主观上对生活所采取的冷漠态度，
表现社会历史发展过程时，作家对描写的生活对象缺乏强烈的爱憎与
热情。它与自然主义有相同的地方，即都是冷静地以生活材料去编织
某种解释生活现象的理论原则。在自然主义经典作家的作品里，这种
原则表现为遗传规律和空想社会主义；在中国的客观主义作品中，主
要表现为对一些社会科学理论做实用主义的图解。如茅盾《子夜》的
结尾改动就是典型的一例。①

主观主义强调主观上对政治原则的拥护和宣传，客观主义以生活
素材来图解政治原则，同样起着宣传的功能。这两种表面上是截然相
反的创作倾向却代表了同一种思潮：以抽象的政治原则来取代对客观
社会生活的真灼认知，依靠现成的思想原则来取代作家个人对生活的
独立思考和审美感受。由于它们都把表现政治原则奉为至上，常常使
人误解为是现实主义要求对社会生活本质的提示。由于左翼文学运动
的形成本身就是因为阶级斗争落实在文学领域的产物，历史任务规定
了它在发展自身的文学运动时，必须与正在发展着的政治斗争，具体
地说就是中国共产党领导的政治斗争取得一致的步调，成为后者在意
识形态领域中的响应者和鼓动者。出于实际需要，左联领导人选择了
现实主义作为他们的创作指导原则。现实主义要求文学在本质上把握
时代发展的总趋向，体现出历史发展的规律，这在实用主义的支配下，
"时代本质""历史规律"很容易被理解为现成政治斗争本身。20 世纪
20 年代末的"革命文学"论者倡导的"无产阶级精神"，还只是一种
模模糊糊的理论原则，到了左联时期，就自然而然地转变为政治斗争
过程中的一些原则、政策和方针，要求文学把这些原则、政策和方针

① 据茅盾在《回忆录》中说，《子夜》原先创作大纲的结尾是两派资本家石庐山握手言和，并互易情人
纵淫，以揭露资产阶级的反动腐朽。后经瞿秋白建议，把赵、吴两大集团的最后结局改为一胜一负，
"这样更能强烈地突出工业资本家斗不过金融买办资本家，中国民族资产阶级是没有出路的"。（茅盾
《〈子夜〉写作的前前后后》，载《新文学史料》1981 年第 4 期。）从口我们可以看到，在《子夜》
里，人物并没有自在的生命力量，只是作家图解观念的道具，可以任意摆布。

当作现实历史规律的主要符号加以表现和歌颂。这样，原先的公式主义和客观主义，就堂而皇之地披上了现实主义的外衣，为"革命"所利用了。

胡风不是从实际的政治斗争需要，也不是从纯粹的理论观念出发，他是凭着艺术家的敏感，认识到现实主义原则面临着这两方面的歪曲的危险。复杂的是，这两种创作倾向不是来自左翼文学阵营的对立面，而是产生在左翼运动本身，它们在文学上的两种代表，正构成了左联内部最有影响的力量。进行这样的清算当然是很伤感情的，以后的事实证明，它不但造成了左联内部人际关系上的紧张状态，而且对批判者本人也带来了终生难以弥补的损伤。再者，这两种倾向的错误不在文学表面所载的思想内容上，而是隐藏在作品的深层结构中，属于艺术表现力方面的问题。判断一部主观公式主义或客观主义的作品的失败，不是看它们宣扬什么和反对什么，而是指它们所提供的实际艺术容量与作品所表现的内容应该达到的艺术容量之间的差距。这种鉴别，非有高度敏锐的艺术感觉和挑剔的艺术眼光者不能胜任，也是一般依据抽象的政治原则做批评标准者无法理解的。

作为一个诗人和理论家，胡风本能地意识到自己的文学使命，他清楚地看到主观公式主义是"飘浮在没有深入历史内容的自我陶醉的'热情'里面；或者不能透过政治现象去把握历史内容，通过对于历史内容的把握去理解政治现象，只是对于政治现象无力地演绎"；而客观主义"反映出来的现实（客观），不是没有取得在强大的历史动向里面激动着、呼应着、彼此相通的血缘关系，就是没有达到沉重的历史内容的生动而又坚强的深度"。① 他起先通过对一系列作品的评论，不断指出、分析、揭露这两种倾向的危害性，但渐渐地他发现这两种倾向的存在，不是个别作家的表现力不够，隐藏在创作现象背后的，是人们对于现实主义创作原则缺乏正确的理解。于是，在较长时间的批评实践中，他逐步地把具体批评感受上升到原则高度，开始探讨现实主

---

① 胡风：《论现实主义的路》，载《胡风评论集》（下），第 297－298 页。

义文学的创作规律，以求在根本上给这两种非现实主义倾向致命一击。

于是就有了著名的"主观战斗精神"论。胡风对现实主义创作规律的创造性探索，是从否定机械唯物论的"反映论"着手的，他在描述作家认识客观世界、表现客观世界的过程中，有力地突出了创作主体在现实主义文学中的作用。他把这个创作过程表述如下：

> 文艺创造，是从对于血肉的现实人生的搏斗开始的。……
>
> 对于血肉的现实人生的搏斗，是体现对象的摄取过程，但也是克服对象的批判过程。……
>
> 从这里看，对于对象的体现过程或克服过程，在作为主体的作家这一面同时也就是不断的自我扩张过程，不断的自我斗争过程。在体现过程或克服过程里面，对象的生命被作家的精神世界所拥入，使作家扩张了自己；但在这"拥入"的当中，作家的主观一定要主动地表现出或迎合或选择或抵抗的作用，而对象也要主动地用它的真实性来促成、修改、甚至推翻作家的或迎合或选择或抵抗的作用，这就引起了深刻的自我斗争。经过了这样的自我斗争，作家才能够在历史要求的真实性上得到自我扩张，这艺术创造的源泉。[①]

这里几乎没有严密的论据，也没有详尽的推理，只是用诗的语言把作家进入创作状态时所感受到的惊心动魄的心理过程生动地描绘出来。显然，胡风也注意到了，创作过程的规律只能与现实生活所包括的历史内容紧密结合，才能产生实际的意义。他解释"血肉的现实人生"，就是作家创作过程中的感性的对象，它具有活生生的、有血有肉的现实性，也包括了具体的各种阶层人物的思想内容和精神状态。他指出："感性的对象不但不是轻视了或者放过了思想内容，反而是思想

---

① 胡风：《置身在为民主的斗争里面》，载《胡风评论集》（下），第 18 - 20 页。

内容的最尖锐的最活泼的表现"①，因此在他看来，对于血肉的现实人生的"搏斗"，实际上正是强调了思想斗争的要求。对于这种搏斗的过程，胡风又创造了两组名词："摄取过程"与"批判过程"，"自我扩张"与"自我斗争"，并通过它们之间的互相作用的分析，展示出现实主义创作与主体性的辩证关系。

自从现实主义思潮与理论传入中国，左翼作家们就不断地阐释现实主义文学与时代、生活、政治之间的关系以及作家世界观如何指导创作等外部规律，很少有人对其创作过程本身做深入的研究。胡风可以说是第一个达到了这一领域，就像哥伦布发现了新大陆一样，他面对无限生动的艺术创作规律感到无以言状的兴奋。他似乎是急不择言，使用了一连串象征性的名词术语来描绘这一壮丽和瑰博的过程。由于这些创造的术语多半是诗的语言，在表述和理解中缺乏明确的规定性，以致使人们产生不少误解。但这些缺点不能掩盖一个重要的事实：胡风在一连串晦涩的语言下描绘出文学创作过程中的重要现象，填补了现实主义理论史上的一大空白。

胡风在描述中表明，文学创作中，作家的主体性与描绘的客观对象之间不存在一个简单的反映与被反映的过程。创作的精神主体对客观对象不断渗透、体验与感受，以至获得与客观对象浑然无间的糅合，这是作家的自我扩张；这一过程同时又必然伴随着主客体之间的互相作用、互相影响以至"搏斗"，使作家在客观对象的真实性面前修正，甚至背叛自己原有的精神内容，这又叫作作家的"自我斗争"。这样一个紧张的、无情的，甚至是痛苦的精神搏斗过程，或者说，正是这种主客体互相构成的关系状态，体现了现实主义的创作过程。文学作品反映的内容永远不会是纯客观的世界，它是经过作家主体的爱爱憎憎、大欢喜或者大哀痛过滤了的艺术世界，注入了作家的生命的一部分；同样它也不可能仅仅是纯粹主观的抽象形式，而是客观化、对象化的精神现象。

---

① 胡风：《置身在为民主的斗争里面》，载《胡风评论集》（下），第18页。

胡风把作家面对客观世界所表现出来的蓬勃高昂的人格力量和对客观世界进行改造、批判的战斗要求称作是"主观战斗精神"，并将这种强烈体现人的主体性的因素注入现实主义创作规律，无疑是对那种认为现实主义创作原则只是"按生活的本来面目反映生活"的传统解释的否定，也是对宣传或图解革命原则而忽略了文艺创作自身特性的公式主义和客观主义的否定。这样，胡风所描述的现实主义已经从文学史上特定的思潮内容中摆脱出来，成为一般意义的创作原则。在胡风看来，把人的因素注入现实主义创作原则，也即包含了文学的理想性、战斗性和主体性，当然也包含了人对社会历史发展趋向的总体把握和认识。因此，现实主义已不再需要任何修饰词来加以补充，诸如"社会主义"现实主义、"无产阶级"的现实主义、"革命"现实主义等等理论，纯属画蛇添足。

从一般的文艺理论上讲，任何时代、任何流派的文学创作都离不开作家精神主体的投射，文学创作过程中主客体互渗共存、双向同构的规律，应该具有普遍性的意义。然而胡风的出发点却有着明确的具体性和针对性。他所谓的"主观战斗精神"有着确定的现实内容，"是从无产阶级先锋队所发动领导的历史大斗争爆发出来的产物"①，也就是指人民大众在反帝反封建的现实环境下的实践精神；他关于现实战斗精神观照下的现实主义的创作理论，也是针对公式主义和客观主义两种倾向而提出来的，他只承认这一原理是对现实主义创作理论的贡献。

在胡风的时代，这种具体性和针对性有一定的实践意义。胡风走上文学批评道路的时候，马克思主义经典作家关于现实主义创作原则的通信刚刚在苏联发表，在这以前，马克思主义文艺理论只是在拉法格等人对法国文学的具体批评以及普列汉诺夫关于艺术起源的小册子里得到零星的阐释，还没有构造起马克思主义的现实主义理论大厦。直到 20 世纪 20 年代末 30 年代初，马恩关于现实主义文艺理论的通信

---

① 胡风：《关于解放以来的文艺实践情况的报告》，载《胡风全集》第 6 卷，湖北人民出版社 1999 年版，第 180 页。

公布后，才在社会主义的世界范围内出现了研究现实主义理论的新局面。东欧的卢卡奇、苏联的高尔基、中国的胡风，几乎在同一时期站在同一起跑线上开始了各自的精神探索。他们研究的侧重点不一样，具体成果也不同，但同样在世界意义上丰富了马克思主义关于现实主义创作理论的学说。胡风提出的主体性，不仅对当时的创作有指导意义，即使在理论建设上，它的贡献也具有世界性。自西欧现实主义思潮崛起以后，它在艺术上和文学上的代表们为了反对浪漫主义的虚假和复古倾向，或多或少偏重于客观本体性，提倡客观地观察现实生活。无论是库尔贝关于"美的东西在自然中"的说法，还是巴尔扎克自命法国社会风俗史的书记官，以"编制恶习和德行的清单、搜集情欲的主要事实、刻画性格、选择社会上主要事件、结合几个性质相同的性格的特点揉成典型人物"[1] 为己任的宣言，都无一例外地暗示出这种倾向。左拉由现实主义走向自然主义，并以自然主义原则来阐释现实主义，不是没有逻辑上的理由的，19 世纪自然科学迅速发展的成果，在左拉的著作中还来不及消化，未能转化为美学上的表现，只留下被科学扭曲了的极端形式，而把人的主体因素逐出了创作过程和审美过程。马克思主义的经典作家警惕地注视着由巴尔扎克时代转向左拉时代的现实主义思潮，及时提出了一些关于现实主义创作原则的论述。不用说，这些论述是高度原则化的，且不说对左拉的创造性探索的成果没有给以准确的估价，即便是对现实主义本身的创作规律，也没有做进一步阐释。马恩这些信件被公布的时代，正是苏联进入斯大林专制时期，也是中国革命正在深入进行并在一小块区域里建立了苏维埃政权时期，激烈的权力斗争和政治斗争，都需要让文学作为整个政治意识形态的一部分纳入政治斗争轨道，承担起某种宣传功能，使它成为揭露自己的政治敌人、歌颂自己的政治理想的工具。在这种情况下，现实主义本来应该展示的生活本质和历史规律，自然而然地被某种抽象的政治原则和政治理想所取代。高尔基对社会主义现实主义"要用社

---

[1]　转引自伍蠡甫主编：《西方文论选》（下），上海译文出版社 1979 年版，第 221、168 页。

会主义精神从思想上改造和教育劳动人民"的任务所做的阐释，以及大谈"个性的毁灭"的文学史观，正是从政治角度对传统现实主义的一种修正。左联时期一批批评家和作家对现实主义的理解，基本上是沿着这一路而来。胡风则相反，他反对公式主义的锋芒所指，首先就是这种盲目图解政治原则和政治理想而削弱了作家对现实生活充满个性的认识的创作倾向。他当然注意到文学创作中的思想力量，但他并不认为思想可以脱离具体人的因素和人的斗争而被抽象地表现。他强调作家应该通过充满个性的实践活动来贴近现实、把握现实，用真诚的实践活动来展示生活的真实性，使文学艺术参与政治斗争又不附庸于政治，从而保持了文学的精神独立。

这样一来，胡风的现实主义理论与苏联模式的社会主义现实主义理论拉开了距离。前者强调的是作家的现实战斗精神，而后者强调的是政治斗争原则；前者要求作家带着自身血肉去拥抱现实、理解现实，在实践中追求生活的本质真实；而后者要求作家首先在政治上获得把握生活本质的真理，并用真理的标准去解剖生活，揭示出生活的规律性，因而生活的本质真实也就等于真理。现实主义究竟是从实践中追求生活的真实性，并从真实性里感受到真理的力量？还是以真理的掌握者自居，将文学充当传播真理的工具？实践/先验，真实/真理，人格展示/宣传工具，两者非常鲜明地对峙着，胡风的现实主义理论与人道主义联系在一起。他把实践、真实、人格展示都归结为人的实践活动，看作是现实主义文学创作的活的生命。你想通过现实主义的文学创作方法达到艺术的真实吗？那你只有把自己的全部思想、感情、爱憎统统融入实实在在的生活中去，在实践中锤炼你的人格，高扬你的精神，并通过痛苦的自我批判和自我实现来感受生活和艺术融然无间的真实。后来的研究者们都习惯把胡风的现实主义理论概括为"主观"的现实主义，其实并不准确，因为胡风提倡的"主观战斗精神"并不是一种静止状态的纯主观现象，"战斗"本身是有具体对象的，是一种包容了客体对象的主观精神。真正符合胡风原意的提法，应该是强调"人的实践"的现实主义，它的哲学基础是人道主义，这是与传统的现实主义理论既有一脉相承，又有现代性的发展的新的理论体系。如果套用萨特的"存在主义是一种人道主义"的逻辑，也可说胡风的现实主义是在现代思潮下的一种强调人的实践性的"人道主义"。在这个基础上，我们就不难理解胡风在总结"五四"以来的现实主义传统时，把它归纳为"作家的献身的意志，仁爱的胸怀"以及"作家的对现实人生的真知灼见，不存一丝一毫自欺欺人的虚伪"①的合理性，因为胡风的现实主义理论正是"五四"新文化运动初期"人的文学"和现实战斗精神在新的历史环境下的自然发展。

胡风所强调的实践，首先是指人的一般的社会实践，但他并没有把这种实践看成是个人以外的政治活动。胡风认为，一个人拥有高昂的主观战斗精神，那么他无时无地不在实践中，无时无地不在为改造生活的质量、推动社会的进步而斗争，每个人都天生地拥有实践的权力也即战斗的权力。这就是后来著名的"哪里有生活，哪里就有斗争"的理论，这本来不是一个什么创作题材的问题，而是作为一个受到过"五四"精神洗礼的知识分子精神战士不言自明的人生哲学，胡风不过是把它用诗一般的语言揭示了出来。除了个别别有用心的批判者会把它解释成什么联系"自己的妻子和朋友"②，谁都能理解胡风所说的现实主义创作与个人生活实践的关系。很显然，这是知识分子在当时的历史环境下可操作的一种社会实践，可是在那些把现实主义理解为政治斗争原则的理论家眼里，所谓的社会实践只能是在政党的具体领导下的政治斗争，也就是说，知识分子只能作为政治斗争的工具而存在，不能作为一个自在的战士而战斗。胡风严厉驳斥了这种在当时实际上是取消主义的谬论，愤怒地指出：

> 斗争总要从此时此地前进。把前进从此时此地割去，遥遥地放在"彼岸"，使"彼岸"孤立，回转头来用"彼岸"的名义来抹杀此时此地的生活，诬蔑此时此地的斗争，即使不过仅仅是一

---

① 胡风：《现实主义在今天》，载《胡风评论集》（中），人民文学出版社 1984 年版，第 320 页。
② 胡风：《关于解放以来的文艺实践情况的报告》，载《胡风全集》第 6 卷，第 212 页。

点点志大心粗，虽然不过仅仅是一点点见大不见小，但客观上一定是对于具体斗争的鄙视和对于历史大潮的玩弄。①

胡风说这段话的时候还有着复杂的政治背景，但即使从这段文字本身的内容看，我们也能看到胡风所说的现实主义的实践原则，正是"五四"以来知识分子的现实战斗精神。"五四"新文化运动是中国知识分子第一次空前规模的自在运动，当知识分子从传统的政治轨道上脱离开去，第一次不是奉了"圣谕"创建文治武力，而是在庙堂以外自建的"广场"上替天行道。② 20 世纪的中国知识分子主流，确实存在着一个在"广场"上弘扬人文精神的战斗传统。尽管有各种政治力量在窥探它、利用它，甚至左右它的发展，但这种独立的战斗意识，始终是这个世纪以来中国知识分子最宝贵的政治品格。在 20 世纪 40 年代国内各种政党势力加剧逐鹿的时候，胡风对这一"五四"战斗传统的捍卫尤其显示出知识分子独特的光彩。

胡风所强调的实践，自然还包括了作家在特定历史条件下的艺术实践，他总是警告作家不要去寻求什么写作的捷径，包括所谓"先进的世界观"，世界上并无一种先验的"宝筏"引渡你到达艺术真实彼岸，只有真诚地从事艺术实践——包括真诚地拥抱生活、学习生活和表现生活，以及批判生活、揭露生活和改造生活两个方面，才能达到艺术真实境界，也就是现实主义的最高境界。为此，他举了日本现实主义作家志贺直哉的例子：

> 如果一个作家忠实于艺术，呕心镂骨地努力寻求最无伪的、最有生命的、最能够说出他所要把捉的生活内容的表现形式，那么，即使他像志贺似地没有经过大的生活波涛，他的作品也能够达到高度的艺术的真实。因为，作家苦心孤诣地追求着和自己的

① 胡风：《给为人民而歌的歌手们》，载《胡风评论集》（下），第 238 页。
② "广场"是笔者在研究中国 20 世纪知识分子价值取向时提出的一个术语，详细解释可参阅《试论知识分子在现代社会转型期的三种价值取向》，初载《上海文化》1993 年创刊号，后收编年体文集《犬耕集》。

身心的感应融然无间的表现的时候，同时也就是追求人生。这追求的结果是作者与人生的拥合，同时也就是人生和艺术的拥合了。这是作家的本质的态度问题，绝对不是锤字炼句的功夫所能够达到的。如果用抽象的话说，那就是，真实的现实主义的创作方法，能够补足作家的生活经验上的不足和世界观上的缺陷。①

这段话，在后来的围剿胡风文艺思想的运动中曾被千百次地批判过，其罪名就是反对作家改造世界观，强调艺术至上。但胡风说得很明白，这里所提倡的重视艺术的创作态度，正是一种真诚的艺术实践，是现实主义在根本上楔入生活、把握真实的创作方法，作家要通过个人的创造性劳动来取得与历史运动的本质的一致性，只能通过这样的真诚的艺术实践，如果结合胡风现实主义理论的哲学来说，也就是真诚的人道主义实践。当然这是在现实主义理论范畴理解的艺术真实，其实各种艺术创作流派都有自己对艺术真实的独特理解（包括现代主义文艺思潮否定了历史本质的真实性）。胡风的理论是属于马克思主义的现实主义范畴，他当然是肯定历史运动的本质的真实性，但他把对这种客观真实性的认识和表现都置放在作家主体实践的基础上，放在人道主义的哲学基础上，从而拒绝了苏联模式的社会主义现实主义要求文学成为政治斗争的传声筒、要求作家成为政治原则的吹鼓手的虚伪理论。

胡风的理论对手们，无论是强调政治斗争的"彼岸"性还是强调所谓的作家先要获得"工人阶级立场和共产主义世界观"才能创作，在哲学上都陷入了"先验论"的模式，被胡风斥为"来路不明的先验的概念"②，这倒不是说这些理论对手们自觉地表达这种唯心主义的世界观，他们仅仅是从政治实用主义出发选择了先验的模式，而这又恰恰反映了一些知识分子缺乏理论联系实践，并通过实践来检验理论的这一马克思主义的科学方法。胡风一针见血地指出：那些所谓的现实

---

① 胡风：《略论文学无门》，载《胡风评论集》（上），人民文学出版社 1984 年版，第 392 页。
② 胡风：《关于解放以来的文艺实践情况的报告》，载《胡风全集》第 6 卷，第 174 页。

主义，其实是徘徊着的"黑格尔的鬼影"①。显然，这种先验论的现实主义与胡风从每一步的文艺斗争实践中总结经验、检验自我、提升理论的血肉搏斗式的理论工作是不可同日而语的。

如果追根溯源，这种实践／先验的对立思维模式，在20世纪30年代的左翼文化环境下已经初露端倪。胡风的鹤立鸡群式的理论实践方式与大多数只是凭热情盲目追随苏联的左翼知识分子也是格格不入的，与那些对文学并没有多少感性知识和实践经验，只是学着简单的唯物主义反映论来演绎文学理论的左翼理论家们早有分歧发生。后来的研究者在探讨20世纪30年代左翼内部矛盾时，总是把注意力放到具体的人事纠纷上，这自然是个事实，但我觉得胡风与当时左联领导人的冲突，除了人际关系上的矛盾外，还存在着理论思维模式上的深刻分歧，而且这种分歧产生于新文学史上现实主义理论的两个不同来源和不同起点：一个是从"五四"新文化运动以来的知识分子实践中总结并继承而来的现实战斗传统，一个则是由苏联十月革命以后的政治斗争实践中产生并被模向移植到中国的革命实用主义；一个是从人的因素出发，一个是从政治原则出发；一个是鲁迅的伟大艺术实践的继承，一个是斯大林政治谋略的产物。它们之间的冲突是不可避免的。②

与实践／先验对立模式相联系的是写真实／写真理的相对立。"写真

①　胡风：《论现实主义的路》，载《胡风评论集》（下），第309页。
②　第一次正面交锋是1936年发生的关于典型问题的论争。这场论争的理论层次不高，双方对典型问题的解释也没有什么创造性的见解。无论是胡风还是周扬，在把典型解释成某种阶级性的概括这一点上是共同的。但我认为值得注意的倒是另一个现象，当胡风解释作家如何创作"典型"时，就显示出他个人的特点：1. 他强调作家的直观和想象，他说：艺术家在创造"典型"的工作里面，既需要想象和直观来熔铸他从人生里面取来的一切印象，又需要认识人生、分析人生的能力，使他从人生里面取来的是本质的真实的东西；2. 他认为"典型"的形成并不需要艺术家有意识地从一个特定社会群里去取共同特征，而只是"在某一环境里发现一个新的性格，受到了感动，于是加以创造的加工，结果也就造成了一个典型的性格"。这也就是强调了创造典型的性格必须从具体的人出发，而不是从阶级的定义出发。这两点都突出了胡风对人的重视与关注。而周扬关注的着眼点却不在这里，他更关心现实的政治斗争。因此，当他在胡风咄咄逼人的责难下拙于辩解时，他就转移了话题，给胡风扣上了一顶风马牛不相及的政治帽子："国防文字由于民族危机和民众反帝运动而被推到了第一等重要的地位。文学者应描写民族解放斗争的事件和人物，努力于创造民族英雄和卖国者的正负典型。……胡风先生既以现实的文学形势作立论根据，对于文学的这个最神圣的任务竟没有一字提及，这样，所谓典型的创造云云，就成为和现实的历史运动没有关系了。不但如此，胡风先生的关于典型的理论是还有取消文学的武器作用的危险的。"这次论争已经初步地表明了两种现实主义理论的分歧：周扬关心的是现实的政治斗争，使现实主义更好地为"先验"正确的政策（国防文学）服务；胡风则更多地考虑人的因素，考虑创作主体如何在现实主义创作中更加逼近历史的真实。

实"是胡风的艺术实践理论的目的，作家严肃真诚的创作态度和创作主体在实践过程中痛苦的自我搏斗，正是为了达到人生与艺术的无间拥合，也就是现实主义的高度的艺术真实。在胡风后来写的"三十万言书"里，他高度评价了斯大林关于"写真实"的口号，并从这一口号与苏联拉普派的"唯物辩证法的创作方法"的对立中引申出积极的意义。但这只是 20 世纪 50 年代斯大林的权威，是唯一可以与那些用"凡是"态度来注释《讲话》的理论家相抗衡的产物。事实上早在学习斯大林的讲话以前，胡风已经在实践中形成了关于艺术真实的独特理论，而且与斯大林的说法并不一样。斯大林的说法是："写真实！让作家在生活中学习罢！如果他能用高度的艺术形式反映出了生活真实，他就会达到马克思主义。"[①] 这对胡风反对教条主义地理解毛泽东的"改造世界观"理论当然很有利，但是"写真实"的"真实"究竟是指什么？似乎仍有疑问。斯大林所说的"真实"只能是生活的客观真实，那么"高度的艺术形式"又是指什么？为什么两者的结合就达到马克思主义？多年来，文艺理论界关于"写真实"的讨论，都是停留在文学作品要不要描写客观的生活真实（主要集中在能否正面揭露社会腐败现象）的争论上，这种争论在国民党地区可以追溯到抗战时期《华威先生》引出的风波，在共产党地区可以追溯到延安文艺座谈会之前的歌颂与暴露的论争。其实文学创作表现不表现粗俗的社会黑暗现象，作家要不要对社会腐败现象发出抨击，这是识别传统现实主义（特别是自然主义）流派的一个标志，但胡风的现实主义真实观完全是另一回事。胡风当然没有回避上述两个问题，但他对艺术真实的理解是同艺术创作过程的描绘联系在一起的。为了抗击黑格尔式的绝对理念给现实主义理论带来的阴影，他特别强调了人的感性活动：

　　　　并不等于凭借"思辨的头脑"去把握世界（马克思），它的搏斗过程始终不能超脱感性的机能，或者说，它一定得化合为感

---

① 转引自胡风：《关于解放以来的文艺实践情况的报告》，载《胡风全集》第 6 卷，第 163 页。

性的机能。

　　人创造了感性的世界，这感性的世界又是活在人的"活的感性的全活动"里面的。这样，人就成了具体的人，成了"感性的活动"。一个人是一个世界。①

　　强调人的感性活动是亢击先验论的绝对理念的唯一方法，也是作家在艺术创造过程中对生活保持血淋淋的心灵感受的可靠途径。胡风是中国第一个引进"形象思维"的理论家，并且强调了创作需要依靠想象、直观的问题。② 胡风在描述创作过程中突出了人的感性活动、作家的形象思维以后，才正面接触到艺术真实的解释，在评论一部电影时，他说：

　　任何内容只有深入了作者的感受以后才能成为活的真实，只有深入了作者的感受以后才能进行一种考验 保证作者排除那些适合自己的胃口的歪曲的东西，那些出于某种计算的人工的虚伪的东西（更不论那些生意眼的堕落的东西）而生发那些内在的真实的东西。

他接着说：

　　一个作者，在他自己的精神的感受里面对于题材的搏斗的强度是决定他的艺术创造性的强度的。③

　　在这里，"艺术创造性的强度"也就是指作品所能达到的艺术真实

① 前一句引自胡风《置身在为民主的斗争里面》，后一句引自《论现实主义的路》，均载《胡风评论集》（下），第 21、317 页。
② 胡风在 1935 年评介苏联文学顾问会编辑的《给初学写作者的一封信》时，就特别注意到"形象的思索"一词的意义，并指出"感觉的世界才是艺术的目的，形象的思索才是艺术家的本领"。1942 年，他又一次论述了"形象的思维"的观点，并把原来的"形象的思索"当作创作方法上升为"具体的世界观问题"，把它与现实主义理论结合起来。
③ 胡风：《为了电影艺术的再前进》，载《胡风评论集》（下），第 200 页。

性，他毫不含糊地把作家取得这种真实性的成功归功于作家的创作力度，即一种主观感受对描写对象的"搏斗"。于是我们可以这样理解：胡风所说的"真实"，不是指生活真实，也不是指作家能不能表现社会阴暗面等具体的技术性问题，而是作家在艺术实践中审美意识穿透生活的种种表象所能达到的对生活潜在内容的把握与感受。哲学上的客观真实并不等于是文学作品中所表现的生活真实内容，当客观对象没有进入作家的创作视界时，它自然是不受任何主观影响而存在，但一旦被作家所攫取、所描写，就必然会带上了作家的主观烙印。因此在文学作品里，只有真实表达作家主观对客观对象的审美感受，而不存在纯粹的客观真实。再进一步说，这种主观真实由于通过人的感性活动而融汇了客观对象的真实，它的艺术实践的力度也就决定了两者趋向一致的可能性。胡风的现实主义的哲学基础是人道主义，在这里，人道主义在作家的主客观相生相克的"搏斗"过程中充分发挥了桥梁作用：

> 伟大的现实主义者都是伟大的人道主义者，都痛切地感到了人民的苦难和渴望，从那里出发，都寻找过"超资产阶级的"新的人生道路，因而，他们对于社会制度和人生能够"从下面"看，他们的作品中反映了"下层人民"的历史经验，那里面的人民性（即真实性）带来了巨大而激荡的道德力量。[①]

与这样一种人道主义紧密联系在一起的人民性，也就是胡风所认为的文学的真实性，这与靠图解政治原则来写作的方法是背道而驰的。胡风作为一个文艺批评家，他对艺术真实性的把握，也是通过艺术实践逐渐获得的。起先他作为一个左联盟员，在批评实践中也受到政治

---

① 胡风：《关于解放以来的文艺实践情况的报告》，载《胡风全集》第6卷，第177页。

意识的干扰，结果反而模糊了自己的艺术敏感性。① 后来，他渐渐地明白过来：只能在实践里面寻求真实的东西，从属于人民的感情中发现历史的真实和表现艺术的真实。②

当然，这样一种叫作"艺术真实"的东西，不可能是生活的终极答案，也不可能是所谓的绝对真理，尽管与人民的利益联系在一起的感性活动本质上是包含了相对的真理。胡风的现实主义是强调人的实践的现实主义，所以作家所求得的艺术真实也必须在实践中进一步接受考验，不断发展。假如一个作家不是江湖骗子，不是吃文学饭的市侩，那么他所有的权力只能是向读者承认他的作品有没有讲出了他心里真实的感受（这种真实感受里当然包括了他对客观对象的真实性的真诚把握），而没有任何资格说他是在向读者宣布一个生活的终极答案，一个"真理"。知识分子讲不讲真话，是人格的考验，他可能因为受到客观环境的限制而对生活现象做出错误的判断，但由于他的人道主义的感情是真诚的，他的灵魂依然是纯洁的、高贵的。但这样一种叫作"艺术真实"的东西，显然与那些先验论者心目中的"艺术真实"根本是两回事，先验论者是把文学当作宣传品来利用的，他们必须要在人们的实践之上祭起一个"绝对真理"，他们可以抛弃一切可视可感的生活真实现象，封闭一切感受外界的人体器官，让人先验地接受一个对生活的解释原则，并把这样的先验的"真理"当作所谓的"生活本质"和所谓的"艺术真实"。靠图解这样的"真理"写出来的文学作品，即便不是撒谎，从感情上说也是虚伪的。但是，从抗战以来，出于政治上利用文学做宣传的需要，也由于知识分子对于实践的艰巨性认识不足，都希望有一种可以取代血淋淋的灵魂搏斗的终南捷

① 以胡风对澎岛《蜈蚣船》的评价为例。胡风在《蜈蚣船》的评论中热情赞扬了它"在我们面前展开了未开拓的生活领野，提示了更高的反映这种生活的艺术的要求"。但后来听说这个作家"没落"了，就在收入这篇评论的集子《文艺笔谈》后记里着重提出了作家的"非现实主义的思想态度和创作方法"，而且"提得相当严重，和写这篇评介时的感受和看法几乎完全相反"。胡风晚年对自己的这一行为做了自我批评。（见胡风《胡风回忆录》，人民文学出版社1993年版，第36页。）
② 胡风后来的文学批评就克服了单纯政治观点的倾向，他评论罗淑、端木蕻良等人作品时，并不认识这些作家，但他说："我不能不在实践里寻求真实的东西，寻求到了这些，我不能不承认它们是属于人民的，直接地或间接地为了民族解放，有助于民族解放的。"（《胡风回忆录》，第48页。）

径。在这里，我想举一个何其芳的例子，1944 年，何其芳从延安跑到重庆，以"钦差大臣"的面目向国统区作家传达毛泽东的《讲话》精神，其过程中与胡风发生了理论上的冲突。在他后来编成的这个时期文章的集子序言里，他这样透露文学传播真理的诀窍：

> 如果我们的作品要发生一种更普遍更深刻的教育作用，那就必须善于写一个社会或者一个运动的矛盾和斗争。

那么，如何来写这个矛盾和斗争呢？何其芳又来传授诀窍了，话题是从批评一些作品说起的：

> 我们的作品还是往往只能比较表面比较分散地描写生活，而还不能深入地集中地反映一个社会或者一个运动的矛盾和斗争，……我是说它们或者抓不到一个社会或者一个运动的主要矛盾主要斗争；或者根据简单的常识去写这种主要矛盾主要斗争，但却没有真知灼见和魄力去反映这种主要矛盾主要斗争的两个基本方面的内部矛盾内部斗争，即次要矛盾次要斗争，结果主要矛盾主要斗争的真正面貌仍然没有可能真切地生动地反映出来；或者根据朴素的生活经验去写了一些矛盾和斗争，其中既有主要矛盾主要斗争，又有次要矛盾次要斗争，但却不能按照一个社会或者一个运动的内部联系把它们有机地组织起来；或者偶然的枝节的东西写得很多，以至掩盖了或削弱了这种矛盾和斗争的必然性与尖锐性；或者各种矛盾和斗争也还大体组织得可以，但却又不知道着重去反映这种矛盾和斗争的主导的一个方面，即最后必然要取得胜利的革命的或者正确的一个方面，结果就不能有力地显示出这种矛盾和斗争的发展的前途。①

---

① 何其芳：《〈关于现实主义〉的序》，载作家出版社编辑部编：《胡风文艺思想批判论文汇集·二集》，作家出版社 1955 年版，第 35–36 页。

平心而论，何其芳20世纪30年代写的那些带有颓废倾向的小诗和散文，在文学史上尚有一席之地；他在50年代以后对古典文学和现代文学中某些理论问题提出的看法，虽然粗浅仍不失为个人的劳动，也是应该尊重的；但他在40年代从延安出来写的那些自以为是的文学理论和文学批判文章，实在是不敢让人佩服。就如上面所引的一段话来说，粗粗一看让人以为是《矛盾论》的学习体会文章，他一连所举的五六种文学作品的缺点，都似乎在教育别人如何准确地描写生活，可是既不谈作家如何在社会实践和艺术实践里经受考验，也不谈作家对生活中的大是大非现象如何感受如何把握，却搬出一套套的哲学公式，似乎作家只要把这些公式操练熟了，就会写出好作品来。这种创作方法正是胡风深恶痛绝的公式主义的创作方法，是脱离生活对象的无限丰富性、扼杀文学最宝贵的自由精神的理论。按照何其芳的"教导"而创作而批评的文学实践后来并非没有，如果反过来看，20世纪50—60年代中国大陆泛滥着的政治概念化的文学作品和一次次充当大批判急先锋的理论文章，所依据的不正是何其芳津津乐道的获得"真理"的诀窍吗？

文学要讲真话，这是中国的知识分子们通过血的教训获得的至理名言。如果我们为这个思想在文学理论上寻找依据的话，它不能不是胡风的现实主义理论所包含的主要精髓。

胡风的现实主义文学理论就其理论实质而言，达到了中国的马克思主义现实主义所能达到的最高水平，即使把胡风的现实主义理论放到当时世界的马克思主义文学理论的范畴里，也是当之无愧的。但可惜的是，这仅仅是指理论层面而言，在具体的实践中却没有能够使这位马克思主义文艺理论家的真知灼见产生出实际效应来。这当然首先是由于抗战以来多灾多难的政治环境限制了知识分子的独立思想得以正常传播，但就主观而言，胡风自身也有着不可克服的局限。从"为政治服务"的角度来修正现实主义定义，在当时有着以苏联为中心的国际背景，中国作家关于社会主义现实主义的理论，整个地照搬苏联，再加上中国左翼文艺所处的严酷环境，使这种倾向成为被普遍接受的原则。即使是胡风本人，也从未怀疑过这条原理本身。他反对的只是文艺为政治服务倾向中的两种偏向，即简单化、公式化地图解政治原则，他对主观战斗精神的倡导，将人的因素加入到文艺为现实政治斗争服务的原则中去，最终目的依然是对这种创作原则的维护。作为一个左联盟员，一个自命不凡的马克思主义文艺理论家，一个同样是在苏俄和日本的普罗文艺运动影响下走上文艺道路的批评家，他无法从根本上摆脱这种文化背景的制约。

这样，他用自己的理论和批评实践把自己推入了一个矛盾的境地：一方面，他凭着诗人敏锐的艺术直觉和为艺术献身的精神，认识到文学创作离不开精神主体的高扬，离不开作家精神主体在现实的血肉人生中真诚的参与，他的现实主义理论中包含着许多关于创作主体和艺术本体的精神理解，揭示出艺术创作的特殊规律；但另一方面，左翼文化运动急功近利的文学观念依然支配了他，它要求作家只能在现实政治斗争的第一线体现自身的价值，同时，迫在眉睫的政治斗争以至稍后的民族解放战争也都为文学规定了具体的现实目标，胡风完全了解这种现实斗争的需要，他一再说过这样的话：文学的"一切活动都是为了反映现实问题的"。在这种现实的功利性制约下，他对文学探索的兴趣只能从本体意义上的创作规律缩小到实际意义的文学具体功能上。

当然，产生这种倾向的，不是胡风个人的现象，它几乎是左翼文学批评的通病，也是中国现实主义理论发展中的一个根本性的局限。20 世纪 20 年代末，中国现实主义理论是在与马克思主义理论结合下得以发展的。但众所周知，中国作家在接受马克思主义文艺理论的历史上曾出现过曲折。20 年代以来他们所接触的马克思主义文艺理论，基本上不是经典作家的原著，而是苏联十月革命初期的一些实验性很强的文艺政策、文艺论争的材料。当时中国出版的一些马克思主义文艺理论的翻译著作，主要就是这样一些政策性的文献，或者是苏俄领导人对当时文艺界的实际情况所做的有关指导性的意见。这些著作只能是过渡性的，但对中国的革命运动却产生了深远的影响，尤其是左翼作家在学习和运用马克思主义的思想方法方面。诸如 30 年代左联内部的那种以一时政策宣传来取代对理论本体的研究，那种在文学领域把阶级斗争扩大到庸俗的程度，以及那种毫无必要的"唯我独革"的宗派情绪，等等。胡风在这种环境下从事批评，如上的弊病不能不在他的工作中表现出来。

表现之一，过多的政策性研究取代了对理论本体的深入阐述。在 20 世纪 40 年代，中国新文学在理论和批评方面出现了一批可喜的成果。在美学和诗学方面，朱光潜、李广田等人做出了独特的努力；在艺术批评理论方面诞生了钱锺书的《谈艺录》，在艺术评论方面也有李健吾、唐湜等人的实践。而唯独左翼文学理论阵营，不断地把精力消耗在搞批判运动以及关于文艺政策的论争上，从批判"与抗战无关"到批判"战国策派"到批判王实味、丁玲，再到批判《论主观》和斥"五色"反动文艺等，破中无立，对马克思主义文艺理论本体的建设没有做出实质的贡献。本来，瞿秋白牺牲以后，胡风是左翼文学阵营中最有可能承担起这项工作的，他有着很强的理论思辨能力，有着完好的艺术感觉和研究马克思主义理论的热情，更重要的是，他不是政治旋涡中心的人物，完全可以与政治的实体力量保持一定距离，从"五四"新文学的伟大实践出发，去探索建立中国的马克思主义文艺理论体系的实际途径。事实上，他已经从两个方面着手，针对一些与马克思主义原理在中国的实践有关的问题提出了富有建设性的理论观点：关于民族形式问题与现实主义的发展问题，尤其是后者，在未完成的计划里包括了专论形象思维、文学的大众性、民族现实与人民力量，以及人道主义与现实主义的关系等问题，从作者对它们的概括介绍来看，都是一些相当有意思、有深度的理论问题。可惜的是，作者没有完成它们。而且，即使是这两本著作的创作动机，也都出于现实生活中的论战需要，功利的动机超过了理论的兴趣。我近日又一次读了三册《胡风评论集》和他的其他著作，仍然感到有些不满足。其中真正闪烁着艺术光彩的批评文章和体现思辨精神的理论著作并不多，大量充斥书中的是为当时具体环境而写的一些论争、有关文艺政策的讨论和探讨。这些文章里当然也反映出一些闪光的文学见解，但毕竟是零星的、片断的，缺乏理论的整体性。过于关心眼前的一时是非之论，计较一日之短长而缺乏对长远的、系统的理论本体的研究兴趣，是中国现代文学理论的最大的弱点，胡风个人的学术动向正反映了这一点。

表现之二，党派的甚至是宗派的批评原则高于审美的批评原则。左翼文学批评是在论战中发展着的，在外是党派之争，对内是宗派之争。在这种战斗化情绪的支配下，批评很难在审美层次上展开。胡风早期批评也受过机械唯物论的影响，如《粉饰，歪曲，铁一般的事实》等论"主题积极性"和对"第三种人"批判的文章，都有很浓的"拉普"味。这一点胡风是意识到的，在编第一本批评集《文艺笔谈》时，他没有把这类文章收入，表明了自己的态度。他多次说自己的文学批评道路是从1934年写《林语堂论》和《张天翼论》开始的。在这两篇作家论里，他极力改变过去左翼批评那种盛气凌人的作风，从具体材料出发，比较客观地分析了批评对象，做到了有好说好，有坏说坏。但是，由于这种好与坏的标准本身是党派的、政治的而非审美的，因此表现在扶植和培养左翼影响下的文学新人方面，他总是做得很出色，但在批评消极现象的一面，却难免有狭隘的地方。20世纪40年代以后，政治斗争愈见激烈，政治性、党派性的判断进一步取代了艺术审美上的批评。这一时期虽然胡风的批评文章写得不多，但通过他或者他的朋友主编的刊物上发表的一些批评文章，也可以看到这种倾向。

由于前两个特点，进而造成了第三个表现：胡风文学理论所含有的开放性和现代性与其在批评实践运用时表现的狭隘性之间的反差。胡风在现实主义创作原则中注入了主观战斗精神，描绘出人对客观世界的存在意义和战斗意义，他拒绝文学为某些抽象的观念而牺牲来自生活本身的血肉的感性材料，并夸张地强调了文学的现时性和具体性。这些理论观点都包含了相当丰富的内涵，它把现实主义原则解释成一种开放型的原则，吸收、融合了20世纪世界思潮中的一部分现代意识。这与20世纪的另一个马克思主义文艺理论大师卢卡奇的封闭型的理论体系恰成对照。但由于胡风没有在理论本体研究方面继续开掘下去，而转向大量的时事性、政策性的讨论，实际上放弃了这一体系的构建。当他站在左翼文化的立场上将这些理论原则转化为批评原则时，他不能不改变、缩小甚至限制了理论的普遍性，使批评目的变得急功近利。他所提出的"主观战斗精神"理论，本来是对一种创作规律的揭示，而非批评的标准，事实上似乎也很难确定一种测量作品的"主观突入对象"程度的标准。

这些批评上的局限，有些并不表现在胡风本人的批评中。一般来说，胡风对批评对象的选择极严，总是从原则上提出问题，抓住倾向，而且他本人有着较好的文学修养和较高的艺术鉴赏力，在运用这种理论从事批评时，有时个人的艺术辨别力超出了功利目的束缚，对作品的分析达到了相当准确的程度。他对曹禺《北京人》的批评就是最好的例子。如果按照主观战斗精神来解释并以此衡量《北京人》，这部作品不能不带有如他所说的"客观主义"的倾向，但胡风在具体的批评中违反了自己的批评见解，凭艺术直观不但肯定了这部作品的现实主义意义，而且为作品中运用表现主义手法设计的"北京人"象征辩护。但是，这种个别的例子不能掩盖一些客观上存在的倾向：即在胡风的批评标准下，包含了诸如把现实主义定于一尊，过于强调主观热情，强调文学现实的功利目的、艺术趣味的狭隘等缺点。尤其是，在其他一些年轻人运用胡风的理论从事批评时，由于缺乏胡风所具备的艺术直观能力，仅在表面上继承了对这一理论的解释和使用，这时，上述的缺点就暴露得更为明显。20 世纪 40 年代后期关于胡风"八面树敌"的埋怨，正是产生于这种间接的后果之中。

值得注意的倒是，既然胡风在文学批评中表现出来的种种局限根植于左翼文化背景，既然他比较注意文学中人的实践因素，较之那些只讲政治斗争原则而不惜牺牲人的个性、从观念出发而不是从实践出发的文学理论，仍不失为带有开放性和现代性的意义，那为什么到了20 世纪 40 年代胡风反倒成了"八面树敌"而受人埋怨的目标呢？我想其原因正在于两种现实主义理论之间的起点差别上。从政治原则出发的左翼批评家们只是把文艺批评当作一种实用的政治工作，他们并无主观的立场可言，当 20 世纪 30 年代共产党需要用文艺充当政治斗争工具时，他们毫不犹豫地发动了一个接一个的批判运动，把"革命文学"搞得面目狰狞。到了 40 年代后期，中国政局即将发生重大转折，共产党需要在政治上建立广泛的民主统一战线，把一切中间力量团结在即将成立的新生政权的周围，这些理论家也就采取了比较宽容的态度，为现实政治需要服务。而胡风始终是一个独立的批评家，他有着自己的批评原则和审美原则，他无须考虑具体的政治气候变化，依然保留了 30 年代左翼文学批评的传统，这反而变得有些不合时宜。本来，作为一个文学批评家，他的文学活动只是个人的活动，并不承担组织统一战线的使命，他的批评也只是凭着个人的良知进行，无须顾及各种人事关系。何况，任何批评家都不可能是全能的，只有在一定艺术范围里限定自己的批评权利，才能建立有特色有个性的批评风格。但胡风的两难处境就在这里：他既是一个独立的批评家，又是左翼阵营中的具体一员，无论他本人的愿望还是政治斗争的需要，都促使他以替共产党政权甚至政党的利益作代言者为己任，他总是以为自己的理论活动代表了共产党阵营内部正确的一方，对整个时代的文学具有指导性意义。左联时期由苏联"拉普"那儿继承过来的"唯我独革"的思想方法又夸大了这种错觉，这才使他越出了自己该固定的范围，于人造成了一种威胁的力量，于己导致了悲剧的结局。这种责任感就像荆棘编做的冠一样，压着他走上了殉道的路。胡风理论上的悲剧，正是由这种人生道路的悲剧而来的。

写于 1988 年暑假；初刊《上海文论》1988 年第 6 期，原题为《胡风文学理论遗产》；2011 年 3 月修订，编入《思和文存》

从鲁迅到巴金：试论巴金在现代文学史上的意义

　　2005 年 10 月 17 日，巴金老人以 102 岁高龄辞世。有记者来采访我时，我的第一个直接的感受，也就是当我守在老人病床边，望着弥留之际的老人时已经盘旋在脑海里的一个反复出现的念头：随着这个人物的辞世，一个时代结束了。巴金先生代表了一个什么样的时代？简单地说，是"五四"新文学运动所建立起来的一种新的文化价值体系和一条新的知识分子的道路，是一个充满了理想主义的历史阶段。如果说，鲁迅是中国新文化的原创者，他和他的一代人代表了筚路蓝缕的新文化拓荒者，开创了中国新文化的道路，那么巴金则属于第二代，是理想主义的照耀下维护新文化价值体系的一代。从鲁迅逝世后的 1936 年，到现在已经有将近 70 年的历史，中国知识分子经历了抗战胜利、建立新政权、实践社会主义理想、"文革"浩劫、改革开放的现代化进程等等，基本上都是在一种理想主义信仰的鼓舞下从事探索和实践的。尽管具体的"理想"方案各有不同，但是这种精神状态是相同的。尽管他们经历了各种考验，但是所围绕的中心问题，依然是对"五四"新文化价值体系的维护和实践。直到世纪进入了新的交替之际，世界在全球化经济的席卷之下，文化发展的趋势又一次发生歧路丛生的迷茫，现代价值观念和现代知识分子道路都遭遇前所未有的挑战。我想，巴金是在充满信心的 20 世纪踏上自己的人生道路的，他走得是那样生机勃勃、有声有色，但是当 1999 年春节他因手术造成失声以后，即将来临的 21 世纪对他来说已经是充满了悲观和绝望的无声世界。当时他对周围的人说，以后我是为你们活着，或可以理解为，此后他所面对的新的时代已经不属于他的时代了。所以，我觉得要阐述巴金对现代文学史的贡献，应该联系已经过去的整个 20 世纪的现代知识分子道路，考察他与鲁迅所代表的新文化传统之间的承传关系，并且在这样一种关系里，考察巴金这个名字在今天以及未来的意义。

创作：新文学传统在先锋与大众之间

巴金与他前辈之间的精神继承关系，最重要的标记还是体现在他的创作活动中。我们要问的是：巴金的创作活动究竟在哪些层面上继承了鲁迅的传统？并且在新文学的发展中构成什么样的意义？在讨论这个问题之前，我在理论上先确认两个前提：其一，我把现代文学的发展分成两个层面，第一个层面是常态的主流文学演变过程，指在一定的社会生产关系变动中造就的相应的文化演变，文学的变化也在其中之列，而市场与读者，往往是社会与文学两者之间互动的纽带；第二个层面是指某些特殊时期出现的文学和文化的震荡，这些震荡受到世界性潮流的刺激或者影响，以先锋的姿态出现，促进、推动了文学或文化的激变，它破除对传统文化的迷信，鼓吹新的文化观念和审美观念，以彻底的批判精神宣告了现代知识分子的诞生，启蒙是他们早期的旗帜，作为读者群主体的市民阶级与大众市场，往往也成了他们批判和剖析的对象。这两种文学发展形态既对立又有联系，甚至在一定环节下发生互相的转化。① 其二，"五四"新文学从一开始就同时存在了两种相成相反的形态。当陈独秀主编《新青年》介绍世界新思潮、胡适提倡文学改良的"八不"的最初时候，他们确实与当时其他的文学革命尝试者一样，希望新的文学能延续传统的文学主流自然变革而

---

① 我把这两个发展层面定义为先锋与常态，对此的具体分析，可参阅《先锋与常态——现代文学史的两种基本形态》，初载《文艺争鸣》2007 年第 3 期，后收入编年体文集《昙花现集》，上海人民出版社2015 年版。

来，使白话文学取代文言文学成为现时代的文学主潮。这是常态发展的文学形态。但是在他们的言论和情绪里也已经包含了某些过激的因素。以后随着西方学术思潮的进入和激进思想的出现，随着新文学运动受到社会保守力量的反对和威胁以后，他们批判传统和反抗社会压力的态度越来越激进，尤其是以鲁迅为开端的，后有创造社、部分文学研究会等作家的创作实绩和理论实践，以更为激进的姿态和更为含混的形象"异军突起"于文坛，他们以强烈的反传统姿态和欧化的文学意象、语言、理论冲击了人们的传统审美观念。西方的激进思想与"五四"新文学初期倡导者中间原有的激进因素（如陈独秀的《本志罪案之答辩书》和钱玄同等关于语言改革的激烈主张）相结合，构成了"五四"新文学的先锋意向，改变了前者的正常轨迹和性质，促进新文学运动向先锋性转换，新文学发生分化，先锋文学与常态的大众文学市场之间失去彼此的照应和联系。先锋文学的真正意向在于社会的挑战与更新，但是，当脱离了大众市场和读者群体的先锋文学以桀骜不驯的战斗姿态卷入政治冲突后，必然陷入政治与美学的困境。我所分析的鲁迅—巴金建立起来的新文学传统及其在现代文学史上的意义，正是在这一理论前提下进行探讨的。

巴金曾经自称是"五四"运动的产儿。[①] 当他如饥似渴地阅读《新青年》等杂志的时候，鲁迅已经完成了《狂人日记》等作品，以其特有的先锋精神揭开了新文学运动的序幕；1925 年巴金北上，在北京滞留期间，陪伴他打发寂寞生活的就是一本《呐喊》，而鲁迅当时正处于人生道路的彷徨痛苦阶段，创作进入高产期；1929 年，巴金的第一部长篇小说《灭亡》问世，顺利走上写作道路，其时鲁迅已经完成了大部分的虚构作品，实现人生道路的又一次转折。巴金与鲁迅基本上属于两代人，鲁迅对新文学的贡献整个都是原创的，他的创作活动构成了新文学发展的先锋精神和原动力；而巴金则是以鲁迅为代表的"五四"先锋精神的继承者和实践者，在以鲁迅为核心的"五四"新

---

① 巴金：《五四运动六十周年》，载《巴金全集》第 16 卷，人民文学出版社 1991 年版，第 66 页。

文学运动的推进中，他发挥了别的作家不能取代的独特的作用。

如果我们把"五四"新文学运动理解为一场带有先锋意识的文学运动①，鲁迅的创作实践则代表了这场先锋文学运动最核心的传统。"五四"新文学运动是在中国被纳入世界格局的时候发生的，它所包含的现代的世界性因素具有丰富内涵和多元成分。正在盛行的西方现代思潮和先锋思潮作为同步的世界性思潮，对新文学运动发起者产生过深刻的影响。"五四"新文学初期混杂着多种来源于西方的现代文化思潮，如李大钊的含有无政府共产主义理想的社会主义学说、陈独秀的来自法国大革命的激进的民主主义思想、胡适的来自美国的实用主义现代哲学和个人主义学说、周作人以"人的文学"为核心的人道主义和"人生派"文学主张、田汉及创造社诸君子提倡的"为艺术而艺术"的唯美主义艺术主张，等等，而鲁迅、郭沫若、郁达夫等的文学创作和沈雁冰等人的文学理论，则是具有激进反叛姿态的先锋文学思潮，他们与几乎同时期发生的西方先锋思潮未必有具体的联系（虽不能排除两者之间的启发），但是这种世界性因素反映了当时中国与欧洲各国在战争与革命、传统危机、文化变革等大趋势方面的一致性。其特点为：彻底地反对传统意识形态、批判社会混乱现状的战斗态度，坚决认为文学运动与知识分子要求改变社会现状的目标是不可分的，反对艺术脱离社会的自律行为，语言与形式尽其可能标新立异，力求打破传统习惯，追求陌生化的效果，既反对文化上的保守势力也反对同一阵营里的权威意识，等等，中国的"五四"新文学运动与俄、意的未来主义运动、德国的表现主义、法国的超现实主义等激进思潮具有相同的先锋性质。有了这种先锋精神所起的核心作用，新文学运动与旧传统的断裂和新质的产生才能成为可能。也是在这种先锋精神的带动下，中国文学才有可能比较彻底地完成了自我更新的蜕变过程，开始 20 世纪中国现代文学发展的独特的审美轨迹。

---

① 关于"五四"新文学运动的先锋性问题，请参阅陈思和《试论"五四"新文学运动的先锋性》，初载《复旦学报》2005 年第 6 期，后收入编年体文集《海藻集》，广西师范大学出版社 2007 年版。

作为一种以彻底反传统反现状的姿态而存在的先锋运动，其积极意义上的过程必然是短暂的、闪电式的。德国学者彼得·比格尔为"先锋文学"的这一特点做出如下的分析：先锋文学所具有的两方面的特征是联系在一起的，一是攻击现有的资本主义的艺术体制，二是企图重新恢复艺术与生活实践相结合，促使生活发生革命性的变革。但这些运动在试图实现其意向的过程中必然要陷入两难困境。

其政治的困境是："一旦（它所呼唤的）革命变得严肃而必然导向与左的或右的政党或集团合作的时候，政治困境就出现了。对先锋来说，他们的两难困境是，要么参与他们支持的政治运动，要么坚持他们的独立而陷入与政治运动的不可解决的冲突中。"

其美学的困境是："（资本主义的）艺术体制能够承受先锋对它的攻击。在一篇名为《来自一份巴黎日记》的文章（1962年）中，彼得·魏斯这样分析一个先锋艺术展：'……在三个同时进行的展览中，他们的成果被展示了出来。仅仅是它们在这儿被悬挂着、镶在画框中，或站在支座上或躺在盒子中的这一事实，就与他们的初衷相反。这些希望粉碎常态、让大众的眼睛朝向一种自由的生活方式，希望表现可疑的、谵妄的外部准则的作品，却被展示在这秩序井然的地方，而且人们还能坐在舒适的扶手椅里去对它们凝神默想。被他们攻击的、被他们嘲笑的、被他们暴露出其虚伪的秩序却善意地把他们纳入其中。'就这点而言，人们会说先锋失败了。但是，在这里谈论失败却会引起误解，其原因不是因为先锋无疑会重新出现，而是因为这种说法掩盖了一个事实，即：失败了的东西并没有完全消失，而是恰好就在这种失败中继续产生着影响。"①

对于理解和解释"五四"新文学运动中的先锋现象，参考这段关于欧洲先锋运动的论述非常有启发。根据比格尔对于"双重的困境"的分析，我们首先就能够理解新文学运动所遭遇的政治困境：为什么

---

① 引自彼得·比格尔为迈克尔·凯利主编的《美学百科全书》撰写的"先锋"（Avant - Garde）条目：Michael Kelly（ed.），*Encyclopedia of Aesthetics*，Vol. 1，New York：Oxford University Press，1998，pp. 187 - 188.

"五四"新文学运动从一开始就不是纯粹意义上的文艺运动,它包含了太多的政治改革和社会改造的理想和期望,急功近利的启蒙运动迫使知识分子迅速走向实际的政治斗争,甚至是直接的政党活动。① 20世纪20年代中期,新文学阵营分化,还坚守在文艺岗位上的鲁迅发出过"两间余一卒,荷戟独彷徨"② 的悲愤呼喊,但他终于还是选择了南下广州,试图去参加实际的革命工作。当一场大革命以战争的形态爆发时,新文学运动自身的先锋使命差不多已经完成,从鲁迅的《伤逝》到丁玲的《莎菲女士的日记》,似乎已经在为"五四"先锋文学做总结,反思它为什么会失败,以及失败以后为什么会无路可走。再从美学的困境上来看,"五四"新文学运动的某些意向,表面上已经得到了满足和胜利,如白话文的推广和普及,新文艺形式的确认和流行,一部分新文学的倡导者功成名就,或成为著名教授学者(如刘半农、钱玄同等),或成了明星似的作家诗人(如郁达夫、徐志摩等),这就是说,"五四"先锋文学的成果已经被摆进了堂堂皇皇的"展览厅",被他们先前所反对的社会体制所接受了,但是,作为先锋文学所期待的文学艺术推动社会发生变革的一面来说,依然没有丝毫影响。鲁迅经历了大革命失败的教训后终于意识到,先前鼓励他发出振聋发聩的战斗呼喊的结果,是徒然增加吃人筵宴上被吃者的敏感和痛苦,这时候再让他像《狂人日记》里发出"救救孩子"的呼喊,连他自己都感到空空洞洞的了。③ 这些敏感而悲愤的受挫感和绝望感不能简单地理解为鲁迅个人的经验使然,而是概括了当时大部分具有先锋意识的新文学参加者和后来者的感受,只是借助鲁迅的笔吞吞吐吐地表达了出来。从现代文学史发展的状况来看,新文学创作确实是在正常地继续着,从来也没有中断;但从"五四"新文学运动最核心的先锋精神来看,

---

① 毛泽东曾经对"五四"做过这样的评价:"'五四'运动是在思想上干部上准备了1921年中国共产党的成立,又准备了五卅运动和北伐战争",并且说,"'五四'以来,中国青年们起了(……)某种先锋队的作用"。[《毛泽东选集》(一卷本),人民出版社1968年版,第660、529页。]

② 鲁迅:《题〈彷徨〉》,载《鲁迅全集》第7卷,人民文学出版社1981年版,第150页。

③ 鲁迅:《答有恒先生》,载《鲁迅全集》第3卷,人民文学出版社1981年版,第454、456页。

这一活跃的战斗传统似乎在前所未有的压力下中断了。①

虽然有如比格尔所说，失败了的东西并没有完全消失，而是恰好在这种失败中继续产生着影响。但失去了先锋精神的新文学只是以常态的形式存在着、发展着（同时也是被展览着），渐渐被接受为主流的文学，可它在一个急剧变动着的社会中所产生的影响就渐渐变小了，不再可能产生出激动人心的力量。理解了这一点我们就不难理解，在20世纪20年代末中国新文学发展曾经历过一个低潮：曾经是新文学运动发源地的北京，当《语丝》最终南迁上海以后，其文学几乎是陷入死寂一般的沉默了；而在当时传媒出版力量云集的上海，传统的文学势力迅速占领了这个城市的各种最新媒体——小报连载、文艺副刊、休闲杂志、连环画，甚至由小说改编的电影、曲艺、连台本戏等等，基本上是由一批新文学所攻击的敌人所垄断。垄断了媒体和市场也就意味着垄断了市民阶级为主体的读者，新文学的大部分作品只能发表于自娱性质的同仁刊物上，很难想象这些作品会在现实社会中产生多少影响。这就是先锋运动失败以后的一个文化背景，是1928年茅盾和"革命文学"倡导者发生关于读者对象的争论的现实背景，也是20世纪30年代前期以瞿秋白为代表的左翼作家屡屡发起文艺大众化讨论的现实背景。在这种背景下，鲁迅的可贵就表现在虽然他一再遭受来自那些激进小团体的无理纠缠和狂妄攻击，但他依然忍辱负重地同意与这些论争对手联合起来（先是与创造社，后又与"革命文学"的论争者），布成统一阵线，显示了一个真正文艺先锋不断激进的实质性的努力。20世纪20年代的中国新文学运动中最为活跃的力量，是一连串规模不大的具有先锋意味的文艺团体组成的，如创造社、语丝社、狂飙社、未名社、沉钟社、太阳社……直至左翼文艺运动的崛起。由于这些组织成员自身具有的流浪型知识分子的弱点，包括他们的反叛权威、标新立异以及非市场化的运作方式，其先锋性的闪现往往像昙花一现，

---

① 大革命失败以后，原先"五四"新文学运动中最具有先锋精神的骨干们作鸟兽散，陈独秀被废黜了中国共产党的总书记，转向托派，郭沫若、沈雁冰亡命出国，钱玄同、刘半农转向学术研究，周作人悲愤喊出"闭户读书"的反讽，鲁迅则陷于沉默和重新选择人生道路。

耀眼而短命，与城市里的读者群体并没有发生亲密的联系和接触。大约是一直到 20 世纪 30 年代《申报·自由谈》主编易人、左翼电影以及电影歌曲的兴起，良友图书公司的转向，文化生活出版社的成立，鲁迅去世后的悼念活动等一系列事件以后，才渐渐地在中国普通读者中间发生真正的影响，才为后阶段的全民抗战的文艺奠定了基础。而这样一个长时期融合的过程也是先锋运动自我消亡的过程，从文学革命到左翼文学运动的过渡体现了先锋与政治之间复杂的纠缠和困境，从《新青年》的文艺启蒙到 20 世纪 30 年代大众文艺的讨论和实践，也正是体现了先锋与市场之间的无法回避的融合与困境。新文学运动在演变过程中对社会的影响逐渐扩大走向成功，然而其先锋精神也必然逐渐式微，真正应和了"在这种失败中继续产生着影响"的规律。

在新文学的先锋精神与社会一般艺术体制之间的演变关系过程中，有一个现象是不可忽视，或可以说是标志性的，那就是以鲁迅—巴金建立起来的新文学传统及其在现代文学史上的意义。

巴金的最初创作时间，应该从 1929 年初他用巴金笔名发表长篇小说《灭亡》开始。《灭亡》描写无政府主义革命青年的反抗心理如何在残酷的环境刺激下一步步滋生起来，通过自我诘难与辩论，最终走上了暴力和自我牺牲的道路。如果从"先锋"这个词的原始意义上理解，它来源于 1830 年欧文、傅立叶、蕾德汶等英法空想社会主义者对一种超前性的社会制度和条件的建构，"先锋"一词曾被借用为乌托邦社会主义者圈子里的流行的政治学概念。在其与现状（或传统意识形态）的不相容性和叛逆性的意义上，先锋与无政府主义是相通的。① 就巴金的世界观和创作而言，其强烈的反对强权和专制制度的态度，在"五四"时期必然与强烈地反对传统联系在一起，其来源于西方的社会主义信仰和对资本主义制度的否定和反抗，其把写作活动看成整个人

---

① 参见王宁：《传统与先锋　现代与后现代——20 世纪的艺术精神》，《文艺争鸣》1995 年第 1 期。此观点是王宁引自：Charles Russell, *The Avant-Garde Today*, University of Illinois Press, 1981. 卡林内斯库在《现代性的五副面孔》一书里更明确指出，无政府主义者巴枯宁、克鲁泡特金等都对这个词的内涵与使用做出过贡献。（见马泰·卡林内斯库：《现代性的五副面孔》，顾爱彬等译，商务印书馆 2002 年版，第 106 页。）

生实践的一部分和作为改造社会的武器，以及其从欧洲文学（尤其是俄罗斯文学）中学来的充满革命意识的语言与词汇，都与"五四"新文学运动初期的先锋意识的特征相吻合。但是作为一个投身于无政府主义运动的青年，他从"五四"新文学运动中吸取的先锋精神并没有自觉运用到文学创作上，而是消耗在社会运动的热情上，全身心地投入到自己的信仰与活动中去了。直到 1929 年他从法国回来，发现国内的无政府主义运动烟消云散，溃不成军，他所期望"与明天的太阳同升起来"① 的理想变得遥不可及，这时候他才不得不正视了这个事实：他因为写作了《灭亡》而已经成为一个引人瞩目的文坛明星了。如果说，鲁迅的先锋精神来源于"五四"新文学的先锋性，体现在文学活动中；而巴金的先锋精神则主要体现在旨在改变生活的信仰和社会活动中。当巴金遭遇到社会运动的彻底失败，而后进入文学领域时，文学领域的先锋运动也同样陷入了低潮，巴金就是在这样一个空白的时期，带着他的激情和才华，有力地步入文坛。

巴金曾这样描述自己走上写作道路："当热情在我的身体内燃烧的时候，我那颗心，我那颗快要炸裂的心是无处安放的，我非得拿起笔写点东西不可。那时候我自己已经不存在了，许多惨痛的图画包围着我，它们使我的手颤动，它们使我的心颤动，你想我怎么能够爱惜我的精力和健康呢？我一点也不能够节制，我只有尽量地写作，即使明知道在这种情形下面写出来的东西会得到不好的命运，而且没有永久存在的价值，我也只得让它去。因为我不是一个文学家，也不想把小说当作名山盛业。我只是把写小说当作我的生活的一部分。我在写作中所走的路与我在生活中所走的路是相同的。"② "写作如同生活"是巴金一个著名的文学观念。巴金的"生活"已经远离了无政府主义运动，而他的"写作"正是他的信仰生活的继续，在这一点上它们是相一致的。20 世纪 30 年代巴金的旺盛的创作动力仍然来源于他的信仰，

① 巴金：《〈夜未央〉小引》，载《巴金全集》第 17 卷，人民文学出版社 1991 年版，第 138 页。

② 巴金：《灵魂的呼号》（即《〈电椅集〉代序》），载《巴金全集》第 9 卷，人民文学出版社 1989 年版，第 292 页。

他为自己的信仰和过去的活动，写出了一篇篇激情洋溢的"悼词"：他写失败了的无政府主义的活动（如《爱情三部曲》），写那些为信仰献出生命的无政府主义英雄（如《灭亡》和《新生》），写欧洲各国革命者可歌可泣的反抗专制与暴力的英雄行为（如《复仇》《电椅》等短篇小说集），写反抗资本家剥削与镇压的矿工运动（如《砂丁》《雪》），还有抗议和抨击中国家长式专制压迫的社会制度（如《激流》），等等，都可以看作是他对无政府主义信仰和实践的追悼。巴金前期的创作弥漫了浪漫激情的英雄主义格调，虽然悲愤欲绝地呼喊着社会正义，虽然死亡的阴影始终笼罩着人物命运，但始终洋溢着的理想主义的力量和旺盛的生命力，像火山喷发一样，冲击和震动了沉闷世界里的普通青年的感情世界。巴金成功了。①

巴金的早期作品基本上是延续着鲁迅的启蒙立场和绝望感觉。我们从《灭亡》中可以看到，杜大心走上暗杀（同时也是自杀）的道路之前，遭遇了一场目睹革命者被杀头示众，而围观者兴高采烈地欣赏杀头的场面，这是典型的鲁迅的启蒙风格；《新生》里写李冷把自己关在屋里冷眼看世的心态，也是典型的鲁迅式的愤世嫉俗的立场。但巴金的不同之处在于他从来就不是一个孤独的反抗者，杜大心、李冷的背后都有一个关爱着、支持着他们的知识分子群体，仍然有着女性的温情与关爱。这是巴金的理想主义的幻觉，他的小说里经常出现"对世界应该爱还是恨""革命者能不能有爱情"等这类知识分子中流行话题的辩论和思考，这些通俗话题显然要比鲁迅式的或颓唐或自戕或忏悔的深刻痛感更加能被一般青年人所接受。1931 年，巴金接受了当时流行的市民报刊《时报》②的约稿，用连载小说的形式创作了《激流》（即《家》）。这部小说连载了整整一年有余的时间，虽经几次曲折，

---

① 根据《巴金全集》的版本介绍，以巴金在开明书店出版的主要几种长篇小说为例：《家》1933—1951 年，印 32 次；《春》1938—1952 年，印 22 次；《秋》1940—1951 年，印 14 次；《灭亡》1929—1951 年，印 28 次；《新生》1933—1951 年，印 23 次；《春天里的秋天》1932—1949 年，印 20 次。除去中日战争期间的停滞，大部分一年印两次，至少每年印一次以上。

② 当时《时报》的编辑叫吴灵绿，是一个写流行小说的才子，写过新诗，也是商务印书馆学徒出身。他的前任毕倚虹是老牌的鸳鸯蝴蝶派文人，《时报》上连载的多半是言情通俗的小说。编辑是想改变一下风气才去向巴金约稿的。

终于还是载完了全部的内容。这是在通俗媒体上连载新文学长篇小说的成功例子，更进一步地说，之前的新文学作家很难说有过自觉利用都市报刊的长篇连载形式来制造和培养自己的市民阶级读者群，并且同时传达出先锋精神的相关主题的自觉。《家》在控诉"礼教吃人"的意义上直接继承了《狂人日记》的主题，但是鲁迅笔下的"吃人"意象极为丰富复杂，除了揭露家庭制度的弊病外，还有严厉地反省人类自身的"吃人"现象。但是在中国的市民读者群里，能够引起广泛响应的却是前一种揭露制度吃人的想象，所以才会有吴虞的《吃人与礼教》的文章来响应。鲁迅在 20 世纪 30 年代所撰写的《〈中国新文学大系〉小说二集》的导言里，竟也不能不强调起"意在暴露家族制度和礼教的弊害"[1]，说明这时候"礼教吃人"已经是一个被普遍接受的概念，而人对自身的吃人野蛮因素的反省反而被遮蔽。巴金的《家》正是利用现代传媒工具使"礼教吃人"或者"制度杀人"的概念得以普遍地传播开去。所以说，从"五四"先锋文学诞生到 20 世纪 30 年代新文学开始获得"大众"、占领读者市场的变化轨迹中，巴金的贡献是不可忽视的。

在法国研究者明兴礼的著作里，他引用过一个调查资料："我多次问学生们最喜欢读什么书，他们的答复常常是两个名字：鲁迅和巴金。这两位作家无疑是 1944 年的青年的导师。让我看来，巴金对学生们的影响好像比鲁迅先生的更大一些，所以他负的责任也比较重。我常听青年人说，巴金认识我们，爱我们，他激起我们的热烈的感情，他是我们的保护者。他了解青年男女被父母遗弃后生活的不幸，他给每个人指示得救的路：脱离父母的照顾和监视，摈弃旧家庭中的家长，自己管自己的生活。对结婚问题，是青年们自己的事，父母不得参与任何意见。大多数的学生很少去分析自己的思想，固然也有一些家庭的子女看到自己本国的风俗这样早地被人家宣布了死刑，他们或者不接受巴金的思想，但这是例外。巴金的理论还是被大多数的人不加批评

---

① 　鲁迅：《鲁迅全集》第 6 卷，人民文学出版社 1981 年版，第 239 页。

地整个采纳了。"① 我们从这里可以看到，巴金到 20 世纪 40 年代对青年读者的影响是非常具体和实在的。这时候的巴金完成了《激流》之二《春》（1938）和之三《秋》（1942），艺术风格发生了很大的转变，内容主要集中在对旧式家庭的批判和对旧式家长的攻击，与其早期追悼式地描写无政府主义运动的悲愤而充满理想主义的风格，有了明显的不同。巴金的无政府主义信仰与活动本身含有先锋意识，与"五四"新文学所具有的先锋意识具有同构性，巴金在创作中追悼无政府主义信仰和活动，自然包含了对"五四"先锋精神的继承和弘扬。真正的先锋永远是边缘的、敌对的，又是短暂的，先锋文学运动的真正意向，是通过重新调整文艺与社会生活的关系，达到改变社会生活的目的，在强烈的批判传统与现状的背后，必然会有强大的功利目的支持它的行为。但是，它的某些成果一旦被社会（它所反对的）体制所接纳，其先锋性也就消失了。这是比格尔所归纳的。对于先锋文学来说，美学困境可能是比政治困境更加致命的一击。法国先锋派剧作家欧仁·尤奈斯库说过类似的意思："从总的方面来说，只有在先锋派取得成功以后，只有在先锋派的作家和艺术家有人跟随以后，只有在这些作家和艺术家创造出一种占支配地位的学派、一种能够被接受的文化风格并且能征服一个时代的时候，先锋派才有可能事后被承认。所以，只有在一种先锋派已经不复存在，只有在它已经变成后锋派的时候，只有在它已被'大部队'的其他部分赶上甚至超过的时候，人们才可能意识到曾经有过先锋派。"② 如果我们回到新文学史的研究角度来理解这层意思，似乎更加耐人寻味：只有当鲁迅、巴金这样一批具有先锋意识的作家经过不懈的努力，新文学真正占领了文学读物的市场，战胜传统的通俗文学，获得大量读者的时候，"五四"新文学的先锋精神才能够被证明取得了真正的胜利；但是当新文学真正成为文化市场上

---

① 明兴礼：《巴金的生活和著作》，王继文译，文风出版社 1950 年初版，上海书店 1986 年影印版，第68－69 页。

② 欧仁·尤奈斯库：《论先锋派》，载《法国作家论文学》，李化译，生活·读书·新知三联书店 1984年版，第 568 页。

的新宠，成为人民大众喜闻乐见的文艺形式，那它的先锋性又何在呢？鲁迅一代人所创造的、巴金一代人所实践的"五四"新文学的核心传统，在多层次的读者群体面前不能不改变自己的先锋意向，因为只有这样，"五四"新文学的先锋性才算是融入了以常态形式出现的文学主流。我们辩证地看这个现象，在"五四"的先锋文学与大众（主流文学）的关系中，巴金是帮助"五四"先锋文学完成了这个融入大众过程的杰出代表。当然，在这样一个复杂的文学发展和演变的过程中，有许多作家的努力融入其中，巴金只是杰出的一个，由于巴金等人的创作业绩，才使我们的新文学的发展面貌有了改观，造就了一代包括大批学生和市民在内的新文学的读者群体。

但是，这也同时造就了巴金对先锋文学的"背离"。我们可以看到一个令人奇怪的现象，那就是巴金对于自己在文学领域所取得的成就始终是不满意的，我们在"艺术"这个范畴里始终无法与巴金进行真正的对话。过去许多学者都是从信仰与非文学的立场去解释这一现象，而忽视了巴金的焦虑恰恰是来自文学发展的内部，即一个具有先锋意识的作家面对自己在文学市场上的成功、面对文学在市场运作下不可遏止的媚俗趋向所生出的深刻的忧虑和焦急，甚至是巨大的痛苦。1932 年，巴金在一篇谈自己文学思想的文章《灵魂的呼号》里这样描述他的成功："我的确拼命糟蹋文章，我把文章当作应酬朋友的东西，一份杂志，即使那上面载满了我见了就头痛的名字和作品，我也让人家把我的文章在那里发表。我的文章被列在各种各类人的大作之林，我的名字甚至在包花生米的纸上也可以常常看见，使得一部分人讨厌，一部分人羡慕。……我的名字成了一个招牌，一个箭垛，一面盾。我的名字掩盖了我的思想，我的信仰，我的为人。一些人看见这个名字就生气，以为我是一个怎样的不可救药的人，把我当作攻击的目标；另一些人却把这个名字当作'百龄机'的广告，以为有意想不到的效力。于是关于这个名字的谣言就起来了。"① 《灵魂的呼号》是现代文

---

① 巴金：《灵魂的呼号》（即《〈电椅集〉代序》），第 294 页。

学史上一篇不可取代的文学思想论的文献。它生动揭示了新文学一旦被市场接受必然会遭遇的结果，市场总是以商品运作规律为原则，如果先锋意识一旦流行开去，如尤奈斯库所说的，当先锋文学成为"一种能够被接受的文化风格并且能征服一个时代的时候"，先锋意识也会成为商品而流行开去和普及开去，成为现代传媒所追逐的中心。巴金所描绘的文坛状况，如果严厉一些的话，可以用"媚俗"（kitsch）一词来形容，他没有为自己能够被大众传媒和文化市场接受而沾沾自喜，相反深深地陷入了痛苦和自责。他清楚地意识到，他从"五四"新文学中所获得的先锋意识是无法被市场所容忍的，而一旦被容忍也就意味着最珍贵的原创内容会受到玷污和误解，但他又是必须投身进入的，因为他另有使命："我不是一个艺术家。人说生命是短促的，艺术是长久的。我却以为还有一个比艺术更长久的东西。那个东西迷住了我，为了它我甘愿舍弃艺术。"[①] 我们都知道这个"它"是指什么，巴金对文学写作的期待远远超越了一般的文化市场的成功，他是在无意识的努力中见证了新文学在先锋与大众之间的徘徊和走向，但他的兴趣显然不在这里，他愿意用他的成功和被误解，来换取他对"信仰"所做的承诺。

只要有市场和利益在起作用，巴金的痛苦是不会结束的。他在写作《灵魂的呼号》以后，始终不懈地自剖自己的生活方式，他坦率地承认："我太懦弱了！我作为一个'写作的人'，我实在太懦弱了。"他回顾说："当初我献身写作的时候，我充满了信仰和希望。我把写作当作我的生活的一部分，我以忠实的态度走我在写作中所走的道路。我抱定决心：不做一个文人。……谁知道残酷的命运竟然是我自己今天也给人当作文人来看待，而且把我所憎厌的一切都加到我的身上了。造谣、利用、攻击、捧场，这两年来他们包围着我，把我包围得那么紧，使我不能呼吸一口自由的空气。"[②] 自由是文学先锋所追求的最重

---

① 巴金：《灵魂的呼号》（即《〈电椅集〉代序》），第294页。
② 巴金：《我的呼号》，载《巴金全集》第12卷，人民文学出版社1989年版，第250页。

要的境界，离开了自由自在的精神而被市场与传媒追逐，实在是远离了巴金的本性和立场，但是，他又像一个真正的勇士那样，死死守住了对"信仰"的承诺，为了理想和追求而不得不沉浮于文学走向市场的滚滚浊浪之中，并且不是消极地走高蹈的虚伪的退隐之路，而是勇敢地投身于市场，坚持文学理想和先锋精神，把"五四"新文学的鲁迅传统传播开去。于是就有了他在1935年与朋友们联手创办文化生活出版社，走自己的道路了。

出版：知识分子民间岗位的确立

从1929年《灭亡》问世起的五六年时间，既是巴金的创作高潮时期，又是他的精神危机时期。这期间的巴金几乎居无定所，四处漂泊，流浪在一个城市又一个城市（巴金在这段时期的主要活动线路是：上海—福建—广东—青岛—北京—东京—上海），直到1935年文化生活出版社成立，他的朋友们邀他担任文化生活出版社总编辑，他才找到了属于自己的知识分子的民间岗位，也找到了自己在文坛上所建立的积极的价值取向。

文化生活出版社在巴金的人生道路上有着重要的意义：它不仅仅是给巴金一个确定性的知识分子岗位，而且帮助他完成了一种知识分子角色的转变。新文学的知识分子队伍主要是由两类人组成：一类是流浪型的知识分子，另一类是岗位型的知识分子。前者往往没有固定的工作和居住的城市，他们以笔为旗，聚集在现代都市里，厕身于社会底层，吸收各类流行信息与观念，观察各种社会阴暗与罪恶，他们才气横溢又备受压抑，思想激进又意气用事，他们的创作里喷发出一股巨大的怨恨力量，冲击着平庸社会的常识常态；而言者，因为有确定的工作岗位而比较务实，他们对现实也充满清醒的批判意识，但不是偏激的怨天尤人，而是强调在实际工作中努力，在平凡工作中一步一步积累起推动社会进步的力量。在20世纪二三十年代，像鲁迅、郭沫若、郁达夫、巴金、胡风、丁玲以及大大小小的左翼作家差不多都属于前者，而胡适、周作人、郑振铎、叶圣陶、朱自清、夏丏尊、老舍，以及后来的沈从文等均属于后者。在"五四"新文学的先锋意识逐渐向大众的市场意识转换的过渡中，两者所扮演的角色是不一样的。前者敏锐、浮躁、激进，受到的压力也相应比较大，这往往使他们的事业追求有好的开端却无善的终结，不免陷于失败的悲惨处境；而后者因为有比较稳定的生活保障，容易获得社会信誉，对文学主流的发展能够产生影响，荣誉多于前者。巴金早期显然是属于流浪型的知识分子，但随着文化生活出版社的成立和出任总编辑，他的社会地位和社会影响也逐渐确立起来，对社会和主流文学开始产生比较稳定的影响。

我在前一节探讨了巴金作为一个流浪型知识分子在政治信仰与文学创作之间的两难选择，这种状况到了1935年以后有了明显的变化。文化生活出版社的同仁们，可以说是一个怀有安那其理想的文学青年的团体，他们不是政治性的团体，而是文化性的团体，他们有着鲜明的社会理想和社会关系，最初推出的文化生活丛书也是有着明显的安那其色彩，在经营形式与方法上，他们按照安那其的劳动原则，像巴金、吴朗西等人，都是义务地奉献而不取报酬，只知耕耘不问收获，是他们理想的工作态度。但即使如此，有了明确的社会工作岗位以后的这群青年人，也不再扮演波希米亚式的流浪汉的角色，也不再承担边缘性的文学先锋的职能。他们在出版实践中不但完成了从流浪型知识分子向岗位型知识分子的转型，也完成了从边缘向主流的转换。20世纪40年代，巴金主持了《克鲁泡特金全集》的翻译与出版工作，却不用文化生活出版社的名义，另以平明书店的名义刊印，文化生活出版社主要编辑出版中外文学作品，其中最有影响的，是《文学丛刊》、《译文丛书》、一系列长篇小说和戏剧的书系，在战火纷飞的岁月里，保证了文化生活出版社成为推动中国现代文学发展的中流砥柱。本节并不准备全面探讨巴金在文化市场中的实践和成就，所以把话题集中在文学史的意义上，在新文学从先锋走向常态的文学主流的过程里，巴金的成功之路是起到了积极作用的。

文化生活出版社之于巴金人生道路的意义，还不仅仅是发现了适合自己的工作岗位，更重要的是以此为契机，他与鲁迅发生了联系，成为鲁迅旗帜下文学新生代中的一员。我经常在有关鲁迅的传记里读到鲁迅的晚年处境孤立的说法，为了突出鲁迅晚年的悲壮，许多学者把鲁迅描写成一个四处树敌、心境凄凉的孤独老人。其实这是错看了鲁迅，也不理解鲁迅所具有的真正的知识分子素质。鲁迅从来就不是一个习惯于孤军奋战的独行侠，他在反抗黑暗环境的一生中，始终在寻找自己的同盟军。他的一生是寻找结盟的一生：早年支持光复会的反清，中年加盟《新青年》，后来又南下广州参加国民革命，最后又担当起左翼作家联盟的盟主责任，成为左翼作家的一面旗帜。鲁迅总是寻找到社会上最有活力、最有革命性的力量，尽管他本人的思想之前卫可能已经超越了那些思潮，但他仍然愿意与他们建立统一战线，结为盟友，共同担负起战斗的责任。但是，在鲁迅的生命的最后一年多时间里，就在他与周扬等人发生了激烈冲突，左联也濒于解散（不久真的解散了）之际，也就是他为了对付同一阵营里的冷箭决定"横站"的时候，他发现在他身边活跃着一批值得信任的文学青年。这批青年中有胡风、聂绀弩、萧军、萧红、叶紫等左翼青年作家，有来自文化生活出版社的巴金和吴朗西，有帮助他编辑《译文》的黄源，有先编《自由谈》后编《中流》的黎烈文，有主持良友图书公司的文学出版的赵家璧，有编辑《作家》杂志的孟十还，等等。而在这批青年中间，最有活动能量并能够团结人的是胡风和巴金，当时因为巴金的关系使一批自由主义作家如章靳以（主编《文季月刊》）、萧乾（编辑《大公报·文艺副刊》）等也间接地围绕在鲁迅的周围。我把这批青年作家和青年编辑称为当时的"文学新生代"，他们年纪相仿，都充满了热情和理想，他们的政治态度也相仿，对当时的黑暗环境具有强烈的反抗意识，他们中少数是左联成员，更多的是站在比较激进的自由主义立场上，也有的是被左联关门主义的错误路线排挤在外，更有像萧红那样没有参加左联，却自觉追随鲁迅的青年，他们几乎都是从各地流浪到上海，聚集在一起，从事喜欢的文学事业。他们身上没有一般流浪知识分子常见的毛病，如浪漫成性、偏激好斗、狂妄自大、不负责任、喜欢窝里斗等等，而是对文学充满信心，认真向上，真诚待人，对鲁迅先生都满怀着自觉的敬意，愿为先生做任何事情。一般学者对此的解释，常常是偏重鲁迅对青年人的呵护和支持的一面，这当然是不错的，但似乎还可以进一步讨论，任何关系的合作都是双向的，当鲁迅对那些青年人满腔热情地给以支持时，他也从他们身上看到了一种左联"元帅"们所不具备的信任感和希望所在。当时有个日本人问鲁迅为什么要与信仰无政府主义的巴金合作时，鲁迅用很赞扬的口气说，巴金做事认真。鲁迅识人是从其具体的行为着眼的。①

巴金就这样成为鲁迅旗帜下的文学新生代的一员。从文学史的角度似乎还很难为这个既非社团又非组织的作家编辑群体命名，这批青年是当时上海文坛上最活跃的力量，又掌握着各种生机勃勃的现代传播媒体——刊物和出版社（所以当时鲁迅的声音可以在几家刊物上同时发出，足以振聋发聩），正能够发挥积极而健康的作用。鲁迅把他们团结在身边，支持他们各种文学出版活动，也深得青年们的尊敬。就这样，在克服党派与宗派的争斗，超越流派与社团的局限，独立于官方和左翼宗派势力之外，自然而然地形成了一种新的力量。这是鲁迅在生命的最后时刻又一次展示出极有光彩的一页。如果鲁迅不是因为肺结核过早去世的话，以他为旗帜的这股新生力量在未来文坛上的作用是不可估量的。这一点，当时身处中共地下组织领导地位的冯雪峰已经意识到了，当左联解散、鲁迅拒绝参加周扬组织的中国文艺家协会时，这批文学新生代也都拒绝参加，还发表了一个《中国文艺工作者宣言》，双方对阵的架势也已经摆开了，冯雪峰立刻嘱咐茅盾两边的活动都要参加，这显然是有着明确的统战的目的。② 但由于鲁迅突然去

---

① 增田涉《鲁迅印象记》，原话为："例如，某些时候他要和一位倾向很不同的青年作家一道搞工作，问他为什么要和那样的人一道工作，他用信任的口气说，那个人比别人更认真。认真、诚实是他最喜欢的。"（转引自史沫特莱等：《海外回响——国际友人忆鲁迅》，河北教育出版社 2000 年版，第 173页。）

② 参见茅盾：《"左联"的解散和"两个口号"的争论》，载茅盾《我走过的道路》，人民文学出版社1984 年版，第 307－347 页。

世，这一文学新生代的积极能量没有完全爆发出来。他们最后一次集中的能量爆发是在鲁迅的追悼活动中，真是有声有色，负责护送灵柩的正是这批倾心于先生的青年人。这以后，抗战的炮声催促他们各奔东西，各自经历了命运的考验。但鲁迅的精神传统也在他们这一代作家的文学实践中继续体现出来——其中最有代表性的，仍然是胡风和巴金：一个创办《七月》《希望》，以自己独特的马克思主义美学观文学观来影响青年作家，特立独行中团结和培养一批优秀的青年作家和诗人；另一个则以文化生活出版社为岗位，团结和培养了一大批才华横溢的文学新人。他们在 20 世纪 40 年代以后的文学领域所发挥的作用，都超过了他们个人的创作的影响，成为新文学发展中的文学团队的领军人物。

如果我们脱离了具体的历史环境，孤立地比较鲁迅与巴金两人的言论及其表述方式，那两者之间的巨大差异很容易淹没一切本来更加值得注意的相似性。但如果深入到两者关系的发生及演变的全过程去看，他们之间的继承和联系是相当深刻的。巴金对鲁迅的认识有过一个质的变化。在 1935 年文化生活出版社创办之前，巴金与鲁迅没有实质性的接触，虽然他们都生活在上海这个城市里，但彼此间生活圈子的不同，好像没有什么亲密来往的机会。20 世纪 30 年代前期巴金是一个站在无政府主义立场上的激进的反抗者，基本与文坛主流不直接发生关系[①]，只是以发行量越来越大的创作实绩来普及和传播新文学的精神传统，但是在 1935 年以后巴金亲炙于晚年鲁迅的人格精神，并在鲁迅身边做具体工作以后，情况就不同了。巴金的行为方式发生了变化，他与文坛的疏离感很快消失，渐渐地卷入了文坛冲突与文坛活动。鲁迅晚年与"周扬集团"的两次大冲突，一次是"两个口号"之争，引起争议的是胡风的一篇文章（背后还有冯雪峰和鲁迅）；还有一次是《中国文艺工作者宣言》的发布，起草者正是巴金和黎烈文。这是巴金

---

① 巴金早先不自觉于当作家，对文坛很冷炎，一般杂志社都是通过他的朋友索非等人向他约稿，他也通过索非转交稿子，自己与文坛不发生直接联系。参见巴金：《我与开明》，载《巴金全集》第 16 卷，第 668 页。

主动请缨捉笔的结果。① 所以徐懋庸写给鲁迅的那封著名的信里，把胡风、巴金、黄源三人列入主要攻击对象并不是无的放矢。② 鲁迅撒手西去，配合鲁迅编辑《译文》的黄源不久也离开上海去苏北战区，巴金则坚持编辑出版《译文丛书》，推出了五十多种世界名著，把鲁迅生前规划的工作一直坚持到 20 世纪 50 年代初。抗战爆发后，文学社、译文社、中流社、文丛社等四家杂志联合组成战时刊物《呐喊》（后更名《烽火》）宣传抗战，之所以取名《呐喊》也是有继承鲁迅的意思，这家刊物列名主编为茅盾和巴金，但编辑工作也是巴金一人在承担。在这个民间工作岗位上，巴金一直默默承担了文学薪传的工作，他发挥的作用是相当全面的，不仅仅以创作传播自己的影响，而且通过具体编辑出版工作、培养新人、团结作家、翻译大量进步的思想读物……来传播和普及他的理想。许多文学青年都是在他的推荐下步入文坛，从而坚定了一生的文学道路。

我读过一份萧乾在"文革"中的检讨书，是这样介绍当时活跃在上海的文学编辑圈的情况："文化生活出版社的底子比不上开明，但能拥有新作家特别多，这样使巴金在文艺界形成一个可观的力量，实际上抗战前巴金、靳以及我（指萧乾本人——引者）三个人是形成一个小圈子。"③ 这一说法至少反映了当时以这批年轻编辑为中心的新生代的产生，这是结合了京派和海派的文学力量而形成的一支新的文学生力军。但是萧乾这个说法也未免有些夸张，因为在抗战前文学新生代的真正的"核心"只能是鲁迅，不可能是巴、靳、萧三人。但在抗战以后的文学活动中，巴金在编辑工作中建立起来的威望是可以肯定的。20 世纪 50 年代以后，中国现代文学史著作对巴金和老舍两位非左翼作家的推崇，显然不完全出自文学上的评价。抗战前，巴金和老舍与一

---

① 参见巴金：《怀念烈文》，载《巴金全集》第 16 卷，第 200－201 页。

② 徐懋庸在致鲁迅先生的信里说："以胡风的性情之诈，以黄源的行为之谄，先生都没有细察，永远被他们据为私有，眩惑群众，若偶像……难道先生以为凡参加'文艺家协会'的人们，竟个个不如巴金和黄源么？我从报章杂志上，知道法西两国'安那其'之反动，破坏联合战线，无异于托派，中国的'安那其'的行为，则更卑劣。"（转引自鲁迅：《答徐懋庸并关于抗日统一战线问题》，载《鲁迅全集》第 6 卷，第 526－527 页。）

③ 参阅陈思和：《人格的发展——巴金传》，上海人民出版社 1992 年版，第 179 页注释 1。

般的非左翼作家没有很大的区别，但在抗战的文学实践中就不一样了：老舍主持了整个文艺家抗敌协会的日常工作，成为抗战文学的一面旗帜；巴金则通过他的民间出版工作，把一大群作家团结在周围，也成为一种不可忽视的力量。巴金从一个边缘的自由撰稿人和文学先锋，通过民间工作岗位的实践，终于成为一个众望所归的文学领军人物。

《随想录》：鲁迅精神传统及其解读

鲁迅在 1936 年 10 月去世以后，面对文学领域留下的巨大空白，有人试图重新选定一个作家作为鲁迅精神的继承者。亢战前冯雪峰曾企图去接近和争取周作人①，后来周恩来又选定了流亡日本的郭沫若来领导文艺界的抗战活动②。周作人的散文写作与郭沫若的社会活动都各有重大贡献于文学史，但事实上，鲁迅在长期社会实践中所凝聚起来的民族最宝贵的硬骨头精神，尤其是他晚年杂文中所焕发的没有丝毫奴颜媚骨的社会良知，在相当长的时间内无人企及。鲁迅精神的继承者是不能用册封的形式来选定的，它只能在自然而然的社会实践中产生，并且是在风雨相伴中经受考验。

我们所谓的鲁迅传统是在一个特殊的环境下形成的。抗战以后，由于统一战线和民族主义情绪的高涨，社会环境发生了巨大的变化，这一精神传统的形态也必然地发生变化，它虽然不可能以战前的方式来体现，但是在不同的环境下它依然是凝聚知识分子现实战斗精神的核心力量，总是会通过貌似不同的形态表现出来。这已经为 20 世纪中国知识分子实践的道路所证明。我们只有确认了这些基本的特征，才有可能对巴金的写作与文学实践活动的意义有所理解。

---

① 参见周建人《鲁迅和周作人》："冯雪峰对我说过，他看过周作人的《谈龙集》等文章，认为周作人是中国第一流的文学家，鲁迅去世后，他的学识文章，没有人能相比。冯雪峰还认为，要让周作人接触进步力量。并隐约表示，他自己颇有意去接近周作人，希望我能作为媒介。"（载《新文学史料》1983 年第 4 期。）

② 参见吴奚如《郭沫若同志和党的关系》："1938 年夏，党中央根据周恩来同志的建议，作出党内决定：以郭沫若同志为鲁迅的继承者，中国革命文化界的领袖，并由全国各地党组织向党内外传达，已奠定郭沫若同志的文化界领袖的地位。"（或《新文学史料》1980 年第 2 期。）

鲁迅精神传统的主要内涵，是特立独行于文坛、毫不妥协的现实战斗精神，非个人的反抗而是随时随地团结各种反抗力量、发掘新生力量、扩大自己战线的战斗策略，贴近日常生活、于社会文化的细节中揭示民族悲剧实质的视角，这是鲁迅战斗传统最为重要的生命核心，也是其活的灵魂。没有批判精神就没有鲁迅精神，没有群体的批判实践也不是鲁迅的批判策略，而脱离了社会生活的日常细节一味作高谈阔论，更不是鲁迅所认可的批判方法。鲁迅是极富有专制体制下反抗经验的人，他充分认识到知识分子在中国所面对的黑暗势力是何等的强大，凭着热情与勇敢是绝不能胜以对方的，所以他对于暴虎冯河之类的莽撞做法一向嗤之以鼻，这也是他一而再、再而三煞费苦心寻找同盟军、布成统一战线的原因所在。而这一点，正是激进而且"左"的可爱的青年们决不肯给以理解和原谅的。再者，鲁迅的批判精神始终是从社会实践为出发点，总是从具体事件的斗争上升为一般批判精神，所以他一再拒绝出国去做流亡寓公，宁肯不顾危险站立在他所深深热爱却不得不接受其怨恨相报的现实社会当中，与旧势力进行面对面的肉搏战。这也是他后来放弃功成名就的小说创作而转向招人讥骂的杂文写作的原因所在。

巴金在文学写作的道路上，有许多地方都与鲁迅相似。他们在走上文坛前都接受过西方的某些社会思潮，并且以此为旗帜投身于社会运动，也都曾经因为理想的失败而陷入深刻的绝望。后来他们以小说创作闻名于文坛，成为新文学传统中的重要作家。然而在他们生命的最后阶段，他们各自的社会理想又重新鼓舞他们离开虚构性的文学创作，转向创作反思社会历史、反思民族弱点的战斗性杂文，在无情的社会批判与自我批判中成为当代中国良知的代表。但是巴金与鲁迅相比，还是有明显的区别。鲁迅在社会理想方面持现实的战斗态度，他渴望与先锋性的社会思潮结成同盟，从他者的理想中寻求未来道路；而巴金很早就接受并研究了国际共产主义运动特别是无政府主义运动的历史，自以为是接受了先进的社会理想，因此对于别的社会思潮更多的是持批判态度。在 1949 年中国政治史试图拉开社会主义的序幕时，他曾经努力从中找到与自己所期盼的理想世界相吻合的地方，所以在 20 世纪 50 年代他写了许多欢欣鼓舞的文章，也是有一定思想基础的，并非全是虚情假意的话。正如他所崇拜的克鲁泡特金、柏克曼等人在十月革命后也都满腔热忱地回到苏俄去参加新世界的建设一样，一个真正信仰社会主义理想的人，绝不可能无视千百万人民群众的革命实践。巴金在第一次文代会上的发言，标题是"我是来学习的"①，这句话正是柏克曼当年回到苏俄在群众欢迎大会上的发言标题。我想当时的巴金也一定会想到克鲁泡特金等人在苏俄的遭遇和事迹。克鲁泡特金晚年隐居在莫斯科郊外的别墅，埋头写作皇皇巨著《伦理学的起源和发展》，因为他觉得无产阶级掌握了革命政权以后，更应该关注精神道德的建设和善良人性的培养。巴金深受克氏的影响，这才有了他在"文革"浩劫以后的《随想录》的写作，这也是巴金的伦理学和道德完善的追求。在这个意义上，他与鲁迅去世时怀着对旧世界的怨毒，喊着"一个都不宽恕"的悲愤咒语有所不同。鲁迅绝望而战斗，无比深刻；巴金则始终有理想的照耀，他的绝望中有温情，多少是含有遗憾惋惜的因素。

与鲁迅晚年的杂文创作一样，巴金晚年选择写《随想录》也是充满了争议的。鲁迅晚年杂文正是《随想录》的思想渊源和血脉渊源，巴金在《怀念鲁迅先生》和《"鹰的歌"》里说得很清楚。他说："我勉励自己讲真话，卢梭是我的第一个老师，但是几十年中间用自己的燃烧的心给我照亮道路的还是鲁迅先生。"②《随想录》是中国 20 世纪 80 年代思想解放运动过程中的一部百科全书式的著述，事实上也只有巴金才能够担当这样的重任，这是巴金学习鲁迅的最后一次重大实践。在"文革"劫后余生的经历下，许多受尽摧残的老知识分子带着累累伤痕进入历史的新时期，他们的荣誉恢复了，生活安定了，写作也自由了，但在精神上依然含着被奴役的教训和恐惧。他们有的选择沉默，

---

① 巴金：《我是来学习的》，载《巴金全集》第 14 卷，人民文学出版社 1990 年版。
② 巴金：《怀念鲁迅先生》，载《巴金全集》第 16 卷，第 341 页。

把自己锁闭在痛苦与怨恨中不能自拔；有的害怕重投罗网，万事急于紧跟表态；有的思想僵化，唯有延续旧的思维模式故步自封；也有的年老体衰，虽有想法但限于世故，不再满腔热忱地关注社会的进步和民主，也不愿意将社会发展的脉搏与自己生命的跳动紧紧联系在一起。他们对社会历史的发展都有自己的理解，但不再愿意把心里话公布于众，生命与时代脱离了。然而巴金老人就是在这样的时候开始了《随想录》的写作，当时他还有许多写作计划，包括以他夫人萧珊为主人公的长篇小说，但后来因为生病，逐一都放弃了，唯剩下五卷《随想录》，他整整花了八年的时间一字一字地写完。这部《随想录》预先没有完整周密的计划，而是随着思想解放运动的一步步深入，不断回应社会上的各种思潮，尤其是文学领域的各种争论。我们一般把《随想录》仅仅理解为巴金对"文革"的反思和自我的忏悔，这未必不在无意中缩小了《随想录》所蕴含的时代意义。在我看来，反思"文革"只是整部《随想录》的一个方面，而且这也是 20 世纪 80 年代思想解放运动的一个重要成果；《随想录》所关注的是 20 世纪 80 年代整个思想解放运动在文艺领域深入推进的过程，《随想录》是参与其全过程的一部重要文献，巴金当时对社会的发展是有信心的，理想主义依然是《随想录》的主调。从 1978 年底以来，思想解放运动在文艺界引起的一系列重要论争在这部书里都得到了回应和阐述。只要回忆一下二十年前，从 1978 年底到 1986 年间，中国思想文化领域所发生的各种事件，我们就不难想象这部著作在当时引起巨大反响的原因。

　　然而，《随想录》是一部文学性的著作而不是单纯的思想文献。这与鲁迅的后期杂文一样，是文学性的思想评论和社会批判。鲁迅曾经说他的杂文"所写的常是一鼻、一嘴、一毛，但合起来，已几乎是或一形象的全体"①。而且鲁迅在创作这一"全体"的社会典型时往往运用了涵盖量很大的艺术概括手法。认识到这一点，对理解《随想录》非常有帮助。巴金的人生道路一再出现这样的现象：每当重大的社会

---

① 鲁迅：《准风月谈·后记》，载《鲁迅全集》第 5 卷，人民文学出版社 1981 年版，第 382 页。

事件或者家庭事件在他的感情上掀起巨澜的时候，他总是诉诸文学想象来表达自己的内心痛苦。《灭亡》的创作是一次，《家》的创作也是一次，而《随想录》又是一次。所不同的是，《随想录》用的是文学性的散文创作，与虚构性的小说有不同的艺术特点。表面上看，《随想录》最大的特点就是要"讲真话"，就是要真实地面对历史，真实地反思自己。但如果简单地把《随想录》完全当作老人的良心忏悔来对待，而看不到《随想录》文本所含的文学象征、隐喻、暗示等修辞意义，那还是会引起误读甚至误解。

巴金创作有一个基本的手法，那就是通过自我揭露和自我批判，通过以己推人的形式来达到对社会的深刻批判。早在 20 世纪 30 年代初他创作《家》的时候就使用过这种表现方法。当时他的《灭亡》等小说都被国民党审查机关以"鼓吹阶级斗争"的罪名查禁，而他却巧妙地以揭露自己家庭黑幕为手段，展开了对专制社会的实质性批判。《家》所描写的高家是一个专制、黑暗、充满了罪恶的封建家庭，但又是一个文学象征，象征了当时国民党统治下的社会专制本质。由于用了自我揭露的表现手法，《家》不仅畅销无阻，而且在市民报纸上连载将近一年，得到了广泛的传播。但由此带来了另一种误解：人们长期把小说里的高家与巴金自己的李家当作了一回事，把高老太爷和巴金的爷爷当作了同一个人。

在《随想录》里，巴金为自己在极左路线的淫威时代曾经有过的迷茫与怯懦而忏悔，为自己在历次政治运动中违心参与对朋友的批判而痛心，由此上升为对历史教训的反思和对现实的指导。有人对照鲁迅后期杂文与巴金晚年的《随想录》，觉得巴金并没有鲁迅批判社会那样尖锐泼辣，刺刀见红的爽快，因此感到很不满足。但是他们不了解巴金所处的时代与鲁迅所处的时代有很不一样的地方，晚年鲁迅是参与了左翼文艺运动，成为自觉的反抗组织中的成员，是听了"将令"在与统治者做敌对的战斗，像冲锋陷阵的战士；而巴金所面对的是中共十一届三中全会以后整个中国慢慢地从"文革"的阴影里摆脱出来的整体性转轨，思想解放路线、改革开放政策，都是当时的既定国策，但即使是正确而明智的国策和路线，要改变几十年来已经形成的习惯势力和思维模式，同样是极为艰巨的。整个 20 世纪 80 年代的中国思想界、知识界，都选择并支持了一个明智的国策和路线，奋起与"文革"遗留下来的传统思维模式和极左路线的余孽进行反复的较量，但是由于正反两种力量都是来自同一个执政党，所以思想解放运动必然会在多次反复与多次实践中慢慢地总结经验、纠正错误，艰难地追求进步和发展。这种特殊性决定了巴金在《随想录》里采取的特殊的表现方法。所以我认为，鲁迅从未有过丝毫奴颜媚骨的战斗，和巴金以忏悔自己曾经有过的软弱而现身说法，其勇气其境界是相当一致的。

巴金的这样一种艺术表现方法，来源于俄国伟大作家托尔斯泰。通过谴责自己来达到谴责社会上普遍的不正义行为，通过自我形象的塑造来涵盖社会上的某些普遍现象，这是托尔斯泰晚年忏悔经常使用的方法。而这样的方法，在《随想录》里非常普遍。也许是为了更好地概括社会上某些普遍性的思想言论，或者是为了让读者更加易于接受他的思想，巴金在《随想录》里塑造了一个忏悔的自我形象，而这个"我"，既包含了作家自己灵魂深处的某些声音，又是有一定普遍性的社会现象，包括对"歌德派"的描述、对自己在"文革"中喝了迷魂汤的描写、对"文革"之前的盲目信任和歌颂等等，都是带有相当普遍意义的社会典型。虽然每一个形象巴金都是以"我"的面目出现，仿佛是在讲自己的经验教训，反思自己的历史经过，但他说出来的恰恰是带有共性的知识分子的普遍思考，因而《随想录》里的"我"具有更大的社会涵盖性。通过对这个"我"的忏悔，并不是仅仅为了达到一般意义上的自我批判，而是为了唤起人们对整个民族灾难的反思和批判，建设更高境界的精神道德的完善。

正是因为《随想录》含有的深刻历史内容和象征的艺术力量，正是因为巴金写作的背后凝聚了鲁迅、托尔斯泰、克鲁泡特金、卢梭等人文巨匠的精神血脉，巴金先生笔下这个自我忏悔的"我"才会拥有如此巨大的感染力量，才会融化一大批老知识分子已经结冰的心。我们不妨读一下《"毒草病"》里巴金对曹禺的规劝，他对老朋友的一片拳拳之心洋溢于字里行间①，曹禺为之深深感动，在日记里一再提到这一点。② 再看看冰心老人，这是一个多么温柔宁静的诗人，从青年时代的《寄小读者》就奠定了爱与美的人生理想，一生也没有做过怒目金刚。但在她的晚年，显然是在巴金的《随想录》的感染下，她也写作了《我请求》《万般皆上品》《〈孩子心中的"文革"〉序》等脍炙人口的文章，真正抒发了一个现代知识分子的神圣忧思。③ 20 世纪 80 年代中国老作家是一道非常亮眼的文坛景象，巴金、冰心、夏衍、萧乾、曹禺、吴祖光、柯灵、王西彦等等，他们都以残杇之年重新捡拾起"五四"新文学的传统，以崇高的威望掮起历史的闸门，放出青年一代知识分子奔向新的未来。这时候的巴金，当之无愧地成为鲁迅精神在当代传承的代表性人物。

"五四"新文学传统薪尽火传。《随想录》的丰富内涵和写作艺术，随着时代的发展，将会越来越被人们所认识、所尊敬，成为"五四"新文学精神铭刻在当代的一座丰碑。

> 陆续写于 2005 年 10 月 24 日—11 月 9 日；本文第一节初刊《文学评论》2006 年第 1 期，第二节初刊《文艺报》2005 年 10 月 25 日，第三节初刊《文学报》2005 年 10 月 27 日；编入《思和文存》和《陈思和文集》；本文第一节曾获《文学评论》杂志评论大奖和上海市第 9 届哲学社会科学优秀成果奖论文类三等奖

---

① 巴金这样说："我最近写信给曹禺，信内有这样的话：希望你丢开那些杂事，多写几个戏，甚至写一两本小说（因为你说你想写一本小说）。我记得屠格涅夫患病垂危，在病榻上写信给托尔斯泰，求他不要离开文学创作，希望他继续写小说……我要劝你多写，多写你自己多年来想写的东西。你比我有才华，你是一个好的艺术家，我却不是。你得少开会，少写表态文章，多给后人留一点东西，把你心灵中的宝贝全交出来，贡献给我们社会主义祖国。"（巴金：《"毒草病"》，载《巴金全集》第 16 卷，第 29 页。）

② 参见曹禺：《没有说完的话》，山东友谊出版社 1998 年版。

③ 20 世纪 80 年代巴金与冰心一直在通信口相互支持，强调知识分子的良心。可参见李朝全等主编：《世纪之交：冰心与巴金》，团结出版社 1999 年版。

第 二 辑

民间的浮沉：从抗战到"文革"文学史的一个解释

本文提出的"民间"，是指 20 世纪中国文学史上已经出现，以其本身的方式生存发展，并且孕育了某种文学史前景的文化空间。当我们讨论它的定义时，只有在下列一点上，部分地吸取了西方"civil society"论者①的观点：即民间是与国家相对的一个概念，民间文化形态是指在国家权力中心控制范围的边缘区域形成的文化空间。

民间在文学史上的位置

从文学自身发生的变化而言，发生在 20 世纪 30 年代末 40 年代初的"民族形式"论争，正是当代文化格局变化的一个标志：民间文化形态的地位始被确立。尽管这一场论争的参加者都是知识分子，他们同样是站在"五四"以来由知识分子自己建立起来的传统的光圈内，面对光圈外面漆黑一团的天地说三道四。也许是战争的炮火使这束凝聚在知识分子意识深处的光圈稍稍黯淡了一些，他们感觉出这光圈以外的黑暗中隐约闪烁着一些亮点，如萤如磷，知识者由此感到了不安。

---

① civil society 有许多中文译名，如市民社会、公民社会、民间社会等。西方学者在讨论这个概念时，是以西欧 17、18 世纪出现的市民社会为参照，指介于国家权威与市民社会之间存在一种公众的社会生活领域，人们以自主自律来治理政治生活，并与国家权威相抗衡。这个概念在前东欧政体时代和东方某些地区（如我国台湾地区）的知识分子中曾引起较强烈的兴趣。其内涵也根据接受者不同的环境而改变。

以前，20 世纪 20 年代的"普罗文学"、30 年代的"大众文学"口号的倡导中，甚至更早一些，"五四"初期"平民文学"的呼声中，知识分子也议论过民间的话题，不过那时候的大地沉默着，一切都由知识分子自己挑起话题，自己做出结论。然而这次不同了，战争唤起了民众的力量，知识分子不但清楚地感受到那个庞然大物蠢蠢欲动的喘息、炽热的体温和强烈的脉搏跳动，而且分明意识到它背后是一片尚未可知的世界。

1938 年，毛泽东还没有系统地公开他关于民间文化的想法，他只是针对理论上的老对手——教条主义的马克思主义提出了诘难，为了避开那些来自国外的政治对手所擅长的理论纠缠，他很有策略地提出了一个新的话语概念："民族形式"，并且用"中国作风和中国气派"这样一个含义丰富的概念加以修饰。很显然，毛泽东最初使用这些术语主要是政治性的隐喻，暗示了一个新的具有中国特色的马克思主义学派即将形成。① 可是在知识分子的眼中，这个术语代表了另外一种符号，那就是在抗战中崛起、正在被逐渐接受的民间文化形态。

根据西方人类学家的区分，文化分为大传统和小传统。② 大传统为上层社会知识分子的精英文化，它的背景是国家权力在意识形态方面的控制能力，所以常常凭借权力以呈现自己（在中国传统社会里，包括钦定史书经籍、八股科举制度、纲常伦理教育等），并通过学校教育和正式出版机构来传播；而小传统是指民间（特别是农村）流行的通俗文化传统，它的活动背景往往是国家权力不能完全控制，或者控制力相对薄弱的边缘地带。就文化形态而言，它有意回避了政治意识形

---

① 毛泽东这段言论全文如下："离开中国特点来谈马克思主义，只是抽象的空洞的马克思主义。因此，使马克思主义在中国具体化，使之在其每一表现中带着必须有的中国的特性，即是说，按照中国的特点去应用它，成为全党亟待了解并亟须解决的问题。洋八股必须废止，空洞抽象的调头必须少唱，教条主义必须休息，而代之以新鲜活泼的、为中国老百姓所喜闻乐见的中国作风和中国气派，把国际主义的内容和民族形式分离来看，是一点也不懂国际主义的人们的做法，我们则要把二者紧密地结合起来。"[《中国共产党在民族战争中的地位》，载《毛泽东选集》（一卷本），人民出版社 1968 年版，第 500 页。]
② 这是美国人类学家雷德斐（Robert Redfield）的观点，本文转引自余英时：《中国文化的大传统与小传统》，载《内在超越之路》，中国广播电视出版社 1992 年版，第 192 – 193 页。

态的思维定式，用民间的眼光来看待生活现实，更注意表达下层社会的生活风俗。它拥有来自民间的伦理道德信仰审美等文化传统，具有原始的自在的文化形态。抗战前，中国民间文化基本上被排斥在知识分子的精英文化传统以外。

这就是20世纪中国文化的复杂之处。自19世纪末起西学东渐，打破了本土文化在庙堂与民间之间封闭型自我循环的轨迹，学术文化裂为三分天下：国家权力支持的国家主流意识形态、知识分子为主体的外来文化形态和保存于中国民间社会的民间文化形态。这三大领域包含的文化内容不是固定的，而是随着文化格局的分化和组合而不断变动。譬如西方传来的马克思主义，起初只是作为外来文化形态的一翼，被中国的信徒们所实践，抗战后逐渐与地方政权相结合，1949年后成为国家的主流意识形态。相反，中国传统文化原来既是传统士大夫"道统"的主要体现，又是国家主流意识形态，但20世纪以来，它在西方文化和政治革命的双重打击下，处于"礼崩乐坏"的境地，"五四"以后又被激进的知识分子排斥在新文化传统外，散落于民间，由一部分保守的知识分子默默地守护着，成为民间文化的一部分。

辛亥革命到抗战，中国文化的三大领域基本处于割裂的状态。在中西文化撞击下产生的国家政权，旧的"礼乐"制度已经崩坏，新的精神支柱尚未建成，内乱外祸，旗帜数易，文化建设收效甚微，统治集团始终没有形成过自己的庙堂文化，也没有成功地继承并改造旧的文化道统（袁世凯政权的尊孔，国民党政府提倡的"新生活"，都是一些失败的例子）。统治集团有的不过是一种关于统治的思想，或者说是体现了统治术的文化政策而非文化体系。这一特征的证明，就是国家政权的文化建设始终排斥现代知识分子的参与，拒绝接纳知识分子建立起来的新文化传统，由此造成了抗战前中国文化的主要冲突：国家主流意识形态企图用统治思想来统一文化与舆论，而知识分子则维护"五四"以来的民主科学和个人主义的新传统。

同样，"五四"新文化运动所建构的中西文化新格局也没有成功地修补并发展自身的文化传统，现代知识分子与国家权力集团几乎是同步地实验着各种新的文化方案。他们在传统仕途中断后被抛出了政治权力中心，但似乎并未放弃传统士大夫的理想，他们仗着特有的西方文化的优势，与几近废墟的国家意识形态（统治的思想）进行了长期的较量。"五四"新文化就是知识分子在庙堂之外自建的一个"广场"，它构成了一个介于国家政权与民间社会之间的知识分子的领域，可是由于中国政治现状的动荡和文化体系的混乱，它没有形成一种新的稳定的文化空间，文化价值取向上充满了自相矛盾的冲突。① 知识分子把主要注意力都放在重返庙堂的努力上，无论是胡适派文人集团的改良主义路线，还是陈独秀派文人集团的激进主义路线，都反映了这种急功近利的心态。这种与国家主流意识形态的冲突中，民间社会与民间文化传统的作用显然被忽视。知识分子把传统文化覆盖下的礼乐制度与民风民俗视为一个整体，为了反对传统话语的统治，他们提倡白话，这虽然是一种充满颠覆性的接近大众的语言，但并不意味着他们开始接纳大众文化本身。在他们看来，大众的意识形态充满了封建毒素，是传统体系赖以保存的基础，所以提倡新的接近大众的语言不是为了更好地表达大众的愿望而是为了改造它。民间只是一块有待他们去征服的"殖民地"。

而在这一时期的民间，一如既往地，以其特有的沉静和保守默默对峙着外界的冲突。由于它处于政治权力控制的边缘区域，政治斗争对它的影响不大，由于民间自身具有藏污纳垢的特点，它可以容纳一切从政治文化中心溃败下来的散兵游勇。在抗战前，它至少包含了三种文化层面：旧体制崩溃后散失到民间的各种传统文化碎片，新兴的商品文化市场制造出来的都市流行文化，以及中国民间社会的主体农民所固有的文化传统，甚至一部分默默守护传统文化的知识分子，也不得不归隐民间，在新文化以外另立宗派。由此形成了一个知识分子精英文化以外的非主流文化的传统。

---

① 关于现代中国知识分子的"广场意识"问题，可参阅拙文《试论知识分子在现代社会转型期的三种价值取向》，载编年体文集《犬耕集》。

抗战爆发，由于中国社会结构的变动，民间社会逐渐被关注，它与国家主流意识形态和知识分子的新文化传统鼎足而立的局面逐渐形成。抗战后中国政局发生了地域性的自治格局，分为国民党统治的大后方地区、共产党控制的抗日根据地以及日本侵略军占领的沦陷区，各自推行一套代表政权利益的意识形态。在每一个政治区域里，政权意识形态、知识分子的新文化传统与民间文化之间构成微妙的三角关系。在国统区，"五四"知识分子传统的代表是胡风，他以犀利深刻的理论风格把新文化传统推进抗战的炉膛深处，同时又一再受到来自政治权力的压迫；民间文化则以通俗文学与抗日主题相结合重新焕发活力。在沦陷区，"五四"知识分子传统的代表是周作人，以被奴役的身份萎缩了新文化的战斗性；而民间文化形态则复杂得多，一方面它受到侵略意识的渗透，伪满政权曾利用通俗演义故事来宣传其民族的英雄史诗①，或把通俗文艺作为侵略的宣传品，但同时也有些文学创作曲折地表达出新文化与都市民间文化的合流。至于抗日民主根据地，知识分子传统因为王实味、丁玲等人的文章而受到清算，但民间文化则在抗日宣传的主题下得到倡导。我们综合考察这一时期的文学创作，无论在哪个区域，新文化传统都出现了分化，有的坚持原来的启蒙立场而遭遇到不同程度的挫折，也有的慢慢地从自身传统束缚下走出来，向民间文化靠拢，如老舍、田汉等人的通俗文艺创作（国统区），如张爱玲、苏青等人的都市小说（沦陷区），又如赵树理等人向通俗文化的回归（抗日根据地）。战争给了民间文化蓬勃发展的机会，"五四"以来的文化"三分天下"到这时才有了明确的分野。

在这样的背景上看"民族形式"的讨论，其间文化冲突的真相就比较清楚了。当时参加论争的左翼文化的领导者，都是新文化传统培养出来的知识分子，他们对旧民间文化的看法大致是差不多的，只是因为各自的文化背景不同，采取了不同的表达方式。胡风作为新文化传统的代言人，他依然采用了"五四"时代人们的机械进化论的思维

---

① 如穆儒丐的《福昭创业记》（1937 年）曾获伪满第三届文艺盛京奖和第一届民生部大臣奖。

方法，认为民间文化代表了封建传统意识形态的文化毒素，而"五四"新文化则是市民阶级兴起后，"世界进步文艺传统的一个新拓的支流"①。所以，无产阶级文化只能从"五四"新文化传统中继承发展，而不能倒退到旧民间文化基础上继续。与胡风相对立的一些知识分子则比胡风更了解"民族形式"作为政治隐语的内涵，他们采用折中态度，想将新文化传统与民间文化合二为一，证明"五四"新文化传统本身包含了民间文化。譬如周扬曾小心翼翼地解释说："'五四'的否定传统旧形式，正是肯定民间旧形式；当时正是以民间旧形式作为白话文学之先行的资料和基础。"②何其芳、郭沫若等人也提出了类似的说法。

而站在新文化传统对立面的是向林冰。他的理论是："民间文艺形式是民族形式的中心源泉"。"民族形式"的内涵究竟是什么？怎么会从毛泽东对它所作的马克思主义学派的含义转化到了向林冰认为的文学时代风格？这过程似乎从未有人去注意过，不过既然是在文学史范围中讨论这个概念，只能暂且承认这个转化。值得注意的是向林冰完全是站在民间的立场上向新文化传统发难，他首先指出了现有文艺形式的两种形式："其一，'五四'以来的新兴文艺形式；其二，大众所习见常闻的民间文艺形式。"他企图用形式辩证观点来解释民族文艺的"新形式"发生在"旧质的胎内"，因而必须从旧民间文艺中发展而来。同时他还就新文艺的外来文化形式，转引了一个后来在文学史上很有名的说法，即批评新文艺形式是"畸形发展的都市的产物"，所以对于畸形发展的"大学教授、银行经理、舞女、政客以及其他小'布尔'"的表现是不错的，然而拿来传达人民大众的说话、心理，就出了毛病。③由于向林冰的理论触及"谁是中国当代文化的正统"这个原则问题，触犯了一向以新文化正统自居的知识分子的众怒，当时在国

① 胡风：《论民族形式问题》，载《胡风评论集》（中），第234页。
② 周扬：《对旧形式利用在文学上的一个看法》，载《周扬文集》第1卷，人民文学出版社1984年版，第297页。
③ 向林冰的言论均引自《论"民族形式"的中心源泉》，载《中国新文学大系（1937—1949）·文学理论卷二》，上海文艺出版社1990年版，第146－149页。

统区就有了关于向林冰有"国民党背景"的谣传。①

但有意思的是，在国统区发生争论的胡风和向林冰的两种观点，在根据地也有类似的反响。胡风观点的回响者是王实味，他比胡风更加激烈地攻击旧民间形式和维护新文化的传统；② 而向林冰一类的见解，则在诸如陈伯达、艾思奇等的言论中引为同调。这现象如果放到当时的文化冲突背景上去看一点也不难理解。向林冰虽然未必有国民党的"反动背景"，但他的"中心源泉论"作为一种学术观点，却能找到知音。几年后，毛泽东《在延安文艺座谈会上的讲话》的基本思想之一，就是关于农民如何享有文艺的问题。知识分子为农民服务的措施，已经不再是知识分子是否应该抛弃"五四"新文化传统的问题，而是要把屁股坐到农民文化的立场上来。标准完全变了，农民文化标准作为抗衡新文化传统的武器被正式使用。这也是赵树理后来一再强调的"普及"与"提高"不是二元文化的跨越，而是由民间文化一元立场上的自我提高的观点。赵树理是个典型的民间文化正统论者，他始终把"五四"新文化传统与民间文化传统对立起来，认为新文化不及民间文化。这观点深究起来，还是向林冰的"中心源泉论"的翻版。不过他是以朴素的民间艺人的眼光，把向林冰运用的形式辩证法逻辑更加简单地说了出来。③

毛泽东在延安文艺整风中一再批评"五四"新文化传统的形式主义缺点，强调知识分子必须脱胎换骨改造世界观："所谓文艺的提高，

---

① 据胡风说："由于他（指向林冰——引者）的理论倾向的严重性，又不能说服他，和他论争的人们后来把问题从文艺拉到了政治立场上去，暗示他是被国民党派来的，阴谋用理论破坏革命文艺。我没有采取这种在论争中不应该有的态度。"［胡风：《〈胡风评论集〉后记》，载《胡风评论集》（下），第401页。］

② 参见王实味：《文艺民族形式问题上的旧错误与新偏向》，载《中国新文学大系（1937—1949）·文学理论卷二》，第279－293页。

③ 赵树理直到"文革"时期，还坚持"民间文化正统"的观点。他的观点表述如下："中国现有的文学艺术有三个传统：一是中国古代士大夫阶级的传统，旧诗赋、文言文、国画、古琴等是。二是五四以来的文化界传统，新诗、新小说、话剧、油画、钢琴等是。三是民间传统，民歌、鼓词、评书、地方戏曲等是。要说批判的继承，都有可取之处，争论之点，在于以何者为主。文艺界、文化界多数人主张以第二种为主……可是这不符合毛主席所说的从普及基础上求提高，在提高的指导下去普及的道理。……按那个正统所要求的东西，根本要把现在尚无文化或文化不高的大部分群众拒于接受圈子之外的。以民间传统为主则无上述之弊，至于认为它低级那也不公平。"（赵树理：《回忆历史认识自己》，载《赵树理文集》第5卷，北岳文艺出版社1990年版，第389－390页。）

是从什么基础上去提高呢？从封建阶级的基础吗？从资产阶级的基础吗？从小资产阶级知识分子的基础吗？都不是，只能是从工农兵群众的基础上去提高。也不是把工农兵提到封建阶级、资产阶级、小资产阶级知识分子的'高度'去，而是沿着工农兵自己前进的方向去提高，沿着无产阶级前进的方向去提高。"如果我们撇开毛泽东式的特定语汇，把"小资产阶级知识分子"置换成"'五四'新文化的知识分子传统"，把"工农兵群众"置换为"民间文化传统"，那么，这段言论不单单是论述普及与提高的关系，更重要的是论述了他对未来文艺政策和文化走向的设想。这一点赵树理是非常敏感地意识到了，他反复引用这个"什么基础上提高"的问题，来为"民间文艺正统论"做注脚。

民间文化形态与国家意识形态之间的关系钩沉

"民间"是一个多维度、多层次的概念。本文从描述文学史的角度出发，发现其与当时的政权意识形态发生直接关系的，仅仅是来自中国民间社会主体农民所固有的文化传统。它具备了以下几种特点：（一）它是在国家权力控制相对薄弱的领域产生的，保存了相对自由活泼的形式，能够比较真实地表达出民间社会生活的面貌和下层人民的情感世界；虽然在国家权力面前民间总是以弱势的形态出现，总是在一定限度内接纳国家权力对它的渗透。"任何一个时代的统治思想始终不过是统治阶级的思想"，正是这种状况深刻的说明；但它毕竟是属于"被统治"的范畴，有着自己的相对独立的历史和传统。（二）自由自在是它最基本的审美风格。民间的传统意味着人类原始的生命力紧紧拥抱生活本身的过程，由此迸发出对生活的爱与憎、对人生欲望的追求，这是任何道德说教都无法规范、任何政治条律都无法约束，甚至连"文明""进步""美"这样一些抽象概念也无法涵盖的自由自在境界。在一个生命力普遍受到压抑的文明社会里，这种境界的最高表现形态，只能是审美的。所以民间往往是文学艺术产生的源泉。（三）它既然拥有民间宗教、哲学、文学艺术的传统背景，用政治术语说，民主性的精华与封建性的糟粕交杂在一起，构成了独特的藏污纳垢的形态，因而要对它做一个简单的价值判断，是困难的。

根据这些特点，民间文艺虽然在战争的环境下，为抑制知识分子的自由主义传统，沟通知识分子、国家权力和农民大众三者之间的感情交流，确实起过重要的作用。但它所起的只是一种工具的作用，而不是"民间文化"本身。在封建时代，由于国家意识形态与知识分子道统合二为一，统治者的意志主要通过知识分子来传播，除非一些特殊情况，民间文化往往处于自生自灭状态。但 20 世纪以来，尤其是中下叶以来，由于文化的"三分天下"不能圆通以及农民对知识分子传统的拒绝，国家主流意识形态不能不倚重民间文化来沟通信息，这就引出了另一组矛盾：代表政治权力的主流意识形态对民间文化的改造以及引起的一系列的冲突。

延安时代对旧秧歌剧和旧戏曲的改造，便是冲突的第一阶段。

在知识分子的支持下，这项工作取得了成功。1944 年春节延安街头铺天盖地的秧歌剧运动是最好的证明。秧歌是陕北地区民间文化固有的品种，它用北方农民喜爱的活泼形式，综合音乐、舞蹈、戏剧等手法，表达出民间生活的内容。这些内容反映了什么呢？周扬在 1944 年写的一篇文章里承认："恋爱是旧的秧歌最普遍的主题，调情几乎是它本质的特点。""恋爱的鼓吹，色情的露骨的描写，在爱情得不到正当满足的封建社会里，往往达到了对于封建秩序、封建道德的猛烈的抗议和破坏。"周扬站在知识分子立场上总结着这一类民间文化的精神，他甚至认为有些秧歌剧中描写爱情的"细腻与大胆"，可以与莎士比亚作品相媲美。秧歌剧里不仅有男女主角，还配有活泼可爱的丑角，"在森严的封建社会秩序和等级面前，丑角是唯一可以自由行动、自由说话的人物"。但是，这些充满民间气息的旧秧歌被改造成新秧歌剧以后，面貌就不同了。那一年春节的秧歌剧运动中，主题一律改成生产劳动、二流子改造等政治性的宣传鼓动①，其功能不再被当成简单的娱乐，而是一种群众"自我教育的手段"。周扬借群众之口，说旧秧歌只是"溜勾子"秧歌，"骚情地主"，而新秧歌是"斗争秧歌"："新的秧歌取消了丑角的脸谱，除去了调情的舞姿，全场化为一群工农兵，打伞改用为镰刀斧头，创造了五角星的舞形。"② 这生动的描述让人想起20世纪60年代的现代京剧样板戏，谁说这里没有某种一脉相承的指导思想呢？新秧歌剧其实是知识者根据政治要求，利用民间文艺形式重新创作的，提倡新秧歌，就意味着对旧秧歌的否定和批判，民间文化的原始自在的形态是得以升华了，还是被否定了呢？

秧歌剧是一个小型的民间文艺品种，对它的改造获得成功以后，延安开始对民间文艺中最大的品种——京剧实行改造。1944年，毛泽东看了延安平剧院演出的新编历史剧《逼上梁山》以后，给两位执笔者写信，指出旧戏曲"是由老爷太太少爷小姐们统治着舞台"，这种历史的颠倒，应该"再颠倒过来"。他赞扬这个戏将是"旧剧革命的划时期的开端"。《逼上梁山》是根据后来被毛泽东称为反面教材的《水浒》这部书改编的，除了林冲和鲁智深的传统故事外，还加了林冲主张抗金御侮、高俅推行投降主义路线以及正面表现农民起义等内容，显然与当时抗日的主题有关。这同国统区里郭沫若写历史剧的目的基本一致，不过话剧本身就是新形式，不存在改造传统的问题，而产生在延安的《逼上梁山》，以后就成为推动全国戏改工作的样板。20世纪50年代初，戏曲界在"推陈出新"的指导下实行改革，镇压戏霸，整顿各种民间剧团，禁演一大批内容上有各种问题的传统剧目，可以说正是戏曲改革的进一步深化。

冲突的第二阶段延续的时间比较长，大约一直到"文革"前夕。在这漫长的岁月里，农民作家赵树理走过的悲剧性道路可以说明一些

---

① 据周扬统计，1944年春节上演秧歌剧56篇，写生产劳动的26篇，军民关系的17篇，自卫防奸的10篇，敌后斗争的2篇，减租减息的1篇。
② 以上引文均出自周扬：《表现新的群众的时代》，载《周扬文集》第1卷，人民文学出版社1984年版，第437-453页。

问题。后人研究文学史，总是无法绕过令人费解的赵树理现象：在表面上赵树理是当代获得最高荣誉、被称为文艺为工农兵服务"方向"的人物，可是这些荣誉既没有为他的创作带来积极意义，也没有使他躲开各种来自政权方面的批评。早在 20 世纪 50 年代初期，官方发起的批评小资产阶级文艺、促使知识分子思想改造的运动方兴未艾，被称为"方向"的赵树理因为编《说说唱唱》杂志陷入了没完没了的检讨；50 年代末，文艺界刚刚结束了一场"反右"斗争，赵树理则因为一篇关于农村工作的建议①被定为犯"右倾机会主义"错误；60 年代大连会议刚刚闭幕，就传来了文艺界批判修正主义思潮的斗争，旋即赵树理也落进了写"口间人物"的劫难。十多年来几乎是动辄获咎，再接下去就是"文化大革命"了，赵树理遭受空前迫害悲惨死去。赵树理现象充分说明了当代文化的三分天下始终存在着激烈的冲突。在 20 世纪 50 年代以后，贯穿着"左"的政治思潮的意识形态，直接利用国家权力不但摧毁了知识分子文化传统，同时也无情地摧毁了来自民间的文化传统。

赵树理在中国当代文学史上的地位无法抹杀。因为唯有他，才典型地表达了那一时期新文化传统以外的民间文化传统与主流意识形态的抗争。赵树理作为一个知识分子，他选择民间文化作为安身立命之地，完全是出于理性的自觉的行为。这一方面取决于他来自民间社会的家庭背景和浸淫过民间文化的熏陶②，更重要的是，他在战争时代里看到了农民将会在未来的政治生活中发挥更大的作用，民间文化也应该应运而生，获得复兴。他是属于中国农村传统中有政治头脑和政治热情的民间艺人，当他选择了"文摊"作为自己的岗位以后，始终尝试着将民间文化绕过新文化传统，直接与国家意识形态相结合。他把

---

① 即《公社应该如何领导农业生产之我见》（1959 年）。赵树理在农村蹲点中发现了许多实际存在的问题，便写了这篇长文给《红旗》杂志，未发表，就发生了庐山会议的"反右倾"斗争，陈伯达将此文批转作协，发动批判赵树理。

② 据董大中的《赵树理评传》介绍，赵树理的祖先和祖母都是北方农村宗教"三教圣道会"（将儒、释、道三教合为一教）的信徒。他的父亲又精通民间阴阳之学，人称"小孔明"。赵树理从小即在这种民间文化环境里长大。（董六中：《赵树理评传》，百花文艺出版社 1986 年版，第 9 - 12 页。）

自己的小说称为"问题小说"，要求"老百姓喜欢看，政治上起作用"，都包含了这种意思。他所谓的"作用"，不仅仅是利用通俗手法将国家意识形态普及远行，也包含了站在民间的立场上，通过小说创作向上传递农民阶级对生活现状的看法。这才是赵树理拥有的一般工农作家不可取代的独特性，因此他的创作也不单单是拥有了形式上和枝节上的民族特色，而是在整体精神上的民间意识。这就是为什么同样是鼓吹农村青年的自由恋爱，康濯的《我的两家房东》不过是一篇技术幼稚的新人新事报道，而赵树理的《小二黑结婚》却留下了20世纪40年代根据地农村阶级矛盾的时代印痕；为什么同样表现土改，别的作家都是根据土地改革文件铺展惊心动魄的艺术想象力，而《李有才板话》《邪不压正》却土头土脑地描述了农民自身在土改中表现出来的各种心态和各种问题。如果依政权的主流意识形态为衡量标准，赵树理对生活的解释怎么看也缺乏"深刻性"，他总是执着地盯着这块土地上蠕动着的那些小人小事不放，既没有《暴风骤雨》《太阳照在桑干河上》那种描述时代风云的大手笔，也没有后来柳青的《创业史》那样充满理性思考的农村社会分析，但是，我们暂且抛开五四以来政治与文艺逐渐结合而成的一系列评判所谓"深刻性""真实性""史诗""阶级性"等新文学批评标准，把眼光放到民间的土壤上，就不难理解赵树理笔下的深刻性与洞察力。有一个现成的例子。周扬曾经写过两篇综论赵树理创作的文章，第一篇写于1946年，完全是站在官方立场上总结赵树理小说如何体现了"毛泽东文艺思想在创作上实践的一个胜利"。事隔34年，周扬经历了"文革"大难后再次分析赵树理小说，他有了新的发现，并检讨了前一篇文章的不足："赵树理在作品中描绘了农村基层组织的严重不纯，描绘了有些基层干部是混入党内的坏分子，是化装的地主恶霸。这是赵树理同志深入生活的发现，表现了一个作家的卓见和勇敢。而我的文章却没有着重指出这点，是一个不足之处。"① 周扬的话说得很委婉，但意思是明白的，为什么在延安时代他看不到赵树理作品中的这一特点呢？赵树理作为农民的发言人，他尖锐地发现，那时对农民威胁最大的，正是金旺那样的地痞流氓、小元那样的旧势力跟屁虫、小旦那样跟着形势变戏法的地头蛇，以及小昌那样怀着"轮到我来捞一把"的农民干部……既不写地主富农的反抗，也不写国民党特务的破坏，作家完完全全是站在农民立场上观察问题②，可是这种立场在 1950 年就被一些喜欢用阶级眼光"深刻"地看问题的人批评为"模糊了阶级观点"。

再接着是编《说说唱唱》时犯下的多种错误。《说说唱唱》是一种通俗文艺类的小刊物，由老舍挂名主编，赵树理负责。第一回是发表了一个描写落后农民的故事，有人批评它"侮辱了劳动人民"，但赵树理仗着对农村的熟悉，肯定作者"真正了解未解放以前的农村"，"也没有一般写农村者只写概念的毛病"，于是就发表了，结果惹来了一而再的检讨。③ 紧接着关于《"武训"问题介绍》，关于《种棉记》故事的单纯观点……一连串的批评终于使赵树理明白："产生这三次错误有一个相同的根源，就是不懂今日的文艺思想一定该由无产阶级领导"，而自己的"理论水平低和固执着从旧农村得来的一些狭隘经验"，成了犯错误的资本。④ 孙犁对这时期的赵树理有过一个非常中肯的评论："这里对他表示了极大的推崇和尊敬，他被展览在这新解放的，急剧变化的，人物复杂的大城市里。不管赵树理如何恬淡超脱，在这个经常遭到毁誉交于前，荣辱战于心上的新的环境里，他有些不适应。

---

① 周扬的两篇文章是《论赵树理的创作》（1946 年），载《周扬文集》第 1 卷；《〈赵树理文集〉序》，《工人日报》1980 年 9 月 22 日。

② 赵树理在《关于〈邪不压正〉》中说："据我的经验，土改中最不易防范的是流氓钻空子。因为流氓是穷人，其身份很容易和贫农相混。在土改初期，忠厚的贫农，早在封建压力之下折了锐气，不经过相当时期鼓励不敢出头；中农顾虑多端，往往要抱一个时期的观望态度；只有流氓毫无顾忌，只要眼前有点小利，向着哪一方面也可以。"（载《赵树理全集》第 4 卷，北岳文艺出版社 1990 年版，第 198 页。）这显然是以农民的眼光看问题，与土改文件中对农村阶级状态的分析完全是两回事。民间的文学作品通常是正面避开官府等统治阶级的压迫，把批判矛头对准了社会劣绅恶霸地痞流氓。老舍写市民社会的作品也有这个特点。

③ 参见《〈金锁〉发表前后》《对〈金锁〉问题的再检讨》，均载《赵树理全集》第 4 卷，第 211 - 214、217 - 220 页。

④ 参见《我与〈说说唱唱〉》，载《赵树理全集》第 4 卷，第 253 - 255 页。

就如同从山地和旷野移到城市来的一些花树，它们当年开放的花朵，颜色就有些暗淡了下来。……他的创作迟缓了，拘束了，严密了，慎重了。因此，就多少失去了当年的青春泼辣的力量。"①

"青春泼辣"的丧失就是民间精神的失落，这就是赵树理为什么不像其他来自解放区的作家那样，在 20 世纪 50 年代写出代表自己文学地位的扛鼎之作，反之，他在一部勉为其难的《三里湾》以后，几乎不再有更高的发展。当《创业史》《山乡巨变》等写合作化运动的"巨著"一部部问世时，他却用评书形式写了半部历史故事。"大跃进"以后，在放"文艺卫星"的狂潮中，编造民歌是极为吃香的，赵树理本想写《李有才板话》的续编，结果却用极其曲折的笔调写出了欲哭无泪的《"锻炼锻炼"》。这是一篇赵树理晚年绝唱，他正话反说，反话正说，明眼人都能看出，他揭露的仍然是农村基层干部中的"坏人"，那些为了强化集体劳动和割资本主义尾巴的基层干部，不但作风粗暴专横，无视法律与人权，而且为了整人不惜"下套"诱民入罪，把普通的农村妇女当作劳改犯来对待，而纵容支持这批农村新型坏干部为非作歹的，正是极左路线下的国家机器和权力，像"小腿疼""吃不饱"这些可怜的农村妇女形象，即使用丑化的白粉涂在她们脸上，仍然挡不住读者对她们真实遭遇的同情。这篇小说从表面文本上看，仿佛是写农村干部对落后群众的批判改造，但从潜在文本的话语里，真实地流露了民间艺人赵树理悲愤的心理。再接下去，正是浩然在《艳阳天》里有声有色地编造农村阶级斗争传奇的时候，赵树理却只能用极其笨拙的手段写了一些老农民热爱劳动的报道文学，他晚年终于放弃了小说创作，转向传统戏曲，改编出反屈服投降的上党梆子《三关排宴》。

"文革"时代的样板戏和民间文化回归大地，是冲突的第三阶段。"文革"是以社会上"破四旧"为先声的，在政治权力斗争中，兼及了主流意识形态对知识分子传统与民间传统的双重否定。当一切文艺

---

① 孙犁：《谈赵树理》，载《晚华集》，山东画报出版社 1999 年版，第 159 页。

传统都被否定的时候，主流意识形态的统治者江青之流独独从西方文艺样式中保留了芭蕾舞，从民间文艺形式中保留了京剧，但它们已经不再以本来的面目出现，而是渗透了意识形态说教的"样板"。这似乎意味着，从"五四"以来的文化"三分天下"终于定于一尊，主流意识形态在改造和利用其他两家的基础上，形成了自身的完美的样板，"样板"即正统。

但是从另一个方面看，民间文化也是被置于死地而后生。民间文化处于毁灭境地后并未绝迹，反之，它以更深入、更广泛的地下活动获得了生命。《"锻炼锻炼"》那种不死不活的反话正说形式已经不需要了，民间文化转化为直接吐自人民之口的民间潜在创作：牵动千百万知识青年的"知青命运歌"，流传民间社会的口头故事、评书、政治笑话、民谣……甚至连"样板戏"也被夸大了民间文化的成分而任意改编，虽然官方冠以"破坏样板戏"的罪名，却仍然屡禁不绝。同时，被摧毁了的"五四"新文化传统也转入民间延续香火。知识分子的潜在写作虽然艺术质量不高，仍在藕断丝连地继续。起先在民间流传一些旧小说的手抄本（如无名氏的《塔里的女人》等流行小说），渐渐地出现了创作的诗歌和小说，到 20 世纪 70 年代，地下沙龙和地下诗社的出现，已经为一个新的思想解放时代积蓄力量了。[1]"礼失而求诸野"，文学史又一次证明了民间的力量。

文学创作中的民间隐形结构

以上从民间的角度对文学又做了一番重新梳理，仅仅是指出一种人们熟视无睹的事实，并没有掺入具体的价值判断和审美批判。但是，当民间文化形式转化成一种文学的建设因素，对这一时期的文学创作确实发挥了积极的作用，在高度意识形态化的文学文本里曲折地传达出民间的声音。

---

[1] 关于上述内容，可参阅杨健：《文化大革命中的地下文学》，朝华出版社 1993 年版。

所以，我们从文化运动及其变迁的角度看文学史，看到的是民间文化形态被国家政治的改造与渗透，但如果换一个角度，从创作文本的发展来看文学史，民间文化形态就不再扮演那个被动的角色，而是处处充斥着它的反改造与反渗透。民间文化拥有自身的话语传统，虽然能够容纳国家意识形态对它的侵犯，但毕竟有一定的限度，超越了限度，侵犯者就会适得其反。有人在 20 世纪 50 年代初新编神话剧《天河配》中，用大量政治话语来取代神话话语，让老黄牛唱出鲁迅的诗句，又用和平鸽与鸥枭来影射抗美援朝，过分地暴露了"把一个原来很美丽的神话加以任意宰割的野蛮行为"。尽管作者自以为是体现了"推陈出新"精神，结果还是因为反历史主义而受到批评。① 以后的戏曲改编工作也同样体现出这一历史主义规律，即使到了现代京剧样板戏的时代，我们也不难看出，对民间文化形态利用较好的作品，就比较受到观众的欢迎，反之，就失去观赏和审美价值。表面上看样板戏是对民间文艺形式的改造，其实决定其艺术价值的，仍然是民间文化中的某种隐形结构。

这种隐形结构的存在是当代文学文本生产中的一个重要特点。任何时代的文学创作都会受到时代共名的制约。在"五四"时代，启蒙主义与个人主义思潮是文学创作的共名；抗战以后，政治热情与民间精神的高扬是文学的共名；延续到 20 世纪 50 年代以后，国家意识形态的高度强化就是文学的共名。虽然当时的文艺领导者也一再强调对民间文化的利用，但真正的着眼点仅在民间文艺形式的通俗普及。作为一种文化形态，民间文艺的内容与形式同样是一个有机的整体，通俗、轻松、自由的形式不过是反映了民间对历史内容和社会生活的特殊视角，因此，当作家在利用民间形式来表现国家意识形态的共名时，他们不能不同时也吸收了民间的内容，也许 50 年代的作家在主观上对民间文化形态怀有潜在的同情心（他们中间绝大多数都是通过民间文

---

① 关于杨绍萱新编《天河配》引起的争论，可参考於可训等编：《文学风雨四十年》，武汉大学出版社 1989 年版，第 459 – 463 页。

化的教育走上写作道路的），于是，在改造和利用民间形式的同时，民间文化形态也从向来不登大雅之堂的民间创作进入知识分子创作的文本，成为文本中的隐形结构，支配了一个时代的审美趣味。

在20世纪五六十年代的文学创作里，我们可以看到一个相当有趣的现象，即时代共名对民间文化产生制约和影响的结果，仅仅在文本的外在形式上获得了胜利（即故事内容），但在隐形结构（即艺术审美精神）中实际上服从了民间意识的摆布。以"文革"中的样板戏为例，除了《海港》属于比较次劣的宣传品外，大都是来自民间的结构。京剧本身是民间文化中的精致艺术，它的艺术程式不可能不含有浓重的民间意味。尽管时代共名对这些作品一再施加影响（或可说这些戏的原始脚本本身就是时代共名的产物），但是民间意识在审美形态上依然顽强地保存下来，并反过来影响了这些作品的创作意图。以《沙家浜》为例。"文革"中最流行的京剧样板戏《沙家浜》折子"智斗"，表现了中国民间传统文艺中"一女三男斗智"的隐形结构模式。阿庆嫂的身份是双重的，其政治符号是共产党的地下交通员，其民间符号是江南小镇的茶馆老板娘，后者在民间文艺中常常体现为一种泼辣智慧、自由自在的角色，她的对手，总是一些被嘲讽的男人角色，代表了民间社会的对立面——权力社会和知识社会。代表权力社会的往往是愚蠢、蛮横的权势者，代表知识社会的往往是狡诈、怯懦的酸文人；战胜前者需要勇气，战胜后者需要智力。这种男性的角色在传统民间文艺里可以出场一个角色，也可以出场双角色或者若干角色，若再要表达一种自由、情爱的向往，甚至也可以出现第三个男主角，即正面的男人形象，往往是勤劳、勇敢、英俊的民间英雄。这种一女三男的角色模型，可以演化出无穷的故事。其最粗俗的形式就是挑女婿模式（如《刘三姐》就采用了这个模式，男角甲是恶霸莫怀仁，男角乙是三个酸秀才，男角丙是劳动者阿牛）；若精致化，就可以转喻为各种意识形态符号。《沙家浜》的原型正是来自这样一个民间结构，阿庆嫂与胡传魁斗是斗勇（她曾经在日本人眼皮底下救过胡而征服胡），与刁德一斗是斗智，与郭建光则是互补互衬。权势者、酸秀才、民间英雄三角色分明换上了政治符号。现在许多研究者把《沙家浜》的艺术成就归功于京剧改编者汪曾祺，这是一个误解，这个戏最初是由文牧等曲艺工作者根据民间抗日故事编成沪剧《芦荡火种》，无论是阿庆嫂与三个男角的基本关系，还是那些为人们所喜欢的唱段，在沪剧脚本里已经具备了。[①] 京剧本只是在情节与语言上改编得富有文人气，但没有提供更富有生命力的内容，而且在国家意识形态的强力渗透下，反而丧失了许多民间意味的场景。从沪剧本到京剧本再到京剧改编本，我们清楚地看到时代共名一再侵犯民间形态。如沪剧本"茶馆智斗"一场胡传奎（沪剧本作胡传奎，京剧改编本作胡传葵，改定本作胡传魁）与阿庆嫂见面时一些拉家常式的谈论都被取消了，本来是两个江湖人物（一个茶馆老板娘，一个草莽英雄）之间的感情交流，到京剧本里一出场就被分明的政治对立符号所取代。本来在沪剧本里，江湖人物已经按政治符号做了分解：阿庆嫂成了共产党，胡传奎成了国民党忠义救国军，后来又加入第三者日本势力，本来抗日统一战线又起了分化，民间话语被政治话语所取代。但在京剧本的改编中，政治话语更进一步强化。沪剧本的结尾部分是在胡传奎喜庆场合中，郭建光等人乔装改扮成戏班子，混入敌巢瓮中捉鳖。这也是民间文学中以弱胜强的基本手法。在京剧本被改成了正面袭击，从巧夺到强袭是为了遵循突出武装斗争、淡化白区地下工作的权威指示，这已经不仅是一般的政治话语，而是体现中共高层领导之间的路线冲突了。但是反过来我们仍可看到，即使改编到最后的"样板"戏，仍然不能改掉阿庆嫂与三个男人之间的固定关系，郭建光的不断抢戏，除了增加空洞与乏味的豪言壮语以外，并没能为艺术增添积极的因素，春来茶馆老板娘的角色地位无法改变。因为没有了阿庆嫂所代表的民间符号，就失去了《沙家浜》本身，即使是最高指示把剧名由"芦荡火种"改成"沙家浜"，

---

① 比如，京剧中为人称道的唱段"垒起七星灶，铜壶煮三江，摆开八仙桌，招待十六方。来者都是客，全凭嘴一张，相逢开口笑，过后不思量，人一走，茶就凉……"沪剧本的原唱段是："摆出八仙桌，招待十六方，砌起七星灶，全靠嘴一张。来者是客勤招待，照应两字谈不上……"基本唱词已具雏形。

即使是"三突出"理论被奉为金科玉律，《沙家浜》舞台上仍然并立着两个主要英雄人物，而且真正的主角只能是这个江湖女人。这是比较典型的由民间文化而来的隐形结构起作用的例子。后来莫言的《红高粱》基本模仿了这一民间模式，烧酒铺女掌柜也同样面对了三个男人角色：甲，土匪余占鳌；乙，第一个丈夫单扁郎；丙，情夫罗汉大爷。不过这个故事在还原为民间形态的时候稍稍变了个花样，让孔武有力的土匪成了英雄，而罗汉大爷则早早地死去。

同样，我们在"赴宴斗鸠山"这折戏中看到了另一个隐形结构模式：道魔斗法模式。《红灯记》的显形结构表现了中国人民的抗日故事，也就是李玉和一家三代人与以鸠山为代表的日本侵略势力争夺密电码的斗争。"赴宴斗鸠山"是剧中高潮戏，也是全剧最含民间意味的一折。观众在这场戏中期待什么呢？当然不是鸠山取得密电码，可也不是李玉和保住密电码，这些都是早已预知的情节。观众真正期待的，是鸠、李之间唇枪舌剑的过程。这场戏的前半部分对话，既不符合生活现实，也离开了情节提供的斗争焦点，在"只叙友情，不谈政治"的幌子下，两人打哑谜似的谈禅论道。鸠山说话的潜在功能不过是略带一点暗示地拉拢对方感情，而李玉和说话的潜在功能仅在虚以周旋又要不失身价。这跟《沙家浜》"智斗"中试探与反试探的能指功能并不一样，观众由此获得的仅仅是语言上的满足：它体现了民间中道魔斗法的隐形结构，一道一魔（象征了正邪两种力量）对峙着比本领，各自祭起法宝，一物降一物，最终让人满足的是这变化多端的斗法过程，至于斗法的目标却无关紧要。在民间文艺传统里，不但《西游记》《封神演义》原始神魔故事里提供大量的这类结构，而且在反映人世社会的作品里，也往往转化成斗勇（武侠故事）、斗智（如《三国》中诸葛亮的故事）等替代形式。《红灯记》20世纪70年代改定本强化了李玉和的一句台词：道高一尺，魔高一丈，从语义和语境的关系上恰好点明了这一隐形结构模式。

这种自民间文化而生出的隐形结构，不但在京剧里能发现，在芭蕾舞样板戏里同样能发现；不但在戏曲作品里体现出来，而且在20世纪50年代以来比较优秀的文学作品中都存在着，成为主流意识形态以外的另一套话语体系。民间的隐形结构同样反映了民间对自由的强烈向往精神，但是除了原始的民间文艺形式外，它一般并不以自身的显形形式独立地表达出来，而是在与时代思潮的汇合中寻找替代物。它往往依托时代主流意识形态的显形形式隐晦地表达出来。在封建时代，男女争取自由恋爱反对父母包办婚姻的斗争，往往不是通过直接反对，而是依托了假想"奉旨完婚"来完成。武侠的仗义锄恶、劫富济贫，多半也是套在忠君拯世的模式里表现。由于20世纪五六十年代主流意识形态是以阶级斗争理论来实现对政治、经济、文化各领域的全面控制，民间文化形态的自在境界不可能以完整本然的面貌表现。因此，在作为主流话语的核心部分的样板戏中，民间隐形结构所表达的语意，只能是相当隐晦的。但只要它存在，即能转化为惹人喜爱的艺术因素，散发出艺术魅力。

民间文化形态产生在国家权力中心控制范围的边缘区域，越是接近权力中心，它的表现形态越隐晦，而在一些接近乡野的题材创作中，它则以比较浅直的方式表达出来。当然文学创作不等于民间文艺，它不可能全盘接受和表现民间的内容，而且主流意识形态即使在权力中心的边缘空间也依然处于权威的主导地位，它只能部分地采纳民间内容，使作品具有生命力。这种结合形式体现民间文化价值的隐形结构，往往是以破碎的形式，由隐形转为显形。20世纪五六十年代的战争题材的长篇小说最能体现这一特点。战争是政治权力冲突的尖锐化形式，政治意识形态表现得尤其强大。但是一旦有了民间的参与，民间文化就不能不将自身的文化形态带入战争，由此决定了描写战争的文艺作品，写正规军作战的不及写地方部队作战的好看，写地方部队作战的不及写游击战和奇袭战好看，战争规模愈小就愈具有传奇色彩。《保卫延安》尽管写了战争的各种形式，写了阻击战、攻击战、突围战、伏击战等等，也写了跳崖、肉搏、牺牲等战争的残酷场面，只是由于写的是大部队的战争全景，对于用小说形式来图解战争历史可能是积累了一些经验，但对于一般无战争知识的读者来说，终究觉得茫然。《林海雪原》是写解放军小分队剿匪，战争规模小，传奇性就大，奇袭奶头山、智取威虎山、活捉定河道人等细节相当生动，再配之茫茫林海，萦绕着一片片神话传说，都让人读过难忘。其间的民间因素是显而易见的。这种隐形结构的破碎形态还表现在人物塑造上。小说里值得玩味的是杨子荣和栾超家。杨子荣被描写成智勇双全的革命战士，无疑是主流意识形态推崇的理想人物，他几度化装成匪徒深入敌巢，又必须在性习上沾染一定的匪气和流气，不具备这些特点就无法取信于土匪。但作家除了描写杨子荣在外形上和行为上故意作土匪状以外，不可能写他的性习本身的草莽气，于是在杨子荣的身边就出现了栾超家，这个人物在艺术结构上与杨子荣形成一种互为补充和合二为一的关系。栾超家性习上带有更多的民间气，粗俗鲁莽、素质不雅、说话爱开玩笑，有时喜在女人面前说性方面的口头禅等，这种种来自民间的粗俗文化性格与他作为一个山里攀登能手的身份相符合。栾超家之所以是杨子荣的性格补充，是因为这些性格本该杨子荣所有，但杨子荣苦于英雄人物的意识形态模式不能更丰富地表现性格，只能转借了栾超家的形象来完成。栾超家性格成了杨子荣性格的外延。若没有栾超家性习的存在，杨子荣也就变得不真实（样板戏《智取威虎山》中杨子荣就完全失去了真实的基础）[1]。这是一个很有趣的民间文化的隐形因素与主流意识形态的显形因素组成新结构的例子。但是，正因为这部小说写的是解放军小分队的故事，军队本身就是政治意识形态的符号，在这支小分队里插入栾超家这一形象，多少让人感到栺格不入。[2] 假使

---

[1] 这个观点虽出于笔者个人推测，但是有据可依的。小说的扉页上，作家曲波的题词是"以最深的敬意，献给我英雄的战友杨子荣、高波等同志"。也就是告诉读者，杨、高二人乃是生活中真实的人物，已经在这场剿匪战争中牺牲了。可是小说里真正牺牲的只有高波而没有杨子荣，这是怎么回事？后来读者都知道，生活中的杨子荣是在剿匪的最后阶段追捕中中了敌人的暗弹而死。这个细节在小说最后一章已被描写出来，只是中弹的不是杨子荣而是栾超家，杨子荣当时也在场。所以，艺术中的栾超家成了杨子荣的替身，把杨、栾两个形象看作合一的人物形象并不荒诞。在艺术创作中，两个形象合为一个完整性格的例子有很多。

[2] 栾超家的形象在当时受到批评家侯金镜的指责，侯认为书中"战斗间隙中某些战士们的庸俗取乐，这在生活中会存在的，但这不是《林海雪原》所需要的情节……而在一定程度上损害了战士们的形象"。（《侯金镜文艺评论选集》，人民文学出版社 1979 年版，第 123 页。）侯金镜把《林海雪原》的缺点归为"客观主义以及带有农民文学色彩"，可以说是相当敏锐的，反映了他站在主流意识形态立场上排斥民间文化的审美本能。

这支小分队所代表的仅仅是农民游击队或草莽英雄，栾超家的民间性显然会更加融合与自然。这就是为什么 20 世纪 50 年代以来，愈接近民间的题材就愈容易写好，愈接近民间的角色就愈生动。《铁道游击队》写的是车侠，鲁汉的酗酒，林忠的赌钱，都写得自由自在，连刘洪与芳林嫂的性爱关系，也带有草莽气，比少剑波与"小白鸽"的英雄美人戏要自然得多也真实得多。在这类 50 年代最受欢迎的文艺作品里，脍炙人口、并有经久不衰艺术魅力的因素，大多是民间文化形态的"折子"。《高粱红了》《古城春色》《逐鹿中原》这些写三大战役的作品，现在已经很难让读者回忆起什么来了，但在一些写民间的小说里，"老洪飞车搞机枪"（《铁道游击队》）、"萧飞买药"（《烈火金刚》）、"杨子荣舌战小炉匠"（《林海雪原》）、"朱老巩大闹柳树林"（《红旗谱》）、"活捉哈叭狗"（《敌后武工队》）等细节，却没有因为时光推移而被人遗忘。即使在写正规军作战的小说里，因为加入了民间的色彩才使整个战争场面变得富有生命力的，也不乏其例，著名战争小说《红日》中连长石东根醉酒跑马的细节，正是这部作品中最饱满的一个片段。

民间文化形态当然是相当粗糙的，而且它背后的隐形结构模式并不完整地体现出来，只是以某些破碎的片段，作为政治意识形态框架下的局部补充。但由于政治意识形态的强力渗透，艺术创作几近于图解政治，尤其是主要英雄人物，很难摆脱图解概念、图解理想的悲惨命运。在这种情况下，民间文艺因素有时成了全书情节发展的润滑剂，只有它的加入才能使作品情节与情节之间的联系活跃起来，产生出艺术生命力。在这种形态下，主流意识形态与民间隐形结构并不互相排斥，它们以结合的形态来共同完成一个时代的艺术创作。但是还有另一种情况，当主流意识形态与民间文化精神发生冲突、互相排斥的时候，即文学作品中不但反映了意识形态之间的互相冲突，同时也反映了权力与民间文化形态相冲突的时候，作为一种特定历史条件下的文艺作品，无论是作家本人的主观意识还是时代所规定的共名，都会驱使作家站在权力一边，帮助主流意识形态改造民间。20 世纪 50 年代众多的描写农村集体化的小说作家都描写了正确思想（即主流意识形态）对错误思想的克服，而错误思想多半来自农村旧习惯和农民旧思想，换句话说，民间文化价值并没有完全退出文学作品，而是转化为艺术冲突的对立面上，通过被揭露被批评的方式，畸形地施展出自身的艺术魅力。这种现象造成畸形的艺术效果是文学作品中的正面人物（英雄人物）干瘪无力，而反面人物、中间人物（特别是农村中的富裕中农形象）却活灵活现、生动有力。

赵树理的作品可以说在表现这类冲突方面最为典型。《小二黑结婚》中那位三仙姑，一贯是被人嘲笑的对象，之所以被嘲笑，一是她装神弄鬼，二是她老来俏，年纪大了生活还不检点。从当时农村传统观念来看，这两个缺点虽然谈不上罪大恶极，但也是千夫所指；但是从民间的角度说，这正是偏僻落后地区农村妇女求得一点可怜的自由而不得不耍弄的手法，三仙姑年轻时有几分姿色，却嫁给了老实巴交的农民于福，婚姻不如意又不能摆脱，只能靠装神弄鬼做巫婆，以扩大交际空间。一个妇女爱打扮，希望在别人面前保持感性的美好，这是人之天性，不该指摘，倒是长期生活在压抑人性的环境里不能自拔的传统农民，以自身的畸形心理忖度他人，才会视正常的人性要求为不正经。小说里区长和农民对三仙姑的挖苦嘲骂，是一种不自觉的对人的权利的粗暴干涉，可是在当时的主流意识形态支配下，作家只能站在三仙姑的对立面，用他那支温情的笔写出了这个具有艺术个性张力的人物形象。虽然被嘲讽了，但作为民间文化形态中农妇向往自由的例证，被合理地保存了下来。在这篇通俗故事中，三仙姑和小芹（一个正经女子）两个人的形象并在一起，三仙姑的艺术魅力远远超过小芹，三仙姑的胜利也就是民间文化的胜利。

1958 年，赵树理面对的是农村集体化后问题百出的现状：强迫性的集体化劳动和农民自发维护生存权利的冲突，干部中粗暴对待农民的恶劣作风和比较注意具体情况具体处理的老实作风之间的冲突，以及天灾人祸下农民生活的贫困（吃不饱）和劳动积极性的普遍低下（小腿疼）等等。面对这举世滔滔的浊浪，赵树理不可能与"大跃进"

以来的极左路线（主流意识形态）做直接对抗，但作为一个自觉的民间代言人，他又不能不如实反映这种现状，于是写下短篇小说《"锻炼锻炼"》。其中有一段描写干部与农民冲突的对话，干部用大字报的办法来威胁农妇，农妇忍无可忍大闹社办公室——

　　小腿疼一进门一句话也没有说，就伸开两条胳膊去扑杨小四，杨小四从座上跳起来闪过一边，主任王聚海趁势把小腿疼拦住。杨小四料定是大字报引起来的事，就向小腿疼说："你是不是想打架？政府有规定，不准打架。打架是犯法的。不怕罚款、不怕坐牢你就打吧！只要你敢打一下，我就把你请得到法院！"……小腿疼一听说要出罚款要坐牢，手就软下来，不过嘴还不软。她说："我不是要打你！我是要问问你政府规定过叫你骂人没有？""我什么时候骂过你？""白纸黑字贴在墙上你还抹得了？"王聚海说："这老嫂！人家提你的名来没有？"小腿疼马上顶回来说："只要不提名就该骂是不是？要可以骂我可就天天骂哩！"杨小四说："问题不在提名不提名，要说清楚的是骂你来没有！我写的有哪一句不实，就算我是骂你！你举出来！我写的是有个缺点，那就是不该没有提你们的名字。我本来提着的，主任建议叫我删去了。你要嫌我写得不全，我给你把名字加上好了！""你还嫌骂得不痛快呀！加吧！你又是副主任，你又会写，还有我这不识字的老百姓活的哩？"支书王镇海站起来说："老嫂你是说理不说理？要说理，等到辩论会上找个人把大字报一句一句念给你听，你认为哪里写得不对许你驳他！不能这样满脑一把抓来派人家的不是！谁不叫你活了？""你们都是官官相卫，我跟你们说什么理？我要骂！谁给我出大字报叫他死绝了根！叫狼吃得他不剩个血盘儿，叫……"支书认真地说："大字报是毛主席叫贴的！你实在要不说理要这样发疯，这么大个社也不是没有办法治你！"回头向大家说："来两个人把她送乡政府！"

这个文本很复杂，哪一方仗势欺侮农民不把人些人？哪一方无权无势，告状无门，处处被欺凌？现在经过"文革"浩劫的读者当然是能够明白了。虽然作家当时主观倾向仍站在主流意识形态一边，但在他的笔底下，民间发出了极其激越、刻毒的不平之声，小腿疼最后几句从心底里迸发出来的咒骂，在我读来，正是"时日曷丧，予及汝偕亡"式的现代变风。联系 1958 年极左路线在农村造成的灾难，这种民间的声音真正体现了现实主义的胆识和勇气。

也有比赵树理相对温和一些的民间之声，同样贯穿在这一时期的文学创作中。柳青《创业史》里写农民梁三老汉对土地血肉相连的深厚感情，强烈地表现了民间文化形态的又一个基本特色。中国真正的民间是在农村，事实上没有一个阶层，包括城市里的居民，含有农民那样对待土地的感情。在农民的眼里，土地是有生命的，是与真正的自由自在的境界联系在一起的生命象征，因而土地是中国民间社会的图腾，而土地上的劳动和生活，往往是民间最惬意的审美形态，从《诗经》开始，最优秀的民间文艺，都是从歌颂田野上的劳动和生活开始的。20 世纪中叶在中国农村发生了一场极富有戏剧性的人间喜剧，土地的得而复失事件搅动了农民心灵深处波澜壮阔的感情之海，一个贴近民间的作家，只要真实地把握好这一农民感情的中枢，就能传达出农村题材的魅力。但这种感情世界不属于梁生宝之类的"伟人"，它只能属于几辈子的血汗都流入土地的梁三老汉。20 世纪 60 年代初期有一种"中间人物"的理论，认为农民大多数属于"不好不坏，亦好亦坏，中不溜儿的芸芸众生"，这自然是一种站在主流意识形态立场上的理论概括，但这个理论难能可贵地指出了一个事实。在当时的文学作品中确实存在着两副眼光透视下的人物艺术形象：即在主流意识形态眼光下，人分左中右，或者就是先进人物、中间人物和落后人物；但在民间文化形态的眼光下，有根据主流意识形态塑造的人物和属于民间自然形态的人物，如梁生宝之类就属于意识形态人物，是离开了生活真实的客观规定性，根据政治理想塑造出来的人物，而梁三老汉、亭面糊、小腿疼、赖大嫂这样一些在那一时期写农民生活的作品中最有光彩的形象，多半来自民间，属于民间社会传统中自然存在的人物。

民间文化通过隐形结构在各种文学文本中渗入的生命力就是如此的顽强，它不仅能够以破碎形态与主流意识形态结合以显形，施展自身魅力，还能够在主流意识形态排斥它、否定它的时候，以自我否定的形态出现在文艺作品中，同样施展出自身的魅力。

民间文化形态是一个相当复杂的现象，它的藏污纳垢性构成了它自身的瑕瑜互见。要对它做全面的考察需要大量的材料和篇幅，非本文所能完成。考察从抗战到"文革"的文学史，不难发现，其文学发展的过程也是民间文化形态随战争而起、随"文革"而衰的过程。另一方面，民间文化形态又以无孔不入的精神融汇在文学创作中，成为一种隐形的文本结构，甚至可以说，它充塞了这一历史时期最辉煌的文学创作空间，尤其是在 1955 年以胡风为代表的知识分子集团被毁灭之后。"文革"时期，它从文化的大传统中被排斥，重新返回到小传统，拓展其地下文学的空间，直到 20 世纪 80 年代，才逐渐地为知识分子重新赏识。关于这一些重返民间的文学信息，将是学术界面对的新课题，有待于做进一步的研究。

初刊《上海文学》1994 年第 1 期；2011 年 3 月修订，编入《思和文存》和《陈思和文集》；获教育部第 2 届高等学校科学研究成果奖（人文社会科学）三等奖

我们的抽屉：试论当代文学史（1949—1976）的"潜在写作"

我们的抽屉是空的吗？

有一位朋友告诉我，她想写一篇文章，题目是"我们的抽屉是空的"。她大概是想说，真正的优秀作家的写作是听从良知召唤的，即使环境不允许他发表作品，他也会写出真正不朽的艺术作品，放在自己的抽屉里，静静等待命运再次对他发出召唤——但是我们的文学史上却没有这样的作家。不知道我有没有理解错那位朋友的想法，她把那种写出来准备放在抽屉里的文学作品称为"抽屉文学"，我则称它们为"潜在写作"。两者的意思有点相似，就是指那些写出来后没有及时发表的作品，如果从作家创作的角度来定义，也就是指作家不是为了公开发表而进行的写作活动。但这两个定义都还有补充的必要：就作品而言，潜在写作虽然当时没有发表，但在若干年以后是已经发表了的，如果是始终没有发表的东西，那就无法进入文学史的研究视野；就作家而言，是以创作的时候即不考虑发表，或明知无法发表仍然写作的为限，如有些作品本来是为了发表而创作，只是因为客观环境的变故而没有发表（如"文革"的突然爆发迫使许多进行中的写作不得不中断），也不属于潜在写作的范围。作家的创作和作品的完成是一个互为证明的写作过程，我之所以称之为"潜在写作"，是因为这个词比起

"某某文学"（如"地下文学"① 等）的命名更加强调了写作这一动作对文学的意义。

其实，当代文学史上并不缺乏潜在写作。这类写作含有多种意思。第一种是属于非虚构性的文类，如书信、日记、读书眉批与札记、思想随笔等私人性的文字档案。作者写作的最初目的显然不是为了公开发表，其"潜在"意义只是在于这些作品虽然不是创作，却具有某种潜在性的文学因素，在一些特殊环境下这样一些文字档案被当作文学作品公开发表出来，不仅成为某种时代风气的见证，而且也包含了作者个人气质里的文学才能被认可和被欣赏。比如近年被整理出版的《从文家书》，除了书信等抒情性文字外，还包括沈从文先生精神崩溃期间涂写的"呓语"，真实地反映了作家个人彼时彼地的精神状态，也真实地反映了大变化中极为复杂的时代精神现象。当然也有些文类只有认识意义，却没有文学价值，如近年来陆续被发掘出版的检讨文字，就不属于文学研究的范围。第二种是属于自觉的文学创作，或抒情言志，或虚构叙事，但由于某种原因作家在当时不可能发表这类创作，也就是我的朋友所说的放在抽屉里的，若干年以后才能公开发表，对这类作品，过去文学史作者也曾注意到，但一般情况下是将这类作品放在它们公开发表的时代背景下讨论，这对于写作者本人固然是无关紧要，可是一旦置于文学史背景，作品文本的意义就不一样了。现在提出"潜在创作"现象就是把这些作品还原到它们的创作年代去考察，尽管没有公开发表因而也没有产生客观影响，但它们同样反映了那个时代知识分子的严肃思考，是那个时代精神现象的一个不可忽视的有机组成。它们是已经存在的文学现象。在任何一个时代里，如马克思主义所认为的，统治者的思想永远是占统治地位的思想，所以研究者只有将被遮蔽在地底下的民间思想文化充分发掘出来，才能够打破"万马齐喑"的时代假象，真正展示时代精神的丰富性和多元性。研究

---

① 在我提出"潜在写作"之前，比较流行的说法是"地下文学"。公开出版的作品讨论这一现象的是杨健的《文化大革命中的地下文学》（朝华出版社 1993 年版）。关于"潜在写作"与"地下文学"的不同含义，我在文章中还将讨论。

潜在写作现象，同样是以还原某些特殊时代的文学丰富性与多元性为目的。另外，潜在写作从文学史的角度来看还有多种类型可做进一步的讨论，比如对某种通过非正式发表渠道来传播的创作，如某些知识分子在20世纪五六十年代写的旧体诗词，当时虽然没有发表，可是在朋友中间互相流传，直到诗人身后才公开出版，那算不算潜在创作？还有，由于中国出版制度的特殊性，有些不是发表在正式出版物上，但通过民间刊物或自费印刷的方式问世的文学作品，在当时已经产生了一定的社会影响，但直到若干年以后才陆续被正式出版物刊登或转载，这样的创作算潜在写作还是公开写作？这些现象比较复杂，需要有时间来做进一步的讨论和界定。

我把这个问题提出来讨论完全是出于编写当代文学史的需要。近十年我一直思考着20世纪50年代以来的中国文学史的编写问题，也相应做过一些理论上的探索。潜在写作的问题正是其中之一。50年代以来，不断的政治运动和其他各种原因，使许多作家失去了公开发表作品的可能性，但他们并没有放弃写作的努力，在各种艰难的生活条件下依然用笔来表达自己的内心渴望，写下了许多弥足珍贵的文字，并开拓出一个丰富的潜在写作的空间。"文革"结束以后，这些作品大多数都已经公开发表，但是由于这些作品属于过去时代的文本，放到事过境迁的新的环境下很难显现出它们原有的热情和魅力，新的时代有新的情绪与感情需要表达，所以这些作品很快被更具有时代敏感性的作品所掩盖。但是，如果还原到这些作品所酝酿和形成的年代的背景下去阅读和理解它们，并将它们与同时期公开发表的文学作品相比较，它们所具有的热辣辣的艺术感染力就马上凸显出来。过去编写的文学史著作，均以当时占主流地位的文学作品作为其时代的代表作，而被忽视和被否定的作品一般很难写进文学史，更不要说没有公开发表的潜在写作。从表面上看这样研究文学史的方法没有什么大错，因为在一个精神生活浮躁嚣张的时代里，其代表性的作品只能是浮躁嚣张的作品。但是如果我们深入一步把潜在写作的现象考虑进去，情况就不一样。在那个时代里仍然有作家在严肃地思考和写作。不过作家们身处不同的社会处境，他们思考的方式和表达的方式都不一样。那些被时代的喧嚣之声所淹没的声音，恰恰具有可贵的个人性和独立性。以 20 世纪 70 年代"文革"后期的主要文学现象为例，那个时代的文学大致可以分成如下六个层次：

主流意识形态
1. 样板戏和"四人帮"的帮派文艺。
2. 浩然的《金光大道》和《西沙儿女》等应制之作。
3. 电影《创业》，既体现了当时的主流意识形态，又不符合"四人帮"帮派文艺的要求。
4. 郭小川在干校里创作的《团泊洼的秋天》等政治诗，属潜在写作。
5. 牛汉、曾卓、绿原等托物咏志诗，属潜在写作。
6. 民间大量流传的知识青年创作的诗歌和小说，如食指的诗、赵振开的小说，属潜在写作。
民间世界

上表可见，当时在代表国家意志的主流意识形态与民间社会形态之间，同时分布了六种文学形态，其中靠近主流意识形态的 1、2、3 是公开出版的作品，但命运与艺术价值均以其与主流意识形态的距离远近而不同；靠近民间的 4、5、6 则属于潜在写作，以其文学性和思想内容而言，愈靠近民间者愈具有文学史的历史及美学价值。在一些特殊的年代里，潜在写作比公开发表的创作具有更值得保存的艺术品质。

现在可以回过来讨论我们的"抽屉"了：即当代文学史是否像我的朋友所认为的，作家的"抽屉"是空的？我是不这样认为的，对于潜在写作现象的研究就是为了证明这一点。

我们的抽屉里有些什么？

要了解我们的抽屉里有些什么，目前还难以列出详细的书目。潜在写作是一片尚待开发的研究领域，许多被遮掩在传统文学史观念与话语之下的作家作品正在逐步被重视，许多发表了的作品的意义正在被重新认识，研究潜在写作的过程也正是开发这一项课题的过程，许多方面还需要做进一步的探索。如关于无名氏的《无名书》，起先我对这部两百万言大书的文学史定位感到为难：《无名书》共六卷，前三卷完成于20世纪40年代末，后三卷（包括第三卷下册）完成于50年代，这样跨时代的长篇小说与那个时代的共名毫无关系，它提供了一份当代中国知识分子的乌托邦与大同书。如何判断这部小说的文学史价值？大陆/内地学界原先对此讳莫如深，台港传媒又心怀叵测，不恰当地夸张其中的政治意味。但从文本研究的角度出发，这部小说的后三卷只是按照前三卷的思路完成了既定的创作计划，作家身临其境的生活经验基本没有掺杂到小说创作中去，更没有因此改变原来的小说结构。这种创作现象，只有在近似幽闭的创作状况和异常平静的创作心态下才能出现，于是我将它列入潜在写作来考察，很多创作现象都迎刃而解了。像无名氏那样在50年代不能公开发表作品但仍然笔耕不辍的作家数量很少，但绝不是没有。更多的则有沈从文那样的作家，他们在工作岗位改变后不再发表文学创作，但仍然在业余时间通过书信、诗词、札记、随笔等形式继续写作了大量的文学性作品。像老诗人陈寅恪先生也是一个特殊的例子。陈先生在1949年以后不仅创作了大量诗词，他所从事的《柳如是别传》等巨著的写作，在当时也是无望公开出版，陈先生因为旧论文集再版久久不能实现，已经做了"盖棺有期，出版无日"的心理准备，新作的问世自然更难有所希图，因此这些诗词与著作大致都可以归为潜在写作一类。40年代末中国政治体制的大变革也造成文化发展上的断裂，迫使一批习惯于传统文化模式写作的知识分子退出文坛，但他们以后不再为追求发表与名利而进行的写作，构成了当代文学史上第一批潜在写作。

1955年以后，以胡风为代表的一大批诗人、小说家和思想家被剥夺了正常写作的权利，所谓"胡风集团"分子绝大多数都是在抗战烽火中成长起来的青年知识分子，他们进入20世纪50年代的时候，正是年富力强、创作精力旺盛、思想艺术走向成熟的生命阶段，突如其来的劫难并没有彻底熄灭他们倾吐自己情绪和表达自己理想的创作欲望。于是当环境稍稍松懈，他们很自然地将凝聚着对命运抗争的毅力与包含着痛苦甚至绝望的心理经验熔铸到艺术的创造之中。我们今天读到的胡风、绿原、曾卓、牛汉、彭燕郊、阿垅等人的诗作，彭柏山的长篇小说，张中晓的随笔札记等，都是那个时代如尼采所说的"血写"的书。尤其是绿原的《又一名哥伦布》《面壁而立》《自己救自己》等，曾卓的《有赠》《凝望》《醒来》等作品，在弥漫着歌舞升平的阿谀平庸之风的 20 世纪五六十年代诗坛上，无论在思想性（即知识分子的人民立场与不屈的批判精神）和艺术性（即现实主义的艺术深度与感染力）都达到了时代最高的水平。这些作品在当时没有公开发表不等于不存在，恰恰是因不能发表才使批判精神达到了那个时代难得的纯洁与锐利。胡风一案所牵连的诗人们对中国文学最重要的贡献，正是在那个哑声的年代里保存了旺盛强健的创作力，他们一直坚持以诗言志，直到"文革"后期的《重读〈圣经〉》（绿原）、《华南虎》《悼念一棵枫树》（牛汉）、《悬崖边的树》（曾卓）等高亢有力的诗，仍然是那个时代最优秀的文学创作。

1957 年"反右"运动以后，文艺界右派的人数比胡风案牵连者多得多，但从潜在写作的角度来考察，真正优秀之作反而少了。但也许是现在掌握的材料不够，还不足以作如此断言。当时有许多被错划右派"的作家都曾经埋头创作，冯雪峰、丁玲、姚雪垠等都在厄难期间创作长篇小说，但是否有潜在写作的自觉似乎还需做进一步的研究，至少姚雪垠的《李自成》的出版情况不属于潜在写作。比较年轻一代的右派作家的潜在写作也很少，我能看到的材料中，刘绍棠蛰居运河边上的故乡期间写过一些生趣盎然的小说，可惜这样的例子并不多。诗歌领域有不少优秀作品，如唐湜在被错划右派后隐入民间，吸取大量民间文化的营养，在改编民间传说的基础上创作了数量可观的叙事诗。当代叙事诗创作向来少有佳作，唐湜的《海陵王》《划手周鹿之歌》等可以说是填补了这方面的空白。因此，从总体上看，潜在写作在 1957 年以后范围还是扩大了。

　　1966 年的"文革"给文学创作带来毁灭性的摧残。20 世纪 60 年代后期，公开性的文学读物只有样板戏和浩然的《艳阳天》（早期尚有金敬迈的《欧阳海之歌》），大批作家遭受迫害，生存受到威胁，遑论文学创作。但令人震撼的是，肃杀之气下文学仍然如同圣火，在人类的理想之境里不会灭绝。在谢冕和钱理群主编的《百年中国文学经典》里收入的黄翔的短诗《野兽》（1968 年）和长诗《火神交响诗》片段（1969 年），不能不让人震动于寺人对时代拥有的尖锐而深刻的审美感受，从诗的语言到诗的意境都强烈体现了那个疯狂时代的精神特征。70 年代以后，"文革"的疯狂性稍稍受到遏制，但荒诞性如桃偶登场，层出不穷，导致了一批中学毕业的知青在生活实践的磨难中早熟，杨健的《文化大革命中的地下文学》、廖亦武编的《沉沦的圣殿》等书提供了这批后来构成潜在写作主力的青年诗人和小说家的许多可贵的材料。老作家在 70 年代以后也开始在各种困难的环境里秘密写作，如穆旦的诗歌、丰子恺的散文、矢东润的传记文学，等等。"五四"以来的文学传统在潜在写作里慢慢地聚拢起来，达到了那个时代的文学的最高艺术境界。70 年代民间的文学创作浩浩荡荡，从反映上山下乡命运的知青文学雏形到流传于社会上的各色手抄本与口头创作，即使在一个毫无自由可言的专制环境里，仍然以其粗糙、野性、活泼的创造形态，生气勃勃地生长着。这样一种来自民间地火的文学趋势发展到 1976 年天安门广场的诗歌运动，达到了火山爆发的程度。

　　不难发现，1949—1976 年间的当代文学史上，潜在写作的发展趋势与公开发表的创作的发展趋势成反比，即在政治运动越来越紧迫地压抑文学创作的过程中，公开发表的文学创作是在不断地萎缩，潜在写作却在不断发展和繁荣，品种越来越齐全，写作者的队伍也越来越壮大，尤其到了"文革"后期，潜在写作的成员已经从老一代作家向年轻一代作家过渡，写作的形式也从起先不自觉的非虚构作品向较为成熟的诗歌、小说、散文等方面开拓。虽然从绝对的数量来说，潜在写作的数量是无法统计的（许多流传在民间的无名作家的创作和大量流失的作家创作都无法清楚地统计出来），但毫无疑义，现在保存下来的潜在写作的创作实绩，已经显示了它的巨大的文学史价值。

我们的抽屉里究竟是什么？

我们的抽屉里有没有东西是一回事，但究竟是什么东西又是另一回事，当我们确认了潜在写作的存在以后，还必须对潜在写作的性质及其与现实生活的关系做出大致的鉴定。我在罗列"文革"时期的潜在写作时提到过一本书，即杨健的长篇纪实报告《文化大革命中的地下文学》，因为作者没有采用严格的学术方式来处理这一文学史题材，使这本很有价值的书在写作上却表现出相当的随意性，包括取名为"地下文学"，正是这种随意性的产物。由于"地下文学"这个词比较流行，很可能使人们对当代文学史上的"潜在写作"做出望文生义的理解，即认为凡是不公开的写作，尤其是被剥夺了写作权利的知识分子的秘密写作，一定是与现实政治处于对抗性的关系，使用"地下文学"一词正是包含了这样的理解。从俄罗斯的民粹运动起，人们就习惯将民间知识分子的觉醒与反抗运动称为"地下"，如著名的民粹派革命家司特普尼亚克（S. Stepniak）写过一本名为《地底下的俄罗斯》的历史小册子，讲述了19世纪俄罗斯知识分子的觉醒和反抗沙皇专制的斗争。后来苏联政权下出现的持不同政见的知识分子的文学活动，即所谓的"地下文学"也缘此而来。中国过去没有这样的提法，如现代文学史著作从没有把左翼文学称为"地下文学"。不知我的那位想谈抽屉文学的朋友，对"抽屉文学"是否也做了如是理解？如果是仅从与现实的对抗性的角度来考察文学史，那么中国当代文学史上的潜在写作确是算不了什么"地下文学"或者"抽屉文学"的。

中国当代文学史上的潜在写作不应该是俄罗斯"地下文学"的翻版或者分支，从词义上说，"潜在写作"的含义远较"地下文学"宽泛得多。潜在写作的现象，是在任何时代、任何国度都可能发生的，当然文化专制形态下的潜在写作尤其值得注意。除了作家的日记、书信、笔记等不自觉的写作外，创作之所以不能公开发表，主要有三种原因：一是与某个时代的"共名"不相符合，作家出于某种私自的考虑，不愿意立即披露这些作品，如法国作家罗曼·罗兰的《莫斯科日记》便是这种情况；二是因为与国家的政权和社会制度处于自觉的对立状态，作家通过创作来表达政治上的不同声音，这类潜在写作的意义仅限于创作过程，一旦完成创作，就往往将作品转到国外去发表，如苏联和东欧的许多持不同政见的知识分子的作品；三是作家的身份受到限制，或者是失去了公开发表作品的自由，或者是还没有达到自由发表创作的社会环境，他们的创作不一定持与国家政权相对立的立场，有的只是抒发个人的情怀，有的甚至表现出对主流意识形态的一定程度的迎合。中国 20 世纪 50—70 年代的许多潜在创作恰恰是属于这一类。这三种创作各有发展的规律和特征，不能混为一谈。如无名氏的《无名书》，海外有人把它比作索尔仁尼琴的《古拉格群岛》，但在我看来两者很难相提并论。因为《无名书》的主题在 20 世纪 40 年代的政治历史条件下已经形成，并不是针对 50 年代的现实社会制度。书的最后一卷直接写到 40 年代后期中国正在进行的一场内战即将胜负见分晓，尽管无名氏对其结果并不同情，但从文化的角度他依然给以深切的理解，把这场革命称为"中国四千年古老文化表现巨大生命活力的又一明证"。① 小说主人公印蒂用这样的口气讨论未来中国的命运，仍然是预言式的，并没有与现实政治制度对抗的立场。

　　无名氏是当代文学史上一个境遇非常特殊的作家，1949 年以后他是在基本上与社会断绝了一切关系的隐居状态下写作的，在当时无须考虑发表的问题，因为根本就不存在这种可能性（1949 年以后，无名氏在 20 世纪 40 年代出版的畅销书全部被禁，直到"文革"时期才出现流传甚广的手抄本）。但即使如此，《无名书》也没有直接对现实构成挑战性，无名氏提倡的社会理想也仅仅是文化意义上的探索与想象。

---

① 　无名氏：《创世纪大菩提》，远景出版事业公司 1984 年版，第 433 页。

这是 50—70 年代的大陆汉语作家①潜在写作的第一种基本形态：在这批潜在写作者中间，除了极个别的还不具备作家身份的写作者以外，他们几乎隐藏了与现实政治和社会制度的直接的对抗性意向，在有些非常私人化的写作文本里，作家与现实政治之间不和谐的精神指向也是隐藏在晦涩含混的抽象层面之上的。如陈寅恪先生的晚年诗词：

> 五羊重见九回肠，虽住罗浮别有乡。留命任教加白眼，著书唯剩颂红妆。
>
> 钟君点鬼行将及，汤子抛人转更忙。为口东坡还自笑，老来事业未荒唐。②

诗中"颂红妆"著述的含义所指，至今仍是学坛争论不休的公案，但陈先生的诗词中埋藏有嘲讽现实的今典，也仅是知识分子不愿曲学阿世的独立人格之展现，与苏联及东欧的知识分子那样具有鲜明目标的政治热情有着质的区别。我在一篇文章里谈到过，陈寅恪先生高扬的"独立之精神、自由之思想"两大旗帜，一开始就是明确限定于知识分子的学术传统与岗位范围之内的，也就是说他在现代中国政治与学术之间自觉划定了知识分子民间岗位的范围，建构起现代学术与现行政治权力平行互不侵犯、而非对抗性的关系模式。③ 再者，张中晓的《无梦楼随笔》也是潜在写作中最尖锐的文本，在胡风一案所累的知识分子中，他也是最具自觉批判意识的思想家，但《无梦楼随笔》的反思性语词都是限定在历史经验和哲学思想领域里做抽象议论，书里俯拾即是这样的议论：

---

① 这里之所以特别指出汉语作家，是因为我对非汉语的少数民族文学不了解，如朝鲜族作家金学铁的长篇小说《20世纪的神话》是一部潜在文学，后来在韩国出版，但因为文字的原因我无法阅读。所以本文所论暂不把少数民族文学包括在内。
② 陈寅恪《辛丑七月雨僧老友自重庆来广州承询近况赋此答之》，载《寒柳堂集》中"寅恪先生诗存"，上海古籍出版社1980年版，第46页。
③ 请参阅拙文：《读〈陈寅恪的最后二十年〉》，载《豕突集》，汉语大词典出版社1998年版。

如果精神力量献给了腐朽的思想，就会成为杀人的力量。正如人类智力如果不和人道主义结合而和歼灭人的思想结合，只能增加人类的残酷。①

对待异端，宗教裁判所的方法是消灭它；而现代只是证明其系异端。宗教裁判所对待异教徒的手段是火刑，而现代只是使他沉默，或者直到他讲出违反他的本心的话。②

谁都看得出来这些尼采式的语录饱蘸着现实批判意义，文字里也浸透着不屈不挠的怨毒之气，但他对现实政治及其权术的批判却是不得不借助历史与哲学的语言来进行，现实的真实阴影仅在"寒衣当尽""早餐阙如""写于咯血之后"之类的字样里才含糊不清地透露出来。无名氏的小说、陈寅恪的诗词与张中晓的随笔，都是迄今为止所看到的比较明显含有现实批判精神的潜在写作部分，但如果说这些文本具有现实对抗性的自觉意向，那也只是停留在文化（包括历史与哲学的）的抽象层面和美学的感性层面上。

20 世纪 50—70 年代的潜在写作的第二种基本形态：一部分作家因为文化美学领域的自觉卫道构成了与现实相对抗以后，仍然回避了现实政治层面上的对抗。在一批批被剥夺了写作权利的受难者当中，自然有真正的殉道者，他们所殉的道，都是属于知识分子学术传统进而也是知识分子的精神传统范围的"道"，而同时与现实的政治权力和社会体制却形成相当微妙的关系。胡风在监狱里创作的大量诗词（包括《〈红楼梦〉交响曲》《不春室杂诗》《怀春室感怀》《怀春曲》及集外诗歌）可以作为其代表。胡风为坚持自己的文艺思想与文艺理论而受难，进而也是为了捍卫'五四'以来以鲁迅为代表的新文学战斗传统而受难，表现出一种"道高于政"的现代知识分子的价值取向。从文

---

① 张中晓：《无梦楼随笔》中《狭路集·六九》，上海远东出版社 1996 年版，第 116 页。
② 张中晓：《无梦楼随笔》中《无梦楼文史杂抄·八十》，第 25 页。

学史的立场来看，胡风冤案尖锐反映了 50 年代两种文化规范、两种文学传统之间的冲突，而冲突的另一方是当时居位最高的政治权威。可是胡风在这场冲突的全过程中始终回避这一点，而宁可将冲突的严重性质降低到文艺界宗派之争。他的狱中诗抄充满了内在的分裂意象，如《怀春室杂诗》中的《一九五五年旧历除夕》：

> 竟在囚房度岁时，奇冤如梦命如丝；空中窸窣听归鸟，眼里朦胧望圣旗；
>
> 昨友今仇何取证？倾家负党忍吟诗！廿年点滴成灰烬，俯首无言见黑衣。①

作品中，诗人对"昨友今仇"的现代政治权术的愤怒置疑和"眼里朦胧望圣旗"的现实妥协、"忍吟诗"的表白和"俯首无言"的绝望交织为一体，构成一种特殊的诗歌意象。胡风是比较直白地诉说内心痛苦与矛盾的诗人，有许多写作者可能还不敢或不肯像胡风那样直诉胸臆，他们更多的是将暂时不能发表的创作视为表明心迹的工具，或者即使是想在困厄中有所作为，也习惯于以主流意识形态所许可的方式来表达，这样的潜在写作是大量存在的。

潜在写作的第三种基本形态：作家的独立人格与政治理想主要表现为对艺术个性或独立审美意识的追求，艺术境界里充沛着张扬个性的魅力和生命不屈服的元气，但其与现实政治的对抗性却被淡化或者悬置。从 20 世纪 50 年代到"文革"间的政治运动中，受难者无一例外被指责为现实政治体制的敌人（即所谓反党反社会主义），但从现存的受难者的潜在写作文本看，几乎没有留下这方面的证据，反之，大多数受难者的诗文除了明志以外，更多的是通过艺术形象的刻画和艺术语言的倾诉，表现出当代知识分子威武不能屈的高贵的内在品质。以曾卓的《有赠》为例，诗人写受难者归来，妇人擎灯奉水相迎，重

---

① 胡风：《胡风全集》第 1 卷，湖北人民出版社 1999 年版，第 466 页。

度人间温馨。于是诗人（受难者）用嘶哑的声音问道：

> 我全身颤栗，当你的手轻轻握着我的，
> 我忍不住啜泣，当你的眼泪滴在我的手背。
> 你愿这样握着我的手走向人生长途么？
> 你敢这样握着我的手穿过蔑视的人群么？①

　　诗中妇人的含泪微笑的眼睛成了诗人的炼狱，诗人的灵魂以此获得升华，这让我们想起但丁的《神曲》、屈原的《离骚》以及涅克拉索夫的《俄罗斯妇女》，甚至也联想起列宾的名画《突然归来》等优秀文学传统。诗的意境无疑是诗意的、美好的，这样的诗歌可以毫不犹豫地称为 20 世纪 60 年代最优秀的抒情诗。但如果从社会学的角度来分析诗歌所表达的意象，那么，受难者的崇高与妇女的伟大都是在单面的环境中塑造出来的，或者说是在对立面缺席的环境下营造起来的。诗中对制造受难的现实环境当然可以虚写，诗人只是用非常含糊的"蔑视的人群"一词来暗示，这个词含有启蒙话语的特指性，即鲁迅笔下常见的"众数"的意象，但这个意象的原来对立面通常是作为先觉者的知识分子出现的，这首诗里的受难者的身份和意象显然与之不同。这个词用在这里显然是减低了受难者面对社会冲突的尖锐性及其悲剧程度，或可以说，诗人的不屈服的自我形象已经通过艺术创造完成了，而其与现实相对抗的一面则被有意淡化。

　　潜在写作是个多层次的文学形态，它还包括第四种基本形态：一些本身是在当时的主流意识形态的环境里成长起来的写作者，他们或许是因为年轻而无拘无束地表达了对生活的感受（如食指的诗），或者是被剥夺了写作的权利以后更加严肃深入地思考了生活（如郭小川在干校里创作的诗），但我们不难发现他们在同一时期可能既写了非常有个性的作品，也写了迎合主流意识形态的作品，这在某些特殊环境下

---

① 曾卓：《曾卓文集》第 1 卷，长江文艺出版社 1994 年版，第 140 页。

是很可以理解的。这部分写作者并不是自觉的潜在写作者，他们只是如实地表达了自己对生活的感受，包括用共名化的方式来认知世界与表达世界，只是客观环境不允许他们发表作品才使他们成了潜在写作者。以食指的诗为例，他的最为知名的诗篇《这是四点零八分的北京》《相信未来》等所表达的都是那个时代一般知青的情绪，虽与当时政治宣传的"广阔天地大有作为"的豪言壮语不合，但从生活的真实出发，这些诗所表达的情绪也是当时社会所认可的。不自觉的潜在写作与被迫的潜在写作和自觉的潜在写作，其不同文本与现实的关系都是不一样的。

不管哪一种潜在写作，在 20 世纪 50—70 年代的特殊环境里都不可能成为与苏联相似的"地下文学"，这是中国社会环境与文学互相作用下的产物，也与知识分子"五四"以来的人文传统有关。比较中国的潜在写作与同时期的苏联"地下文学"可以更加清楚地看到这种特征。恩格斯在《路德维希·费尔巴哈和德国古典哲学的终结》里比较法德两国的启蒙运动时说过一段很精彩的话："法国人同整个官方科学，同教会，常常也同国家进行公开的斗争；他们的著作在国外，在荷兰或英国印刷，而他们本人则随时都可能进巴士底狱。相反，德国人是一些教授，一些由国家任命的青年的导师，他们的著作是公认的教科书，而全部发展的最终体系，即黑格尔的体系，甚至在某种程度上已经被推崇为普鲁士王国的国家哲学！在这些教授后面，在他们的迂腐晦涩的言辞后面，在他们的笨拙枯燥的语句里面竟能隐藏着革命吗？那时被认为是革命代表人物的自由派，不正是最激烈地反对这种使头脑混乱的哲学吗？但是，不论政府或自由派都没有看到的东西，至少有一个人在 1833 年已经看到了，这个人就是亨利希·海涅。"① 恩格斯对德国哲学的论述方法使我获得这样的启发：研究某种社会形态的文化现象，一定要从文化自身的生存环境与展开方式出发，来讨论其是否具有革命性的意义，而不是以外界某种"公认"的标准来衡量特殊的环

---

① 《马克思恩格斯选集》第 4 卷，人民出版社 2012 年版，第 220 – 221 页。

境和特殊的现象。恩格斯没有因为德国哲学家们不像法国启蒙主义学者那样富有政治进攻性而把他们简单抹杀，相反是从官方和自由派都没有察觉到的那些迂腐晦涩的哲学言词后面发现了巨大的革命思想。回到本文开始讨论的问题，即"我们的抽屉是否是空的"这一设问，也就是先不要讨论抽屉里存在的是不是外界理想中的或"公认"的"地下文学"，而是应该先确证这是不是"我们"的抽屉，如果确是"我们"的，那么，它里面的东西也只能依据现有的存在形态和方式来讨论其意义。

抽屉打开后给我们带来了什么？

本文最后要讨论的是，潜在写作的提出将给当代文学史编写带来什么变化？促使我研究这个课题的直接动力是文学史的编写。在 20 世纪中国文学发展中，50—70 年代的文学一向被认为是比较贫乏空洞的，它既缺乏"五四"到抗战时期的文学那样大师如云，也不同于"文革"后二十年的文学那样多姿多彩，它是特殊的共名状态下的文学。所谓共名，是指知识分子参与建构起来的某种时代精神，它与文学创作的舆论导向有直接的关系。50 年代以来，强大的国家意志不仅控制了时代共名的建构，也制约了知识分子对共名的解释，因而形成国家意志与知识分子共同建构的主流意识形态，直接为政治路线服务。文学创作理所当然地成为时代共名的宣传工具。这期间作家的个人声音主要表现在两个方面：一是作家利用民间文化形态的健康因素，建构起文学创作的隐形结构，使作品在表现时代共名的同时展现生气勃勃的民间生活场景（如以赵树理为代表的农村题材小说和《红旗谱》《林海雪原》等现代历史题材小说都吸收了民间文化中有生命力的因素，使作品产生特有的艺术魅力）；二是有良知的作家依然在创作中隐晦曲折地表达了独特的生活感受（如田汉的《关汉卿》、"双百"方针实行期间的许多优秀作品等等，但它们大多都遭到批判和否定），然而，即使是极为微弱的个人声音，也必须在共名的强大轰鸣之下才能若隐若现地出现。这种状态下的文学创作，雷同与单调是不可避免的，以往的当代文学史仅将公开发表的文学作品作为文学史讨论的对象，就不可能改变这种贫乏与单一的文学局面。

同时，在一个哲学与社会科学不发达的国家里，文学常常又成为时代的精神现象的主要标志，而公开发表的文学创作所能反映的时代精神，也必然是贫乏而单一的。但是引入潜在写作以后，文学史所展示的精神现象出现了不可想象的丰富性。一个时代的精神现象，不可能以单一的思想理论形态来展示，也不可能以正反两极的二元对立模式来展示，它应该是一种多元的生命感受世界方式的共生状态，各种生命现象及其欲望的互相冲突和融合的过程异常复杂，时代精神应该包容并反映这种复杂状态而不是净化它。关于这一点，在 20 世纪 60 年代终于有一个人意识到并把它提了出来，那就是周谷城教授的"时代精神汇合论"①。但由于任何时代的占统治地位的思想总是统治者的思想，而占统治地位的思想又总是企图以它的面目来统一这个精神世界，犹如马克思所说，人们并不要求玫瑰花与紫罗兰散发同一种芳香，却要求世界上最丰富的东西——精神，只能有一种存在形式。所以，周谷城教授的理论没有得到充分的展开就被扼杀了。但是，时代精神的丰富性并没有因为人们的无视而不存在，它通过文学创作中的潜在写作终于被零碎地保存了下来。

我们要在 20 世纪 50—70 年代的文学史里寻找时代精神的多重性似乎是困难的，因为公开出版物里不可能提供这方面的信息。但在引入"潜在写作"的文学史概念之后，这种单一的文学史图像就被打破。80年代陆续出版的一些作家的书信与札记让我们看到，知识分子的精神世界仍然是多层面的，"五四"以来的知识分子的精神传统在受到冲击之后并没有自行消失，而是从公开出版的报刊、书籍等公众领域转移

---

① "时代精神汇合论"是周谷城在《艺术创作的历史地位》(《新观察》1962 年 12 月号) 等文中论述的时代精神与创作关系问题，认为时代精神广泛流行于整个社会，包括不同阶级互相对立的各种思想……各时代的时代精神虽说是统一的整体，然而从不同的阶级乃至于不同的个人反映出来，又各个截然不同。这种种不同，进入各种艺术创作即成为创作的特征或独创性，或天才表现。(参见潘旭澜教授主编《新中国文学词典》中的条目内容，江苏文艺出版社 1993 年版。)

到了边缘、民间乃至潜在的私人领域，以书信、札记、日记等私人话语的形式存在，对估量一个时代的精神成果来说，正是这些私人性的文献显示了那个时代人们精神追求的多样性。如《从文家书》《傅雷家书》《顾准日记》《无梦楼随笔》等，写作者大体上与时代共名保持一定距离，并在共名之外发出了不和谐的声音。《从文家书》所收的《五月卅下十点北平宿舍》，是作者因某些精神压力致病后所写的手记，虽为"呓语狂言"，却富有象征意味地记录了知识分子在一个大转型的时代里呈现出来的另一种精神状态。病中的沈从文敏锐地感受到时代的变化："世界在动，一切在动"，但他真正感到恐慌的不是世界变动本身，而是这种变动中他被抛出了运动轨迹："我似乎完全孤立于人间，我似乎和一个群的哀乐全隔绝了"，"我却静止而悲悯的望见一切，自己却无份，凡事无份"。正因为沈从文从来就不是"有意识地作为反动派而活动"（郭沫若语），所以他才会对这个变化中的时代既不怀有任何敌意和戒心，也不是明哲保身地冷眼旁观，而是想满腔热情地关爱它和参与它，所以才会对自身被排斥在时代以外的境遇充满恐惧和委屈，所以他才要大声地宣布："我没有疯！"他还要进一步地反复追问：这"究竟为什么？"① 作者在病中的文字仍然充满力量，读完这篇手记，一个善良而怯懦的灵魂仿佛透明似的出现在读者眼前，人们忍不住想问：一个新的时代的到来，难道不能容忍这样一个微弱而美好的生命的存在吗？以往当代文学史从 50 年代初写起，一味强调的是欢呼新时代的文学，却没有看到欢呼声下依然有着多重的犹疑与苦恼。我在《中国当代文学史教程》中就有意分析了沈从文的这篇手记，并把它与胡风的《时间开始了》、巴金的《奥斯威辛集中营的故事》做了比较，这样也许对"五四"新文学传统转型过程中知识分子的复杂心态会有更为具体和感性的把握。② 同样，以往文学史在讲解"大跃进"运动以后的诗歌创作时，总是一片歌功颂德的赞歌，以为非如此不能

---

① 沈从文：《从文家书》，上海远东出版社 1996 年版。
② 参阅陈思和主编：《中国当代文学史教程》，复旦大学出版社 1999 年版，第 16－31 页。

体现时代的精神，但如果我们将歌颂性的诗歌与体现了诗人疑惑与迷茫心理的《望星空》、绿原、曾卓等诗人的潜在写作并立起来给以综合的分析，其时代精神的多重性不就能够真切地表现出来了吗？

当然，一个时代的真正的精神现象不是消极地并置各种生命感受和生命欲望，它应该展示的是人类与生存环境的激烈搏斗，我所理解的"时代精神汇合"的过程也是各种生命现象相生相克地在互相冲突中丰富与壮大自身，其过程甚为壮丽惨烈，生生不息，如火如荼。这反映在文学上的精神现象，就不仅仅是消极展示自身对时代的感受，还应该体现出生命体所含有的强烈冲动与改变生存环境的战斗渴望。潜在写作者大多在现实生活中都受到过不同程度的压抑和磨难，不能主宰自己的命运，唯一能做的事就是在潜在写作中释放出强烈的主体的战斗精神，来抗争命运的残酷打击。如"七月派"诗人的潜在写作，大都采用了伤残的自然意象，让它们遍体鳞伤地身处更大的阴谋或者危险之中，紧张的社会关系常常使诗人的精神处于高度兴奋的临战状态：华南虎，昏眩在铁笼子里，它的命运使人想到里尔克笔底下的豹，但是当诗人想到自己竟以戴罪之身去观赏老虎的破碎趾爪和牙齿时，他突然感到了深刻的羞愧，以下便是不可被里尔克的玄妙哲理所取代的牛汉式的诗句：

> 我终于明白……／羞愧地离开了动物园。／恍惚之中听见一声／石破天惊的咆哮，／有一个不羁的灵魂／掠过我的头顶／腾空而去，／我看见了火焰似的斑纹／火焰似的眼睛，／还有巨大而破碎的／滴血的趾爪！[①]

深刻的羞愧不但使诗人生出幻觉，而且从灵魂深处爆发了抗争的欲望，这时候，诗人心底里的咆哮与想象中的虎的咆哮已经很难分辨了。

---

① 牛汉：《牛汉诗选》，人民文学出版社 1998 年版，第 67 页。

绝望，本来是令人压抑的心理，可是在绿原的诗篇《自己救自己》里，绝望的心理过程与阿拉伯神话里的所罗门的瓶子联系在一起，那个关在瓶子里的魔鬼终于在希望与诅咒中平静下来，变成了真正的强者：

> "我不再发誓不再受任何誓言的约束不再沉溺于赌徒的谬误不再相信任何概率不再指望任何救世主不再期待被救出去于是——大海是我的——时间是我的——我自己是我的于是——我自由了！"①

这首诗让人想到鲁迅的《野草》，诗人的人生希望无数次碰碎在现实的悬崖峭壁上而后迸发出绝望的精神火花，这种绝望里包含了无数希望的尸骸残片，进而使绝望也被消解掉，于是进入了一个新的人生境界——"我自由了！"

与其所反映的精神的丰富性相联系的，还有潜在写作强烈体现出作者面对生活所把握的感性存在。共名是一种被抽象化的时代情绪，当它制约作家的创作时，只能以抽象的观念为先导，如过多地接受共名制约，创作难免会概念化。这大约是20世纪50—70年代公开发表的文学创作的最大弊病之一。但是潜在写作由于远离了时代共名，尤其是大量写作者被迫沉入社会生活底层，他们被迫看到了现实生活中血淋淋的真实一面，并始终与此保持了直接的感性的认识。潜在写作者不再为发表而写作，所以无须迎合时代共名按照政治概念去把握生活现象，只有当生活中的现象真正地揳入了他的灵魂，换句话说，只有他从生活中感受到与自己生命血肉相连的感受时，才有可能冒触犯天规的激情投入艺术的伊甸园。所以比较同一时期的文学创作，潜在写作一般情况下较之公开发表的作品更具有对生活的巨大激情和艺术感染力。

---

① 绿原：《绿原自选诗》，人民文学出版社1998年版，第239页。

潜在写作现象是每个时代都可能产生的，但在相对贫乏与单一的 20 世纪 50—70 年代的当代文学史上，潜在写作的意义就显得特别重要，如果不只是从数量上来估量的话，这一时期的潜在写作应该成为文学史的半壁江山，有了潜在写作的支撑，我们的当代文学史才能真正地丰富和完整起来，文学在外部世界的压力下通过自身内部的裂变和对立，来捍卫不死的艺术生命力和知识分子的精神追求。

对于潜在写作，我只能说这么一些不成熟的想法，这项研究工作刚刚开始，收集和发掘原始资料以及鉴定工作还是主要的任务，理论研究还将在大量资料的重新发现和研究以后才可望有进一步的深入。我提出这个问题，不仅仅是为了向我的朋友证明我们的抽屉不是空的，还希望有更多的学者来关心这个文学史研究的重要现象，以期从根本上改变我们对文学史的狭隘理解。

1999 年 8 月写于黑水斋；初刊《文学评论》1999 年第 6 期；2011 年 3 月修订，编入《思和文存》和《陈思和文集》

20 世纪中国文学的世界性因素

  《中国比较文学》杂志发起对"20 世纪中国文学的世界性因素"①的讨论，已将近一年，编辑部希望我对此发表一些看法。这个话题是我在几年前提出来的，当时仅仅是为了谈自己在研究 20 世纪中外文学关系问题上所遇的疑惑，并提出一些具体的理论设想，以期摆脱学术上面临的困境。关于"世界性因素"正是其中设想之一。但终究因为不够成熟，几年过去了自己还是徘徊在原来的理论起点上毫无进展。这次编辑部发起讨论和同行们的参与争鸣，都无疑是对我的一个重大鞭策与刺激，尤其是一些批评意见使我有所启发而感到兴奋。我现在的意见仍然很不成熟，只是想借此机会说出来参加讨论，以期引来更为切中要害的批评。"20 世纪中国文学的世界性因素"的研究包含了两层意义，它既是方法论的问题，也包含了观念论的问题，两者之间有着密切的联系，很难完全区分，因为研究方法也是从依据观念而设定的研究目的而来的。

从哪里提出问题？

  这个课题，我把它命名为"20 世纪中国文学的世界性因素"的研

---

① 《中国比较文学》从 2000 年第 1 期起，开辟"20 世纪中国文学的世界性因素"专栏，讨论这一命题。本文发表于该专栏中。

究，但是这个说法很容易引起误解，以为它仅仅要解决 20 世纪中国文学内部的问题，与比较文学学科无关。这样的理解并非没有理由，因为 20 世纪中国文学的特征之一就是被纳入世界文化格局，其文学主潮不能不带有世界性的因素；研究中国文学和中国现代作家，也不能不考虑其与世界的关系。从这个意义上说，"世界性因素"正是 20 世纪中国文学的特点之一。比较文学在中国兴起之前，现代文学研究领域就出现了关于中国作家如何接受外来影响的研究课题，而这些成果，在"比较文学"的学科概念引进中国之初，理所当然地成为它的第一批学术积累。①

"比较文学"从一个学科概念上说，有它自己的话语体系和研究资源，也许上述成果被融入"影响研究"范畴的时候，有些研究因素已经在不知不觉中被改变了。我注意到传统法国学派的影响研究著作里经常出现"旅游者""旅游书"或"游记中的外国形象"等等研究关注点，但是在中国的中外文学关系的影响研究中，不但这些关注点被忽略，而且，作为个别作家的知识修养（包括外来影响）的研究也越来越让位给宏观的外来思潮流派的研究，终于在出现过几种"中外文学比较史"之类的著作后，"20 世纪中外文学关系研究"已经成为一门学科方向在比较文学专业里确定下来，而且是最具有中国特色的方向之一。但正是由于我们是从"影响研究"起步拓展出这个研究方向，有很多先天不足的局限也跟着一起发展起来了。

我从 20 世纪 80 年代初就跟随贾植芳先生研究 20 世纪外来思潮流派和理论在中国现代文学史上的影响，整理和编辑过几百万字的原始资料，并且一直在断断续续地做着这个课题的研究。② 一晃十几年过去，成效甚微，困惑愈多，究其原因，是对影响研究之"影响"难以

---

① 如曾小逸主编《走向世界文学：中国现代作家与外国文学》（湖南人民出版社 1985 年版），在当时是一项很重要的成果。

② 20 世纪 80 年代初，贾植芳教授主持中国社科院文学所策划的大型资料书《外来思潮理论流派在中国文学史上的影响》，我参加了这个项目的主要编辑整理工作，编写了近 6 万字的《外来影响大事记》。但由于出版上的问题，这套资料集拖延了很长时间都没有出版，直到 2004 年经过删改，改名为《中外文学关系史资料汇编：1898—1937》（上、下），由广西师范大学出版社出版。

科学地把握。依我的看法，"20 世纪中外文学关系"这个研究方向应该是由两个部分组成：一是译介学原则在这一领域的应用，它包括对 20 世纪以来文学翻译活动、有关外来理论思潮流派的介绍评价和研究，以及外国文学的评价与研究等等。它是一种对外国文学研究（我把翻译也看作是一种研究方式）的研究，是中外文学关系的原始译介资料的搜集整理和汇编，以及对此项工作的评介研究。这项研究工作已经有不少同行在进行，但到目前为止，我们仍然缺乏系统的可供依据的资料汇编和翻译研究。① 二是关于 20 世纪中国文学与世界文学这一对"民族与世界"所构成的关系的研究，这一部分应该是"中外文学关系"研究的主体，中国现代文学有什么理由要进入国际比较文学的研究视野，它在世界文学总潮流中提供了哪些自己的特色，尤其是 20 世纪中国文学在世界格局里究竟处于什么地位，这些问题都需要给以理论上的解决。但是由于缺乏理论上的充分准备，也缺乏实事求是的严肃研究态度，在这个部分我们至今还缺乏真正有分量并能够自成体系的学术成果。

值得我们注意的是，20 世纪中外文学关系研究有一个比较特殊的现象，即构成该研究领域的两个部分的研究并没有必然的因果关系。也就是说，前一部分的资料研究成果，仅能说明外国文学的译介状况，并不说明"关系"本身的状况；而后一部分，由于长期被制约在影响研究的范畴里，仅仅从"影响"的角度来解释"关系"，也不能说明中外文学关系的全部内容。如果我们对影响研究从方式到观念的特点都缺乏清晰的认识，缺乏理论上的探索热情，"影响"本身也是难以得到准确的表述，更不用说对整个 20 世纪中外文学关系的把握。

我随便举个例子，这是从一本目前通行的比较文学教材上随手摘下的两个段落：②

---

① 由李子云、赵长天和我主编的《世纪的回响》第 3 辑"外来思潮卷"正式推出 10 本，包括尼采、弗洛伊德、罗素、杜威、托尔斯泰、达尔文、克鲁泡特金、易卜生、白璧德、泰戈尔的学说在 20 世纪前半期传入中国的主要资料，由江西高校出版社 2009 年出版。这是目前最详尽的资料汇编。

② 我不打算指出这两段材料的具体出处，因为问题不是这部教材仅有的，而是当前大量的中外文学关系研究中普遍存在的现象。我只是为方便引用了手边的资料而已。

　　创造社是以感伤情绪的直接抒发来对西方浪漫主义作家进行选择、取舍的。他们推崇卢梭，但不喜欢他的代表作《新爱洛绮丝》，而偏爱《忏悔录》；他们喜欢《少年维特之烦恼》时代的歌德，而对《浮士德》时代的成熟的歌德不感兴趣；他们对法国浪漫主义的代表人物雨果不感兴趣，因为雨果崇尚积极浪漫主义的理性；在拜伦与雪莱之间，他们选择了雪莱，因为拜伦作品思想的浓度大于情感的烈度，而雪莱则是吟抒着："我们最甜美的歌声乃是发自最悲哀的情思的倾诉"，这正投合了创造社作家的心思。

　　这一段引文里关于浪漫主义思潮在中国被接受的论述，几乎每一句话都需要商榷：既然创造社成员是以感伤情绪来取舍外国文学，为何不喜欢感伤小说《新爱洛绮丝》而喜欢愤世嫉俗的《忏悔录》？创造社成员何时何地说过对《浮士德》时代的歌德不感兴趣？如果真是这样，郭沫若为何后来翻译这部文学名著？① 他们选择介绍雪莱是否就意味拒绝拜伦？② 他们什么时候表示过对雨果不感兴趣？如果不感兴趣为什么王独清要自称是"雨果第二"③ 呢？也许作者在查阅浪漫主义

---

① 郭沫若在1919年即开始断断续续地翻译歌德的《浮士德》，但因为水平有限难以翻译而中止，后来改译《少年维特之烦恼》获得成功。他曾说，那段时期因自己不喜欢学习医科，所以《浮士德》"投了我的嗜好"。"特别是那第一部开首浮士德咒骂学问的一段独白，就好像出自我自己的心境。我翻译它，就好像我自己在做文章。"为此，郭沫若翻译了《浮士德》中那场独白和其他几个片段，在《学灯》上发表。郭沫若创作《女神》时，声称自己的诗歌创作的第三阶段"诗剧"，正是受了歌德的《浮士德》的影响。以上材料可参见郭沫若的《创造十年》，载《学生时代》，人民文学出版社1979年版，第64－66页。郭沫若译的《浮士德》第一部在1928年由创造社出版。

② 创造社成员对雪莱有偏爱是事实，但似乎说不上在拜伦与雪莱之间选择雪莱。《创造季刊》1卷4期有雪莱纪念专号，因为正逢雪莱逝世百年。专号中载张定璜的《Shelley》、徐祖正的《英国浪漫派三诗人》和郭沫若的《雪莱的诗》《雪莱年谱》。张、徐似乎都不是创造社的代表作家，郭沫若在《雪莱年谱》里一再提到拜伦与雪莱的交往与友谊，似无任何不以为然的看法。徐祖正的文章批评拜伦缺少艺术家的"自制力和忍耐性"，是"革命家的叫声"，而扬雪莱之诗，恐怕也是受了西方学者对拜伦的偏见，而非他自己的看法。1924年，徐祖正为纪念拜伦逝世百年，也写了长文《拜伦的精神》，盛赞拜伦的革命精神，并且批评西方学者Hearn认为拜伦"没有自制力"的看法，为拜伦辩护。此文两年后刊登在郁达夫主编的《创造月刊》1卷4期，同刊第3、4期还连载了梁实秋的长文《拜伦与浪漫主义》。所以，轻易地说创造社"因拜伦作品思想的浓度大于情感的烈度"而舍拜伦取雪莱的看法是没有根据的。

③ 参见王独清《我在欧洲的生活》和区梦觉《王独清论》，转引自李欧梵：《中国现代作家的浪漫一代》（*The Romantic Generation of Modern Chinese Writers*），哈佛大学出版社1973年版，第277－278页。

传入中国的史料时没有查到创造社作家关于《新爱洛绮丝》《浮士德》和有关拜伦、雨果的介绍，即使是这样，也只能说明他们没有介绍这些外国作家作品，但终究不能以此推断他们对这些外国作家和作品感不感兴趣，因为一个作家并不需要对所有感兴趣的外国作家作品都用写文章来表示。除非你与这位作家是亲密朋友，或者有足够的第一手证据，否则怎么能轻易说他们不感兴趣，又怎么可以随意推断出许多奇奇怪怪的"理由"呢？再说，作者所立论的"创造社是以感伤情绪的直接抒发来对西方浪漫主义作家进行选择、取舍的"也值得推敲，像郭沫若的诗集《女神》的创作，正是具有精力充沛、呼风唤雨、积极向上、否定一切的普罗米修斯式的浪漫主义者的形象，也就是鲁迅所提倡的强有力的"摩罗诗人"的精神，这难道不同样属于浪漫主义思潮吗？那么，这样一种以不经过认真考核的结论为前提，然后推断出一系列不负责任的证据的方法又是从何而来的呢？

下面一段就更值得推敲了：

中国现当代文学是在外国文学的影响下发展起来的，离开了同外国文学的比较研究，很难全方位地审视中国现当代文学发展演变的成因与特质。"五四"时期，新潮社、文学研究会倡扬写实主义、自然主义与易卜生个性主义；以日本留学生（疑为留日学生之误？——引者）为主要成员的创造社则更倾向于西方浪漫主义；英美留学生（疑为留英美学生之误——引者）结伴而成的新月派则崇尚维多利亚诗风，与英美湖畔派渊源颇厚；30年代，前苏联的"岗位"派思想、日本共产党福本和夫左倾路线的理论以及苏共"拉普"、日共"纳普"理论影响了创造社、太阳社，造就了脍炙人口的"普罗文学"；30年代另一个异军突起的文学流派——"新感觉派"，直接取法于日本新感觉派与法国都会文学；此外"九叶诗派"、"朦胧诗派"以及在20世纪中国文坛不断亮相的各种文艺思潮（从写实主义到浪漫主义，从新人文主义到象征主义，从尼采、叔本华到别林斯基、车尔尼雪夫斯基、杜勃罗留

波夫，从弗洛伊德主义、存在主义到女权主义、结构主义等等），
都与西方文学思潮有着千丝万缕的联系。

　　如果前一段引文只说明影响研究的方法过于空疏，作者的治学态
度还不够严密的话，那么后一段引文则是一种理论逻辑上的误导（它
在论断方面的错误我后面还要说到）。即使如作者所罗列的上述各种文
艺思潮与西方文艺思潮有关，是否就能推断出"中国现当代文学是在
外国文学的影响下发展起来"的结论？因为上述思潮并不能涵盖中国
现当代文学的全部内容和意义，尤其是在没有论述"五四"新文学运
动中的《新青年》、20世纪20年代的语丝社等文学社团流派、30年代
的京派文学以及上海的一大批自由主义的作家群体，更没有论述抗战
文学、沦陷区文学、延安文艺运动以至50年代以后的文学政策和运动
等的情况下，怎么可以轻易地为"中国现当代文学"的"成因与特
质"下如此断然的结论呢？再说，即使以所列举的文艺思潮而言，一
个民族的文艺改革运动兴起之初吸收外来文化思潮为武器，是否就能
断言它是在外来文化思潮的影响下发展起来的？仅以文学研究会而言，
它的成立自然有社会和文化的各种原因，沈雁冰在接盘《小说月报》
之初尚未决定标举写实主义还是新浪漫主义的旗帜，倒是听从了胡适
的劝告才选择写实主义，这种选择仍然充满了主动性，说他们是"倡
扬"写实主义并不错，但如以此推断出他们是在写实主义"影响下发
展起来的"就未免武断。中国现代文学确实受过来自西方和日本的文
艺思潮影响，这仅仅是它受到刺激以至发展的原因之一，或说是中国
作家们曾经利用和借鉴外来思潮以壮大自身的声势，但就此做出"中
国现当代文学是在外国文学的影响下发展起来的"的结论，也未免过
于轻率。

　　其实这不仅是逻辑错误导致的后果，在这种错误的背后隐含了一
个时代的观念。比较文学在20世纪80年代中期引进中国，"20世纪中
外文学关系"的研究方向当初是用"中国现代文学史上的外来影响"
或"20世纪中外文学比较史"为课题名称，其语义的倾向性相当明

显。比较文学的"影响研究"方法直接帮助了当时的中外文学关系的研究，即通过列举外来影响的史料来证明中国现代化进程实质上是对西方先进文化的模仿和引进。关于这一点，当时官方的改革路线与知识分子的分歧仅在于引进西方大量先进科学成果和技术设备的同时，是否还应当引进与此相关的思想文化意识。文学研究无法摆脱时代的倾向性导向，比较文学作为一门旨在打破闭关自守、促进国际文化交流的学科，其总的学术倾向必然会与当时启蒙文化所主张的引进西方现代文化观念暗合，因此，提出中国现代文学是在西方文化影响下发展起来的理论观点，也可以说是"五四"启蒙文化在中国梅开二度的反映。出于这样一种学术观念，尽管影响研究在方式上并无论证其"影响"的可能，但仍然成为一种科学方法而得到信任和推广。

正是因为这是时代的风气使然，这种"影响论"对中外文学关系的解释就成为不证自明的权威前提。我自己就是在这种学术空气中走过来的。回想当时的心境，是刚刚从文化魔魇里走出来的激愤情绪，一面是深恶痛绝极左路线造成文学创作的僵化与狭隘；一面是如饥似渴接受外来的新鲜思想文化，因为明白传统势力之强大，不是百倍提倡外来的新思想、新文化、新方法，就不足以冲垮传统思想的堤坝。当时关于"清除精神污染"的争论焦点，就是如何看待来自西方的人道主义思想和现代主义文艺，其实在西方这两种思潮也是相对立的，但在中国的现实环境里却被一律视为洪水猛兽。我还记得当时文艺界批评西方现代主义的声音充满野蛮与无知，我忍不住运用文学史资料写了一篇《中国新文学发展中的现代主义》①，从"五四"新文学运动引进现代主义说起，谈到鲁迅、郭沫若等人对现代主义文艺的借鉴，再谈到现代意识与民族文化融汇的可能性，说的也都是一些常识，却引起了出乎意料的反响。这使我第一次深切地感受到，文章虽然讨论的是西方现代主义，但问题的提出和对应目标则完全是由本土的现实

---

① 该文原题为《中国文学发展中的现代主义》，载《上海文学》1985 年第 7 期，后经修改后，以现题收入《中国新文学整体观》，上海文艺出版社 1987 年出版。

环境所决定的。现代文学研究有一个特点，就是它始终与当代生活保持了紧密的关系。20世纪80年代关于"中国现代文学的外来影响研究"的学术指向清楚地表明：中国要走现代化的道路，首先必须要融汇到世界现代化的体系中去；而中国的文学要发展，也只有走向世界，成为西方文学潮流"影响"下的回声余响。

这时候"走向世界"就成为文学界的一个时髦话题，这个词里隐含着时代的焦虑与渴望：所谓"走向"，即意味着中国至今尚未走进"世界"，尚未成为世界的一个成员，那么，是什么样的"世界"既排除了中国又制约着中国呢？（与此相应的是当时的流行语"落后要挨打""开除球籍"等，都反映了类似的时代情绪。）显然，在全球化的语境里，中国与世界的关系成为一种时间性的同向差距，中外文学关系相应地趋向于这种诠释：中国的现代文学是在世界文学思潮的影响下形成的，中国文学在对世界文学样板的模仿与追求中，才能产生世界性的意义。虽然在影响研究中也注意到民族性的关系，但所谓"愈是民族的愈具有世界性"的格言，使用的仍然是"世界"的标准，潜藏其背后的依然是被"世界"承认的渴望。

但这样一种思路在20世纪90年代越来越受到知识分子的质疑：即在全球性的现代化进程中，像中国那样的后发展国家是否有可能通过发展自身经济而迅速达到现代发达国家的"现代化水平"，从而被接纳到"世界"的范畴里？世界发达国家的经济文化是否完美无缺地为后进国家提供了模仿样板？世界"现代化"模式是否只能按照现有的发达国家的状况为唯一标准？这些问题都涉及全球化的语境下民族现代化的前途与方向，原不是本文所要讨论的问题。本文描述这一点，只是想在这个基础上解释"世界性因素"的思考背景。"世界性因素"是我针对20世纪中外文学关系研究提出的理论设想之一。这个语词也包括了两种研究的视角：一是因为中国在20世纪被纳入世界格局，它的发展不能不受到世界性思潮的影响，在文学领域，世界文学思潮也同样成为中国文学的外部世界而不断刺激、影响中国文学的发展进程，形成了世界/中国（也即影响者/接受者）的二元对立的文化结构；二是既然中国文学的发展已经被纳入世界格局，那它与世界的关系就不可能完全是被动接受，它已经成为世界体系的一个单元。在其自身的运动（其中也包含了世界的影响）中形成某些特有的审美意识，不管与外来文化的影响是否有直接关系，都是以自身的独特面貌加入世界文学的行列，并丰富了世界文学的内容。在后一种研究视角里，世界/中国的二元对立结构不再重要，中国与其他国家的文学在对等的地位上共同建构起"世界"文学的复杂模式。本文所偏重讨论的，即是后一种研究视角下的"世界性因素"。

何谓"世界性因素"？我觉得在考察 20 世纪中国文学现象时很难区别什么具有"世界性"，什么不具有"世界性"，因此本理论研究所指的"世界性"不反映对象的品质，只是一种讨论方法的视野。如果我们讨论中国文学中的浪漫主义或者女性意识，尽管两者都是世界性的现象，但这样的研究不属于比较文学，也就无所谓"世界性因素"，只有当研究者把研究视野扩大到世界的范围，比如探讨中国的浪漫主义与欧洲各国浪漫主义的关系或异同，中国女性意识在世界女权运动中的地位，等等，把话题置放在"浪漫主义"或者"女性主义"的世界背景下进行考察与比较研究，才可能构成"世界性因素"。因此，对于"20 世纪中国文学的世界性因素"的研究，研究对象虽然是以中国文学为主，但方法上则是强调了"世界性"。如果不嫌烦琐，可以这样来定义："在 20 世纪中外文学关系中，以中国文学史上可供置于世界文学背景下考察、比较、分析的因素为对象的研究，其方法上必然是跨越语言、国别和民族的比较研究。"很显然，在"20 世纪中国文学的世界性因素"的研究中既然突出了"世界性"的方法和观念，就不能局限在国别文学的范畴里讨论它。它的问题是针对了所谓"外来影响"考证的不可靠性和"中国现当代文学是在外国文学的影响下发展起来"的观念的虚拟性前提，也就是在这一点上，它对传统的影响研究方法和观念具有颠覆性。

为什么要质疑实证研究的方法?

在 20 世纪中外文学关系研究中，可能会引起的误解就是对实证方法的质疑。因为在造成大量传播不准确的所谓"外来影响"结论的背后，隐藏了支配学者们过于迷信所谓实证方法的思维定式。我不是一般地对"中外文学关系研究"中运用实证方法的行为提出非难，因为在传统中外文学关系的研究课题里，由于彼此交流不发达，"影响—接受"线路比较狭隘，这样的蛛丝马迹通过资料发现和小心求证来获得，是有学术意义的。因此我很尊重像严绍璗先生那样在中日古代文学关系研究中取得的开创性的学术成果，并从中总结出来的"原典性的实证"等一系列的研究经验；我本人也从事过"外来影响"方面的挖掘、考辨原始资料文献的工作，并将这项工作视为研究中外文学关系的必要基础。正如我前面所说的，20 世纪中外文学关系研究至少是由译介学和影响研究理论两部分组成的。但问题是前一部分译介学的研究成果并不能充分说明后一部分的影响结论，所以，对于后者，我们有责任从理论的角度重新来探索新的中外文学关系的观念，重新来设定研究规划和研究目的，当然，也包括对方法的重新探讨。

为什么要质疑实证的方法？这是我自己从实证研究的实践中感受到的一点体会。20 世纪以来，即使在科学领域里对实证方法论的质疑也是一直存在的，在文艺学领域，科学与审美永远是一对矛盾，实证能证明科学事实与科学规律，但不能证明艺术创造与接受上的审美意义，比较文学的影响研究的提倡者意识到这个矛盾，从一开始就有意排斥了研究审美的活动。如法国学派的主要代表学者梵·第根就直言不讳地说过："总之，'比较'这两个字应该摆脱全部美学的涵义，而取得一个科学的涵义。"[1] 但比较文学不可能只是一种文学旅行路线图

---

[1] 保罗·梵·第根：《比较文学论》，戴望舒译，载干永昌等编选：《比较文学研究译文集》，上海译文出版社 1985 年版，第 57 页。

的测定，它必然要涉及美学领域的不可测定的因素。有的研究者这样归纳梵·第根的学术特征：出于这样的宗旨，他在考察两部不同语言作品的异同时，侧重于发现一种影响和假借，目的在于刻画出这些影响和假借的"经过线路"。起点是"放送者"，到达点是"接受者"，中间由一个媒介沟通，称为"传递者"。研究者或考察"经过线路"本身，那就要收集尽可能多的材料，这些材料的共同因素就是"文学的假借性"，人们假借得最多的是文体和风格、形式和内容、题材与主题、典型和传说、思想与感情。……"媒介"即传递者，可以是个人，像斯达尔夫人和屠格涅夫分别把德国和俄国的文学介绍给法国；也可以是团体，像文学社团、沙龙、宫廷之传布外国文学：也可以是评论文、报刊、译本和译者等。梵·第根把"影响"作为比较文学研究的中心，系统阐释了它的范围、内容和方法。因而他所代表的法国学派就以影响著称。① 我没有读过梵·第根的《比较文学论》原著，只读过其中几个章节的中译文，不便对该书做结论，但如果上述那位学者所归纳的内容确实的话，我很惊讶，像风格、文体、感情这样的创作因素的影响路线是如何考证出来的？再退一步说，如果梵·第根能对一两部作品之间的路线做出细密的考证，究竟能否揭示一部文学作品被创作出来（而非剽窃）的全部原因？以至完整地揭示出法国文学与其他国家文学的关系？

我注意到有的比较文学学者把"影响"视为一种神秘的因素，揭示影响也等于是学术揭秘②，但真正的影响研究，大约只能是在国与国之间的文化交流非常贫乏的情况下才存在。正如梵·第根时代只有一个斯达尔夫人在法国介绍德国文学的时候，人们对德国的知识来源非常之少，也就是在"非常封闭的环境"下影响研究才能具有绝对的意义。而20世纪是个信息越来越密集的时代，人们可以通过许多渠道来

---

① 引自于永昌对梵·第根的介绍，载《比较文学研究译文集》，第73页。
② 布吕奈尔等著的《什么是比较文学》（葛雷等译，北京大学出版社1989年版，第74页）中说道："严格意义上的影响可以被确定为像难以捉摸而又神秘的机理一样的东西，通过这种机理，一部作品对产生出另一部作品而做出贡献（此外，秘密被掩盖在"影响"这个词的过去的意思里）。"

了解外来影响，特别是当许多"外来影响"因素完全融入了本国的日常文化生活，人们根本就无法去辨认它的渠道。举一个例子。"五四"时期如果有人接受马克思主义，无疑是属于一种"外来影响"，也许可以寻找其"红色丝绸之路"，但在 20 世纪 50 年代以后，马克思主义成为国家的主导意识形态，每个人都在读马列原著，是否能认为这是一种"外来影响"呢？当人们从小阅读《红楼梦》的同时已经阅读了许多用现代汉语翻译的西方文学名著时，当在任何一家图书馆和书店里都可以得到雨果、歌德、托尔斯泰的著作，世界文学名著已经融化到人们的整个人格修养之中的时候，如何来辨认这些西方作家的影响线路？因此我觉得法国学派的治学经验是在人类对世界的认识处于低级阶段的时期产生的，是传教士到殖民者时代的学问思路和方法，它所炫耀的博学与严密，都与那个时代的封闭狭隘、自以为是的风气联系在一起，如果我们今天在研究 20 世纪中外文学关系课题时还对这种过时学派的一套烦琐经验顶礼膜拜而不加以认真清理，我们自己的学术道路如何健康开展起来？

本文并非想对法国学派的理论和方法进行全面清理，这些工作也早有人在做，在本文中我只针对 20 世纪中外文学关系研究的领域所存在的问题来谈。除了在译介学的范围里我们尽可能详细地收集各种对西方文学的翻译介绍评论的原始资料作为我们的研究基础外，我们是否真的能够像我们想象的那样，通过严密的实证方法来弄清楚中国现当代文学创作中的外来影响，并以此来证明"中国现当代文学是在外国文学的影响下发展起来的"的结论？

我对 20 世纪中外文学关系研究中实证的方法是否有效是持怀疑态度的，但是怀疑归怀疑，我并没有一概否定实证方法的所有意义，同时已经说明了在译介学的范围内收集资料、尊重材料是研究这门课题的研究基础。我估计这样提出问题会引起争论，果然，在专栏讨论中读到了张哲俊先生的批评文章《比较文学的实证研究时代过去了吗?》①。我觉得这样的同行之间的深入讨论真是非常的好,可以有助于我们对学术问题的进一步思考,也形成学术界良好的争鸣风气。但是我对张先生文章的文风有点意见,即讨论问题要学会尊重对方,提出批评也应该在对方的话题范围内进行,不能虚构出一套对方言论来发挥自己的批判才华。张先生的文章一开始就说:"从这一次讨论会的一些学者的提法来看,比较文学研究的症结在于影响的实证研究。影响的实证研究总是把研究重点落在了中外文学的关系方面,而中外文学关系的梳理便是一个重要的'罪恶'。"我读后又认真回忆了那天讨论会上的各位发言,也仔细检查了会议记录,好像都没有张先生归纳的意思,因为那天会议的主题就是讨论"中国文学的世界性因素",谈的是中外文学关系研究中的问题,没有人涉及比较文学危机等大问题,更没有人说过什么"罪恶"之类的意思,我不明白张哲俊先生是从哪里得到的这些不准确的信息?而且,张先生归纳的思路也完全与我们的思路相反,他为我们推理出来的思路是"比较文学有危机—影响研究中的实证是症结—梳理中外文学关系是重要的罪恶",但如果我的发言也有思路的话,我觉得只是"从实证方法的不可靠性—看中外文学关系研究存在的问题—提出世界性因素的设想",只是一种就事论事地提出问题和解决问题,远没有张先生想象的那样危言耸听,也没有那样宏大的解构目标。这些文章都发表在《中国比较文学》上,读者只要作个比较就明白了。

张哲俊先生的批评文章主要谈了两个部分:一个是关于封闭环境下的文学影响研究的可能性,一个是中外文学关系研究中的实证方法与所谓主体性研究的关系。在前一个问题里,张先生把我说的"封闭环境"理解成"文学的封闭时代",可能是我的表述不清楚引起的疑问,所以讲了一大通文学交流的常识,对此我在前面已经做了解释,

---

① 张哲俊:《比较文学的实证研究时代过去了吗?》,《中国比较文学》2000 年第 4 期。以下有关这篇文章的引文均出自此处。

不必再重复。后一个问题则很有意思，我原以为张先生文章要论证的是实证方法没有过时的理由，不料张先生却坦白地说："中外文学关系的实证研究，被指斥为是'双边贸易'，不是没有根据的。此一看法的根据是认为中外文学关系实证研究的目的只是梳理中外文学的关系而已。……然而这一看法却没有弄清楚的是中外文学关系的实证研究的目的。影响关系的实证研究并非是为了关系而关系，为了实证而实证。实际上实证研究和所谓的主体研究往往是结合在一起，没有分割过。在中外文学的实证研究中，已经包含了主体研究，那种单纯的实证研究并不多见。"又说："从现今学术界的现状来看，确实存在着只进行中外文学关系的实证研究的学者，但同样也不能将他们视为是'账房先生'，因为他们的研究为进一步研究提供了坚实的基础。"引用这两段话的时候我想再次说明一下，张先生这里所说的"不能将他们视为是账房先生"的话，也是张先生自己想出来的，因为根据讨论纪要里的发言，张新颖的发言中用过"贸易关系"一词，只是借用了韦勒克等人的说法，并没有谁将具体的学者视为"账房先生"，所以，这一指责并不成立。张先生虽然维护实证研究，但在自己的文章里却很少有实证的态度，因为"有一份证据说一份话"是实证研究的基本要素。更有趣的是，我综合上引张先生的话来理解，似乎张先生也同意我们对实证方法的怀疑，在这一点上我们没有分歧，因为我始终承认资料收集和考辨（但不是实证的方法）是研究的基础，分歧只在于他提醒我中外文学关系研究中单纯的实证研究并不多见，更多的是与所谓（我不明白张先生为什么用"所谓"两字）的主体研究结合在一起的，而且指出即使单纯的实证研究也是为进一步研究打基础。我终于明白了，张先生把对原始资料的收集和整理工作与所谓的实证方法搞混了，以为我在反对原始资料的收集和研究，一味提倡"求新求创造"。

其实，我所谓的实证方法，并非是一般地收集整理中外文学关系的原始材料，而是指通过对个别材料的考证来推断出一般观念或预设目的的治学方法。这种方法在整理和研究古典文学（也包括古代中外文学关系研究）方面是相当有用的。在关于 20 世纪中外文学关系的研究中，由于我国治学传统中重正据的思维定式的影响，许多学者也不自觉地倾向于法国学派，相信用实证的方法可以揭示出中外文学影响的路线和轨迹。同时在我前面指出过的启蒙的时代风气的支配下，比较文学更是有意识地从一些事实证据中证明"中国现当代文学都是在外国文学的影响下发展起来的"，实证的方法论就这样成为学者深信不疑的治学态度和价值标准。张雪俊先生为实证方法辩护说："传统的研究方法是经过无数学者研究的证明，经过了漫长的历史时间验证过，自然会存在可靠的因素。"这当然是对的，但是方法本身不是真理，它是要根据治学的内容和观念的变化而变化的。古代人写字是用刀刻竹简，后来有了纸，改用笔写字了，现在又有了电脑，笔也用得少了，这种写字方法的改变是理所当然的，我们不必特别地去废除刻刀和笔，但自然用得少了也是事实。实证的方法在过去是经过时间的验证和学者的实践，但不能就此认为是放之四海的真理，在哪里都适用。至于张先生描绘的实证研究与主体研究相结合的设想，当然也是对的，但正如张先生自己描绘的："这样的研究既是中外文学关系的研究，同时也是作家主体的研究，是对于作家自身创作过程、主体意识、审美形态、艺术形式等等方面的研究。"所以，这样的研究方法已经超出了比较文学本身的专业范畴，成为一般国别和民族文学研究的方法。而且在这样的"结合"研究的公式里，实证研究也仅仅起到为主体研究提供资料的作用。研究一个现代作家的创作，现在谁还会忽略他受到的外来影响呢？具有世界性眼光是现在任何一个文学领域的研究工作者都会自觉做到的。就像张先生提醒我们的，曹禺的《雷雨》受到过古希腊悲剧的"命运观"影响，这是曹禺先生早就告诉我们的，也是大量研究者所依据的常识。还需要比较文学的学者去做烦琐考证吗？所以我觉得张先生提倡的这种结合研究方法，虽然概括了中外文学关系研究的某些现象，但那只是用现代文学研究和具体作家研究的一般方法来取代"中外文学关系"这一比较文学专业方向的特殊方法，实际上还是回避了他自己设定的论文题目：在20世纪中外文学关系研究中，实证研究过时了吗？

　　我对 20 世纪中外文学关系研究领域的实证方法的怀疑，是从实际的研究工作中产生的。我在 80 年代写作《中国新文学整体观》的时候，也是相当自信于这些"外来影响"的材料，但在进一步研究下去时，特别是在准备撰写中外文学关系史的时候，就发现许多结论都无法被证实，相反倒是有大量似是而非的结论可以被证伪。由此而来我不能不怀疑：实证研究究竟能否证实中外文学关系上的"影响"？我们不妨从能够证明"影响"的例证说起。

　　大致上，用材料能够证明"影响"存在的，有以下几个方面：作家、思潮、时代。

　　其一，作家接受外来影响的材料，不外乎几种：作家自己披露（包括文献记载，如书信、日记等）；文本里有所表现；知情人或其他文献的旁证。譬如鲁迅的《狂人日记》，他自己说过曾受到尼采的影响（符合第一种）[1]；小说里引用了尼采的语言（符合第二种）；还有，鲁迅当时读过尼采的原著和同时代人对尼采思想的介绍，他本人也翻译过《查拉斯图拉如是说》的序篇（符合第三种）。这是最完全的实证研究的证据，可以说是全证。因此，我们似乎可以推断：鲁迅在小说《狂人日记》里有尼采的影响。然而，鲁迅的作品里不止一部体现出尼采的影响（譬如《野草》和《热风》中的部分篇章），因此我们似乎也能够通过上述的材料全证和若干作品中的影响存在，进一步推断，鲁迅前期受过尼采的影响（包括思想和写作两个层面）。大致能"实证"的也仅此而已。但是第二轮的推断已经包含了被证伪的可能，因为我们推断"鲁迅前期受过尼采的影响"的结论时，用的就是从个别到一般的实证方法，我们还是无法说明这种影响的程度究竟有多深：是如同时代人称他"托尼学说，魏晋文章"或"中国的尼采"那样，将尼采的若干精神融化到他的思维与人格，并贯穿在他前期所有创作中的深刻影响，还是昙花一现、零星偶然、创作时随机引用的影响？这个问题用实证的方法无法给以说明。反之，我们从对鲁迅在"五四"

---

[1]　参阅鲁迅：《〈中国新文学大系〉小说二集序》，载《鲁迅全集》第 6 卷。

前后的其他小说创作的分析中，也同样可以推断出这些创作与尼采并无关系。事实上作家进行创作的动机和构思是极为复杂的，不一定每部创作都体现了作家所受的单一的外来影响，那么我们是否可以从那些不构成影响的作品来证明在鲁迅前期的思想和创作中，尼采影响并不是主要和本质的呢？同样，这样的争论还可以延续到鲁迅后期，有的学者曾因为鲁迅后期杂文中有一两处对尼采的虚无主义有过保留的感叹，就推断出鲁迅在 20 世纪 30 年代以后就与尼采"思想上彻底决裂"了，但我们是否也可以用同样的方法——譬如鲁迅对徐梵澄翻译尼采著作的支持，或者若干杂文中保留了对尼采语录的引用，来证明鲁迅后期思想上依然保持了尼采的影响呢？从方法论上说，都是一样的实证方法。

其二，思潮流派的外来影响，比作家研究更复杂。因为接受外来思潮流派影响的主体往往是文学社团，"五四"新文学初期，中国文学社团的发起宣言上都喜欢标榜一种外来的"主义"作为旗帜，其实也有点拉大旗作虎皮的意思，壮其声势。但他们吸收外来影响主要体现在理论传播和文学宣言上，并不十分认真地落实在具体创作上。最典型的是创造社与西方浪漫主义的关系，也许从郭沫若、郁达夫等人的文学主张和创作风格上我们可以找到若干材料来证实创造社接受过浪漫主义思潮（当然也夹杂了其他的文艺思潮），但具体到每一个创造社成员的创作风格的追求，则完全是多元的，创造社元老之一张资平就是一个自然主义文学的崇拜者和实行者。这样的情况几乎涉及每一个流派。当我们的研究者轻率地断言文学研究会张扬写实主义，创造社提倡浪漫主义，新月派崇尚维多利亚诗风，而左翼文艺运动受到苏联"拉普"和日本"纳普"影响时，都没有说明他们所标举的仅仅是一些理论和翻译，并不是他们的文学创作。我们无法用写实主义的美学标准来衡量黄庐隐、许地山、王统照、孙俍工的小说以及谢冰心、徐玉诺、朱自清等人的诗歌和周作人、俞平伯的散文。同样，我们也不能拿苏联和日本普罗文艺的理论与实践来说明鲁迅的杂文，茅盾、张天翼、沙汀、艾芜的小说以及艾青的诗歌和田汉、夏衍的戏剧。从实证研究的方法上说，研究者可以举出沈雁冰在 20 世纪 20 年代前期发表在《小说月报》上的理论文章来证明他提倡写实主义，并根据从个别求证一般的归纳逻辑，沈雁冰是文学研究会的主要理论家，《小说月报》又是文学研究会的主要机关刊物，当然可以推断出文学研究会接受了写实主义文艺思潮的影响。这在逻辑上并不错，但如果在这个前提下推断到文学研究会的创作，结论便是大谬。所以，我在本文第一节里作为靶子的关于文艺思潮影响的第二段引文里，许多论断都是有疑义的，从科学的意义上说就是靠不住的。

其三，时代的影响。时代受到外来思潮影响，生活于其中的每个人自然也难免受其余泽。譬如"五四"时期提倡的西方民主与科学的思潮，提倡个性解放的思潮，提倡劳工神圣和形形色色社会主义的思潮，从大的背景而言对当时的知识分子多少总有影响。这似乎无须考证，分析"五四"新文学作家的外来影响，从大体上说他们受到民主与科学、启蒙文化和个性解放，甚至社会主义的影响，都不会有大错。我们经常可以读到这样的文章，在分析某作家的作品里有人道主义的思想时，往往先从"五四"的时代背景说起，引证了《新青年》等杂志上的一系列相关言论后，自然而然就推断出某作家有人道主义思想。从实证的角度来说，运用大量材料来证明一个时代风气是可以做到的，甚至也可以对时代风气做很细致的归类分析，但如果以时代风气来说明具体作家的接受状况，就不能做简单过渡。譬如巴金，他自称是"五四"运动的产儿，积极从事反封建的创作活动，对民主主义、人道主义与个性解放思潮都有过涉猎，但巴金是如何理解"五四"时期"个性解放"思潮的呢？有不少研究者想当然地以为，既然巴金反对旧式家庭制度，提倡恋爱自由，那他毫无疑问是"个性解放"的鼓吹者。但是如果细读他的代表作《家》就会发现，作家对小说里描写的高家二少爷觉民逃婚的态度相当复杂，并不是我们想象的那样无条件的支持，而是通过觉慧之口，不断批判觉民的个人主义和自私。显然，已经信仰了无政府主义的巴金对"五四"时期流行的民主主义和个性解放的看法与通常的理解是不一样的，他站在更激进的社会主义的立场上批判小资产阶级的"个性解放",向往进一步的社会革命。他是站在更高的理论立场上描写民主革命时期的青年人的反封建任务,这也就是他最初强调《激流》三部曲是反对"资产阶级社会制度"的原因。同样的理由,老舍和巴金在当时对待"五四"时期的民主运动的态度也完全不一样。如果用简单的时代影响来说明作家接受外来影响的状况,也是有问题的。

从作家、思潮和时代三个方面所陈述的例证来看,实证的方法在20世纪中外文学关系研究中只能部分地起到作用,它可以用来证明作家个人的接受状况(诸如阅读过的书籍和他本人的言论)、社团的接受状况(理论层面的引摘和发挥,文学纲领的宣传等)、时代的接受状况(当时的原始文献)等比较表层的研究,但无法再深入一步,由作家个人的具体接受状况推断其全部思想创作的一般接受状况,尤其是无法真正解说作家的艺术创作;无法由社团的接受状况来推断具体成员的创作风格的接受与变异;也无法由时代的接受风气推断具体个人的思想接受形态。所以,它的作用其实非常有限。

也许有的研究者会提出,我所列举的问题,或许不是实证研究方法本身的缺陷,而正是没有彻底贯彻实证的精神,对资料的研究不够严密所致。我对这些可能的疑难也认真思考过。事实上,在研究20世纪中外文学关系的领域里,还存在着许多陷阱,不但是实证方法根本无法解决的,而且正是对实证研究的迷信使研究者无意间制造了一个又一个的冤假错案。我不妨举一个例子:胡适在美国留学期间提出了著名的文学改良的"八事"(即八不主义),这八条主张,有人考证与美国当时刚兴起的意象诗派的宣言很相似。最初是胡适留美期间的朋友梅光迪等人出于反对白话诗的目的,说过胡适的"八事"与美国意象派诗歌有关。① 后来国内的同时代人如梁实秋、朱自清等也支持过这

---

① 梅光迪与胡适关于白话诗是否受美国意象派影响的争论,最早见诸胡适的留学日记。梅光迪观点的系统表达是在《评提倡新文化者》,载《学衡》创刊号。言:"所谓白话诗者,纯拾自由诗 Vers libre 及美国近年来形象主义(Imagism)之余唾。"从语义的角度看,"拾……余唾"句型即"拾人余唾",谓没有自己主张,因袭别人老调的意思,与明确地证明受别人影响还是不一样。(该文收郑振铎编选:《中国新文学大系·文学论争集》,良友图书公司1935年版,后上海文艺出版社有影印本。)

个说法。① 胡适为此特意在日记里记载了他读意象派宣言的日期，表明是在他提出"八事"主张之后，意在自我辩解。② 但是到了 20 世纪 70 年代，一批海外华人学者旧案重提③，并将意象派的主张一条条拿来对照，这样一来，胡适发动白话文运动的纲领性文件几同抄袭。后来还有学者特意从旁证来说明胡适为什么不敢承认自己是受了意象派的影响的理由。④ 这里既有同时代人的证明，也有文本的对照，唯一缺少的是当事人的供认，但既然已经有学者解释了胡适不敢承认的原因，从实证研究的角度说，几乎是可以定案了。我读到这些材料是 80 年代初，正是对西方现代主义文艺最有兴趣的时候，毫不犹豫就接受了此说。⑤ 但是多年后，我读到一篇论文⑥，论证了胡适"八事"没有受过意象派影响，文章没有提供任何新的材料，唯一的依据还是胡适本人的日记，然而作者一层层解开关于此说的来源，最后发现唯一的依据还是梅光迪的那句意图暧昧的话，其他都是以讹传讹，所谓的考据、材料、推论、引经据典，都仿佛是建筑在沙上一样。我现在并不以某种观点为必是，因为我相信这篇为胡适辩诬的文章的观点也不一定能说服对方，实际上双方都是依据了所谓的实证研究的方法，但问题的真正答案是无法被证实的。

---

① 梁实秋在《现代中国文学之浪漫的趋势》中言："意象派唯一的特点，即在于不用陈腐文字，不表现陈腐思想。我想，这一派十年前在美国声势最盛的时候，我们中国留美的学生一定不免受其影响。试细按意象主义者的宣言，列有六戒条，主要的如不用典、不用陈腐的套语，几乎条条都与我们中国倡导的白话文的主旨吻合，所以我想，白话文运动是由外国影响而起。"朱自清在《朱自清选集》《中国新文学大系·诗集》"导论"中引了梁氏的这段话，并肯定了梁氏之说。

② 《胡适留学日记》1916 年 12 月条，有记载意象派宣言内容，胡适称："此派所主张，与我所主张多相似之处。"（《胡适留学日记》第 4 册，商务印书馆 1947 年版，第 1071－1073 页。此版本的《胡适留学日记》已由上海科学文献技术出版社在 2014 年出复制版。）

③ 参见 Achilles Fang（方志彤）: From Imagism to Whitmanism in Recent Chinese Poetry: A Search for Poetics That Failed. in: Horst Frenz and G. L. Anderson, Chapel Hill. *Indiana University Conference on Oriental － Western Literary Relations*. University of North Carolina Press, 1955, pp. 177－189. 另外，周策纵《五四运动史》（上）（明报出版社 1995 年版）、夏志清《中国现代小说史》（台北传记文学出版社 1979 年版），都提到了胡适与意象派的影响。

④ 参见王润华：《从新潮的内涵看中国新诗革命的起源》，载《中西文学关系研究》，东大图书公司 1978 年版，第 227－245 页。

⑤ 参见拙作《中国新文学发展中的现代主义》，载《中国新文学整体观》，上海文艺出版社 1987 年版。

⑥ 沈永宝：《"八事"源于〈意象派宣言〉质疑———〈文学改良刍议〉探源》，《上海文化》1994 年第 4 期。

对 "世界性因素" 研究的几点理解

20 世纪 80 年代中国文化界在启蒙与现代性的追迫之下急于推动对外开放和引进外来文化，20 世纪中外文学关系研究领域中许多学者重新解释"五四"现代文学与外来文化的关系，并预设了"外来影响"的文学观念。于是，尽管实证研究的方法无法解开许多接受影响之谜，但仍然被过度地信任和滥用了。中国学者喜欢"铁证如山"，以为只要有了证据就可以使结论立于不败之地，殊不知证据及证据推理本身还有着严重的疑问，究竟能否证明这个"实"呢？谈这个问题不能不论及作家创作上的影响，尤其是像法国学派那样在两个作家或两部作品之间做影响研究，情况更为复杂。艺术的审美接受是纯粹的精神性的愉悦活动，而艺术创作更是社会生活综合性的精神投射，两者之间可能会有某种关联，但由于精神领域的复杂性与审美特征的形象性，使之不可能构成一般意义上的因果关系，而更多的是表现为心灵交感的感应关系，化于无形无态之间。创作不是理论，不是学术研究，无须用理性的规范的语言来表达，形象思维决定了艺术传播功能的模糊性。这一切，都是实证研究所无法实证的。外来影响的表现也是多层次的，有最直接也是最表层的手段，如模仿、借用、移花接木等，也有从道听途说中举一反三、郢书燕说的"创造性变异"，也有在时代氛围等大背景下根据本土环境而创造的世界性因素，面对羚羊挂角似的复杂的外来影响过程，传统考据方法让人津津乐道的，只能是"影响—接受"二元对立研究机制中的人物设置、结构布局、情节细部等最表层的文本比较，像警犬似的嗅寻其中的"影响"线索，这又有什么太大的意义呢？"《马桥词典》风波"引出的教训①，正是需要我们认真反省的。

作家的精神劳动当然不可能在文化真空里进行，他在创作过程中

---

① 参见拙作《〈马桥词典〉：中国当代文学的世界性因素之一例》，载《谈虎谈兔》，广西师范大学出版社 2001 年版，第 181–195 页。

必然会调动起大量积淀在他意识深层的文化信息，包括远期与近期的阅读信息，外来影响的某些信息或许会成为他感情爆发的某种引线，也可能成为某些情节布局的启发点，但这对一个卓越的艺术家而言，完全属于他个人的精神独创的一部分，因为在无数文化信息共同熔铸成新的艺术形象的合成过程中，某一个具体的外来影响其实是微不足道的。就以戏剧家曹禺的名剧《雷雨》里的命运观来说，虽然这是戏剧里的一个重要因素，但是出现在《雷雨》里的"命运"，与古希腊悲剧所表现的英雄与命运抗争终于失败的悲剧意识不同，那是现代人情欲与罪恶构成的自我毁灭的见证，是"自作孽不可逭"的中国式的命运观的表现。曹禺在创作《雷雨》过程中综合了许多外来影响的因素，但主要制约他的创作激情的艺术因素仍然来自他的生活环境的刺激和影响，所以，即便是外来影响的成分，在融入过程中表现出来的也是中国化的艺术思维特征。我们在分析《雷雨》时如果完全不注意古希腊悲剧的命运观的影响是不对的，但它仅仅是构成《雷雨》艺术构造中的一个部件，而且已经被打上了"中国制造"的印记。

我这样的分析，似乎与张哲俊先生所提倡的将"实证研究与主体研究相结合"的研究思路并无矛盾，但我想说的是，这样一种研究方法仍然是针对了曹禺这一具体作家研究而设定的，并没有体现出中外文学关系研究的主要特征。我想探索的"中国文学的世界性因素"，正是要跨越中国文学和中国作家研究的界限，把中国文学真正置于世界文化背景下给以考察。就以"曹禺与悲剧命运观"这个题目为例，"命运"固然是从古希腊悲剧中形成的一种观念，但也不能排斥中国人在长期生活实践中形成的命运观念，考察曹禺在《雷雨》中体现的命运观，当然要注意到他从古希腊悲剧中获得的某种启示，但更重要的：一是曹禺是怎样从外来影响（不仅仅以古希腊悲剧为限）的基础上创造了他自己对"命运"的理解和表现方法；二是如何将曹禺所创造的"命运"返回到世界文学中"命运"的创造体系，揭示出它是如何更加丰富了世界性的悲剧"命运"的艺术表现体系。传统的比较文学视野里没有中国或东方第三世界文化的成分，欧洲文化的形成本来具有同源性，其变异因素是在同一谱系里发生的，所以，追溯起源发展、影响脉络等，都可以用实证的方法来考证清楚，等于是考证出一个同祖血缘的大家庭，欧洲各民族的本土传统对这一血缘家族来说仿佛是外面迎娶的女子，经过同化以后就能纳入家族，传宗接代。可是东方文化传统下的中国文化的因素，并不存在与欧洲文化的同源性，它与欧洲文化之间的关系应该是多元并举的文化格局。但问题又不是那么简单，由于20世纪殖民文化影响和20世纪现代性的全球普及，中国等第三世界文化被覆盖了西方强势文化的影响，在20世纪的文化杂交中，中国等第三世界文化与西方强势文化都难免有过血缘上的纠葛，但是从血缘的起源上说，它仍然属于不分高低优劣的另类谱系。但在过去的外来影响研究中，中外文化杂交中产生出某些具有外来影响因素的艺术想象，却被解释成暧昧的私生子一样，仿佛没有西方文学的"种子"，中国这片土地上就会寸毛不长。我觉得要讨论20世纪中外文学关系的"世界性因素"，首先就是要破除这道迷信，把"世界"看成是一个覆盖地球村各种文化区域的多元格局，然后才能探讨这一格局下多元因素如何平等构建人类世界的丰富文化。我们在讨论曹禺的悲剧"命运"观时，不但应该追溯古希腊悲剧和西方现代悲剧的影响，也应该注意到古希腊传统以外的悲剧艺术对"命运"的独特理解，综合地研究曹禺是如何通过创造性的舞台艺术，在世界性悲剧谱系中增添了东方文化精神观照下的"命运"艺术。这样的研究不仅仅是对曹禺的个人创作成果（所谓主体）研究，也是对曹禺在世界性因素谱系中的得失研究。这非一般国别作家研究与作家主体研究所能全然包括。

要从事"世界性因素"的研究，首先是一个观念的改变，也就是说，比较的观念里不能先存在一个世界性因素的样板，它与传统的影响研究的一个区别就是影响研究中的影响传播体与接受体之间的比较是不平等的，后者的意义未免取决于前者的标准。我去年在韩国与首尔大学全炯俊教授有过一次交流①，全先生批评中国学者提出的"20世纪中国文学"概念中，有意把20世纪的中国文学的发展描述成一系列的"进程"，其内心深处反映了对西方发达国家的所谓"现代性"的乐观态度，暗示了中国通过现代性的追求最终将"完成"现代性，也就是反映了20世纪80年代的知识分子的潜意识里，"现代化"是有明确目标的，那就是西方发达国家的经济文化状况，这就是一个潜在的标准，它是以"影响传播体"提供的样板为衡量标准。后来我又读到全先生的文章②，他进一步阐明了这一观点：我们对西方发达国家的现代性与东亚第三世界的现代性应予分别的考察，两者是互为表里、相互依存的，没有后发资本主义及殖民地，也就不存在先发资本主义及殖民主义国家。以为西方发达国家的现代性是真正的现代性，而第三世界的现代性是残废畸形的现代性或还不是真正的现代性的看法是没有道理的，其实这就是所谓现代性的两面。在全先生看来，20世纪中国文学的发展与斗争过程本身就反映了中国知识分子所追求和所体现的现代性的特殊状况，世界上本来就没有一个统一的现代性，而今天之所以对现代性的看法趋同，正是全球性的强势文化的"影响"所致。我承认全先生的这一观点对我有很大的启发，再回想我们在80年代一再讨论的"伪现代派"等问题，不正是我们心中始终承认西方有一个客观的绝对的"现代"标准，而我们至今为止要走现代化的道路只有向这个标准靠拢和模仿吗？"世界性因素"的研究正是要在心理上驱除这一先验的样板，每一个接受体经过主体的创造而再生的世界性因素，再还原到世界性谱系中去的话，都将是以新的面貌来丰富谱系的内涵，而不是多一个延续者或变种。

再者，对中国文学的世界性因素的研究，从方法上是超越了传统的影响研究和平行研究的二元对立范畴。世界性因素的研究不排除影响研究，它必须吸收大量译介学意义上的资料，甚至也包含了传统影

① 可参阅《东亚细亚的现代性与20世纪的中国》，载《谈虎谈兔》，第460－478页。全炯俊先生原任韩国忠北大学副教授，现任首尔大学副教授，为方便介绍，我称他是首尔大学教授。

② 全炯俊：《"20世纪中国文学论"批判》，《文艺理论研究》1999年第3期。

响研究中的方法和观念。关于这个问题，查明建先生的论文《从互文性角度重新审视 20 世纪中外文学关系》① 中有较为详细的探讨，我在本文中不准备对查先生所设想的"互文性"做具体回应，但他在讨论中涉及的关于"世界性因素"的批评却启发了我的思考，我想顺着他的思路做一些解答，也有利于本文的论述进一步展开。查先生似乎能够理解我对传统的影响研究（即所谓法国学派）方法的批评，但又以为今天的影响研究已经从法国学派的框架中摆脱出来，新开拓的影响研究已经将"世界性因素"命题中的部分主体性的成分包含了进去。那么，什么才是"世界性因素"的部分主体性成分呢？查先生概括为：接受主体对外来影响的选择，接受主体的创造性的借鉴、误读、反影响等等，所以"世界性因素"的提出只是显示了新开拓的影响研究"应有的研究基域和深变要求"。那么，什么才是"新开拓的影响研究"呢？据说是容纳了接受美学和"创造性误读"等三体性的接受研究，"接受研究突出了接受者的对外来影响的主动性，接受者总是根据自身的文学文化需要对外来文学进行剔除、选择、消亿、改造，将其融入自己的创作之中"。查先生的概括自有他的道理，但他似乎没有注意到，我一再说明"中国文学中的世界性因素"研究是针对 20 世纪中外文学关系研究的范畴提出来的，而不是针对所谓"影响研究"的。影响研究，不管是传统的法国学派还是接纳了"接受研究"的新开拓，都是另一种研究范畴，它是属于"影响—接受"二元对立的研究机制中的方法论，它把国际间的文化交流视为一种"输出与接受"的关系，其背后的文化观念上潜伏着的是强势文化与弱势文化的对立；在 20 世纪中外文学关系研究中引进影响研究的方法与观念是必然的，这既是殖民时代强势文化对弱势文化侵犯与覆盖的事实存照，也是现代性发展过程中第三世界后发国家文化进步的必然途径。但是，影响研究的方法只能解决中外文化关系的一部分现象，而不是全部，更不能反映

① 查明建：《从互文性角度重新审视 20 世纪中外文学关系》，《中国比较文学》2000 年第 2 期，第 33 – 49 页。本文中有关这篇文章的引文均引自此处。

出中国文化在全球性资本主义文化结构中的民族立场；不管你如何强调接受者主体性的一面，你都无法解释中国文化在创新发展中没有受影响的另一面，因为这一部分已经溢出了"影响—接受"的机制，无法与影响输出体构成对比的关系，如果你一定要纳入"影响—接受"机制，那就意味着不能不缩小主体存在的意义，把本来不属于接受影响的部分也强行改造成所谓接受的"主体性反馈"。那么，是否可以将接受者的主体区分开来，将其接受影响的一面纳入影响研究，而不属于接受影响的另一面放到平行比较领域呢？当然也不可能，由于中外文学关系的特殊情况，主体在创新发展中没有接受影响的另一面，又恰恰是与接受过影响的一面（包括各种主体性的反馈）不可分割地糅合为一体，你根本不可能如此区分一种精神劳动产品。所以，我才想到用"中国文学的世界性因素"研究来超越所谓的影响研究和平行研究。我不否认影响研究在中外文学关系研究中的作用，但它只属于 20 世纪中外文学关系研究的一个局部性的方法，其意义主要在于收集一些译介和作家知识结构方面的资料；我也不否认接受研究在研究影响因素经过主体的反馈而后发生变异现象时也是有意义的，但接受美学的无边夸大主体性的方法本来是用在艺术效应分析领域的，如果无原则地把它运用到中外文学关系的范畴里去，那倒真的会"走入以主观臆测代替文学发展实际具体考察的误区"。所以，不管影响研究有没有新开拓，在我看来，同样不能解决 20 世纪中外文学关系理论的基本观念，也不能取代和包揽中外文学关系研究的所有方法。同样的理由，世界性因素的研究也不属于传统的平行研究。所谓平行比较，反映了在美国移民社会的多元文化杂交和冲突的背景下的美国学者渴望进入世界对话的要求，这种文化背景与在半殖民文化挣扎下既要寻求现代化道路又要突出民族文化立场的 20 世纪中外文学关系的大背景是不相同的，既然讨论文学"关系"，就不可能是互不相干的"平行"，我们也不是在讨论中西古典文学的异同，而是把研究聚焦点放在全球化背景下的民族文化发展与新生的道路，这怎么可能是既缺乏主体话语又缺乏世界框架的平行研究呢？查明建先生用想象出来的平行研究的特点来归纳"中国文学的世界性因素",自然可以推理出"如果只能彰显中国文学发展的特质,只从中国文学自身的立场来研究中国文学,中外文学关系研究只剩下与外国文学共时性的契合关系.就不能有效地解释中外文学关系中的普遍现象,也难以揭示中国文学在影响的大语境之下如何择取、接受等等时代性的文学特点"。但是"中国文学的世界性因素"并不是仅仅研究中国文学的特质,既称"世界性",就是要在其与世界的关系中讨论中国文学的特质,怎么可能用平行研究的套子来套呢?

需要讨论的是与之相关的问题:为什么要认定 20 世纪中外文学关系的大语境是"影响"呢?为什么没有揭示中国文学在"影响"的大语境下如何择取、接受等等时代性的文学特点,就不能有效解释"中外文学关系中的普遍现象"呢? 20 世纪中外文学的关系,是在特定的殖民文化环境下中国知识分子寻找现代化的道路过程中表达出来的审美追求,对这种审美追求处于不同的立场就有不同的解释。如果以西方中心主义的立场出发可以被歪曲性地解释成"影响—接受"的基本阐述模式,但是如果我们已经意识到这一点,即"影响—接受"模式只是 20 世纪中外文学关系的一种解释立场,既不是全部,也不能阐释真正的中外文学关系在 20 世纪的时代意义,那么,为什么我们不能从另外的研究视角和研究机制来重新理解和诠释 20 世纪的中外文学关系的意义呢?查明建先生指出:"历史上的实际的不平等,不被普遍认同的现象是客观存在,我们不能以今天解构西方中心主义的态度来改写西方中心主义确实曾被(被迫)认同、被接受的不对等的历史。"我觉得查先生混淆了历史现实和对历史的描述之间的区别。历史上的中国现代文学被纳入了世界格局以后,当然会吸取外来的影响,并且在一定程度上起到积极的革命的促进作用,推动了中国现代文学的发展。这一点谁也没有否认过,而且这也不是查先生所说的"西方中心主义被迫认同"造成的。而所谓"西方中心主义"起作用的恰恰是我们今天对这一历史现象的描述立场.外来影响不是造就中国现代文学的唯一原因,这也是事实,为什么我们自己先要认定 20 世纪中外文学关系的大语境是不平等的"影响"而不应该是地位对等的"世界性因素"呢？对文学史现象的描述当然要体现出描述者的当代立场，所谓客观性和历史性，只能是当代立场阐释的研究前提、材料和资源，否则文学史只要是一部资料长编就可以一劳永逸，永远不需要研究和重写了。而回顾我们近20年来的学术研究，最有成就的领域不正是在不断怀疑、证伪、否定、重写的过程中求得发展的吗？所以我觉得，如果研究者抽取了当代立场和当代文化精神来维护所谓"历史客观真实性"，其实恰恰是维护了陈旧的文学史观念和研究立场，而不是维护文学历史本身。也许我的话说得比较极端和片面了一些，但这涉及研究者的最根本的立场问题，仍然是需要我们充分重视的。

关于"20世纪中国文学的世界性因素"的研究，只是一个不成熟的理论尝试，亟须研究者在实践中一步步探讨和摸索，才能逐渐积累起经验与研究实绩。幸有张新颖、张业松等博士以此思路做了实实在在的研究工作①，他们在研究实践和理论探索两方面都比我走得远得多。当然，这些工作离我们所期望的研究成果还有十分远的距离。这次专栏的主题讨论从理论上引起争鸣正反映了它的不成熟和有待深化。我感谢编辑部的好意和提倡，更感谢张哲俊先生和查明建先生热忱地加入同行间的认真讨论，希望我的故作激烈姿态的言论没有影响同行的自尊，反而激起更加深入的批评与研讨，共同来推动20世纪中外文学关系研究的发展。

> 2000年7月写于黑水斋；初刊《中国比较文学》
> 2001年第1期；2011年3月修订，编入《思和文存》

---

① 张新颖博士的学位论文《20世纪上半期中国文学的现代意识》、张业松博士的学位论文《创建现实——抗战前中外现实主义文学关系史论》，均有部分章节在《中国比较文学》和其他专业性刊物上发表，可供参考。

试论"五四"新文学运动的先锋性

    "五四"新文学运动在 20 世纪中国文学史上究竟起了什么样的作用？这个问题长期以来似乎不证自明，因为它是 20 世纪中国文学的源泉或者是唯一的文学传统。在中国现代文学史著作里，"五四"新文学运动是整个现代文学的起点。按照这样的自在逻辑，1917 年以后将近一个世纪的中国文学发展轨迹，基本上是"五四"新文学的逻辑发展之结果，它自成一个由失落到回归的演变过程；[①] 而 1917 年以前的晚清与民初文学，只是"五四"新文学运动的准备阶段，它们具有价值与否，取决于对"五四"新文学的形成是否有铺垫作用，并且依据进化论的观念，"五四"新文学运动一旦正式登上文学舞台，所有以前的"旧"文学都失去了存在的意义，不仅封建遗老们的旧诗词和旧语体作品都成为废纸，连作为新文学准备阶段的前现代文学医素（诸如林纾的翻译、梁任公的散文以及晚清小说等等）也都成为过时的东西而被历史淘汰。

    1985 年以后，学术界提出"20 世纪中国文学"的概念，开始把"五四"前二十年的文学与"五四"新文学作为一个整体来考察，但

[①] 20 世纪 80 年代的文学史研究著作中，对新文学史的描述基本采用了这一思路。如黄子平等《论 20 世纪中国文学》（载黄子平等《20 世纪中国文学三人谈》，人民文学出版社 1988 年版），陈思和《中国新文学整体观》（上海文艺出版社 1987 年版），李泽厚的《20 世纪中国文艺一瞥》（载《中国现代思想史论》，东方出版社 1987 年版）等。

是考察的范围依然局限在以新文学为标杆的文学史视野，把"现代性的焦虑"作为一个特定视角来整合 20 世纪文学史。近二十年来对 20 世纪文学的整合基本是沿着这一思路。但是海外的汉学研究却出现了另外一种视角，以哈佛大学王德威教授的《被压抑的现代性：晚清小说新论》① 一书为代表，提出了"没有晚清，何来五四?"的著名论点。王德威教授指出"五四"新文学不是扩大了晚清小说的表现内涵，而是压抑或者遮蔽了晚清小说中"现代性"因素的发展，进而讨论了晚清小说中的"被压抑的现代性"（repressed modernities）。这其实是一个非常重大的问题，其意义在学术领域还将被进一步探讨。另外，随着近年来学术界对文学资料的进一步发掘，一些以往不被人们所关注的文学史料正在不断地涌现出来。在大陆，对陈寅恪、钱锺书一脉文人诗的文学渊源的研究，牵引出一批近代诗人及其旧体诗创作的研究资料，与此相关的还有沦陷区文学、旧体文学资料的挖掘，也展示了被"五四"新文学所否定的另类文学在现代文学领域中传承的一面;② 在台湾，随着对日据时代殖民地文学的研究，一大批"古典

---

① 王德威：《被压抑的现代性：晚清小说新论》，宋伟杰译，麦田出版社 2003 年版。关于"没有晚清，何来五四"一文可参见第 15—34 页。

② 近年来相继出版的有《陈寅恪诗集》（清华大学出版社 1993 年版）、钱锺书《槐聚诗存》（生活·读书·新知三联书店 1995 年版）和《石语》（中国社会科学出版社 1996 年版），《中国近代文学丛书》（上海古籍出版社 2003—2004 年版）相继整理出版郑孝胥、樊增祥、陈三立等近代诗人的诗集。相关研究见刘衍文《〈石语〉题外》等，曾在《万象》杂志连载，后载《寄庐茶座》（汉语大词典出版社 2004 年版）。日本学者木山英雄前几年对中国新文学作家的旧体诗也有系统研究，中译的有对扬帆、潘汉年以及郑超麟的旧体诗的研究论文（蔡春华译，载陈思和等编：《无名时代的文学批评》广西师范大学出版社 2004 年版），有对聂绀弩、胡风、舒芜、启功等旧体诗的研究论文（赵京华译，载［日］木山英雄：《文学复古与文学革命：木山英雄中国现代文学思想论集》，北京大学出版社 2004 年版)。

诗"① 创作引起了愈来愈多学者的关注和整理；② 再者，随着文化研究热而兴起的大众文化研究以及雅俗文学鸿沟被消解，原先被看轻了的通俗文学，也逐渐进入了学术界的研究视野，③ 尤其是在香港文学研究领域。这些文学现象和文学资料的再现，不管学术界是否承认它们的文学史地位，其客观存在不能不要求研究者去面对和研究。同时迫使研究者去进一步思考：如何面对这些新材料的发现，如何通过文学史理论的自我更新和整合，完成新一轮的关于 20 世纪文学的描述和理解？

这就势必涉及对"五四"新文学运动在整个 20 世纪中国文学史上的地位和作用的重新认识和界定。本文所要探讨的，是把"五四"新文学运动及其发展形势放在整个现代文学创作状况中，力图更加准确地把握它在当时的意义与作用，以及它作为一种文学精神和文学传统的发展过程。它究竟是 20 世纪现代文学的唯一的源泉或者唯一的传统，还是 20 世纪文学□一个带有先锋性质的革命性文学运动？它是如何在整个 20 世纪中国文学史上发挥作用的？它通过怎样的形式来体现它的先锋性？这些问题都涉及对一系列文学史现象的再评价，作者不可能、也没有能力给以全面的回答，只是从分析"五四"新文学运动所含有的先锋性因素着手，从先锋文学运动的意义上来探讨"五四"新文学运动对当时中国文坛所产生的作用，进而为研究上述问题提出

---

① 台湾"古典诗"的概念是指：时间范围从明郑（1661—1683）起始，经历清（1683—1895）、日据（1895—1945）时期，前后将近三百年；体裁以古典文学中的古体诗、近体诗、杂体诗及乐府诗为限。（参见《全台诗凡例》，载《全台诗》第 1 册，台湾远流出版公司 2004 年版，第 4 页。）可见，台湾的"古典诗"包括了 1945 年以前所有的旧体诗创作。

② 台湾学术界在整理日据时期文学材料上有很大的收获。如对林献堂、张丽俊日记的整理，可以看到栎社的吟会创作活动，《全台诗》和《全台赋》的编撰整理以及许多旧杂志被影印等，都有相当正面的意义。如台湾文社发行的《台湾文艺丛志》，除了提供《全台诗》相关诗作的搜罗外，也提供了当时台湾传统文人广泛吸纳东西洋文史知识、开阔视野的前瞻企图。又如《汉文台湾日日新报》《三六九小报》《南方》《风月报》等几乎以传统文人为主的刊物，保留不少旧文学的史料，也是台湾通俗文学的大本营，对台湾传统文之古今演变和现代转化，都提供了新的思考资源。

③ 关于通俗文学的研究，范伯群教授的研究提出了新的文学史观点。他多次引用朱自清的话，认为"鸳鸯蝴蝶派'倒是中国小说的正宗'"，并努力将通俗文学与"五四"新文学结合起来，使之成为 20 世纪中国文学史的"两翼"。（参见范伯群、孔庆东主编：《通俗文学十五讲》，北京大学出版社 2003 年版；范伯群《近现代通俗文学漫话之三：鸳鸯蝴蝶派'倒是中国小说的正宗'》，《文汇报》1996 年 10 月 31 日。）

一种思路，供研究者进一步讨论。

在中国，"先锋文学"是一个外来的概念。它在西方除了指第一次世界大战前后某些激进文学思潮以外，本身还包含了新潮、前卫、具有探索性的艺术特质。① 所谓"先锋精神"，意味着以前卫姿态探索存在的可能性以及与之相关的艺术可能性，它以极端的态度对文学共名状态发起猛烈攻击，批判政治上的平庸、道德上的守旧和艺术上的媚俗。"五四"初期陈独秀曾经把"急先锋"这个称号加在首倡"八不主义"的胡适头上②，毛泽东后来论述"五四"时期知识分子与中国革命的关系时，也使用过"先锋"的比喻。③ 在那个时候，"急先锋"或者"先锋"的概念大约还是一个指代冲锋陷阵的军事术语，与西方文艺思潮中的先锋精神还是有很大区别，但在实际意义上已经包含了上述有关特征。所以，虽然当初没有人用"先锋"这个词来形容"五四"新文学思潮的前卫性，但在今天，我们重新审视以鲁迅为代表的新文学运动，指出它的先锋性不仅十分恰当，也有利于把握它与当时整个文学环境之间的关系。

---

① "先锋"一词，在中国古代是指军队作战的先遣部队。在法国，avant-garde 一词最初出现在 1794 年，也是用来指军队的前锋部队。"1830 年，由于傅立叶、欧文、蕾德汶等英法空想社会主义者对一种有着超前性的社会制度和条件的建构，这个术语也被借用，并曾一度成为乌托邦社会主义者圈子里的一个流行的政治学概念。在这方面，将其与乌托邦相关联无疑暗示了它与现状（或传统）的不相容性的叛逆性。1870 年，随着早期象征主义诗歌的崛起以及接踵而来的现代主义思潮的盛行，这个术语便进入了文学艺术界，用来专门描绘新崛起的现代主义作家和艺术家，因此在相当一部分写作者和批评家那里，这一术语仍有着极大的包容性，直到有的学者将本世纪的达达主义、未来主义、超现实主义、表现主义等思潮流派统称为'历史先锋派'（historic avant-garde）并将其区别于少数几位现代主义艺术家时止。"（引自王宁：《传统与先锋　现代与后现代——20 世纪的艺术精神》，载《文艺争鸣》1995 年第 1 期，第 38－39 页。该段话是王宁引述自：Charles Russell, *The Avant-Garde Today*, University of Illinois Press, 1981.）而卡林内斯库在《现代性的五副面孔》一书里，对"先锋"这个概念追溯得更远，认为在 16 世纪的一本叫作《法国研究》的文学史章节里，已经用"先锋"一词来形容当时的诗歌领域一场"针对无知的光荣战争"中的诗人们。卡氏还指出，无政府主义者巴枯宁、克鲁泡特金等都对这个词的内涵与使用做过贡献。（马泰·卡林内斯库：《现代性的五副面孔》，顾爱彬等译，商务印书馆 2002 年版，引文见第 106 页。）

② 陈独秀《文学革命论》："文学革命之气运，酝酿已非一日，其首举义旗之急先锋，则为吾友胡适。"载《新青年》2 卷 6 号，1917 年 2 月 1 日。

③ 毛泽东《青年运动的方向》："五四以来，中国青年们起了什么作用呢？起了某种先锋队的作用。……什么叫做先锋队的作用？就是带头作用，就是站在革命队伍的前头。"［载《毛泽东选集》（一卷本），第 529 页。］

"五四" 新文学作家对西方先锋文学运动的关注

"先锋派"一词在西方指的是 20 世纪初期与现代主义思潮有直接关联的文学艺术运动，但两者仍然是存在着明显的差别。早期的象征主义诗人波德莱尔在他那个时代已经敏锐发现了"先锋"这一概念被用在艺术流派上的尴尬。他轻蔑地称其为"文学的军事学派"。他批评法国人对于军事隐喻的热烈偏好，因为"先锋"一词，既有战斗与狂热的一面，也有绝对服从纪律的一面。它与"自由"既有某种联系，也有天然的对抗性。波德莱尔对"先锋"一词所揭示的矛盾状态，也是先锋派文学与现代主义文学之间的异质所在。[1] 在 20 世纪 60 年代的美国学术界，先锋派几乎就是现代主义的同义词。但在欧洲，各个国家对此都有不同的理解。尤其在德国，法兰克福学派影响下的学者彼得·比格尔的《先锋派理论》一书，针对美国哈佛大学教授波焦利的同名著作进行了不同观点的论战，他的基本论点就是：资本主义社会的高度发展，使文学艺术已经很难像巴尔扎克时代那样对政治社会产生影响，所以 19 世纪末开始，现代主义（指的是象征主义、唯美主义等思潮）的兴起强调了艺术的"自律"（"为艺术而艺术"）而脱离社会的实践，而先锋艺术正是对这种艺术自律体制的破坏，使艺术重新回到生活实践中去，因此，先锋艺术与现代主义是相对立的，它不仅批判资产阶级的传统艺术（现实主义），同时也批判现代主义的脱离社会实践、沉醉于文本实验的自律行为。[2] 从西方文学史的角度来说，真正称得上先锋文学艺术运动是从 1909 年以后的各种新潮文学宣言开始的。它大致上包括了未来主义、达达主义、超现实主义、表现主义等等，它们多半是由政治、艺术态度都比较激烈的小团体运动和少数出类拔萃的艺术大师所组成。

---

① 参阅马泰·卡林内斯库：《现代性的五副面孔》，第 119 页。
② 参阅彼得·比格尔：《先锋派理论》，高建平译，商务印书馆 2002 年版。

　　从时间表上我们大致可以看到，中国的现代文学运动的起始时间与西方的先锋派文学几乎是同时期的。我们在考察"五四"新文学运动的外来影响因素时不能不注意到它所包含的现代主义和先锋性的因素。中国 20 世纪文学与古典文学之间最重要的区别，就是它所具有的世界性因素，它是在中国被纳入世界格局的背景下发生和发展起来的文学，中国作家与其他国家的作家有机会共同承受人类社会的某种困境，尤其是现代性的困境，以及表达出自己的感情。"五四"新文学运动在 1917 年发生，有着强大的外力推动，就文学而言是在西方文艺精神的感召下展现其新质的。本节要考察的是，"五四"新文学运动作为一场具有先锋性质的文学运动，它在接受西方文艺精神中，西方的现代主义艺术和先锋派艺术是否成为其主要的内容。

　　"五四"时期，中国新文学运动的发起者所面对的西方文化文学潮流，可以分为两类思潮：一类是西方文艺复兴以来的人文主义思潮以及由此衍生的为人生的俄罗斯文艺精神；另一类是西方资本主义发展过程中衍生出来的各种现代主义的反叛思潮，它可以追溯到尼采等人的哲学思潮和西方恶魔派的浪漫主义文艺思潮，社会主义思潮也属于后一类。这后一类具有"恶魔性"特征的现代反叛文化思潮，与前一类的人文主义思潮既有千丝万缕的联系，又是前者的反动。"五四"新文学所接受的西方文艺精神与之前的中国文人翻译西方小说热潮有着本质上的区别。晚清以来，大量翻译成中文的西方小说主要是走市场的畅销书，其中通俗小说文类占了主要的成分，而在当时所引起关注的西方文艺思潮中，主要是"恶魔"型与言情型两种浪漫主义思潮①，在许多中国人对这个内涵充满矛盾的浪漫主义思潮的接受中已经夹杂了现代反叛因素。关于这一点，我们从王国维早期的美学论文中对康德、叔本华思想的接受，鲁迅早期的论文《文化偏至论》《摩罗诗力

---

① 参阅李欧梵：《中国现代作家的浪漫一代》（*The Romantic Generation of Modern Chinese Writers*）。李欧梵把传入中国的西方浪漫主义思潮分为两类，一类属普罗米修斯型的强悍、反抗的浪漫主义，另一类为少年维特型的感伤的、抒情的浪漫主义，前者在中国的代表有鲁迅、郭沫若等，后者在中国的代表有苏曼殊、郁达夫、徐志摩等。

说》等对浪漫主义和现代哲学的阐述里面，已经大致可以有所了解。

"五四"新文学发轫之初，两类西方文艺思潮是同时交杂在一起传入中国的。但对新文学运动的发起者来说，他们直接关注的是同时代所流行的、具有现代反叛意识的文艺精神。陈独秀在宣言式的《文学革命论》里公然宣告："欧洲文化，受赐于政治科学者固多，受赐于文学者亦不少。予爱卢梭、巴士特之法兰西，予尤爱虞哥、左喇之法兰西；予爱康德、赫克尔之德意志，予尤爱桂特郝、卜特曼之德意志；予爱倍根、达尔文之英吉利，予尤爱狄铿士、王尔德之英吉利。"① 这里"予爱"与"予尤爱"之分，虽然是着眼于政治哲学与文学思潮之间的区别，但也鲜明地表现出"五四"新文学的发动者心目中的西方文学英雄究竟是哪些人——雨果、左拉、歌德、豪普特曼、狄更斯与王尔德，雨果、歌德是法德两国的浪漫运动领袖，都属于"恶魔"型的人物，左拉因为德雷福斯事件成为正义的英雄，王尔德更是惊世骇俗成为社会异端、唯美主义大师，豪普特曼则是德国后期象征主义的戏剧大师，除了英国的狄更斯是比较传统的现实主义作家外，其他的英雄都是以反社会抗世俗而闻名的"斗士"。陈独秀引进这样一批西方英雄的目的是什么呢？在同一篇文章里他继续说：吾国文学界豪杰之士，有以这些西方文学英雄自居，"不顾迂儒之毁誉，明目张胆以与十八妖魔宣战者乎？予愿拖四十二生的大炮，为之前驱！"② "十八妖魔"指的是明代以来"前后七子"与"桐城派"四大家，为中国古典文学的主流和传统，陈独秀之所以引进西方的文学英雄的反叛精神，就是为了向传统发起猛烈进攻，而他自己身为新文学运动的"总司令"，却愿为"前驱"去冲锋陷阵。——军队之前驱者，就是"先锋"。

波焦利的《先锋派理论》一书的主要观点，是强调了先锋派写作对语言创造性的普遍关注。这种关注"是一种'对我们公众言语的平淡、迟钝和乏味的必要的反应，这种公众言语在量的传播上的实用目

---

① 陈独秀：《文学革命论》，载《新青年》2 卷 5 号，1917 年 2 月 1 日。
② 同上。

的毁坏了表现手段的质。'因此，玄秘而隐晦的现代小说语言具有一个
社会任务：'针对困扰着普通语言的由于陈腐的习惯而形成的退化起到
既净化又治疗'的作用"。① 如果按此观点来理解西方先锋派，他们在
语言上的革命先驱，可以追溯到雨果时代的法国和歌德席勒时代的德
国，——从这个意义上，"五四"新文学运动的领袖所崇拜的西方文学
英雄，大多是在文学史的各个时期具有先锋性的前驱者，他们对中国
的先锋作家与西方的先锋作家有同样的意义。虽然新兴的西方先锋派
理论竭力要划清先锋派与历史上的先锋人物的界限，仿佛反传统的先
锋派艺术家都是从石头里蹦出来似的，但从中国现代文学外来影响的
接受史来说，这种渊源关系是不能忽视的。"五四"新文学运动从酝酿
到发轫时间在 1915—1919 年，发展于 20 年代初期；西方未来主义运动
酝酿于 1905—1908 年，意大利诗人马里内蒂发表未来主义宣言是 1909
年，德国表现主义文学运动兴起是在 1911 年左右，达达主义创立于
1916 年，法国超现实主义的口号最初提出是 1917 年，超现实主义杂志
《文学》创刊于 1919 年，诗人布勒东发表超现实主义宣言是在 1924
年，差不多都是与中国"五四"新文学运动同步的文艺风潮和社会运
动。在东西方文化交流不是很畅通的状况下，中国的新文学发起者很
难直接从同步的西方思潮里获得思想资源，但是他们从西方先锋派文
学的前驱者们——恶魔派浪漫主义思潮、批判现实主义思潮与早期现
代主义思潮（包括象征主义、唯美主义、颓废主义等思潮）吸取了具
有先锋性质的思想和行动的精神资源，完成他们的先锋美学追求，是
完全可以理解的。

　　然而，作为先锋派文学思潮的西方未来主义、表现主义、达达主

---

① 波焦利的这部著作，我读过台湾张心龙译的《前卫艺术的理论》（台湾远流出版公司 1992 年版）。翻
　译用词习惯与大陆学界不一样。在大陆，赵毅衡在《今日先锋》1995 年第 3 辑上发表《雷纳多·波
　乔利〈先锋理论〉》，给以较为简括的介绍；此外，在周宪、许钧主编的《现代性研究译丛》（商务印
　书馆 2002 年版）里，有多种关于先锋派的理论著作都提到了波焦利的这部书，其中比格尔的《先锋
　派理论》一书载有英国理论家约亨·舒尔特－扎塞的英译本长篇序言《现代主义理论还是先锋派理
　论》，对波焦利的理论做了清算。本段落即引自这篇序言，见彼得·比格尔：《先锋派理论》，第 2 页。

义、超现实主义等，在中国 20 世纪 20 年代的大型文学杂志上都被当作流行的时尚文学思潮介绍过，甚至被有意模仿过。"五四"初期有一个阶段广为流行的西方主流文艺思潮是新浪漫主义，或称表象主义，都是象征主义的别称，顺带了刚刚兴起的先锋派文艺。在沈雁冰刚刚接手主编《小说月报》时，他以进化论为思想武器，认为中国文学发展到今天，应该推广的是表象主义。为此，他写了《我们为什么要提倡表象主义》等文章来鼓吹。但胡适及时劝阻了他。胡适认为西方的现代主义文学之所以能够立住脚，全是靠经过了写实主义的洗礼，如果没有写实主义作为基础，现代主义或会堕落到空虚中去。沈雁冰接受了胡适的劝告，在《小说月报》上改变策略，转而提倡写实主义。①但沈雁冰仍然是新文学作家中最敏锐的文艺理论家，他是第一个全面关注和介绍西方先锋派文学的人。1922 年他在宁波的《时事公报》上发表演讲《文学上各种新派兴起的原因》，着重分析了西方的未来派、达达派和表现派文学思潮。对于同时代西方先锋派文艺的信息，在他主编的《小说月报》上得到了密切关注和全面介绍。

我们不妨看一下 20 世纪 20 年代初期西方先锋派文学中的两种主要思潮在中国的介绍情况。

（一）未来主义（Futurism②）

未来主义是欧洲最早兴起的先锋派文艺思潮，1905 年意大利诗人马里内蒂创办《诗歌》杂志，团结了一批青年诗人，形成一个风格独特的自由诗派，并在以后的"自由诗"讨论中提出了若干未来主义的主张。1909 年 2 月 20 日，马里内蒂正式发表《未来主义的创立和宣言》，标榜未来主义的诞生。第二年他又发表《未来主义文学技巧宣言》，进一步阐述了理论主张。未来派很快就波及绘画、戏剧、音乐、电影等艺术领域，在法国形成了立体主义未来派，在俄罗斯出现了马

---

① 关于这个问题，可参考陈思和：《中国新文学整体观》，上海文艺出版社 2001 年第 2 版，第 252 页。
② 未来主义思潮产生于意大利，其意大利文是 Futurismo。

雅可夫斯基为代表的左翼未来派。意象派诗歌的领袖人物庞德曾经说过："马里内蒂和未来主义给予整个欧洲以巨大的推动。倘使没有未来主义，那么，乔伊斯、艾略特、我本人和其他人创立的运动便不会存在。"① 中国几乎同步地介绍了未来派。1914 年章锡琛从日本杂志翻译了《风靡世界之未来主义》，介绍未来主义在意大利如何产生及其赞美战争、赞美机械文明等特点，并且罗列了未来主义在世界各国的流行。如果说这还是比较粗浅的介绍，那么到了 20 世纪 20 年代，中国新文学作家对未来派的关注渐渐地实在起来。当时意大利唯美主义文艺在中国风靡一时，尤其是著名作家邓南遮的创作，沈雁冰、徐志摩等人都有过长篇介绍，但沈雁冰在介绍了唯美主义思潮不久，转而介绍意大利的未来主义思潮，1922 年 10 月他撰文指出："正像唯美主义是自然主义盛极后的反动一样，未来主义是唯美主义盛极后的反动。"② 由此可见，当时吸引沈雁冰的还不是未来派文学的具体作品和美学理想，他关注的是世界性的文学思潮的替代进程，有一种强烈的唯恐落后于世界潮流的心理支配着他对西方文学的关注。其实在 1918 年，马里内蒂的未来主义已经与意大利的法西斯主义公开合作，成为一种反动的政治思潮，但沈雁冰似乎对此浑然不觉。直到 1923 年底他才注意到意大利的法西斯主义③，第二年沈雁冰转而鼓吹俄罗斯的未来主义诗人马雅可夫斯基，指出俄罗斯马雅可夫斯基的未来主义和意大利马里内蒂的未来主义之间的不同之点，认为前者"是表现无产阶级的革命精神的"，而后者是"除浅薄的民族主义而外，又是亲帝国主义的"，④ 区

---

① 参见唐正序、陈厚诚主编：《20 世纪中国文学与西方现代主义思潮》，四川人民出版社 1992 年版，第 244 页。该段话原出自德·马里亚编《〈马里内蒂和未来主义〉序》，米兰蒙达多利出版社 1977 年版。

② 沈雁冰：《未来派文学之现势》，《小说月报》13 卷 10 号，1922 年 10 月 10 日。

③ 沈雁冰在《小说月报》14 卷 12 号（1923 年 12 月 10 日）的"海外文坛消息"中"汛系主义与意大利现代文学"一题，批评法西斯主义在意大利抬头，沈雁冰注意到未来主义企图向法西斯主义靠拢，但他认为，那只是马里内蒂等人企图效法俄罗斯的未来派向苏维埃政权靠拢，仅仅是为了得到政府的承认。他说："汛系主义（即法西斯主义——引者）和未来派思想，原来并没有相通的地方；未来派中人见汛系党敢作敢为毫无顾忌，遂引以为同调……遽想奉为 Patron（保护者），未免近于单相思。"可见沈雁冰对未来主义还是取同情的态度。

④ 玄珠（沈雁冰）：《苏维埃俄罗斯的革命诗人》，《文学》旬刊第 130 期，1924 年 7 月 14 日。

分了两种未来主义运动。① 在 1925 年发表的《论无产阶级艺术》的长文里，沈雁冰已经开始提倡无产阶级文学，对未来派等的批判意识加强了，但他仍然认为："未来派、意象派、表现派等等，都是旧社会——传统的社会内所生的最新派；他们有极新的形式，也有鲜明的破坏旧制度的思想，当然是容易被认作无产阶级作家所应留用的遗产了。"② 语气里仍然是欣赏的。倒是创造社作家对未来主义的理解比较感性，着眼于思想内容和美学精神。郭沫若对未来派的理解要感性得多，他在《未来派的诗约及其批评》一文中，节译了未来派关于诗歌的宣言，然后批评了未来派的理论主张和艺术形式，认为其"毕竟只是一种彻底的自然主义"。郭沫若那种天马行空的诗歌很像未来派诗艺，尤其语言上的那种将中外各种语汇杂糅一体的文风，似乎应该对未来主义的诗歌有所借鉴。但是郭沫若本人对马里内蒂不屑一顾。他翻译了马里内蒂的代表诗《战争：重量＋臭气》，觉得只是"有了这么一回事。……但是它始终不是诗，只是一幅低级的油画，反射的客观的誊录"。③ 郁达夫针对未来主义主张彻底抛弃传统、摧毁一切博物馆美术馆的虚无主义态度也提出了批评："未来派的主张，有一部分是可以赞成的，不过完全将过去抹杀，似乎有点办不到。"④ 20 世纪 20 年代后期，随着对苏俄新兴文学的关注，俄罗斯诗人马雅可夫斯基被反复介绍，俄罗斯的未来主义则依附于诗人而得以彰显。

　　未来主义的艺术也受到中国接受者的关注。《小说月报》13 卷 9 号发表馥泉翻译日本现代派诗人川路柳虹的《不规则的诗派》一文，详尽介绍西方未来派、立体派等"不规则"的诗歌，特别翻译并影印

① 这种说法其实也是不准确的，因为意大利的未来主义运动本来就非常复杂，尤其是后期分化为不同政治态度。"随着政治斗争的日益尖锐化，未来主义运动的分化日益严重。这是未来主义运动后期极其重要的特征。马里内蒂最终走上了同索旦尼同流合污的道路。帕拉泽斯基等人公开树起了批评马里内蒂的旗帜。左翼未来主义者同马里内蒂划清界限，毅然为劳动人民的自由而战斗，投身于反法西斯斗争的洪流。"[吕同六：《意大利未来主义试论》，载柳鸣九（主编）：《未来主义、超现实主义、魔幻现实主义》，中国社会科学出版社 1987 年版，第 23－24 页。]

② 沈雁冰：《论无产阶级艺术》，《文学》周报第 196 期，1925 年 10 月 24 日。

③ 郭沫若：《未来派的诗约及其批评》，《创造周报》第 17 号，1923 年 9 月 2 日。

④ 郁达夫：《诗论》，载《郁达夫文集》第 5 卷，花城出版社 1982 年版，第 222 页。

了法国立体派未来主义诗人阿波利奈尔的诗歌《下雨》，整首诗歌形式就像是雨点子随风飘拂的形状，以象形来体现诗的意义。戏剧家宋春舫在 1921 年翻译了马里内蒂的多种未来派剧本，发表于《东方杂志》和《戏剧》，《东方杂志》是商务印书馆的综合性时事文化刊物，很少发表文艺作品，其对未来派的重视可见一斑。① 而且，未来主义的影响也是立竿见影的，1922 年即有人模仿未来派戏剧创作《自杀的青年》一剧，也自称是未来派戏剧。② 在小说领域，沈雁冰以茅盾为笔名创作第一部中篇小说《幻灭》，还念念不忘未来主义崇尚强力的艺术特征，他在小说里塑造了一个英雄男子强连长（名字叫强惟力），作为静女士的最后一个恋人。而这个人公然声明自己是个未来主义者，热烈地歌颂战争。据沈雁冰说这个人物典型是根据生活中的原型塑造的，或可以理解为，未来主义的美学理想在当时是一种流行的潮流。③

《子夜》的开篇，茅盾以怪异的笔调描写暮色上海：

> 从桥上向东望，可以看见浦东的洋栈像巨大的怪兽，蹲在暝色中，闪着千百只小眼睛似的灯火。向西望，叫人猛一惊的，是高高地装在一所洋房顶上而且异常庞大的霓虹电管广告，射出火一样的赤光和青磷似的绿焰：Light，Heat，Power！

接着，又是"1930 年式的雪铁龙汽车像闪电一般驶过了外白渡桥"。我们注意到，茅盾不仅特意选了三个英文单词来形容上海的都市现代性特征：光、热、力，而且整个的这段描述所含的美学意境，都隐含了未来主义文学对他的影响的痕迹。

---

① 宋春舫一共翻译过六个未来派剧本，四个发表在《东方杂志》18 卷 13 号（1921 年 7 月 10 日），两个发表在《戏剧》1 卷 5 号（1921 年 9 月 30 日），并加前言和后记给以批评。
② 重庆联合县立中学校友所编《友声》第 3 期（1922 年 6 月 20 日）为戏剧号，刊有姜文光创作的未来派戏剧《自杀的青年》和《我的戏剧谈》。唐正序、陈厚诚主编的《20 世纪中国文学与西方现代主义思潮》里有详细介绍，参见第 250 页。
③ 据沈雁冰说，强惟力的原型是青年作家顾仲起，其未来主义的美学理想主要体现在对战争刺激的迷恋上。参阅茅盾：《我走过的道路》（上），人民文学出版社 1997 年版，第 386 页。

（二）德国表现主义（Expressionism[①]）

表现主义思潮兴起于20世纪初，起始于绘画音乐，1911年引入文学领域，[②] 在戏剧、诗歌、小说等领域全面铺展，成为一场轰轰烈烈的文学革命运动。[③] 表现主义艺术反对客观表现世界，强调主观世界、直觉和下意识，要求用怪诞的艺术手法来表现世界的真相，柏格森的生命冲动和时间绵延的学说、弗洛伊德的潜意识的学说都是他们的思想理论资源。这是对欧洲文艺复兴以来的文学传统最为激烈的挑战。表现主义作家的政治态度，主流是积极的、反抗的，对资本主义社会的残酷与非正义的本质，竭尽全力地给以揭露和抨击。但从艺术上来看，似乎概念化的痕迹也非常严重。

表现主义的先驱者是瑞典的戏剧大师斯特林堡。《新青年》很早就翻译介绍了他的作品，在当时他是作为与易卜生齐名的大师被广泛介绍。由于表现主义的文学主张与"五四"新文学运动的反传统反社会的激进立场非常接近，所以很快就得以传播和关注。当时介绍表现主义的理论文章非常之多，主要是从日本间接传过来的，大批留日学生都深受其影响。沈雁冰担任主编期间的《小说月报》充当了宣传表现主义的大本营。1921年《小说月报》12卷6号发表海镜（李汉俊）译黑田礼二的《雾飚运动》，介绍德国表现主义艺术流派。下一期的刊物上又发表海镜译梅泽和轩的《后期印象派与表现派》，继续介绍先锋派艺术。再紧接着一期上有"德国文学研究"专号，载海镜译山岸光宣的《近代德国文学的主潮》、厂晶（李汉俊）译金子筑水的《最年青的德意志的艺术运动》、李达译片山孤村的《大战与德国国民性及其文化文艺》、程裕青译山岸光宣的《德国表现主义的戏曲》，四篇论文从

[①] 表现主义产生于德国，其德语是 Expressionismus。

[②] 1910年德国《狂飚》杂志创刊，1911年《行动》杂志创刊，都是表现主义的重要阵地。1911年表现主义评论家威廉·沃林格尔在《狂飚》上发表文章，被视为表现主义的宣言。

[③] "五四"作家有把德国表现派比作文学革命运动的。如宋春舫《德国之表现派戏剧》中说："顾表现派之剧本，虽无可訾议之点，然乘时崛起，足以推倒一切大战以来戏曲之势力。今非昔比，……惟德国之表现派新运动，足当文学革命四字而无愧，譬犹彗星不现于星月皎洁之夜，而现于风雷交作之晚，一线微光于此呈露在纷纷扰攘之秋，而突有一新势力出而左右，全欧之剧场舍表现派外盖莫属也。"（载《东方杂志》18卷16号，1921年8月25日。）

各个侧面或多或少都介绍了德国表现主义艺术运动。与此同时，宋春舫发表《德国之表现派戏剧》，载《东方杂志》18 卷 16 号，介绍表现主义剧作家恺石（Georg Kaiser）与汉生克洛佛（Walter Hasenclever）的作品，并翻译汉生克洛佛的代表剧本《人类》。他作序说："表现派的剧本，不但在我国是破天荒第一次，在欧洲也算是一件很新奇的出产品。"①

表现主义的文艺观直接影响了"五四"新文艺作家们，尤其是创造社社员。郭沫若在《自然与艺术——对于表现派的共感》等一系列文章里，反复强调艺术必须创造，反对模仿。他斥责西方的自然主义文学、象征主义文学、未来主义文学，认为都是"摹仿的文艺"，而极力赞扬德国新兴的表现派，声称对其"将来有无穷的希望"。② 1920 年郭沫若发表诗剧《棠棣之花》，以后又连续创作了《女神之再生》《湘累》等诗剧。据作者自称，"诗剧"这种形式是"受了歌德的影响"以及"当时流行着的新罗曼派和德国新起的所谓表现派"的影响，"特别是表现派的那种支离灭裂的表现，在我的支离灭裂的头脑里，的确得到了它的最适宜的培养基"。③ 但是与这些剧本相比较，郭沫若的早期小说更具有表现派的艺术，正如斯特林堡在《鬼魂奏鸣曲》里让死尸、鬼魂与人同台演出，郭沫若在小说里让骷髅与人一起交流诉说、让人的肉体与"神"相分离，并让肉体变形为动物尸体等怪异的手法比比皆是。郭沫若的早期小说在"五四"时期有很重要的地位，之所以后来没有受到重视，除了郭沫若有更高的诗名以外，还有一个原因就是这些比较典型的表现主义艺术手法后来在占主流的现实主义的狭隘审美观下被遮蔽和被忽视。表现主义手法在"五四"一代作家的创作里是非常普遍的现象，在鲁迅、郁达夫等著名作家的小说里到处可见。

---

① 引自宋春舫：《宋春舫论剧》第 1 集，中华书局 1923 年版，第 85 页。其文章《德国之表现派戏剧》也可见此书第 75－83 页。

② 郭沫若：《自然与艺术——对于表现派的共感》，《创造周报》第 16 号，1923 年 8 月 26 日。

③ 见郭沫若：《学生时代》，人民文学出版社 1979 年版，第 68 页。

　　20 世纪 20 年代初西方表现主义思潮影响到美国，诞生了表现主义戏剧大师奥尼尔，他的代表作《毛猿》《琼斯皇》等对中国的前卫戏剧家们产生了极为重要的影响。中国戏剧家洪深与奥尼尔是前后相隔几届的哈佛大学同学，他回国后在奥尼尔的影响下创作了中国特色的表现主义戏剧《赵阎王》，虽然在票房上惨遭失败，但是毕竟为中国的表现主义戏剧积累了经验，为三四十年代曹禺的表现主义因素的话剧《原野》等获得成功打下了基础。

　　达达主义、超现实主义运动由于起步晚，对"五四"初期的新文学运动关系不大，20 世纪 20 年代只有零星的介绍，[①] 直到 30 年代戴望舒、艾青等现代派诗人登上诗坛，才逐渐显现出一定的影响。但作为先锋派的未来主义、表现主义的艺术流派，对于"五四"新文学初期的先锋因素的形成，其意义是重要的。尤其是这两大先锋派的政治文化主张都极为激烈和极端，反传统的呼唤极有气势，既充满了战斗的色彩，又弥漫着孤军奋战的悲怆，这种典型的先锋派的文化气质，与"五四"初期《新青年》为首的反传统精神在气质上非常接近，这是值得我们进一步研究的。

　　但是，指出这一点并不是片面地强调先锋文艺的影响作用。因为第一，中国的先锋精神本来就是混迹于浪漫主义的恶魔性、唯美主义的颓废性以及现实主义的启蒙和批判，甚至还有自身文化传统中的反叛因素，杂糅成一种以反叛社会、反叛传统为主要特点的文艺思潮，其先锋品质不可能是单一的构成。第二，即使西方的先锋运动与中国的先锋运动之间毫无因果的影响关系，也同样给我们提供了一个研究的参照系：即东西方先锋意识的世界性因素是如何在世界转变的紧要关头发出战斗者的声音。从中国文学的世界性因素的视角来看，中国文学与西方文学是在两种完全不同的环境下产生先锋运动的，"五四"

---

① 1922 年 4 月 10 日，幼雄根据日本杂志上的文章改写的《鼗鼗主义是什么》发表，载《东方杂志》19 卷 7 号，介绍了欧洲达达主义艺术的起源与特点。这是迄今查到的资料中最早专门介绍达达主义的一篇文章。1922 年 6 月，沈雁冰在《小说月报》13 卷 6 号的"海外文坛消息"的《法国艺术的新运动》对"大大主义"（即达达主义）也做了简要的介绍，以后陆续还有介绍。关于超现实主义的介绍比较晚，能找到的是 1934 年黎烈文翻译爱伦堡的《论超现实主义派》，载《译文》第 1 卷第 4 期。

新文学运动是广泛的社会整体运动中的一翼,与新文化运动密不可分,整体性地参与促进了社会文化的全面转型,其影响的深广不局限于文学,所以"五四"时期的中国先锋运动要比西方的先锋运动更具有对社会传统的颠覆性。本节引入西方先锋派文艺在中国的介绍资料,只是为了强调此时此刻中国与世界的同步性,然后在同步发展中再考察中西先锋派文学思潮的差异性。

中国先锋精神的特征:"吃人"意象、对抗性批判与语言欧化

"五四"新文学运动之初的文化背景,与西方先锋派文艺的产生背景之间,有一个值得玩味的现象。欧洲在 19 世纪末,由于殖民地的成功开发,经济发展得到了短暂的飞跃,从殖民地掠夺来的大量资源和廉价劳动力产生的剩余价值,缓和了资本主义国家内部的阶级斗争和经济矛盾,欧洲各国的经济状况和生活环境都有了改善,并且各国政府可以分出利润来收买参与政治权力的工人领袖,真正的工人反抗意志无从表达,精神自由的追求被弥漫社会舆论的庸俗物质主义所掩盖,因而产生了普遍的精神压抑和精神危机,极端的反抗行为只有通过无政府主义者发起的恐怖活动来解决。艺术家深刻感觉到艺术不再有力量参与社会的进步与改造,批判现实主义对社会问题的局部批判,越来越成为资本主义民主的一种招牌,而另一部分艺术家则以颓废放荡、玩世不恭的态度来表示对社会的轻视,这就形成了文学艺术领域的唯美主义思潮。唯美主义以艺术的自我实现为目的,故意忽略了对社会的批判性介入,同时由于资本主义艺术体制的健全,艺术市场化也是在此时形成了巨大的涵盖力,把一切艺术都迅速变成商品。先锋运动的产生正是这种消极颓废的艺术观的反动,先锋艺术以自身的惊世骇俗的表现,企图使艺术重新回到社会反抗的立场,发挥它的批判功能。而中国从晚清到民国初年,政治经济状况正好相反,一场资产阶级革命刚刚推翻了封建王朝,但是历史转折时期的一切混乱与缺乏准备的隐疾一下子全部暴露出来,人们的共和国理想遭到破灭,精神也同样

陷于压抑与危机之中。本来致力于思想宣传的文艺这时候失去了它的原有功能，人们不再相信文学所宣传的社会进步的理想。社会功能的丧失使文学迅速转向两种倾向：一是原先的革命者失去了参与政治的机会以后，转向传统文人放浪形骸的颓废形态，文学创作恢复了古典文学中的士大夫自娱性功能。南社即为典型，南社社员政治上是激进的，但文学观念上相当保守，也可以说是中国式的唯美主义与颓废主义思潮。另一种倾向是，市场经济形成了文学创作的商品属性，许多文人以创作来追求商业利润，文学性受到市场操作，形成了通俗文学的繁荣。所谓鸳鸯蝴蝶派文学主要是指这一派文学。比格尔在分析先锋派产生的背景时提出了"艺术体制"的概念，他解释说："这里所使用的'艺术体制'的概念既指生产性和分配性的机制，也指流行于一个特定的时期、决定着作品接受的关于艺术的思想。先锋派对这两者都持反对的态度。它既反对艺术作品所依赖的分配机制，也反对资产阶级社会中由自律概念所规定的艺术地位。"① 西方社会是因为资本主义经济发达与体制完善而造成物质主义对精神的压抑，导致文学的商品化市场和唯美主义的自律；中国是因为资产阶级革命的不彻底、资本主义艺术体制的不健全和社会的混乱黑暗，导致了自娱的唯美主义的游戏文学与媚俗的追求利润的通俗文学。从表面看两者仍然有相似的发生环境，中国的先锋运动首先把批判的矛头指向南社的诗歌创作与鸳鸯蝴蝶派的通俗文学，提倡为人生的文学，其意义可以从这里得到解释。

　　"五四"新文学运动是启蒙意识与先锋精神的合力形成的一个巨大的批判阵营。西方文艺复兴时期的人文主义思潮与20世纪初西方先锋性的反叛思潮同时传到中国，并且同时引起中国作家的关注。两者之间，既有互不可分的一面，但还是存在着文化渊源上的差异。我们从周氏兄弟在"五四"时期的言论中可以明显感受到这种差异的存在。周作人在"五四"时期的文章里基本上没有什么先锋派的因素，他的

① 彼得·比格尔：《先锋派理论》，第88页。

《人的文学》一文最能证明，坚持人道主义、坚持理性精神、略带一点艺术上的唯美与颓废倾向，是周作人贯穿一生的作风，"五四"新文学运动彻底反传统的战斗始终让他感到格格不入，他终于放弃了激烈的批判立场，转向唯美的现代主义文化。他在20世纪20年代提出"美文"的写作原则，强调个人有胜业的专业精神，都可以看作是与先锋精神的分离。鲁迅与周作人自有许多不同之处，但根本不同的一点，则是鲁迅始终坚持了先锋的立场。周氏兄弟早年吸收西方学术的渊源不同，周作人追求的是西方理性与科学、神话等雅典精神传统；而鲁迅追求的是热血沸腾、舍身爱国、激进主义的斯巴达精神传统，并从这一传统结合中外世纪末哲学思潮，形成了特有的先锋精神。我们从他在"五四"时期所发表的杂感对传统文化采取的肆无忌惮的否定态度，以及在《狂人日记》中关于"吃人"问题的探讨，可以看到鲁迅笔下所呈现的反叛性。鲁迅早期的现代反叛思想，是从达尔文、尼采一路发展而来，达尔文提出的生命进化论学说、尼采直接高呼"上帝死了"，从科学与人文两个方面颠覆了基督教文明的超稳定性，而《狂人日记》几乎出自本能地把这一反叛思想融入本民族传统文明的颠覆因素，不仅颠覆了"仁义道德"的传统意识形态，也颠覆了"人之初，性本善"的儒家人性论的基本信条，进而对弥漫于当时思想领域的来自西方的人道主义与人性论思潮也进行了质疑，内含了"非人"的思想。① 这与西方在20世纪初所兴起的先锋文学思潮的锋芒所向基本保持了一致性。狂人原先以为自己发现了吃人的秘密而别的人尚不知晓，他以众人皆醉唯我独醒的态度劝转大哥觉悟，但终于失败了。这时候的狂人还是一个人道主义者。但紧接着他感到恐惧的是，吃人的野蛮特质不但渗透于四千年的历史，而且也弥漫于当下的社会日常生活，更甚于此的还深深根植于人性本身，连他自己也未必没有吃过人。这才是狂人感悟问题的真正彻底性，彻底得让人无路可走，顿时失去了

---

① 关于鲁迅的这一思想特点，可参阅拙文《现代中国的第一部先锋之作：〈狂人日记〉》，载《思和文存》第一卷，黄山书社2012年版，第28–51页。

立足之地。从人道主义到反思人的吃人性（非人），这就是《狂人日记》不同于清末谴责小说的地方，它显然不仅仅在社会的某一层面上揭露出生活的黑暗与怪异，而是对整个社会生活的人生意义以及人道主义的合理性都提出了质疑。这种彻底性正是西方现代主义小说的先锋性的重要特征之一。[①]

波焦利曾把西方先锋精神特征归纳为四种势态（moments），分别为行动势态、对抗势态、虚无势态和悲怆势态。[②] 我觉得，像鲁迅所描绘的"吃人"的意象，就是一种行动势态的表达，这是一种心理上的动势（psychological dynamism），用故作惊人的夸张艺术手法，引起惊世骇俗的效果。

行动的乖张必然带来主体与社会习俗的对抗。"五四"新文学发起者们自觉站在与社会公众对抗的立场上，展开他们的自觉挑衅。西方先锋派文艺本身是针对了"为艺术而艺术"的唯美主义而出现的反动，出现在第一次世界大战前后，那时资本主义社会的体制已经出现了松弛、崩坏的迹象，不是铁板一块坚不可摧了，所以给艺术介入社会提供了新的希望。彼得·比格尔甚至解释说：Avant – Garde 中的"前缀avant 并非，至少并不主要指要求领先于同时代的艺术，更多的是指社会进程的尖端。一个艺术家属于先锋主义者并非因为创造了一种新的艺术，而是要用这种艺术谋求另外的事：实现圣西门式的乌托邦或社会进程的加倍前行"[③]。我们如果从这一角度来理解"五四"新文学运动的发展趋向，就不会惊讶于为什么这场运动的最终指向是对社会的批判和改造，也不会惊讶于为什么新文学运动的骨干力量几年以后都转向了实际的政治运动和政党活动。事实上，"五四"新文学运动发起者们的心里都是存在着一种社会理想的，并以此乌托邦为精神目标来

---

① 我们在卡夫卡的作品里根本无法找到现代人的出路究竟在哪里，它对人的生存处境从根本上提出了怀疑。《狂人日记》具有非常相似的意义。这是卡夫卡与巴尔扎克之间的根本差异，也是以鲁迅为代表的新文学与晚清民初的谴责小说和言情小说的根本差异。

② 转引自赵毅衡：《雷纳多·波乔利〈先锋理论〉》，载《今日先锋》1995 年第 3 辑，第 35 页。

③ 引自彼得·比格尔为迈克尔·凯利主编的《美学百科全书》撰写的"先锋"（Avant – Garde）条目：Michael Kelly（ed.），*Encyclopedia of Aesthetics*，Vol. 1，New York：Oxford University Press，1998，p. 186.

批判社会现状和提出改造社会现状的药方。《新青年》① 创办之初，陈独秀就在《敬告青年》里向青年们提出六条标准：自主的而非奴隶的、进步的而非保守的、进取的而非退隐的、世界的而非锁国的、实利的而非虚文的、科学的而非想象的。② 其中"实利的"一条最不能理解。什么意思？在今天的语境下就是要讲实际利益。陈独秀认为这是世界性的趋向，中国的青年不能什么都像儒家那样只讲究虚伪道德，讲义不讲利。这与西方的先锋精神是有关的。这种先锋精神的指向，就是要求介入社会，改变社会现状。陈独秀甚至公然鼓吹青年人要学日本的"兽性主义"。所谓"兽性主义"，就是"曰意志顽狠，善斗不屈也；曰体魄强健，力抗自然也；曰信赖本能，不依他为活也；曰顺性率真，不饰伪自文也。晳种之人，殖民事业遍于大地，唯此兽性故。日本称霸亚洲，唯此兽性故"③。这种赤裸裸的效法殖民主义的极端言论，如果对照先锋派崇尚强力、歌颂战争的极端态度，也就不奇怪了。

强烈的改造社会愿望以及与社会习俗的对抗性，使"五四"新文学发起者们对传统抱有虚无的态度。④ 在中国，几乎没有西方达达主义者那样追求纯粹的无意义，他们的心中都是怀有满腔救国的理想方案，但是他们敢于指出传统的无意义，认为一切神圣的东西，只要妨碍今天的发展，都是可以推翻的。如陈独秀在《新青年》发表《本志罪案之答辩书》，是一篇引火烧身的先锋派文献。他在文章里直认不讳自己的立场是"破坏孔教，破坏礼法，破坏国粹，破坏贞节，破坏旧伦理（忠孝节），破坏旧艺术（中国戏），破坏旧宗教（鬼神），破坏旧文学，破坏旧政治（特权人治）"。⑤ 而鲁迅对传统文化的轻蔑与批判态度也表示了这种自觉："苟有阻碍这前途者，无论是古是今，是人是

---

① 《新青年》第 1 卷名为《青年杂志》，第 2 卷才改名为《新青年》，本文为了行文一致，都用《新青年》，特此说明。

② 陈独秀：《敬告青年》，《青年杂志》1 卷 1 号，1915 年 9 月 15 日。

③ 陈独秀：《今日之教育方针》，《青年杂志》1 卷 2 号，1915 年 10 月 15 日。

④ "五四"时期的先锋作家对传统采取的虚无主义态度，某种意义上可以看成一种策略。事实上，陈独秀、鲁迅诸先驱本身对传统文化都有深刻的研究和贡献。所以这种虚无主义的态度只流行了很短暂的一个时期。

⑤ 陈独秀：《本志罪案之答辩书》，《新青年》6 卷 1 号，1919 年 1 月 15 日。

鬼，是《三坟》《五典》，百宋千元，天球河图，金人玉佛，祖传丸散，秘制膏丹，全都踏倒他。"① 他曾公然主张青年人不读中国书，另一个激进主义者吴稚晖更是公开号召把线装书丢到茅厕里去。这种虚无主义使人联想到西方先锋派对传统文化的彻底决绝的态度。常为人诟病的是意大利未来主义者公然宣布要"摧毁一切博物馆、图书馆和科学院"②，而俄罗斯的未来主义者则宣布"把普希金、陀思妥耶夫斯基、托尔斯泰等等，从现代生活的轮船上扔出去"③。

先锋文学为了表示它与现实环境的彻底决裂和反传统精神，往往在语言形态和艺术形式上也夸大了与传统的裂缝，它通过扩大这种人为的裂缝来证明自身存在的革命性，对传统的审美习惯也采取了颠覆的态度，以违反时人的审美口味和世俗习惯来表示与现实的不妥协的对抗。这些现象表面上是技术性的，其实仍然是一种精神宣言。从语言形态和艺术形式的反传统的标志来看，"五四"新文学运动作为先锋文学运动的特征更为明显。鲁迅是第一个自觉到这个特性的人，他的《狂人日记》一发表，立刻就拉开了新旧文学的距离，划分出一种语言的分界。我很赞同这样的观点："五四"之后形成的白话语言体系及现代汉语，本质上是一种欧化的语言。现代白话与古代白话之间的区别不是在形式即语言作为工具的层面上，而是在思想思维即语言作为思想的层面上。现代白话是一种具有自己独特的思想思维体系的语言体系。④ 中国自古代就有白话文学，胡适做过专门的研究，撰写过《白话文学史》。晚清以来，知识分子出于宣传维新改革思想的需要，使白话逐渐进入了传媒系统，为更多的民众所接受。晚清文学在黄遵宪"我手写我口"的倡导下，不仅白话入诗，而且大量方言也成为小说创作的工具。《海上花列传》的苏州方言就是最典型的一种。所以学界长期有一种看法：即使没有"五四"新文学运动，白话文也迟早会成为文

---

① 鲁迅：《忽然想到（六）》，载《鲁迅全集》第 3 卷，第 45 页。

② 马里内蒂：《未来主义的创立和宣言》，吴正仪译，载柳鸣九（主编）：《未来主义、超现实主义、魔幻现实主义》，第 47 页。

③ 布尔柳克等：《给сное社会趣味一记耳光》，张捷译，《文艺理论研究》1982 年第 2 期。

④ 高玉：《现代汉语与中国现代文学》，中国社会科学出版社 2003 年版，第 59 页。

学语言的正宗，这是由现代文学的性质所决定的。这种设想自然有它的道理，但是我们应该注意到的是，"五四"新文学的大量欧化语言的产生，与传统的白话文自然而然的发展轨迹并不是一回事，这是另外一个语言系统进入中国，形成了一种全新的思维方式。"五四"新文学运动所提倡的白话文，可以说是开创了一个新的语言空间。只要把《狂人日记》与任何一篇晚清小说对照读一读就很清楚了。关于这一点，白话文的提倡者也未必全都意识到，胡适就始终坚持：白话文只是表示用口语写作，他所强调"要有话说，方才说话"，"有什么话，说什么话；话怎么说，就怎么说"①，都是一个口头语的提倡。这个口头语，就是晚清以来大量小说的主要用语。而鲁迅创作用的恰恰不是这样的白话文，他不是一个"有什么话，说什么话；话怎么说，就怎么说"的白话文实行者，他是用欧化语言的表达方式，用西方的语法结构来创造一种新的文体，形成了现代汉语精神的基本雏形。汉学家史华慈尖锐地指出："白话文成了一种'披着欧洲外衣'，负荷了过多的西方新词汇，甚至深受西方语言的句法和韵律影响的语言。它甚至可能是比传统的文言更远离大众的语言。"② 这也就是"五四"新文学长期以来不可能解决语言大众化问题的根源所在。我们不妨读一下《狂人日记》的语言，这种语言有独特的语法结构，用得非常拗口：

> 四千年来时时吃人的地方，今天才明白，我也在其中混了多年；大哥正管着家务，妹子恰恰死了，他未必不和在饭菜里，暗暗给我们吃。
>
> 我未必无意之中，不吃了我妹子的几片肉，现在也轮到我自己，……

狂人为了表达自己也曾经"吃人"这一痛苦事实，用了几个"未

---

① 胡适：《建设的文学革命论》，《新青年》4卷4号，1918年4月15日。
② 本杰明·史华慈：《〈五四运动的反省〉导言》，转引自高玉：《现代汉语与中国现代文学》，第59页。

必"来转折地表达句子的意思，把句子搞得晦涩难读，却又是非常符合逻辑。这就是非常典型的欧化句子。还有，运用大量的补语结构：

你们要不改，自己也会吃尽。即使生得多，也会给真的人除灭了，同猎人打完狼子一样！——同虫子一样！

不仅惊叹号和破折号的运用十分奇特，语言结构上也很奇特，与中国人一般的口语习惯完全不一样。像这样的奇特语言，怎么能说是白话文呢？欧化的句式必然带来欧化的表现效果。新文学作品有时候难读难懂，主要是反映了当时的中国知识分子面对西方许多新的思想激起对自己文化传统的深刻反省，思维混乱、感情复杂是必然的。像鲁迅的文学语言，给人带来的最震撼的就是这个效果。《野草》里的晦涩难懂的语言隐藏着无穷的潜在魅力。从鲁迅开始，中国的文学进入了一种现代语写作，而不是一般的口语写作。所谓的现代语写作，就是用标准的现代语法，尽最大的力量来表达现代人的思维方式，表达现代人所能感受到的某种思想感情。

我们再读郭沫若早期的诗歌如《女神》诸篇，大量的中外名词夹杂在一起，大量的现代科学名词入诗，加之世界性的开阔视野和奇特的想象，展现出一种令人目不暇接的万花筒的异彩：

哦哦，摩托车前的明灯！
你二十世纪亚坡罗！
你也改乘了摩托车吗？
我想做个你的助手，你肯同意吗？

哦哦，光的雄劲！
玛瑙一样的晨鸟在我眼前飞腾。

——《日出》

大都会的脉搏呀！

生的鼓动呀！

打着在，吹着在，叫着在，……

喷着在，飞着在，跳着在，……

……

一枝枝的烟筒都开着了朵黑色的牡丹呀！

哦哦，二十世纪的名花！

近代文明的严母呀！

——《笔立山头展望》

啊啊！不断的毁坏，不断的创造，不断的努力哟！

啊啊！力哟！力哟！

力的绘画，力的舞蹈，力的音乐，力的诗歌，力的律吕哟！

——《立在地球边上放号》

用摩托车来形容日出，用黑色的牡丹来形容大工业，显然是对中国传统优雅的审美习惯的颠覆，而在最后一例里，诗人试图把对强力的歌颂贯穿到绘画、音乐、诗歌、舞蹈等各种艺术形式上去。虽然西方先锋派艺术首先是出现在艺术门类中，然后再传染给文学，而当时中国的现代音乐、现代绘画还处于起步阶段，只有文学能够独立承担起先锋运动的使命，但是郭沫若在诗歌里，不仅给现代各种门类的艺术以新的生命，而且使各类艺术因素都融汇到他的诗歌创作里去，使《女神》真如横空出世一样，把"五四"新文学的实绩推到了一个与世界文学同列的高度。这是胡适的《尝试集》所开的白话诗风气，也是那种哥哥妹妹的民间情歌传统不能望其项背的。

"五四"新文学的先锋精神与现代文学的关系

本文在论述"五四"新文学运动的先锋因素时，一开始就试图加以说明，在"五四"初期，西方人文主义思潮和现代反叛思潮同时影响了新文学作家；同样的原理，即使在一部分具有先锋精神的作家的文学世界里，也融汇了多种外来文学的影响因素，绝不可能为先锋因素所独占。但是我们从"五四"初期新文学运动的发动及其发展状况来看，毋庸讳言，当时就新文学而言，确实存在过一个类似西方先锋派文艺的先锋运动，它构成了"五四"时期新文化运动中的先锋性，以激进的姿态推动文学上的破旧立新的大趋势。这个运动大致可以陈独秀、钱玄同为代表的《新青年》思想理论集团，鲁迅、郭沫若为代表的先锋文学创作，沈雁冰、宋春舫等为代表的翻译引进与理论介绍为基本范围，《新青年》《创造季刊》《小说月报》等杂志以各种不同的方式显现其先锋姿态和先锋精神，在"五四"新文学运动初期发挥了积极的、几乎是核心力量的作用。

先锋文艺不等同于现代主义文艺，过去我们常常把两者混同起来，把先锋派文艺看作是现代主义文艺内部的几个规模不大的派别。然而两者最重要的区别是——先锋文艺的锋芒指向"为艺术而艺术"的唯美主义文艺思想，而现代主义各种流派中也包含了"为艺术而艺术"的文艺观念。中国现代文学史上曾流行过由波德莱尔、马拉美等象征主义诗歌，王尔德、魏尔伦等唯美主义和颓废主义以及意识流、性意识等理论构成的现代主义文艺思潮，它们对作家的影响，主要体现在具体的创作美学追求上；而先锋精神在中国作家身上所体现出来的主要是文学态度与文学立场，主要体现在文学与社会的关系方面。两者的分野在"五四"时期就得到体现。作为先锋文艺精神的主要特点之一，"五四"初期新文学运动中的"为艺术而艺术"的唯美主义倾向并没有得到普遍的响应，新文学运动的发起人只是针对传统的文以载道的弊病，提出了艺术自身的独立审美的价值，[1] 但其出发点仍然是强

---

[1] 陈独秀《致胡适之〈文学革命〉》中探讨"八不主义"中"须言之有物"一条时，阐述了著名的观点："鄙意欲救国文浮夸空泛之弊，只第六项'不作无病之呻吟'一语足矣。若专末'言之有物'，其流弊将毋同于'文以载道'之说？以文学为手段为器械，必附他物以生存。窃以为文学之作品与应用文字作用不同。其美感与伎俩，所谓文学美术自身独立存在之价值，是否可以轻轻抹杀，岂无研究之余地？"（载《新青年》2卷2号，"通信"栏目，1916年10月1日。）

调文学要介入社会生活，有助于社会进步；创造社成员提倡"为艺术而艺术"，一边强调"反抗不以个性为根底的既成道德"，一边呼吁艺术要"反抗资本主义的毒龙"，张扬个性与反抗资本主义也达到了高度的一致性。[①] 所以，以往文学史把"五四"初期的"为人生的文学"和"为艺术的艺术"简单对立起来是有失偏颇的。"五四"新文学运动的先锋精神，一开始就决定了文学与社会的对抗性，新文学是对旧社会体制的批判和抗争，在这一点上两派没有根本的异议。从"五四"初期的外来影响上看，俄罗斯批判现实主义的文学、浪漫主义的恶魔派文学，其本身都有复杂内涵与多元因素，但是中国新文学作家真正欢迎的外来因素，都集中在反抗社会体制与批判文化传统这两个方面，这与狂热反对传统的先锋精神是不谋而合的。"五四"作家反传统的彻底性，使他们超越了各种艺术思潮流派的自身局限，在先锋精神这一点上统一起来。不过，强调唯美主义、强调艺术形式至上的文艺观点在"五四"时期并非没有影响，只是没有占据主流的位置，直到20世纪20年代后期才慢慢地流行开来（如戴望舒的现代主义诗歌），30年代的许多优秀诗歌和小说的诞生（如京派文艺圈的有些现代派创作成果）才逐渐体现出真正的现代主义的因素。而对于"五四"初期的激进主义的反叛文学思潮，与其用现代主义，毋宁用先锋精神来概括更为确切。

先锋精神不是"五四"新文学运动的全部，但它是新文学运动中最激进、最活跃的一部分力量，它的基本发生形态可以用"异军突起"来概括。"先锋"一词，原先是用于军事领域，指一支小部队孤军深入，直临前线与强敌作战。在两军对阵敌情未卜的情况下，先锋部队就含有投石问路的性质，战场上胜负难卜、生死危亡的考验使之处于高度紧张的精神状态；更加吊诡的是，先锋与自己大部队的关系也相当暧昧。古代军事上有"将在外，君命有所不受"的说法，意味着前线战场上军情瞬息万变，全靠先锋部队充分发挥主体的能动性，过于

---

① 郭沫若：《我们的文学新运动》，《创造周报》第 3 号，1923 年 5 月 27 日。

拘泥主帅命令反而会遭受全军覆没的危险。这也从另一个角度反映了先锋与主帅之间的辩证关系。换句话说，先锋更加具有独立色彩，它不仅集中力量攻击它的敌人，也会反过来对主帅操纵的大部队生出异己性，这就有了"异军突起"的说法。从文学的先锋精神看，他们除了攻击墨守成规的传统以外，对本营垒中的主流力量多半也是采取了猛烈抨击或者不屑一顾的傲慢态度，他们至少会觉得，作为主流的文化趋向在它们的掌握者操纵下已经失去了活跃的生命力，已经不足以担当指挥和领导向传统势力进攻的重任。这就是俄罗斯的未来主义者高喊着要把普希金、陀思妥耶夫斯基、托尔斯泰抛到海里去的原因。中国现代文学史上凡带有先锋性质的文学运动大约都有过类似的经历，"五四"新文学运动发起者们对晚清以来的文学革命先驱多有微词，鲁迅在《狂人日记》里对人道主义的质疑，创造社崛起之时针对文学研究会和鲁迅的大肆攻击，左翼文学发动对鲁迅、茅盾的围剿等等，都是属于这类先锋运动必然伴随的前后树敌的狂妄与紧张相交杂的心理反应。

由于先锋运动的孤军深入与前后树敌，它在实践上不可能有很长远的坚持。一般来说，先锋运动在文学史上都是彗星似的短暂，如同火光电闪稍瞬即逝，伴随而来的是一场场激烈的争论，搅得周天寒彻，但很快就会过去，显出战场的平静和寂寞。所以我们考察先锋文化的成功与否，必须看它与主流文化究竟处于一种什么样的关系。法国先锋派剧作家欧仁·尤奈斯库曾经说得很有意思："先锋派就应当是艺术和文化的一种先驱的现象，从这个词的字面上来讲是说得通的。它应当是一种前风格，是先知，是一种变化的方向……这种变化终将被接受，并且真正地改变一切。这就是说，从总的方面来说，只有在先锋派取得成功以后，只有在先锋派的作家和艺术家有人跟随以后，只有在这些作家和艺术家创造出一种占支配地位的学派、一种能够被接受的文化风格并且能征服一个时代的时候，先锋派才有可能事后被承认。所以，只有在一种先锋派已经不复存在，只有在它已经变成后锋派的时候，只有在它已被'大部队'的其他部分赶上甚至超过的时候，人们才可能意识到曾经有过先锋派。"① 尤奈斯库这么说，显然不是针对具体的文学先锋流派而言的，他泛指某种先锋文学艺术现象只有事后才会被人意识到，指出了真正的先锋运动确是认清了社会文化潮流的趋向而不是故意地装疯撒娇，先锋派是否成为真正的先锋要经得起时间与历史进程的考验，他们所追求的艺术目的是否能为"大部队"即主流文化所容纳，是先锋得以成立的标志。如果"先锋"了一阵以后无声无息，那就不是真正的先锋。这一特征毫不掩饰地道出了先锋派在反媚俗的同时，必将有另一种媚俗的倾向，它有急于求成、急于被主流文化承认的功利性和迫切性，这也是自称先锋派的艺术家会自觉接受某种权力的合作的根本原因所在（如意大利未来主义者向法西斯政权靠拢，俄罗斯未来主义者向苏维埃政权靠拢，法国超现实主义诗人阿拉贡、艾吕雅等加入了法国共产党，都可以从这一角度来认识）。我们从这一定义来看"五四"新文学运动，就不难意识到它的先锋性是经得起时间考验的。其标志当然不仅仅是其存在下去，而是"五四"的先锋主张——反传统的立场、深刻的批判精神、语言的欧化结构、开创性的新文艺形式等等，都逐渐被主流文化所接受，并且形成了我们所说的"五四"新文学传统。

这样，由于先锋性的存在，"五四"新文学运动就呈现出特别复杂的形态。我们从考察先锋运动与主流文化的关系的角度，来回应本文一开始所介绍的王德威教授的"被压抑的现代性"与范伯群教授所持的"鸳鸯蝴蝶派小说为正宗"说，就能得到进一步的启发。在20世纪前二三十年中国文学发展的过程中，我们不妨把"五四"新文学运动中某些激进因素（不是"五四"新文学的全部）看成一个异军突起的先锋派文学运动，也就意味着"五四"新文学运动内部存在着一个与同时代的文学主流之间"断裂"的形态，而从晚清到民初的文学向"五四"新文学发展的总体过程则是当时中国文学的主流。当时中国社会面临着三千年未有之大变局，文学凭着敏感的特性，自然而然地充

---

① 欧仁·尤奈斯库：《论先锋派》，载《法国作家论文学》，第568页。

当了回应社会破旧立新的先声。新旧文学之分是存在的，但未必如后来的文学史所描绘的那样清晰。古典文学历来有雅俗之分，晚清时期新因素的出现，主要是在俗的一边，如小说戏曲等，一是充当了资产阶级政治改革的宣传，二是迎合了半殖民地刚刚兴起的通俗文化市场。而雅文学一边，即士大夫们的诗文写作，毕竟还是慢了一拍，直到黄遵宪才发生了缓慢的变化，即使到南社时代，仍然是在传统的旧文学形式里打圈。"五四"前一二十年中国的雅俗文学都在发生变化，比较显著或者说直接影响了 20 世纪文学走向的，是俗文学发挥了前所未有的作用。在这个意义上，范伯群教授引朱自清的"正宗说"有一定的合理性，毕竟当时的俗文学全盘继承了古典小说的文学遗产。但从雅文学创作一边来考量，如诗文方面，俗文学则无法左右其中，继往开来（台湾沦为日本殖民地以后，古典诗的创作还有进一步的发展）。晚清到民初的主流文学依然是在社会生活的推动下发生着变化，文学为了适应社会的需要，其新的主题的确立、西方文学的翻译介绍、语言的通俗化大众化、文化市场体制的建设，等等，都在有条不紊地发展着。民初政治的混乱与黑暗，使原来旨在政治改良的晚清白话小说的创作势头有所遏制，而繁荣一时的两大潮流：一个是唯美颓废倾向的旧体诗词与言情骈体小说，一个是文化市场上的通俗读物（包括各种通俗性的狭邪、黑幕、武侠、滑稽小说等等），都有了长足的发展。在这两大文学潮流中，包含着现代意识的白话文学并非没有增长，这就是王德威教授所说的"被压抑的现代性"的多种文类的晚清小说，也在按照自身逻辑发展着。王教授指出的"没有晚清，何来五四"，在这个意义上提出质问是相当有力的。

关于"被压抑的现代性"这个概念，王德威教授的阐述中含有多重的意义：其一，它代表一个文学传统内生生不息的创造力。这一创造力在迎向 19 世纪以来西方的政经扩张主义及"现代话语"时，曾经显现极具争议性的反应。其二，指的是"五四"以来的文学及文学史写作的自我检查及压抑现象。在历史进程独一无二的指标下，作家勤于筛选文学经验中的杂质，视其为跟不上时代的糟粕。其三，泛指晚清、"五四"及 20 世纪 30 年代以来种种不入（主）流的文艺实验。①
虽然这部著作主要是在第三种意义上讨论晚清小说文类中的"被压抑
的现代性"，但是我更重视的是第二种意义上所具含的方法论，即如何
理解中国文学的现代性问题。如作者所说："晚清小说求新求变的努
力，因其全球意义及其当下紧迫感，得以成为'现代'时期的发端
……晚清作家却发现自己在思想、技术、政治、经济方面，身处世界
性交通往来中。他们所面临的要务，乃是即刻掌握并回应西方的发
展。"② 中国作家的这样一种能力是在中国特定环境下的实践中培养出
来的，因此，讨论中国文学的现代性因素，不能简单地以某一种现代
性的标准绝对化，而排除中国文化自身发展中出现的多种现代化要求。
王德威教授非常准确地指出了中国文学的现代性问题上的世界性因素：
"作为学者，我们在跨国文学的语境中追寻新与变的证据之际，必须真
的相信现代性。除非晚清时代的中国被视为完全静态的社会（这一观
念早已被证明是自我设限），否则识者便无法否认中国在回应并且对抗
西方的影响时，有能力创造出自己的文学现代性。"③ 王教授这一论述，
与我过去阐述的"中国文学的世界性因素"④ 不谋而合。也许，在今
天人们的阅读经验里，晚清小说仅仅具有当时的市场功能，很难与今
天我们所理解的现代性问题联系起来，而王德威教授指出的是，现代
性的多种可能性是本来存在的，后来是在文学史的统一观念支配下被
自我检查和压抑掉了。我觉得这是王教授的理论最能击中我们目前文
学观念的要害之处，它引起了我对传统文学史观念的重新审视。本文
所提出的"五四"新文学的先锋性的观点，正是为了解释王教授的质
疑。长期以来我们混淆了作为先锋文学和正常的主流文学之间的界限，
把作为一场具有先锋性的"五四"新文学运动视为文学史的新的起点，
即用先锋文学的规范营造了一个 20 世纪文学的普遍规范与文学史传

---

① 王德威：《被压抑的现代性：晚清小说新论》，第 25－26 页。
② 同上书，第 40 页。
③ 同上书，第 41 页。
④ 详细论点请参阅本书中的《20 世纪中国文学的世界性因素》。

统，而取代了之前的主流文学的多样性，也涵盖了以后的所有复杂多元的文学现象，这样的理解当然是可以的，但是付出的代价则是牺牲或者漠视了晚清以来近二十年的文学实践及其以后的文学实践的丰富内涵，对于中国可能出现的多种现代性的追求，只能做出简单的教条的理解。提出"五四"新文学的先锋性并非抹杀了它奠定文学新局面的意义，而是要重新定义它与晚清以来主流文学的关系。作为异军突起的先锋文学运动，它正如尤奈斯库所分析的："一个先锋派的人就如同是国家内部的一个敌人，他发奋要使它解体，起来反叛它，因为一种表达形式一经确立之后，就像是一种制度似的，也是一种压迫的形式。先锋派的人是现存体系的反对者。"① 严格地说，先锋派不是建立新的文学范式，而是通过对主流文学的主要体系的出击，使批判的、创新的因素进入主流文学的范式，使传统的内涵在它的攻击下变得更加充实更加丰富，进而也更加贴近时代变化的需要。用尤奈斯库的话说，就是一种改变的方向终将被接受，并且改变了主流的方向，"大部队"赶上了，先锋才完成任务，才能被确认为先驱者。1921 年白话文获得国家教育部门的承认并给以推广，也就是说，先锋性的新文学运动进入了体制，白话文学因此逐渐进入了一种文学教育体制，"五四"文学革命的任务已经完成。这时候，具有强烈先锋意识的鲁迅等人敏感地意识到原有阵营被解体了。这意味着一场先锋文学运动已经取得了部分的胜利，它已经开始转化，逐渐与主流文学的"大部队"融会成一体了。

所以，我想把 20 世纪的文学史理解成两种文学：一是随着社会生活的变化而自然发展的主流文学，从晚清到"五四"以及"五四"以后的各类文学现象，构成了一个内涵丰富的多元的文学主流现象；二是在时代的剧变中出现的异军突起的先锋文学。主流文学本身也在随时代的变化而变化，发展进程是自然的、常态的，主要形式是努力适应市场的文学创作；而先锋文学是超前的、激进的、突击性的，以前

---

① 欧仁·尤奈斯库：《论先锋派》，载《法国作家论文学》，第 569 页。

卫的因素揳入主流文学，为主流文学添加新鲜的血液。在中国现代文学史上，大的像"五四"新文学运动、革命文学运动、左翼文艺运动等激进文学运动，小的如创造社、沉钟社、狂飙社①等先锋社团，它们对文学史的作用有大有小、有正有负，都可以看作是此起彼伏的先锋文学思潮。先锋文学是短暂的，其主要形式是运动，当主流文学接纳它们而发生了相应的变化以后，其先锋意义也就丧失。如果从这样的角度来认识文学史的发展，那么，中国现代文学既包含了"五四"新文学运动的先锋性因素，又不是先锋文学所能完全涵盖的。中国现代文学是一个完整的整体，有它自身对先锋文学的或吸取、或排斥的选择指标和规律。比如说，"五四"文学提倡白话文学和引进西方文艺形式，这些因素因为更加符合现代性而被主流文学所吸纳，形成了20世纪20年代以后的新文学主流，但是欧化的语言形式并没有被完全接受，新文学强烈反对的旧语体文学也没有被完全取消，最明显的证据之一就是旧体诗的写作，连最著名的新文学作家（如鲁迅、陈独秀、郭沫若、郁达夫、田汉等），都没有放弃过旧体诗的写作。还有，新文学运动反对京剧也从未取得成功，相反倒是促使了旧剧的革命和改良，"文革"中京剧成为最新潮最革命的"样板"。所以，先锋文学看上去很激进，但最终的存在仍然要取决于主流文学的吸纳程度，它不可能全部改变以至刷新主流文学，形成一个全新的方向的流变。

我以为"被压抑的现代性"之所以被压抑，主要的原因不是"五四"新文学形成的文学机制，而是文学史的研究者忽略了先锋文学与主流文学的辩证关系。我们过去习惯上把文学史视为断裂的文学史，即一个新的文学范式取代另一个范式，新的文学永远战胜旧的文学，把"五四"新文学运动看作是一种全新的范式，并以这样的范式来取舍各种文学史现象。这样的文学史必然是狭隘的文学史，必然会排斥许多异己的文学现象。"五四"新文学的先锋运动不可能全盘取代晚清

---

① 狂飙社在20世纪20年代曾经具有强烈的先锋意识，曾被称为"中国的未来派"，在表现主义戏剧创作方面，狂飙社作家也有相当的成绩。可参阅唐正序、陈厚诚主编的《20世纪中国文学与西方现代主义思潮》。

以来的现代文学的主沇进程，但它以新的激进主张融入主流文学，使主流文学出现了许多新因素，出现了某些激烈变化，但原来的文学并非完全不存在。再简而言之，在过去我们所认定的"五四"新文学范式下的文学史著作里，之所以不能容纳张爱玲、沈从文、钱锺书、张恨水等作家，之所以不能如实介绍许多作家的旧体诗创作、戏曲创作以及文言文写作，都不仅仅是狭隘的政治观念所致，有一个不容忽视的原因就是文学史观念的局限性，"五四"新文学的范式确实无法容纳这些另类的作家和作品。

如果以这样的观念来重新审视文学史，那么，王德威教授所提出的"被压抑的现代性"的晚清文类如狭邪、黑幕、武侠、科幻奇谭等，并非因"五四"新文学登上舞台而消失。首先是在新文学范式以外的通俗读物中一应俱全，并且还出过相当有实力的人物和作品（如周天籁的《亭子间嫂嫂》等新狭邪小说、张恨水的《八十一梦》等讽刺黑暗小说、还珠楼主的融武侠与科幻奇谭于一炉的《蜀山剑侠传》、蔡东藩的历代演义、程小青的侦探小说等）。1949 年以后，这些文类又转移到共产党政权控制之外的地区如香港和台湾，特别地繁华起来，出现了创作的"大家"。这是中国整体文学地图所决定的。政治区域的分割与政权的变动都不能割裂文学史的完整性和流动性。但我还要强调的是文学史的另外一种现象，即在所谓的新文学范式下面，仔细关注文本就可发现，主流文学虽然接受了新文学的范式，但并不能将这些晚清小说的基本范式取消掉，所不同的是，在各种传统文类里加入了新的时代所需要的话语。以 1949 年以后各种文类的创作被控制最严的历史时期为例，武侠小说所反映的正义性与传奇性，被大量的革命历史题材，尤其是抗日战争题材中的草莽英雄故事所取代；公案小说和推理小说，被大量的反特故事和惊险故事所取代；科幻奇谭作品被大量科普读物和畅想未来的作品所取代，这些文类所含有的现代性，依然在各种变了形态的作品里曲折地存在着。先锋文学的观念虽然能够风靡一时，但终究不能够完全取代传统发展而来的现代主流文学的创作实绩。所以，只要我们掌握了两者之间的辩证关系，仍然能将这些质疑深入讨论下去，继续开拓 20 世纪中国文学史研究的学术视野。

初刊《复旦学报》2005 年第 6 期；2011 年 3 月修
订，编入《思和文存》和《陈思和文集》；本文获教
育部第 5 届高等学校科学研究成果奖（人文社会科学）
一等奖

第 三 辑

编写中国现代文学史的几个问题

一、中国现代文学学科发展概述

在中国高校教育体制内，中国现代文学①是独立的二级学科②，规定开设各种必修课和选修课，设置硕士和博士的研究生学位课程。中国现代文学学科具有较长的学科史与具体的学科内涵。如果我们追溯它的学术研究史，大致可以分为三个阶段：

第一阶段："新文学"的研究阶段（1917—1949）；

第二阶段："现代文学"的研究阶段（1950—1985）；

第三阶段："20 世纪文学"的研究阶段（1985—）。

"新文学""现代文学"和"20 世纪文学"三个概念代表了不同历史阶段对这门学科的不同认识。

---

① 现代文学的学科概念，在1950—1979 年期间主要是指1917 年新文学运动开始到1949 年中华人民共和国成立这一期间的新文学；以后内涵逐渐扩大，从晚清到当下的中国文学都包括在内。

　　但是，由于我们的教育体制把1949 年以后的中华人民共和国文学称作"当代文学"，教育部设定的学科全名为"中国现当代文学"。但笔者认为，目前学界流行的"当代文学"概念是一个与实际内涵不相符合的概念。contemporary 含有当下的意思，当代文学应该是指当下文学，即在进行中的文学。所以本文所讨论的"现代文学"主要内涵是20 世纪的文学，新世纪（21 世纪）开始的文学作为当下文学，将放在结语部分给予阐述。

② 中国教育部设定"中国语言文字"为一级学科，其下属8 个二级学科：汉语言文字学、语言学理论及应用语言学、中国古代文学、中国现当代文学、文艺学、比较文学、文献学、少数民族语言文学。

第一阶段："新文学"的研究阶段（1917—1949）

"新文学"是"五四"时期陈独秀、胡适、钱玄同、刘半农等同仁参与编辑的《新青年》杂志发起的一个强调白话为主要语言、西方文艺复兴以来形成的各类文学样式为主要形式、旨在批判中国传统社会及其文化的落后现象、提倡人的自觉与人性高扬的文学运动。"新文学"的对立面，一是表现传统士大夫阶级没落情绪的贵族文学及其形式（旧体诗、骈体文、桐城派古文等），二是新兴于文化市场的以消遣为主要功能的市民大众文学①（鸳鸯蝴蝶派以及各类通俗文学）。"新文学"的"新"，代表了以世界先进自然科学与先进社会科学为标志的现代人的追求目标（科学与民主），也代表了中国人以世界先进国家为参照系努力发展未来的方向。新文学运动因为紧接着的一场声势浩大的学生爱国运动（1919）而得到普及，产生深远影响；它提倡白话文的主张，最终也获得国家教育部门的认可和采纳（1921）。陈独秀、胡适、鲁迅、周作人、钱玄同、刘半农、郭沫若、郁达夫、成仿吾、沈雁冰、郑振铎等都是这一文学运动的奠基者，他们在"五四"都发表了许多批判旧道德、提倡新文学的激烈主张，这些主张可以看作是"新文学"最早的理论。

关于"新文学"的研究，可以追溯到20世纪30年代。1935年上海良友图书公司出版赵家璧主编的十卷本《中国新文学大系》②，第一次系统汇编了新文学最初十年（1917—1927）的主要成果，分成建设理论一卷，文学争论一卷，小说三卷，散文两卷，新诗、戏剧、资料各一卷，编选者胡适、郑振铎、茅盾、鲁迅、郑伯奇、周作人、郁达夫、朱自清、洪深、阿英各人撰写的长序，总结新文学各个领域的成

---

① "市民大众文学"是范伯群先生提出的概念，建议以此取代文学史上"鸳鸯蝴蝶派文学"或"民国通俗文学"的概念。本文采用了范先生的观点，参见范伯群《中国市民大众文学百年回眸》"自序"《请为他们戴上"市民大众文学"的桂冠》，江苏教育出版社2014年版。

② 赵家璧主编：《中国新文学大系》，十卷，上海良友图书公司1935年初版，上海文艺出版社1980年出版影印本。

就，并由蔡元培写总序。这些执笔者大多是新文学运动中的主将，他们的地位和眼光决定了这套书的特殊价值。尤其是各卷导言，从不同分类和不同认识层面上总结了新文学的十年历史，合订在一起，形成一部有重要学术价值的新文学史的雏形。同时，20 世纪 20 年代末到 30 年代初，国内若干高等院校设置了新文学的课程。现在能够找到的两种文献：一种是王哲甫撰写的《中国新文学运动史》①，是作者在山西省立教育学院的授课讲义；另一种是朱自清在清华大学的授课讲义，讲的是"中国新文学研究"②。这表明了一个信息：在 20 世纪 30 年代初，"新文学"的研究已经从一般的文艺批评中脱离出来，作者有了文学史的研究眼光，并且让"新文学"进入了高等院校课堂，虽然是少数的高校开设这样的课程，但标示了新文学研究已经含有学科的雏形。③

新文学运动早期涌现许多文学批评家，他们都属于一些新文学团体，宣传自己团体的文学主张，攻击别的文学团体，如文学研究会的沈雁冰和郑振铎，创造社的成仿吾，语丝社的周作人，新月社的闻一多和梁实秋，中国左翼作家联盟的瞿秋白、冯雪峰、胡风等，他们的文学批评成为新文学理论的重要遗产。20 世纪 30 年代中期，北京大学、清华大学、燕京大学等高校的教授们介入新文学批评，尤其是新诗理论的探讨，朱光潜、梁宗岱、叶公超等文学批评家引进西方文艺理论，形成比较学理化的文艺批评。当时最杰出的书评家李健吾，用刘西渭的笔名对一些著名作家的创作进行精湛而独到的艺术分析。刘西渭充满感悟、抒情的文艺批评，不仅摆脱了作家圈子的狭隘意识，也摆脱了意识形态化日益严重的批评阴影，对以后的作家研究产生了良性的影响。1942 年 5 月，毛泽东在延安整风期间召开的文艺座谈会

---

① 王哲甫：《中国新文学运动史》，杰成印书局 1933 年初版，上海书店 1986 年出版影印本。
② 朱自清：《中国新文学研究纲要》，载《文艺论丛》第 14 辑，上海文艺出版社 1982 年初版。
③ 据胡楠最近发表的《文学教育与知识生产：周作人在燕京大学（1922—1931）》，周作人在 1922 年由胡适介绍进入燕京大学国文系，建立现代文学组，开设新文学课程。起初是文学通论、习作以及讨论等，后逐渐扩大，添设了近代散文、日本文学、新文学之背景等课程，近代散文课程里包括了新文学作家的散文作品。应该说，这是新文学进入课程的最初雏形。（胡楠文章载《现代中文学刊》2014 年第 1 期，第 39–50 页。）

上做了重要讲话，阐释了抗战期间文学艺术与政治、战争以及人民大众生活的关系，提出了文艺为政治服务、为工农兵服务的号召，并对投入抗日实践的知识分子如何适应这一新的形势提出了具体的途径。毛泽东的文艺思想和理论，是中国共产党在长期对敌斗争的实践中总结了许多经验教训以后获得的集体思想结晶，对以后的现代文学研究产生了重大影响。

第二阶段："现代文学"的研究阶段（1950—1985）

"现代文学"研究阶段是中国政治局势发生根本变化（1949）以后开始的。这里指的"现代"，不是世界意义上的 modern，也不是时间意义上的 contemporary，它是一个特定的政治概念，指 1919 年到 1949 年的"新民主主义"革命时期，因此，现代文学也曾经被理解为"新民主主义革命时期的文学"，与 1949 年以后的"社会主义时期的文学"相衔接。中国现代文学史是中国共产党领导下的"中国革命史"普及教育的组成部分。从大的文化背景看，抗战以来中国意识形态形成了一种特殊的战争文化范式，在战争结束以后，国共两党内战阴影和以美国、苏联为代表的世界两大阵营之间冷战思维都继续支配了研究者的文化心理，这一点，海峡两岸没有什么差别。不过中国现代文学研究的主流在大陆，其特点更加明显。在大陆，出自巩固新政权和加强意识形态的需要，现代文学研究被置放到重要的教育位置，通过高校设置二级学科来保障学科经费、研究队伍以及教育途径。但是，出于同样的原因，现代文学在学科建设中也表现出许多局限，国家政治权力及其意识形态对学术的制约也相当明显。在"新民主主义革命"的话语框架以外的或者在 20 世纪五六十年代的政治运动中被排斥的作家以及相关文学现象，都无法进入文学史的视域，或者得不到正常的研究。

这一期间的"现代文学"作为一门学科被纳入了学术体制，主要表现在现代文学史的编写与鲁迅研究队伍的建立。中国现代文学史是配合高校开设课程而编写的教材，代表著作有王瑶、丁易、刘绶松、张毕来、唐弢等学者分别主编的现代文学史，这些著作对现代文学的性质、意义以及作家作品评价的描述基本一致，逐渐形成了固定的文学史模式。第一部作为学科建设而编写的现代文学史，是王瑶撰写的《中国新文学史稿》①，虽然书名还沿用了"新文学"的概念，但已明确地将 1919 年到 1949 年划为一个特定的历史范围。王瑶是朱自清的学生，研究中古文学的专家，他在治学方法上延续了朱自清的《中国新文学研究纲要》的传统。《中国新文学史稿》完成于 1955 年（胡风冤案）之前，受到政治干扰还比较少，资料搜集比较齐全，为现代文学研究奠定了一个大致的基础和框架，成为后来几代人学习现代文学的入门书。这部著作放到今天来读自然有许多不足，如作品分析比较粗疏，缺乏理论的深度，对于非左翼作家的文学成就也未能给以应有的评价，但依然代表这一时期现代文学研究的水平。

与现代文学史编写成绩相匹配的，是关于鲁迅的研究。鲁迅作为"五四"新文学运动和 20 世纪 30 年代左翼文艺运动的领袖之一，生前就是一个充满争议的人物。30 年代鲁迅加入了左翼作家联盟并成为盟主，瞿秋白撰写了《〈鲁迅杂感选集〉序言》一文，用马克思主义的观点论述鲁迅的阶级定位、鲁迅思想从进化论到阶级论的转化、鲁迅杂文的意义等问题，体现了鲜明的党派立场，对后来的研究者产生深远影响。鲁迅去世以后，毛泽东对鲁迅的高度评价，使鲁迅的声誉在中国共产党党内越来越高。1949 年以后，鲁迅亲炙的弟子冯雪峰、胡风、李何林等在 50 年代初期的鲁迅研究中都发挥过重要作用，把鲁迅的精神传播开去；另一批鲁迅生前的朋友许寿裳、台静农、黎烈文等在台湾光复（1945）后迁居台湾，把鲁迅与新文学的精神火种也带到了经历五十年殖民统治的台湾。但是在 1949 年后的白色恐怖下，台湾左翼文化遭到国民党政府的整肃，现代文学也成为一个被禁止的话题。

① 王瑶《中国新文学史稿》，上册于 1951 年由开明书店出版，下册于 1953 年由上海新文艺出版社出版。1982 年由上海文艺出版社出版修订本。

而在大陆，1955 年开始的一系列政治运动中，胡风、冯雪峰、萧军、黄源等鲁迅的学生都受到迫害，李何林的学术也遭受批判。但是关于鲁迅的研究仍然在高校里进行，出产了一批以资料文献为主的研究成果（代表性成果是 50 年代和 70 年代末两次编辑、注释的《鲁迅全集》）。其次是左翼文艺运动的研究，这一时期最有贡献的学者是丁景唐，他主持修订瞿秋白、左联五烈士等人的传记资料，并且搜集印影了五十多种左联以及其他宣传革命文化的刊物，为学术研究保存了大量的珍贵历史文献。此外，薛绥之曾编撰全国第一套大型现代作家研究资料（1960），奠定了这个学科最初的文献资料基础，后来薛绥之又主编《鲁迅生平资料丛抄》共 11 册，惠及后学。那一时期其他现代作家的研究成果有曾华鹏、范伯群关于郁达夫的研究，钱谷融关于曹禺的研究，扬风关于巴金的研究，叶子铭关于茅盾的研究，等等，在他们的文章里，对研究对象抱有同情的理解，比较客观地论述了现代作家的创作道路与创作特点。

在"文革"时期，现代文学研究经历了极左路线的摧残，成为"重灾区"。但在"文革"结束以后，现代文学因为与当代政治运动的密切关系，成为 20 世纪 80 年代拨乱反正、解放思想的前沿学科，出现了百家争鸣的繁荣局面。中国现代文学学会在王瑶、严家炎、樊骏等学者的领导下，积极推动了全国高校与社会科学院的现代文学研究的学科建设工作。中国社会科学院文学所主持两套大型国家社科项目的编撰工作：一套是"中国现代文学史资料汇编"，分甲、乙、丙三种，甲种是"中国现代文学运动、论争、社团资料丛书"，乙种是"中国现代作家作品研究资料丛书"，丙种是"中国现代文学书刊资料丛书"，甲种和乙种的丛书囊括了新文学史上大部分作家以及文学社团、文学运动等资料汇编；另一套是"中国当代文学研究资料"丛书，着重于 1949 年以后从事创作的作家创作资料。两套丛书出版数量相加大约有几十种。这是动员全国学术力量参与进行的集体项目，规模巨大，内容繁复，所搜集的资料大多都曾经被封存在政治禁区中，逐渐被人遗忘，现在重新搜集整理这些资料并公开出版，有力地支持了研究者恢复实事求是的治学精神，大量历史文献资料的出土，为现代文学学科建设奠定了扎实基础。更重要的意义还在于，这两套大型资料集的编撰者，主要来自高校的一大批中青年学术骨干，他们通过翻阅报纸杂志、辨析材料、查访相关人士等等，掌握了某一领域的大量第一手资料，成为学有专攻的专家。

第三阶段："20 世纪中国文学" 的研究阶段 （1985—）

王瑶在《中国新文学史稿》中规定了现代文学作为一个学科的范围和规模，梳理出 1919—1949 年间的 "'五四'新文学""30 年代左翼文学""40 年代后的延安解放区文艺" 的文学主流。这种以三十年为时间界限的现代文学学科很快出现了内在的局限性。1978 年中共十一届三中全会以后，中国逐渐走上了实事求是、解放思想、改革开放的道路，思想文化领域的极左路线遭到清算，被迫害的知识分子得到平反昭雪，现代文学史上的经典著作被允许出版并获得关注，这就打开了现代文学研究的空间，学术研究领域的禁区都被取消了。另一方面，1949 年以后的文学创作已经有了三十多年的历史，尤其是在 "文革" 结束后，文学创作出现一个高潮，在社会上产生重大影响。面对新的文学状况，原来的现代文学学科的定义显得过于狭隘，在时间范围和空间范围上都限制了研究的进一步深入。现代文学作为一门学科，是研究中国现代社会的组成部分，所以，它不能被看作孤立的现象。如果把它封闭在三十年的时空范围，上不衔接 20 世纪初社会转型的文化特征，下不联系当代文学的发展流变，这样等于抹杀了这门学科的生长因素。1985 年 5 月，中国现代文学学会在北京中国现代文学馆（万寿寺）举办青年学者创新座谈会，北京大学的黄子平、陈平原、钱理群三位学者联名发表了论文《论 "二十世纪中国文学"》，提出 "20世纪中国文学" 的概念，以取代 "现代文学" 的概念。他们对于 "20世纪中国文学" 的定义是这样解释的："所谓 '20 世纪中国文学'，就是由上世纪末本世纪初（即指 1900 年前后——引者按）开始的至今仍在继续的一个文学进程，一个由古代中国文学向现代中国文学转变、过渡并最终完成的进程，一个中国文学走向并汇入'世界文学'总体格局的进程，一个在东西方文化的大撞击、大交流中从文学方面（与政治、道德等诸多方面一道）形成现代民族意识（包括审美意识）的进程，一个通过语言的艺术来折射并表现古老的中华民族及其灵魂在新旧嬗替的大时代中获得新生并崛起的进程。"① "20 世纪中国文学"的定义空泛而乐观，体现了 20 世纪 80 年代中国知识分子的进取心态。1985 年距离 20 世纪的真正结束还有十五年，后来事实证明，90 年代的中国文学走向完全越过了这三位作者对文学发展所寄予的乐观想象，出现了无法预测的"无名"状态②。但是"20 世纪中国文学"概念的提出，对现代文学研究视域的开拓起了很大的作用。首先，这个概念把清末民初的文学、"五四"新文学以及当下正在进行的文学联系起来进行整体考察，"20 世纪中国文学"是整体的概念，凸显了文学内在发展的一致性，淡化原来学术界把近代文学③、现代文学和当代文学作为三个不同性质的学科之间的差别，消解了原来意义上的"新文学"与"现代文学"两个概念，从而拓宽了研究者的学术视野。其次，它把中国文学的发展与中国社会的现代化进程联系在一起，凸显了文学的现代性转型而淡化原来把文学依附在新民主主义革命的意识形态，扩大了现代文学的内涵与范围，许多原来因为政治原因不能容纳的文学现象逐步得到客观的评价。其三，这个概念强调了"进程"一词，在提倡者的描绘下，20 世纪中国文学成为一个充满动感、包孕强大生

---

① 黄子平、陈平原、钱理群：《论"二十世纪中国文学"》，载《二十世纪中国文学三人谈》，人民文学出版社 1988 年版，第 1 页。

② "无名"状态是笔者对 20 世纪某几个阶段中国文学状态的一种描绘。"无名"状态指的是中国社会进入相对稳定、开放、多元的时期，人们的精神生活日益变得丰富，以往那种重大而统一的时代主题再也找不住民族整体的精神走向，于是出现了价值多元共存的状态。但"无名"不是没有时代主题，而是多元并存，文学创作只是反映了时代的一部分主题，但不能达到统一的状态，如 20 世纪民国初年、30 年代（1937 年以前）以及 90 年代。关于"无名"与"共名"，可参考拙文《共名与无名：百年文学管窥》，初刊《上海文学》1996 年第 10 期，后收《陈思和自选集》，广西师范大学出版社 1997 年版，也见《陈思和文集》第 6 卷，广东人民出版社 2018 年版。

③ "近代文学"是中国学界的一个概念，指的是 1840 年鸦片战争以后到 1919 年"五四"运动期间的历史阶段的文学。按照官方的提法，也叫作"旧民主主义革命时期的文学"。

命力的开放性的流动体。它与世界文学保持了密集的信息沟通，凝聚了 20 世纪中国社会变化中不断增长的新的民族意识。它不仅经历文学自身的变化，也用艺术形式折射出时代与社会发展变化的信息，在当时，20 世纪并没有结束，社会发展与文学发展都处于变化之中，这种没有设置下限的文学史运动的叙述，给学科的发展提供了丰富的多种可能性。

《论"二十世纪中国文学"》的作者们说，他们是在各自的研究中不约而同地抓住了这个新的"文学史概念"。事实上，1985 年学术创新与学术探索的气氛鼓励了更多的研究者想到这个文学史命题的生长性意义，尤其是把晚清文学与"五四"文学相联系、把 1949 年前后的现代文学与当代文学相联系于视为一个文学史整体加以考察的方法，在当时许多学者的研究中已经体现出来。当人们把晚清文学、现代文学与当代文学（指 1949 年以后的文学）视为一个整体加以考察时，就会发现对文学史的整体研究获得的信息要明显大于对各个时期文学的孤立研究，其意义不仅仅在于沟通了各个时期的文学，而是试图用一种新的研究视角来重新认识文学史的某些既定结论，现代文学史的许多现象可以在晚清文学中找到源头，也可以在 1949 年以后三十多年的发展中检验其生命力；反之，当代文学发展中层出不尽的新现象也可以从历史源流上考察其存在的合理性。这种整体观的方法导致了研究者对以往文学史固定模式的质疑，也导致了 1988 年"重写文学史"的发生。

学术界关于"重写文学史"的提出，不是为了重新写一本反映当今学术水平的文学史著述来取代以往的文学史，而是提倡一种新的理念，提倡一种新的治学风气，即文学史应该如何写，如何处理作家与文学史的关系，这些问题是可以自由讨论、多元并存的，未必有定于一尊的观念。1988 年上海一家理论刊物开辟一个"重写文学史"栏目

（1988—1989）①，发表了一系列重新评价作家赵树理、柳青、郭小川、何其芳、丁玲等人作品的文章，这些文章并没有跳出作家作品研究的范围，但因为用了"重写文学史"的栏目名称而引起争论，也因此推动了文学史的深入研究。20 世纪 90 年代到新世纪最初十年期间，文学史研究（包括断代文学史的研究）有了深入的进步，学术界出版了多种有新意的现当代文学史著作，都可以视为"重写文学史"所获得的成果。

这个阶段的学科史研究也注意到海外关于中国现代文学研究的成果，尤其是夏志清的《中国现代小说史》的出版，在海外引起过巨大反响，后来传到中国大陆，也产生过重要的影响。夏志清当时的政治立场与内地学者有着深刻分歧，但他用西方经典文学的标准来解读中国现代文学作品，梳理出鲁迅、茅盾、张天翼等代表的左翼文艺，沈从文、师陀等代表的乡土民间文艺，张爱玲代表的现代都市文艺以及钱锺书代表的知识分子的讽刺文艺四大传统，基本上反映了中国现代文学的基本格局，比起内地学者以新民主主义革命的标准独尊左翼文艺传统，显然是更加全面和符合历史真实。此外，以李欧梵的《中国现代作家中的浪漫一代》与王德威的《被压抑的现代性：晚清小说新论》等著作为代表的海外汉学研究成果，在不同历史时期对中国现代文学研究也产生过较大的影响。

那么，接下来的问题是：新世纪以来，中国文学发生了巨大变化，文学史研究也出现了许多新的元素和新的现象，"20 世纪中国文学"是否已经成了一个过时的概念，本文的编写以及同时期的相关文学史著作，是否仍然属于这个研究阶段呢？

本文认为，现代文学学科经过 20 世纪 90 年代的沉稳发展，知识分子人文激情被实实在在的资料发掘和边缘拓荒所取代，原先的研究空白被逐渐填补，学术地图被重新描绘，学术视域进一步得以开拓，

---

① "重写文学史"栏目刊于《上海文论》杂志（徐俊西主编）1988 年第 4 期到 1989 年第 6 期。主持者陈思和、王晓明，栏目每期都有主持人的话，表达了"重写文学史"的主张。每期栏目发表两到三篇论文，最后一期整本杂志为"重写文学史"专号。

所取得的学术成果，已经超越了当年学术界对"20世纪中国文学"的期待和想象。但是，我们在新世纪初期发现并提出讨论的所有文学史问题，都没有离开时间范围的20世纪文学现象，包括：如何看待近代文学（尤其是晚清民初文学）与"五四"新文学的关系？如何评价民国时期旧体诗词、文言文的创作？如何评价市民大众文学（通俗文学）的价值？如何评价中日战争期间（从甲午战争算起）的日据台湾文学、伪满文学、沦陷区文学？如何整合中国大陆/内地文学与台湾文学、香港文学？如何处理文学与戏曲、影视文学的关系？等等。这一系列的问题，在学术领域都没有得到充分的讨论，也没有进行更加深入的研究，但如果归结起来，这些问题在学术视域上都已经溢出了新文学的范畴，主要集中在新文学传统的发展与本来不属于新文学范畴的文学现象之间的关系问题，但这些问题都是属于"20世纪中国文学"范畴内还没有得以解决的问题，也是重写文学史的根本问题。

当然，新世纪的文学已经有了十五年的发展，并且产生出许多难以用20世纪文学的概念范畴去概括的新现象，如新媒体视野下的文学创作现象等，但是这些问题尚处于萌芽状态，还不足以进入文学史层面的研究。相反，新世纪文学中最令人鼓舞的现象是，20世纪80年代崛起的作家群体经过了近三十年的坚持和努力，取得了足以骄人的成绩。这一批作家基本上都是在"五四"新文学传统的影响下成长起来的，他们起步于1985年的文化寻根文学，逐渐在创作中摆脱了文学为时代精神传声筒的局限，克服了新文学传统中某些狭隘的意识观念，恢复了"五四"新文学传统中关注社会现实、批判社会与历史文化中的种种阴暗面的恢宏气象，以及多方面吸收世界文学中表达现代精神的艺术技巧，在新世纪创作出辉煌的新文学实绩。我们从这些作家的创作中看到的是一个多世纪以来新文学从发生、发展、沉沦而后获得飞跃拓展的完整历程。他们具有个人风格的成熟作品可能是在新世纪最初十年中完成的，但是他们创作的累累硕果却体现了20世纪中国文学经过一个世纪的努力的完整意义。

因此，现阶段的现代文学史研究，无论从问题意识的发现，还是从当下文学创作立场而言，都还没有摆脱 20 世纪中国文学的研究阶段。唯有需要补充的是，"20 世纪中国文学"的概念的理解，应该从特定的意义角度改变为常态的时间意义，把它看作是中国现代化转型过程中人们精神历程的发展和追求。这种追求必然也是多样性和多元价值的追求，如马克思所呼吁的，要求每一滴露水在太阳光的照耀下闪耀出无穷无尽的色彩。从"新文学"到"现代文学"再到"20 世纪中国文学"，内涵在不断扩大，意义也越来越丰富，不仅是"五四"新文学传统的核心价值得以坚持和发扬，同时还将吸收更为宽广的文学力量，多层面地表现和反映社会各阶层的精神状态，即使是新文学运动早期批判过的被视为敌对力量的文学，也要对其进行甄别和研究，发扬其精华，保留及理解其在现代化进程中所反映的复杂的感情世界。

中国现代文学作为一门二级学科，具有一个鲜明的特征，即文学史的时间下限具有无限发展的可能性。这门学科，是中国在社会经济现代化过程中相应发展而来的"现代学"的一个组成部分，它在中国社会性质没有发生根本变化的前提下，将会长时期地发展下去。中国现代文学是一个漫长的历史过程，而 20 世纪一百年，仅仅是其启程的第一步，"20 世纪中国文学"作为中国现代文学发展历史的一个特定概念，它完整地涵盖了晚清文学、民初文学、"五四"新文学以及 1949 年以后海峡两岸文学等所有的文学信息与文学潮流，波澜壮阔、浩浩荡荡，把我们带向新世纪的未来。本文所希望展示的，正是这样一部 20 世纪中国文学史。

二、有关 20 世纪中国文学史研究的几个问题

作为一个特定的文学史概念，"20 世纪中国文学"被视为一种常态的时间意义，从而能够包容更加丰富的内涵和更加复杂的文学形态。"新文学"和"现代文学"两个研究阶段都含有强烈的排他性与斗争性（"新文学"反对的是传统的"旧文学"；"现代文学"含有的"新民主主义革命文学"的属性，排斥了特定政治立场下的"不革命"或者"反革命"的文学）。但是，我们在现代化进程的基础上构筑起常态

的时间意义的"20世纪中国文学",就是要避免各种排他性的内耗,搭建一个多层面的平台,将各类不同观念和形态的文学现象并置于同一个文学史平台之上,比较客观地评价其价值得失,以此来阐释20世纪文学发展中悬而未决的各类问题。

这当然只是一种文学史的理想。现代文学的内在冲突是客观存在的,新文学运动一开始就是在排斥形形色色的旧传统文学的论战中发生的,现代文学学科也是在维护"新文学运动—左翼文艺运动"的核心价值上建构起来的,现在要淡化历史形成的鸿沟,把各种不同甚至对立的文学现象并置在一起给以客观评价,必然会构成文学史叙述的困难。因此,如何克服价值观互相矛盾的拼凑式的文学史叙述,建构新的文学史理论话语,是文学史写作面对的最大挑战。解决文学史理论问题需要深入的探讨和展开学术争鸣,这不是本文所能够完成的任务。本文只能以编撰研究文学史一得之见,尝试回答20世纪中国文学史编写中遭遇的一些重要问题,大致归纳为以下三点。

(一)在晚清到民国的文学大潮中,如何看待"五四"新文学运动的意义,以及如何看待新文学传统与整个20世纪文学的关系?

在以往以新民主主义革命为核心价值的文学史叙述中,"新文学运动—左翼文艺运动"具有毋庸置疑的权威性,它既是现代文学史螺旋形发展的起点,也是价值判断的基本标准;"新文学运动—左翼文艺运动"对立面的文学,均受到排斥和批判,现代文学史叙事正是围绕这些批判斗争而展开的。但从20世纪90年代开始,中国现代化进程逐渐成为文学史叙事的核心价值,晚清"西学东渐"思潮逐渐成为现代文学史的发生起点。海外汉学对于晚清接受西方影响的文学翻译、通俗小说、戏曲改革以及其他各种现代文化因素,做了大量的有价值的研究。这些研究成果在晚清到民初文学之间构成了新文学以外的另一个文学场域,它一直延续到抗战以前的市民大众文学和战争期间的沦陷区文学。这个文学场域与新文学场域之间存在着长期的冲突和互动,彼此消长,它们之间的关系不是双翼并飞和谐发展,而是在不同审美观念的冲突中向对方转化，达成部分的融合。如：民国时期市民大众文学不仅继承了晚清文学中的许多现代性因素，而且也从新文学那里认同了反对强权、尊重人权等因素；而新文学在排斥通俗文学的同时，也努力采取大众化的手段来吸引市民读者。到了抗战发生、民族危亡之际，新文学排斥通俗文学的倾向逐渐收敛，在民族形式讨论以后，这两个文学场域达到了一定程度的融合。但是在这样一个从冲突到融合的过程中，新文学的一方始终占据了话语的主导权。这是不容怀疑的。

那么，当文学史叙述放弃了昔日的批判思维与斗争模式，以客观的态度把以往不见诸文学史或者仅仅扮演了被批判角色的某些文学现象，诸如传统旧文学形式（旧体诗、文言文等）、市民大众文学与新文学一起展示于现代文学史，人们不仅要问：新文学当初的斗争意义在哪里？它在 20 世纪中国文学史上承担了怎样的意义？新文学运动与从传统自然发展而来的文学现象构成了怎样一种关系？这是本文要回答的第一个问题。为此，本文引入两个 20 世纪中国文学史的关键词：先锋与常态。①

"先锋"，指的是 20 世纪中国文学发展中产生先锋意义的文学因素，首先是体现在"五四"新文学运动中。先锋文学是 20 世纪初的世界文学现象，在第一次世界大战前后，意大利首先出现未来主义（Futurism）文学思潮，后来又蔓延到俄罗斯；紧接着，法国出现了达达主义（Dadaism）、超现实主义（Surrealism）等先锋诗歌，德国出现了表现主义（Expressionism）的文学，等等。先锋文学区别于 19 世纪末流行的后期象征主义（Symbolism）、唯美主义（Aestheticism）、颓废派（Decadence）等文学思潮，更加强调对现实的批判和斗争，企图通过对文学自律的调整来达到文学推动社会生活的目的。为了达到这一目的，先锋文学不惜采用批判、否定传统文化的强硬态度，以及夸张变形的现代艺术手法。先锋文学的政治态度是激进的，往往自觉地与

① 关于先锋与常态的问题，可参考收入本书的《试论"五四"新文学运动的先锋性》。

现实中的激进政治团体相结合，实现自己的政治目标。在 20 世纪初世界资本主义进入成熟阶段的特定环境中，西方的先锋文学思潮必然是短暂的，它很快就会发生分化，最激进的部分融入到激进的政治运动中去。从中国 20 世纪第二个一年的政治环境来看，一方面是晚清激进主义革命余波的回荡，另一方面是民国初年颠顶混乱、乌烟瘴气的共和政治，两者冲撞激荡起思想文化领域的先锋思潮，有其必然的原因。"五四"新文化运动中包含了先锋性，它起先来自社会下层的激进主义思想力量，与主流政治团体和权力阶层没有太深的联系，所以才能够形成对社会政治的深刻批判和对传统文化的全然否定。新文化运动是不完全的先锋运动，它的思想内涵具有复杂的知识渊源和文化背景，但是其主导思想，尤其是由此派生的新文学运动，体现在语言革命、文体形式革命以及思想内容的尖锐性和批判性，构成了先锋文学的主要成分。

"五四"新文化的先锋性决定了现代文学史发展进程不再是依据社会生活的现代化进程渐进演变，它是通过对自身处境的深刻反省和历史追问，造成文化传承的断裂，从而把被认为是先进的外来文化揳入其间，建立起一个文化发展的新坐标。新文化运动中大量西方文化的输入和引进，迅速改变了中国文化传统的发展模式，同时也迅速改变了中国人传统的思维模式，包括马克思主义、列宁主义和一般社会主义思潮在内的西方先进文化直接推动了中国现代化进程，也推动了中国革命，使之成为世界革命的一部分。新文学运动不仅仅普及了现代世界文化知识，而且以其自身的先锋性，通过欧化语言改造了中国人传统的语言模式与思维习惯；通过引进西方文学新形式，激活了现代汉语的表达和抒情能力，营造符合现代人精神需要的审美观念；通过崭新的为人生的文学内容，使文学批判与社会生活的进步紧密相关。文学不再是被动地因循社会变化而变化，而是走到了生活的前面，引领和推动社会进步，成为一面英姿飒爽、猎猎作响的风旗。

"五四"新文学运动本身是由各种社会进步力量组合起来的统一战线，它以先锋性因素为核心，在 20 世纪中国文学史上树立旗帜、引领风气、推动进步，成为整个 20 世纪文学发展的核心力量。新文学的先锋性因素与其他形形色色的文学现象（也包括新文学自身的非先锋性因素）的关系，构成一种先锋与常态的关系。所谓"常态"的文学，也就是随着社会生活发展而逐渐发生演变的文学现象，它包含了传统文化因循沿革的传承（如旧体诗词、古典白话小说、文言文、骈体小说、传统戏曲的改良等），相随现代器物更新而出现的新文学形式（如电影、新剧、副刊、翻译等），以及与大多数市民农民的审美习惯相符合的通俗文学，甚至包括这些文学所隐含的权力运作下的意识形态的宣传。常态的文学是大多数人能接受的文学，因为常态文学的对象包含了多层面的接受者，常态文学也是多层面的，它的最高层面与新文学是同一的。也就是说，新文学与作为一种先锋的新文学运动还是有所区别的。新文学的核心是超前的先锋文学，但它也包含了常态的文学因素，如新文学也追求大众性和普及性，也有一部分新文学创作并不是那么激烈和超前，尤其到了 20 世纪二三十年代，先锋文学逐渐被社会的主流体制所接受，或者被都市时尚文化所容纳，新文学的先锋性渐渐地为大众性所取代。这时候，要么出现更加激进的文学思潮来更新先锋的意义——譬如左翼文艺运动，要么就使原先的先锋因素消融于常态的大众文学。永远站立在先锋立场上不断击进的大勇者，终究是少数的先驱者，譬如鲁迅。鲁迅参与了 20 世纪上半叶的两场文学先锋运动，并且发挥了引领的作用。

常态文学表现出来的是文学的常态，它是以多层面的形态出现于文学史。除了最高层面的常态文学属于新文学的一部分（如市民文学的杰出代表老舍的小说，抗战时期无名氏、徐讦的言情小说，沦陷区张爱玲的小说，以赵树理为代表的抗日民主根据地小说等）外，大部分常态文学还是与新文学保持了距离，有的还相去甚远。虽然在现代性框架下，各类文学都有可能展示于文学史体系的不同层面，但是从内涵来说，毕竟还是五花八门、百鸟齐鸣、丰富而复杂。民国都市通俗文艺和新媒体文艺（如电影广播、报刊连载、说书、戏曲改编、连环画等）代表了市民大众文化市场的主要产品，是常态文学的主体部分；在国统区和沦陷区（包括伪满洲国、日据台湾在内等地区）体现统治者权力意识的官方文艺也是常态文学的一个特殊层面；还有距离新文学更远的如前清遗老遗少的旧文学创作（旧体诗词、笔记小说等），多样的文学内容构成了常态文学的多层面性，已决定了 20 世纪中国文学的丰富复杂的多元形态。

20 世纪前半叶，中国是一个后发展国家，在两千年帝制被推翻、民国刚刚建立、民族资产阶级利用世界大战的机会努力发展资本主义的时候，西方资本主义社会已经出现了严重危机，其自身内部产生的社会主义思潮和现代主义思潮，都是资本主义社会的反叛力量。西方先锋文化正是产生于欧洲社会矛盾剧烈冲突之中。欧洲资本主义的危机与社会矛盾的冲突导致了第一次世界大战的爆发和俄罗斯十月革命的胜利。世界大战的结果给中国资本主义带来了"公理胜过强权"的自信，十月革命的胜利又给中国带来了社会主义信仰。于是，中国的先锋文化思潮毫不犹豫选择了后者，推动了中国反帝反封建革命。这是作为亚洲后发展国家特有的现代化道路。"五四"先锋文化提出的反帝反封建革命既包含了资产阶级革命的任务，也隐含了社会主义革命的要求。中国革命的双重意义和前沿性质，使得资产阶级政治力量（国民党）始终无法不受挑战地单独推行自己的社会理想和革命目标（"三民主义"）。先锋文化的彻底批判精神和反帝反封建的旗帜，使得整个中国社会在进取现代化的过程中弥漫着激进主义的爆发力，吸引了大量热血沸腾的优秀青年投奔到时代的革命潮流中去。这种作为核心力量的先锋性的存在，就成为常态文学的明显或者潜隐的榜样，凝聚了常态文学中最高层面的批判现实主义文学和市民阶级抒情文学的理想性。由于激进的社会批判包含了社会现代化进程的必然要求，即使受到猛烈批判的市民阶级及其文化也不能不受其正面影响，逐渐地发生自身的蜕变，以迎合时代的要求。这就是中国市民大众文学所呈现出来的进步性。现代文学以新文学的先锋性为核心，来批判、吸引、影响常态文学的多层面发展轨迹，带动了现代文学的整体发展。

以先锋/常态模式来描述现代文学的发展轨迹，是以先锋性因素与社会先进文化的结合为前提的。但是需要强调的是，这只是针对中国新民主主义革命时期的特殊背景而言的。从一般的社会发展与文学创作的关系而言，常态文学是最普遍的现象，在一个成熟的市民社会里，社会稳定而正常的发展，文学所呈现出来的都是常态，只有在中国现代化进程的特殊环境里，政治革命与文学运动紧密地结合在一起，文化建设和文学运动才会被一波又一波的先锋运动所刺激和激活，形成了动荡相激、新旧更替、否定之否定的运动轨迹。但先锋性因素给现代文学创作带来的负面影响也是明显的，由于强烈的政治情结和过于迅速的新旧更替观念，现代文学始终停留在青春文学的热情伤感以及二元对立思维的粗暴状态里，很难产生真正的伟大创作。何况先锋性因素也不是天然与思想的先进性联系在一起，在强烈批判传统因袭的社会弊病时，也可能滑向另外一些反理性的社会思潮。欧洲未来主义思潮的分化，以马里内蒂为代表的意大利未来主义运动后来转向法西斯主义，便是著名例子。这些问题，我们在研究 20 世纪中国文学史的过程中还会继续深入探讨。

（二）晚清到民国的文学大潮中，如何看待中国的反帝反封建的文学运动与日据台湾的殖民地文学之间的关系？

由于以往现代文学研究局限于新民主主义革命的范畴，日据台湾文学基本上被排除在研究视域之外。1949 年以后，国民党政府迁台，海峡两岸处于近半个世纪的军事对峙状态，两岸的文学经过短暂交往后又被隔绝，这就导致了中国现代文学研究（包括 1949 年以后的文学）中台湾文学始终不在场。近三十年来两岸关系日趋缓和，文化交流也越来越频繁，文学史著作尝试拼接两岸文学。但是文学史体系的建构是需要文学史理论支撑的，拘泥于新民主主义革命为范畴的现代文学史理论，则无法把台湾文学完整纳入现代文学史体系和框架，只有在 20 世纪中国文学的理论视域下，才有可能梳理中国大陆文学与台湾文学之间的有机联系。对此，本文需要引入一个新的理论视角：中国现代文学史上的殖民地文学。

把 20 世纪中国文学史的起点设定在甲午战争后的乙未割台事件（1895）。虽然中国在鸦片战争（1840）以后一再受到西方列强的军事侵略，而且每一次军事抵抗失败总是伴随丧权辱国的割地赔款，香港被迫受英国殖民统治，还在更早时期，北方大片土地被俄国沙皇所掠夺。但是所有这些失败都不如甲午战争的失败那么强烈地在中国人（尤其是士人阶层）的文化心理上构成刺激。1895 年 4 月 17 日，日本帝国与清政府正式签订《马关条约》，清政府在日本的强势压力下被迫签署割让与战争毫无关系的台湾、澎湖列岛，形成日据台湾特有的殖民地政治、经济、文化的格局，由此派生出特殊的殖民地文学。

甲午战败和乙未割台让清廷统治下的中国士大夫阶级受到了极大震惊，紧接着发生了在京举人"公车上书"事件，维新救亡的思想广为传播。1898 年光绪召见变法运动的领袖康有为，颁布"定国是诏"，宣布新政变法，开始了总共才 103 天却深刻影响中国命运的戊戌变法。变法失败后，流亡者（梁启超为代表）逃亡日本，创办《新小说》等刊物，鼓吹新思想和文学改良。同时，一批被变法所牵累的官员相继南下，毅然放弃传统仕途，开始了新的人生选择：严复闭门翻译，陆续译介《天演论》等西方社会科学著作，推动思想文化领域的启蒙；张元济加盟商务印书馆编译所的建设，开创了现代出版媒体的发展道路；蔡元培先后进入绍兴中西学堂、上海澄衷学堂、南洋公学等处从事教育，提倡新学等等，现代思想传播、现代出版、现代教育等一系列知识分子的民间岗位开始被确立，一部分接受了先进思想的传统士大夫开始向现代知识分子转型，以启蒙为特征的新文学运动也由此而起滥觞。

从中国的社会性质而言，鸦片战争以后，中国的丰富资源和广阔市场就一直成为西方列强觊觎的对象，中国屡蒙军事侵犯，国土和主权一再沦丧，直到 1900 年的庚子事变，八国联军侵犯北京，清廷不得不签下城下之盟《辛丑条约》，中国最终完成半殖民地半封建的社会形态。其结果导致半殖民地体制下丧失主权的清政府也完全丧失了民心，从此革命、立宪两股政治力量比起彼伏，直接动摇了爱新觉罗氏的专制政权；另一方面，半殖民地的经济形态破坏了闭关锁国的自然经济，外资不断投入中国市场，促使了资本主义商品经济发展，中国在经济上蒙受列强的剥削与掠夺，但因为打开了国门，思想文化上开始吸取资本主义文明的进步因素，用来批判自身落后的封建文化。在日本由明治天皇自上而下推行的"脱亚入欧"的维新运动，在中国则是由一批被迫与庙堂分离、凝聚在民间的思想启蒙者轰轰烈烈地发动起来，封建专制的政治秩序由此动摇，一场与传统的替天行道、取而代之的农民起义有着根本区别的革命——以民主与科学为旗帜的思想革命，势不可当地产生了。半殖民地半封建社会下产生的新文化思潮及其重要一翼新文学运动，与日本殖民统治下的台湾的殖民地文化及其文学，构成了现代文学史视域下的巨大张力。两者有相通的一面，但在不同的社会形态构成的环境下，也形成了各自的特点和差异，甚至是紧张的对立。本文要描述的两岸文学，正是中国现代文学领域的半殖民地社会与殖民地社会的两种不同文化、文学思潮双重变奏的发展过程。

　　第三世界国家，无论是殖民地社会还是半殖民地社会，都是殖民主义者全球扩张和野蛮统治的产物，都同样面对了殖民主义宗主国的侵略和奴役，因此，两种社会形态下的文学在本质上都具有反帝性质。但是在表现形态上还是有较大的不同。在中国大陆，随着半殖民的资本主义因素发展，封建自然经济逐渐解体，从这个角度来看，半殖民是促进半封建的直接原因，也即是马克思所说的殖民的"双重的使命"①。所以，中国大陆知识分子从西方先进国家学来的现代文明，是摧毁封建传统文化的有力武器，新文学运动的主要任务是反封建的启蒙使命。但是面临国破家亡的被殖民的日据台湾，反帝反殖就成为文学更重要的主题。中国现代文学的反帝反封建的性质体现得更加完整了。如果将两岸文学置于 20 世纪中国文学史的系统里加以比较的话，可以看到文学史呈现的丰富性和差异性，超出了单一社会形态下的文

① 马克思：《不列颠在印度的统治》《不列颠在印度统治的未来结果》，载《马克思恩格斯选集》第 1 卷，人民出版社 2012 年版，第 848－863 页。

学状态。

　　台湾在荷兰东印度公司殖民时期，就有大量汉人移民垦殖，中原汉文化随之输入。明末爱国文人沈光文流亡台湾，支持明郑政权抗清复明，写下大量感时忧国的诗篇。清廷征服台湾以后，沈光文留在台湾，组织遗老文人建立东吟社，继承明末文人结社的爱国精神，开创了台湾汉文化传统。① 经过清廷近三百年的统治，汉文化通过科举功名培养出一个台籍士绅阶层，加上赴台官吏文士的来往交流，逐渐滋养了本土的汉文化传统。乙未割台，瞬息之间台湾改属日本，这对于深受儒家传统熏陶的台湾士绅来说，无异于是亡国灭族。于是一部分台湾士绅毅然发动起义，采取各种措施，号召民众自发进行武装抵抗，"全台除台北台南两城不战而降外，各地（后山除外）都曾激烈抵抗日军之入侵，死伤无数"②。台湾民间自发的抵抗活动连绵不断，一直到1915年"西来庵事件"③被镇压以后才算平定下来。但原住民的抗日活动，一直延续到1930年的"雾社事件"④。在漫长的被征服的岁月中，台湾文学创作中的民族主义情绪非常强烈，台湾诗人们（洪弃生为代表）用写实的笔法记录了整个抗日过程中可歌可泣的真实事迹，抗议台湾被割让，讴歌抗日战斗中死难烈士，揭露和嘲讽日本占领台

---

① 施懿琳在《从沈光文到赖和：台湾古典文学的发展与特色》中有一段论述："沈光文与清吏及诸寓公共组诗社，并不只是单纯的文人吟咏酬唱，而是具有与遗老互通声气，共抒怀抱，并借以延续传统文化命脉的苦心。东吟社虽然终究在1686年（康熙二十五年）因清廷严厉地查禁学社而终止活动，但是，它为台湾诗学的发展，播下第一棵种苗，而有往后清代、尤其是日治时朝诗社活动的蓬勃发展。这在整个台湾文学史的发展上，具有值得重视的开创之功。"（春晖出版社2006年版，第25页。）

② 周婉窈：《台湾历史图说：史前至一九四五年》（增订本），联经出版事业股份有限公司2009年版，第116页。

③ "西来庵事件"也称"噍吧哖事件"。1915年，余清芳领导的农民武装和另外两股抗日武装（分别以罗俊、江定为首）一起发动武装起义。起义队伍在台南噍吧哖地区袭击日本警察，开展大规模的战斗。起义失败后，日军屠杀了数千名噍吧哖地区民众，并且经法院引"匪徒刑罚令"审判，被告达1 957名，其中判处死刑866名，有期徒刑453名。这一判决引起了日本国内社会舆论的严厉批评，后台湾总督府改死刑为无期徒刑，其他也减轻一等，但已有95名被执行死刑。起义领袖余清芳和江定都曾经参加过乙未割台时的抗日武装斗争，所以这次起义可以看作是乙未抗日的余波。材料参考周婉窈《台湾历史图说：史前至一九四五年》（增订本）。

④ "雾社事件"：台湾的赛德克人，因为与日本警察长期冲突积压了相互间的仇恨，终于在1930年爆发了暴力反抗事件，先是以马赫坡社头人莫那·鲁道为首的赛德克人袭击派出所和正在雾社公学校举办活动的日本官方人士和居民，日人死亡人数达139人。接着日本军警实行报复性大屠杀，雾社死亡人数达644人，雾社总人数减少一半以上。材料参考周婉窈《台湾历史图说：史前至一九四五年》（增订本）。

湾后推行的政治制度改革、经济掠夺、城市规划、风俗教育、医疗卫生等等，成为这一时期台湾诗文创作的重要题材。可以说，诗人们用诗歌记录了一部台湾被殖民的痛史。[①] 这部分爱国诗人的抗日写实诗歌与另外一批流亡内地、思念台湾故乡的爱国诗人（丘逢甲、许南英为代表）的诗歌创作，构成了台湾被割裂以后的反殖民文学的第一乐章。

中国的近代文学中，从鸦片战争失败到甲午乙未惨变再到庚子事变，也不乏文人的反对列强侵略的爱国诗作，但是从晚清文学发展趋势而言，戊戌变法失败以后，新民启蒙的文学大潮汹涌而起，救亡主题很快转向了启蒙主题，大量西方思想文化被引进介绍，激发了以提倡西方文明为目标的新思想的传播。从批判官场腐败到鼓吹反清革命，以及混杂在市民大众文学里的人的自我意识觉醒、追求人性解放的潮流，逐渐成为文学发展的主流。帝国主义通过控制半殖民地的政权来掠夺资源，中国民众遭受本国政权和帝国主义双倍剥削，首先激化的是国内的阶级矛盾，所以，清政府以及后来的历届民国政府无不成为中国革命的头号对象。启蒙文学也必然把批判锋芒首先指向本国统治阶级以及维护其统治利益的封建儒家文化，而不是像台湾文学那样，首当其冲的是殖民者的侵略和统治。中国现代文学中比较直接、尖锐地表达反帝意识，大约是在 1925 年"五卅事件"后。1931 年日本军队入侵东三省，扶持伪满洲国，中华民族的危亡又一次迫在眉睫，现代文学的反帝意识才成为比较普遍的现象。这是继日据台湾反殖文学以后的第二个反帝反殖文学的高峰。

与反殖民意识相关的问题是如何对待随殖民而来的现代文明。现代文明是人类社会发展到一定历史阶段，随着人类科学技术进步而达到的物质和精神的文明程度，它透过具体生活方式和内容表现出来，与人民大众发生密切关系。现代文明是一种人类文化选择，也是人类的共同财富，任何国家随着社会进步和生产力提高，或快或慢都会接

---

① 这段叙述参考了许俊雅《台湾写实诗作之抗日精神研究——1895—1945 年之古典诗歌》，国立编译馆1997 年版。

受现代文明，实施现代化教育、卫生、交通、媒体以及其他现代生活方式。但是随着殖民主义兴起，殖民者用枪炮占领被殖民地区以后，为了掠夺资源而在被殖民地区修建铁路、投资工业以及强行推行现代生活设施，"现代性"往往被舆论渲染成殖民者的属性。这种舆论把人类文明简单划分成"现代文明"与"野蛮文化"的对立，被殖民地的文化被渲染成"野蛮"文化，只有殖民者才能给"野蛮"地区带来现代文明。用福泽谕吉的话说，日本在甲午战争中战胜清廷，是因为"文明战胜野蛮"①，在侵略者的眼里，整个汉民族的传统文化都是野蛮的。这一论述本身就充满了帝国主义的野蛮性，给刚刚经受惨痛失败的台湾知识分子心理造成的伤害尤其大。日据台湾的早期诗文里，诗人们一方面以新奇的眼光描写大量西方器物和现代科学的成果，表明台湾士人接受世界新事物并不保守，但另一方面，对日本殖民当局推行的各种现代殖民制度（警察、教育、卫生等）进行了冷嘲热讽和尖锐批判，表达了诗人们对殖民政策的抗拒。日据时期的台湾主流文学里，作家们是把西方现代观念和文明成果，与殖民当局推行的现代管理制度区别对待的，因而怀有复杂的感情和心态。20 世纪 30 年代中日战争爆发后，日本当局在台湾加紧推行"皇民化"运动，进一步把现代文明与日本文化画上等号，鼓吹用所谓的"文明进步"来"改造"台湾。当时许多台湾作家在被迫表现"文明"与"野蛮"冲突时，也都流露出复杂的心态。② 但是这样的文化认同的痛苦，在中国新文学发展中是很少见的。在中国半殖民地的大环境下，民众对来自西方的现代文明（包括现代管理制度）没有反感，尤其是知识分子（大多数经过留学而熟知西方现代生活的作家们），都是把实施现代文明、改变中国传统生活陋习视为社会进步。鲁迅还曾在小说《肥皂》里辛辣讽刺那些有意歪曲现代生活观念的内心肮脏的中国绅士。在新文学

---

① 转引自吕正惠：《殖民地的伤痕：脱亚入欧论与皇民化教育》，载《殖民地的伤痕：台湾文学问题》，人间出版社 2002 年版，第 92 页。

② 吕正惠在《殖民地的伤痕：台湾文学问题》一书里通过文本分析，对这个观点有深入的论述，可以参考。

一代作家看来，拒绝现代生活是落后保守的民族劣根性的表现。抗战爆发以后，新文学的主流意见都是强调坚持在抗战中推进"五四"新文学传统，在战争中改造自身民族的陋习，学习世界先进国家的现代生活观念和方式，这是中华民族在现代战争中凤凰涅槃的必然途径。不同的环境、不同的处境，导致文化价值和认同上很不一样的结果。

热烈拥抱现代文明，是中国现代文学的一个重要特点。但是台湾受日本殖民统治，在话语权上，现代文明成了侵略者自己给自己贴上的标记，这才给台湾文学带来了某种屈辱的阴影。同样的问题也反映在批判封建性的传统文化风俗上。台湾新文学运动在中国新文化运动的影响下，对传统文化与旧文学发起猛烈批判，这个批判运动虽然时间不长，却包含了比半殖民地中国更复杂的内涵。日本明治维新并非是完全"脱亚入欧"，日本学习西方的先进文化是不彻底的，天皇专制的封建政治形态，以儒学为精神支柱的专制化意识形态，都没有改变。只是把儒家忠君爱国的传统观念偷梁换柱，改造为"忠"天皇制，"爱"日本国。与西方殖民主义一样，日本殖民者用野蛮手段镇压台湾民众的反抗运动，又利用了台湾汉学传统中与日本传统文化相通的部分，进行文化侵略和征服。日据时期台湾汉学教育被废除，日语教育（公学校）取代汉文教育（书院），但是因为日语里含有大量汉字，日本文化里固有汉诗形式，所以殖民统治者仍然鼓励台湾士绅建立诗社，创作汉语旧体诗词。在沦陷的最初二十年里，台湾文人的旧体诗词创作得到了长足的发展。吊诡的是，汉诗既能够与殖民当局进行文化沟通，也保留了汉民族的文化记忆。因此，这种旧文学形式具有双重的含义：一方面它被殖民当局文化侵略所利用，但同时又因为保存了汉民族记忆而成为一种抵抗侵略的形式。台湾民间风俗（包括迷信宗教活动）也同样如此，在现代文明的关照下，它确实有封建迷信、落后的一面，但是在保存台湾民间文化传统方面，民俗民风又展现了台湾民众对于殖民当局文化政策的疏离与抗拒。以此考察台湾新文学运动对旧传统的批判，必须对这样一种复杂现象采取双重的评价标准。赖和为代表的台湾新文学的作家的创作，都呈现出双重的意义。①

殖民地文学的语言特征与半殖民的文学也不一样。"五四"新文学运动作为一种先锋运动，其语言特征是大胆破坏传统汉语的纯粹与规范，引入大量外来语新词和陌生语法，包括外语单词的植入、西方语法的引进、文言文的戏谑化、口语方言的直接使用等等，形成了一种读者感到陌生、难读的欧化白话。欧化白话是西方外来影响进入中国的产物，但这种白话文有力地区别于传统口头白话（古典小说使用的说书人的白话），造成了对中国传统思维习惯的强力冲击，虽然不通畅，但有革命性，在长期的运用实践中起到了改造国民旧思维的功效。现代汉语创作就是在欧化白话的自觉实践与自我否定的辩证发展中慢慢形成了新的成熟规范。而台湾文学语言则是在殖民者铁蹄下艰难、畸形发展起来的。日本除了强行推行殖民政策、掠夺经济资源外，还实行文化"同化"政策，强行推行日语和日本文化的教育。中日战争爆发前夕（1937年4月1日起），日本废止报刊汉文栏，中文写作几乎没有空间。而第二代作家在日语教育下成长起来，能够用日语创作。也有少数作家（郭秋生、蔡秋桐为代表）为了维护台湾主体性而进行台湾话文创作，因此，汉语（文言和白话）、台湾话文、日语三者互相交杂、逐步交替的关系，形成了杂糅的日据台湾殖民地文学的语言特征。直到战后光复，这种殖民地语言的创作才被扭转过来。因此，我们在讨论中国现代文学史框架时引进殖民地文学的概念，就意味着不仅仅面对汉语文学创作，还要面对一部分日语创作的文学现象。语言没有阶级性，任何民族语言都是人类长期生活实践的产物，只是在殖民侵略的时代，语言的使用被打上了民族霸权与民族压迫的烙印。日语文学传统本身有着悠久的历史和丰富的内涵，台湾新文学第二代作家在日语教育下也能迅速掌握日语的表达，创作了非常优秀的文学作品。

---

① 本文这段论述，参考了游胜冠《殖民主义与文化抗争：日据时期台湾解殖文学》，群学出版有限公司2012年版；赵稀方《历史与理论》，花城出版社2014年版。

日本侵占台湾的时间并不长，只有半个世纪，就随战争失败而宣告结束，所以，台湾被殖民的文学可以被理解为中国现代文学史框架中的一个特殊的部分。台湾经近三百年汉文化的浸淫，台湾士绅阶层早就融入了汉文化传统，日本虽然军事上占领台湾，但在文化上要彻底隔断中国文化的影响并非易事。割台以后，大陆与台湾文人之间的交流相当频繁（梁启超与林献堂的交游，张我军介绍中国新文学运动，刘呐鸥与穆时英、施蛰存等人的文学活动，李万居与章太炎、胡风、黎烈文的往来，吴坤煌与东京左联雷石榆、魏晋的文学活动，以及胡风从日语翻译台湾、朝鲜作家的短篇小说集《山灵》在上海出版等等，都是很好的例子），台湾新文学运动的重要刊物和左翼刊物上大量引进大陆作家的作品①，而且日本虽然在大传统上企图隔断汉文教育，推行日语教育，但在小传统领域却并无作为，也没有禁止中国文学的输入。据台湾学者研究，即使是日本人主办的媒体如《台湾日日新报》（包括《汉文台湾日日新报》）上，刊载的约三千篇汉文通俗短篇小说里大约三分之二以上来自中国的文言笔记小说和通俗故事。② 更遑论其他民间通俗刊物以及宣传儒教的刊物上转载中国文人的作品。③ 从民间立场来看，中国与台湾在文化上的联系与影响并没有被完全隔断。

---

① 本文参考许俊雅《〈洪水报〉〈赤道〉对中国文学作品的转载：兼论创造社在日治台湾文坛》，载《台湾文学研究学报》第 14 期，2012 年 4 月，第 169－218 页。

② 据许俊雅在《日治时期台湾小说的生成与发展》中披露："大约从 1906 年开始，至 1934 年，《台湾日日新报》约刊载了三千篇汉文通俗短篇，其中大约有两千多篇是中国小说（含笔记丛谈、新闻故事）的直接转载或改写摹仿之作。台湾汉文小说的发展历程里，大量中国文言笔记小说、鸳鸯派小说几乎充斥在各报刊杂志，但因未交代作者、出处，有时又做了各种隐瞒手法，因此迄今学界未悉这些作家、典籍曾如是广泛被台湾人阅读，进而产生摹仿借鉴学习之路程。……就笔者目前初步之整理，可发现三千多篇汉文文言之作，即使至 30 年代末，仍有为数不少的中国文言笔记小说被刊载，方之台湾新文学的蓬勃发展，这现象又说明了甚么？文言通俗小说在台湾的发展，透过刊载脉络的清理，将可发现中国文学的影响可能远超出我们的想象。"（文讯杂志社主编：《百年小说研讨会论文集》，文讯杂志社 2012 年版，第 19－52 页。）

③ 据许俊雅在《日治时期台湾小说的生成与发展》中指出："除了日本统治初期的儒教利用，台湾在清末以来，宣扬孔教的团体与个人，逐渐崛起，活动日多。早中期与宣讲、鸾堂关系甚大，到了皇民化运动前后，汉文遭到打击、压抑，但推扬孔教的活动，却未受禁止，反而鼓励其进行，出版汉文杂志，最有名者如施梅樵主编的《孔教报》，及其后的《崇圣道德报》。甚至《风月报》都转载刊登了丁寅生《孔子演义》，自第 90 号（1939 年 7 月 24 日）起连载至《南方》188 期 1944 年 1 月 1 日停刊止，百回之作连载至九十三回，即使《风月报》改为《南方》仍继续连载，未尝中断，不能不说是相当特殊的现象。这与 30 年代末刊行的《孔教报》《崇圣道德报》对儒家孔子的宣扬必然有密切关系。"（文讯杂志社主编：《百年小说研讨会论文集》，第 19－52 页。）

中国现代文学史上被殖民的文学并非仅限日据台湾文学，它是一种动态的文学现象。甲午战争后，台湾澎湖列岛被割让，但日本帝国主义的殖民侵略野心没有因此遏止。从历史的角度看，1915 年强迫中国政府签订 21 条不平等条约和 1919 年巴黎和会上要求转让德国在中国山东的殖民权益，都是日本帝国主义对中国领土的变相侵略，直到 1931 年"九一八"事变和 1937 年侵华战争等等，都是中日甲午战争的延续。战争期间形成的为满洲国文学，汪伪控制下的华北、华东沦陷区文学，也都是未完成的被殖民的文学，与日据台湾文学同属于日本侵略政策下的"大东亚文学"，有着既相通又不同的特征及其运作规律，这是现代文学史的一个连续性的现象。只有我们引进了殖民地文学的概念，才能对这一文学现象做完整的考察与研究。

（三）为什么把 1937 年中日战争全面爆发作为中国现代文学史的重要分期？如何理解战争对 20 世纪中国文化以及文学发展的影响？

本文认为：1937 年中日战争全面爆发是 20 世纪中国文学史的重要分期。虽然早有学者提出把抗战作为现代文学史分期的理由[1]，但本文引进了日据台湾的殖民地文学，抗战对于文学史的意义就变得更加重要了。因为在全面抗战之前，台湾的殖民地文学与中国大陆的半殖民地文学之间虽互有联系，总体上还是各行其道，呈现出比较丰富的文学无名状态。而在 1937 年卢沟桥事变以后，战争全面爆发，两岸文学都进入了战争的"共名"状态[2]，两岸文学都被强制性地置放在同一个战场空间。这时候文学的性质发生了变化，两者之间出现了对峙的关系。

中日战争全面爆发前，两岸的文学发展轨迹非常接近。日据台湾

---

[1] 刘志荣：《抗战爆发：中国 20 世纪文学史上的重要分界线》，载章培恒、陈思和主编：《开端与结束——现代文学史的分期论集》，复旦大学出版社 2002 年版。

[2] "共名"是一个与"无名"相对应的概念，指的是某个历史时期的文化状态。"共名"是指"当时代含有统一而重大的主题时，知识分子思考问题和探索问题的材料都来自时代的主题，个人的独立性被掩盖在时代的主题之下"。这样的文化状态就构成了"共名"，如抗战就是一个大的时代共名。关于"无名"与"共名"，可参考拙文《共名与无名：百年文学管窥》，初刊《上海文学》1996 年第 10 期。

文学五十年被殖民的历史，按照日本对中国的侵略步骤而言，大致可以分为三个阶段：第一个阶段（1895—1931）是殖民地文学内部的冲突蜕变时期，从被殖民到反殖民，促成了以反殖与启蒙为主旨的新文化（1920）与新文学运动（1923）。这个时期台湾文学经历了由士绅阶级为主体的传统诗社向知识分子为主体的新文学转换过程。在第一次世界大战后民族自决理念的鼓舞下，1920年台湾新文化运动的标志性刊物《台湾青年》创刊，公开发表思想启蒙的言论，几乎是步了《新青年》发起新文化运动的后尘。1923年以后，"五四"新文学运动提倡白话文的主张在台湾获得响应，台湾新文学运动也轰轰烈烈地开展起来。从张我军猛烈批判台湾旧文学，到台湾新文化阵营不断"左"倾化，逐渐催生出激进的左翼文化运动。这个过程也重复了中国"五四"新文学运动到左翼文化运动这两个先锋思潮相交替的过程。中国大陆的先锋运动导向了文化运动朝政治革命发展，推动了中国共产党的产生、第三国际的介入以及国共两党合作发动北伐战争，新文学的骨干纷纷参与了这场革命战争。而同一时期以蒋渭水为首的台湾知识分子成立台湾文化协会（1921），向殖民政府提出争取民族自决、地方自治和议会制度等权利，同时，反对殖民主义经济压迫的劳工运动、农民运动也此起彼伏，各种思想倾向的政治团体纷纷崛起，分裂组合，百家争鸣，1928年作为日共支部的台湾共产党成立，成为台湾最激进的政党。直到1931年"九一八"事变爆发，日本当局加紧对殖民地的控制，台湾所有的政治团体都被取缔，所有的政治活动都被镇压。这形势与早几年（1927）发生在中国大陆的国共分裂、"清党"以及革命进入低潮的形势也相差无几。中国大陆的现代文学也是在政治陷入白色恐怖以后才转向了左翼文学运动，通过文学创作来延续新文学的先锋精神，于是文学创作进入繁荣阶段，各色各样的文学实验和文学流派都出现了，"五四"第二代作家胡风、巴金、沈从文、老舍、曹禺、丁玲、萧红、艾青、夏衍、戴望舒等，迅速成为文学的中坚力量，创造了"三十年代"民国文学的黄金时期。这时期，台湾文学的第二阶段（1931—1937）也是由政治运动转向文学创作，同样进入了政治高压下的文学创作繁荣时期。当时文学运动所发起的许多讨论，诸如乡土文学、台湾话文、文艺大众化等对文学史产生深远影响的议题，都是在这一时期展开的。台湾的新文学第二代作家用日语创作，并且在日本和中国大陆文坛上都产生了影响（如杨逵、吕赫若、龙瑛宗的小说）。这时期台湾新文学也出现了多种风格并存的现象，杨逵等人的激进左翼书写，巫永福、翁闹等人的现代主义意识的写作，杨炽昌为首的风车诗社的超现实主义、刘呐鸥在中国大陆的新感觉派以及龙瑛宗、张文环、王昶雄等人的创作，构成了丰富多元的文学格局。所以说，1937 年战争全面爆发之前，两岸文学的发展基本上是协调与同步的。

但是战争改变一切，首先是两岸都结束了丰富多元的文学无名状态，进入战争时期的共名状态。作为侵略者日本的殖民地，台湾文学被纳入战争体制，殖民者需要被殖民地的奴隶充当战场上的炮灰，就提倡"皇民化"，让台湾人民顶了"皇民"的资格去送死。台湾文学的第三阶段（1937—1945）进入了丧失反抗能力、被"皇民化"的时期。尤其在太平洋战争（1941）爆发以后，日本当局在台湾施行法西斯的战时体制，任何自由反抗的空间都被封闭，文学只有一条出路，就是"皇民化文学"①。这一时期的台湾文学中，除了"潜在写作"②

---

① 关于皇民化运动与台湾文学的关系，陈芳明在《台湾新文学史》（上）是这样解释的："所谓皇民化运动，并不止在政治、经济、军事的总动员，甚至文化的层面也深深受到波及。皇民化运动也不只是在台湾推动而已，凡是在日本统辖下的土地，包括朝鲜、满洲、桦太、北京、南京、上海等地，都网罗在此庞大运动的阴影之下。在这段时期，台湾作家的文学活动都被迫要配合日本的战争国策，而配合国策所产生的文学作品，就是文学史上所定义的皇民化文学。"（联经出版事业股份有限公司 2011 年版，第 158 页。）

② "潜在写作"，是指在哑声的时代，有许多被剥夺了正常写作权利，或者虽然没有直接受到迫害但写了作品无法发表的作家，他们依然保持了对文学的热爱与创作的热情，写下许多当时环境下无法公开发表的作品，直到环境发生变化以后，才公开出版。笔者把这类作品称为"潜在写作"。［关于"潜在写作"，可参考收入本书的《我们的抽屉：试论当代文学史（1949—1976）的"潜在写作"》。]陈芳明在《台湾新文学史》（上）描述 1937 年中日战争全面爆发以后的台湾文学状况："从 1937 至 1945 年战争期间，文学发展大约可以分为两个阶段。第一阶段，亦即从 1937 至 1941 年，是作家不能发声的时期。第二阶段，亦即从 194? 至 1945 年，是作家不能沉默的时期。这两个阶段的分野，在于 1941 年太平洋战争的爆发。"（同上）陈所指的"不能发声"是指作家不能发出自由之声，但还能保持沉默，不附和殖民者的主流意识形态，但到了"不能沉默"的阶段，作为一个作家，他们连沉默的权利也没有，只能配合战争宣传。在台湾，一大批原来抵抗、批判殖民统治的作家也不得不违心写作来配合"皇民化"；但笔者还是愿意引进"潜在写作"的概念，强调即使在日本殖民统治的强权之下，还是有台湾作家的潜在写作，如吴浊流的长篇小说《胡志明》（出版时改名为《亚细亚的孤儿》）。

以外，几乎所有能公开发表的文学作品，哪怕是违心的、被迫的、不得已的，都只能被纳入支持战争的"皇民化文学"。这一时期，唯一能够在文学写作中稀释、消解甚至悄悄抵御日本殖民主义的同化政策的，是一批坚持写实的文学作品包藏了民间的隐形结构：书写台湾现实生活场景和民族风俗，以及台湾人在国族认同上的极其痛苦的内心意识。应该补充的是，日本当局把文艺纳入战争，成为侵略战争工具的文艺政策，不仅仅是针对台湾的，当时日本国内的文艺政策也是如此，许多日本作家，不管是左翼作家还是唯美作家，都被纳入"笔部队"的编制，参与了侵略战争。[1] 当时被日本占领的中国沦陷区，也发生类似的情况。只是日本军事占领各地区的情况不一样，掌控的程度也不一样而已。如在上海、北平等地区的中国作家中，还是有很多人用潜在写作或者回避战争政治来保持文学的艺术独立性。

同样，在中国大陆，全面抗战也改变了"五四"以来新文学的发展方向。如果说，新文学运动是一个具有先锋文学因素的思潮，其在近20年的发展中逐渐融入各种各样的文学因素和文学潮流，进而在汇集成为文学主流的过程中，原有的先锋精神也逐渐地被消解和被丧失；从"五四"初期新文学运动到左翼文化运动是一个文学先锋精神的式微过程：从社会的文化的紧张对立关系进入到政治的党派的紧张对立关系以后，其内在的先锋文学因素也开始衰亡。对于这种变化来说，抗战则是一个分界，外来情势剧变促使文学的先锋性迅速转换为民族主义的政治激进态度。"五四"新文学是一种先锋运动，它的主体是思想解放、冲破了传统文化观念的先进知识分子，由知识分子推动思想启蒙和民族救亡运动；而在抗战全面爆发以后，一个新的伟大的民族主体觉醒了，千百万中国农民走上了战场，成为抗日救国的主要力量。随着农民阶级在政治上军事上的地位急剧上升，他们在文化上的自我

---

[1] 日本在战时也有许多作家被迫"转向"，被纳入"笔部队"参与侵略战争，但是还有很多作家在战场上发表了反对战争的作品（如石川达三），也有的作家以强调艺术上的美与人性，进行"艺术的抵抗"。见叶渭渠、唐月梅：《黑暗的战争年代与文学》，载《日本文学史·现代卷》，经济日报出版社2000年版，第292—324页。

解放的要求也被激发出来，成为当代文化建构的重要内容。战争使知识分子为中心的启蒙文化开始瓦解，文学与战争、与战争的主体农民之间的关系，都发生了变化，先锋运动消失了，知识分子精英独占主流的现象受到遏制，民间文化形态进入了当代文化建构。原来由知识分子精英对庙堂统治者的斗争和对国民性的改造同时展开的文化冲突，转向了庙堂意识形态、民间文化形态和知识分子精英传统三者有条件的妥协与沟通，取得了对外抗战的一致性。"三分天下"并存的局面由此形成。文学与战争紧密结合，充当宣传工具，与"抗战无关"的文学受到了抵制和批判。当代文化建构中的战争文化心理在此时被普遍接受。[①]

抗战对现代文学史的影响还不仅仅表现在战争期间，在这一场战争结束以后，战争因素已经深深揳入民族文化心理。抗战胜利后，中国大地上的战争没有结束，国共两党之间的战争、世界范围内的美苏两大阵营的冷战，一直影响着民族文化建构中的战争文化心理。因为战争的关系，文学与政治、政权、国家的关系越来越紧密，尤其是1949年后海峡两岸军事对峙的格局下，两岸的文学都被纳入到战争思维模式中去，都在政治意识形态支配下运作；而在香港，除了市民大众文学格外繁荣外，美元操作下的文学创作和"左""右"两派文学的对峙，也都形成了文学运作的基本格局。但是，战争思维的大格局中仍然存在着多层次的创作现象，可以分出主旋律的、现实批判主义的、偏重艺术与内心的，以及潜在写作等等层面。在中国大陆，经过了数次政治运动，以鲁迅为偶像的先锋精神在现实层面基本上已经消失，但是新文学作为一种新传统被纳入国家意识形态的建设，进入了被学科化、文献化、经典化的阶段，新文学的精神传统通过学院的教学和研究转化为一种学科形态，保存在大量的历史文献与文献叙述中，并得以传播；现代文学的经典作家和经典作品也被合法地树立起来，

---

① 关于抗战形成的战争文化心理问题，可参见拙著《抗战与当代文学》，载《新文学整体观续编》，山东教育出版社 2010 年版，第 52—80 页。

在教学和研究中获得延续。但是正因为进入了学院的学科体制，"五四"新文学的先锋精神隐隐约约地隐藏于新文学传统的大叙述中，通过师承的学术血脉依然在慢慢流淌、延续、薪尽火传。

抗战的规模几乎蔓延到整个中国的东部和中部，太平洋战争以后甚至蔓延到东南亚和南洋地区。大规模的战争使中国的政治、军事、文化的地图发生了根本性的改变，文学地图也随之发生了变化。1937年以前，"五四"新文学运动的影响自然也波及全国各地，但文学集中繁华之地基本上不离京沪沿线，而全面抗战打破了这种狭小的分布格局，先是东三省的沦陷促使一批作家流亡内地，加入了新文学的队伍。1937年战事爆发，战争裹挟了作家艺术家的迁徙和流亡，武汉、香港、桂林、重庆、延安等等，相继成为中国文学的精英荟萃之地，形成了多元的文学中心。战争中政治军事地图的不断变化，促使作家艺术家们渐渐地相应分布在不同政治性质的三个区域：国民党统治下的大后方、共产党控制下的抗日民主根据地以及日本侵略军占领的沦陷区。这三大区域构成了战后中国的政治版图，也构成了战后的文学版图。如果我们将全中国版图视为一个整体的话，那么，不难认识到这三大版图始终存在于20世纪后半叶的中国土地上，只不过区域面积和土地上的主宰者在不断的变化之中。首先，国共两党的大规模战争改变了中国政治领导权的比重。原先占有大部分领土的国民党政权最后退守到台湾，维系着国统区的政权命脉；原先以延安为中心的抗日民主根据地随着战争的胜利渐渐扩大解放区，直至占领了整个中国大陆；其次，日本在战争中终遭失败，退出了在中国的殖民统治，伪满洲国已经覆灭，台湾省被国民党当局占有，作为近代中国受殖民式统治的香港和澳门我国还没有恢复行使主权。香港在战前文学并不繁荣，但随着1949年的战事，南下北上的大流徙造成了文学的畸形繁荣。英国在二战以后经营香港与日本侵占台湾时有很大的不同，但仍然具有鲜明的殖民文化的特征，1949年以后的香港文学构成了不同于中国内地和台湾的文学特点。战争造成的三大区域的文学面貌，直到20世纪末的90年代，随着两岸政治变化以及关系缓和、香港澳门回归等因素，才渐渐发生了新的变化。

以上三个问题的提出，都是为了更好地理解 20 世纪中国文学发展的规律，先锋与常态的关系是考察 1937 年以前现代文学运行发展的一个视角，以抗战为分界是考察 1937 年到世纪末大中国文学版图的文学状况，而殖民地文学的提出，可以更全面地考察中国 20 世纪文学运行的状况及其特点。这正是笔者所追求的文学史理论的创新与突破。

第一部分完成于 2015 年 9 月 10 日，初刊《同济大学学报》（社科版）2015 年第 5 期；第二部分完成于 2016 年 3 月，初刊《文学评论》2016 年第 6 期；编入《陈思和文集》；获 2018 年第七届鲁迅文学奖和上海市第 14 届哲学社会科学优秀成果奖论文类一等奖

编写中国当代文学史的几个问题

中国 20 世纪文学是一个开放性的整体，1949 年以后的文学只是其整体发展过程中的一个阶段，这是中国"五四"以来的新文学运动发展到社会主义历史阶段以后产生的文学现象和文学过程，它延续了"五四"以来的新文学传统。但在新的历史条件下，由于中国目前尚处于社会主义初级阶段，许多未来社会的理想还有待于在实践中以科学态度和科学方法来检验，所以，反映了这一历史阶段精神特征的中国文学充满了曲折和不稳定性，它始终具有与社会生活实践保持同步探索的性质。对这个历史阶段文学史的研究和教学，首先应该注意到它的开放性与整体性两大特点。所谓开放性，即它并不是一个形态完整的封闭型学科，无论是"五四"以来的文学，还是 1949 年以来的文学，时间上都缺乏明确的下限界定，也就是说，我们今天并没有让这门学科完全脱离现实环境的影响，把它放在实验室里做远距离的客观的观察。对这门学科的考察和研究，始终受到现实环境的制约。所谓整体性，是指这一历史阶段的文学与 20 世纪前半叶的中国大陆文学、与由于政治原因暂时还分裂成另一个特殊行政区域的台湾地区文学，与殖民化了一个多世纪于今终于回归的香港、澳门地区的文学，构成一个完整的、难以分割的文学整体现象，但目前它却无法沟通、涵盖这些文学现象。前一特点使这门学科具有不确定的特性，它没有经典的作品和经典的解释，这就容许研究者的主体意识对学科的积极注入，容许研究方法上的多和可能性存在；后一特点又使其具有"局限性"的特征，如果我们忽略了对 20 世纪前半叶中国文学的关注，对当代文学的源头就会不甚了解；如果缺乏对台、港、澳文学的研究，对当代文学的评价和定位也会把握不准。所以，这不确定和不完整，是我们在研究中必须注意的。

文学史教学的三种对象和三个层面

中国 20 世纪文学（或称中国现当代文学），是教育部规定的二级学科，在全日制高校中文专业的专科和本科均是必修基础课程，并且设有中文学科硕士点和博士点；在非全日制高校的中文专业教育中也属必修课程。也就是说，中国 20 世纪文学史教学至少面对三种对象：（一）全日制高校中文专业的大专生、非中文专业的本科生和成人教育的中文专业学生（包括本科生）；（二）全日制高校中文专业的本科生；（三）全日制高校中国现代文学专业的硕博研究生。这三种层次的教学对象无论在教学要求、教学条件和培养目标上，都存在着很大的差别。这就要求我们从事这门学科教学的教育工作者应分清自己的教学对象，针对不同对象的具体要求和具体条件，设定这门学科的教学要求和方法。

中国 20 世纪文学史的构成也相应地具有三个层面。首先，它是以现代汉语来表达现代中国人的感情及其审美精神的文学，在使用语言方面，与以文言文为主要表达工具的古典文学截然不同。在古典文学中，也有使用白话为文学表达工具的作品，但这只是为了达到通俗易懂的目的，并不是出于表达者的审美精神需要。当现代文学通过提倡白话文而确立自身的美学规范时，不管有没有达到比较完美的水平，白话文已经不仅仅作为交流工具，更是作为文学的载体即审美形态而存在。20 世纪的人文学者仍然有人使用文言文著书立说、吟诗抒情，但现代汉语的美学规范已经作为主要的审美形式被确立。今天我们要提高整个民族的语言表达能力和语言素质，首先要读的是现代语言艺术大师们创作的文学作品，通过经由大师们艺术提炼的语言，来认识这个民族所拥有的美好情操和传统文化积淀。因此中国现当代文学作品不但深刻包容了中华民族由古典向现代化转型过程中的真切的心理折射，而且也体现出现代中国人所能达到的审美能力和情操。其次，中国 20 世纪文学史深刻反映了中国知识分子感应着时代变迁而激起的追求、奋斗和反思等精神需求，整个文学史的演变过程，除了美好的文学作品以外，还是一部可歌可泣的知识分子的梦想史、奋斗史和血泪史。他们以文学的方式参与了对这个时代的重铸和改造工作，仿佛一道幽黑深邃的夜幕，优秀的文学作品是嵌镶其上的闪闪星星，灿烂的星空是由星与空一起组成的，两者都不可能孤立地存在。因此，学好中国现当代文学史除了阅读优秀作品以外，还需要了解文学史的过程，也就是中国知识分子为追求国家和民族现代化的特殊的立场和方式。最后，中国 20 世纪文学史在本世纪所产生的历史意义不是孤立的，它是在中国由古典向现代转型的宏大社会历史背景下发生的，它与其他现代人文学科一起承担了知识分子人文传统重铸的责任和使命。中国士大夫的传统随着 20 世纪新的世界格局的形成而自崩，原来单一价值体系的士大夫庙堂政治文化向多元价值体系的现代知识分子的民间文化转移，知识分子在民间建立起各自的专业岗位，以确立新的价值立场和精神传统。这需要知识分子在长期的文化实践中慢慢形成，也包括他们一代代人用生命血泪换取的经验教训。不能说今天的知识分子已经建立并完善了自己赖以安身立命的人文传统，但各种现代人文专业学科的知识分子正在通过自己的努力，总结前人的经验，开启后来的探索。中国 20 世纪文学史的研究和总结，也同样包含了这样的意义和价值取向，它既融化在具体作家的复杂命运和作品的美学精神之中，又是抽象地体现在现代知识分子继往开来的精神传统之中，需要本专业的学生在学习与实践中超越职业性质的劳动岗位，慢慢地摸索知识分子的精神立场。所谓职业性质的劳动岗位，包含着知识分子依靠本专业的知识技术换取生活资料的生存前提，而后者，则属于精神层面，是知识分子理想的追求和人格的发展，一要生存，二要发展，隐含了这个学科与现代知识分子人格建设密切相关的联系。近二十年来中国 20 世纪文学学科的蓬勃发展，正是与这作品、过程和精神三位一体的学科结构分不开的。如果没有第一层面的优秀作品，文学史将失去存在的基础；如果没有第二层面的文学史过程，文学史将建立不起来；而如果没有第三层面的文学史精神，文学史将失去它的活的灵魂，也不会有今天的生气勃勃的繁荣。

　　面对教学对象的多元结构，中国 20 世纪文学史的三个层面并不需要同时进入特定的教学范围，它在学科自身的建设中，是一个自成一体的逻辑结构，需要有个循序渐进的过程。学习者如果没有阅读和了解 20 世纪中国文学的优秀作品，或者对其艺术内涵理解不深，那么，对文学史过程的学习也必然会缺乏感性的把握，难以真正学好文学史；同样，如果对文学史过程和作家命运缺乏全面的掌握和深刻的理解，也难以真正在专业领域里讨论知识分子的人文传统。因此，对于中国 20 世纪文学的多层面教学，正符合了这个学科内在建设的需要。具体地说，在对全日制高校中文专业的大专生、非中文专业的本科生和成人教育的中文专业学生（包括本科生）的教学中，可以突出对文学作品的阅读讲解，让学习者充分感受到现代汉语文学创作的魅力所在，从审美欣赏的层面上领悟现当代文学的存在价值。熟读作品，理解作家，能够如数家珍地举出上百篇现当代作家的作品，初步了解一些文学史知识，应该说就已经达到教学的要求。对于全日制高等院校的中文专业的本科学生来说，光读作品当然是不够的，还需要掌握这百年来整个文学发展的过程及其经验教训，掌握中国知识分子的整个追求、奋斗和反思的大致历程。虽然不需要很深入地思考这些问题，但应该对此有所了解和感悟。而在精神层面上的学习、感受、探讨，对现代知识分子人文传统的继往开来、薪尽火传，则可以作为中文专业的硕士和博士研究生在专业学习的同时深入思考的问题。

　　我对于整体的教学情况不太了解，但就工作中接触到的情况来看，以为中国 20 世纪文学（包括现代文学和当代文学这两门课）的三个层面在教学实践中常常混淆不清，如在对第一种教学对象的教学中，经常混淆了第一和第二层面的内容要求，既讲作品又讲文学史，本来文学史的过程包含了复杂的思想过程和历史过程，需要有一定的时间容量和知识积累才讲得清楚，但通常在这类课程里，却用简单的方式交待过去，结果不能让学生正确了解文学史的真相，反而容忍和传播了许多已经被历史证明错误了的理论观点和历史结论，对初学者正确掌握这门学科的知识性和科学性都有害无益。我觉得，与其不能透彻地讲解，还不如不去接触这些话题。同样，在对第二、第三种教学对象的训练上，也往往忽略了第二层面和第三层面的递进，在全日制中文专业本科生的教学中，只需要训练第二层面的文学史知识的掌握，而对于精神层面的经验总结，只需知其大概就行，不必做过多的讲解，因为本科学生的知识积累和思想积累都还有限，无法消化重大历史现象的内在意蕴，多讲了反而使其得鱼忘筌，津津乐道于所谓思想的"深刻"而影响了对文学史基础的掌握。而对于研究生特别是博士学位论文的研究指导，如果只注意技术层面的文学史知识而忽略通过专业来施行对研究者人格的培养和训练，那可能会使学生与专业的关系仅限于获取职业或文凭的手段，而激发不起对专业深沉的感情和生命的寄托，也体会不到其安身立命的重大意义，这样的学生尽管也能成为一名专业研究人才，但终究是第二义的研究工作者。

前面所说，中国 20 世纪文学是一个开放性的整体。作为一种国家、民族及其文化的现代化过程，它并没有随着世纪的更换而终结，所以，以"现代性"为研究特色的总体学术研究（有人提出应建立一门"现代学"的总学科来涵盖一切与"现代"有关的学科，以示与"古典学"的对立，我觉得正是反映了这一学术总趋势）并没有完成。20 世纪文学仅仅是现代文学的第一个阶段而已，它所隐含的现代知识分子的人文传统，仿佛是一道长长的河流，我们这几代研究者做的是疏通源流的工作，让传统之流从我们这些学者身上漫过，再带着我们的生命能量和学术信息，传递到以后的学者。这样通过以后几个世纪的知识分子的努力与实践，才可能总结出一种在现代社会环境下的人文传统，使知识分子找到一个既能发挥独特的专业知识特长，又能履行知识分子在现代社会环境下的社会责任的位置。现代文学仅仅是整个"现代性"总学科的一个组成部分，所以它不是一种固定的教条和技术性的知识，而是充满了人格魅力和发展可能，这给我们从事这门学科教学的工作者都带来较高的难度。如果我们能按不同教学对象，设定不同的结构层次来进行教学，这些困难就可以迎刃而解。第一种对象只需要让其多读好作品，增加对这门学科的感性认识；第二种对象需要进行文学史知识训练，从阅读作品的感性程度上升到对文学历史的理性掌握，并隐隐约约地感受到某种人文传统的承传意义；第三种对象才涉及精神层面的学术探讨，使其在高层次上获得思想的大解放和人格的大提升，以适应 21 世纪的人文学科建设需要。

关于文学史叙事的几个问题①

一、新与旧

有人说，这部教材让许多人觉得有"新"意。其实是老师觉得"新"，因为老师是针对了以前所接受的教育和所进行的教学经验而言的。但是对学生来说，他读什么作品，读什么文学史，是没有比较的。对他来说，文学史可能就是这样的。文学史说到底是一种解释，无所谓"新"与"旧"的对立，应该允许有各种各样不同风格的文学史存在。尤其是 1949 年以后的文学史，它作为一门学科真正建立大约只有近二三十年的历史，而且与这个时代的政治、社会的大改革大变动联系在一起。从 20 世纪 80 年代到 90 年代，每一次政治和社会经济改革的变动，都为文学提出了"新"的认识要求，有的变动甚至会改变对以往文学史的根本看法。在这一点上我很赞同许多老师的看法，当代文学作为一门"史"是不成熟的。但正因为不成熟，我们才有可能去

① "关于文学史叙事的几个问题"是一个会议发言稿。2000 年 8 月 17—20 日，复旦大学中文系与复旦大学出版社联合举办中国当代文学史教学交流会议，参加者均是来自全国各高校讲授中国当代文学的教师，会上讨论了中国当代文学教学中的一些问题。笔者分别在 18、20 日做两次发言，结合主编的《中国当代文学史教程》和会议的各种问题谈一些个人教学体会，本部分是根据两次发言录音整理的。

重写、去探索，才能允许我们去打破以前的文学史框架。说到底，以前的文学史框架、观念和大纲也是过渡性的、随发展而变化的。所以，教什么内容而不教什么内容，我们应该有更多的主动权。如果说，教外国文学不教莎士比亚和歌德，教古代文学不教李白和杜甫，教现代文学不教鲁迅，都是不对的。但就当代文学来说，历史还没有经典化的筛选，没有哪个作家和哪种理论是永垂不朽的。我们今天因为与时代隔得近，有时候会把个人的阅读经验看得很重要，但时代风气一变化，很多流行作品就不流行了，微不足道了。比如 20 世纪 80 年代初编的"当代文学史"往往要编上下卷或三卷，而且还不包括 80 年代中期以后的文学作品，并不是编进去的作家都很重要，而是因为时代太近没有办法进行筛选。如果按照这样的罗列法来编写，那么编到 20 世纪末起码要编六七卷，根本没有办法用来上课。所以，重写文学史也就是一个重新筛选的过程，要不断筛去有共性而没个性的作家作品，补充新的更能够体现时代特征的和有个性的作品。时代发展变化了，时间的容量大了，而历史上的内容只能减少不可能增加。我主编的《中国当代文学史教程》的困难就在这里，它的篇幅在编写时已经定下来了，只能是一卷，但内容不但要包含五十年的时间，还要发掘 50—70 年代的"潜在写作"，无论从时间到空间都扩大了。所以，与传统的当代文学史相比，我就不能不删去许多旧内容，这是很正常的。

二、叙述文学史的立场不能自相矛盾

我觉得，当代文学史内容的选择和解释，都应该根据现在对时代生活的认识而不能停留于历史上的认识。这次会上有老师提出为什么好作品都是冲破了当时的国家意识形态对文艺的控制，表达了作家个人情怀的作品，如潜在写作或民间文化的隐形结构。我想这也是很正常的。文学作品从来就离不开作家对生活的独立思考与个人命运的感受，时代精神只有通过个人命运来反映，才可能是文学创作。而 20 世纪 50—70 年代许多歌功颂德或者宣传政策的读物，在那时候虽然只能按当时的意识形态来理解，但不一定是正确的。一项政策的正确与否需要长期的实践检验，不能靠作家来预售进入天堂的门票。如 50 年代的农业合作化运动，本来是国家计划中的一项长期的社会主义改造运动，可是后来有些领导人头脑发热，就大干快上了，当时的农村工作部部长邓子恢被批评为"小脚女人"。结果怎样呢？在合作化运动中到底是谁犯了错误，现在看来很清楚了，实践早已证明了。可是当时不清楚，作家一窝蜂去写合作化，历史还没有证明的东西他们已经预言了，目的是为了宣传政策和教育农民。但有些作家自己心里也是明白的，所以才会有"中间人物"比英雄人物写得好，他们实际上对这批农民最同情、最理解，只是当时不敢说。如果我们觉得这些作品在今天还有意义，那就是通过对"中间人物"的塑造和描写，曲折地表达了广大农民的真实想法。这就是我所说的民间立场。因为作家在这一点上与广大农民的真实想法是相通的。我觉得我们今天讲课就应该讲作家是如何在宣传政策与民间立场之间复杂选择的。像《创业史》，柳青难道不了解农民的真实想法吗？他既要按照政策虚构梁生宝这样的英雄，又要写出梁三老汉来曲折传递农民的信息。但现在看来，这部小说的价值就是真实地写出了梁三老汉的复杂困境，作者在描写农民对土地的感情时寄予了极大的同情，而不是站在官方立场上对农民最神圣的感情持嘲笑的态度。合作化运动从改变私有制度和私有观念的理想来说当然是对的，可是这显然超出了当时中国的历史条件和农民的接受能力，成为一种乌托邦，结果是影响了生产力而不是提高了生产力，也违背了广大农民的根本利益。"文革"后经济改革政策首先是从农村责任田开始，撤销了人民公社，所以才会有高晓声的"漏斗户主"陈奂生的故事。我们讲文学史应该把历史前后发展贯穿起来，讲课的立场要统一，否则，讲50年代文学时就大讲梁生宝等当代英雄的正确性，讲80年代文学时又讲"漏斗户主"的命运变化，那就会把学生搞得稀里糊涂：既然梁生宝的道路是金光大道，那怎么会有"漏斗户主"？会有造不起屋的李顺大？小说《李双双小传》也有这个问题。李準是一位风格比较明亮的作家，他笔下的河南农村总是亮色居多，再加上图解政策，对生活的描写不能不是非现实主义的。所以我对小说《李双双小传》的内容不敢苟维。但它在采取民间艺术的营养和创作当代喜剧方面却有一定的意义。如果我们觉得今天在课堂里讲这些作品还有意义，在我看来，那就是刚才所举的作家的民间立场和民间审美形态。这些作品在当时都是图解错误农村政策的作品，如果作家没有民间立场和民间审美形态，那写出来的只是一种宣传品，它的宣传时效过去了，我们就应该把它们忘掉，不值得在文学史谈它们。如果我们从小说所歌颂的"大跃进"办食堂等内容上肯定了《李双双小传》，那么，同样是河南作家，我们如何来理解今天的作家如张一弓、刘震云等人写作的农村图景的真实性呢？学生就会问老师，到底哪一个河南农村图景是现实主义的？所以，只有充分揭露了50—70年代的文学创作在反映现实时的虚伪性和伪现实主义，才能让学生更好地理解中国的现实和中国今天的文学创作的真正意义。时代、社会以及生活的发展可能是充满矛盾的，但我们叙述文学史的立场不能自相矛盾，不能迁就历史上错误的观念，否则就不能说服学生。

三、历史在个人切身体会中获得理解

我主编的《中国当代文学史教程》之所以以解读文学作品为主型，是出于两种想法：一方面，文学作品的选择本身是不确定的，可以有多种组合，这样的文学史型一旦被认可，就可以出现多种选择的文学史，有无限生长变化的可能性；另一方面，一部文学史教给本科学生或专科学生的主要是阅读文学作品和分析作品艺术的能力，文学史知识可以通过对作品的分析来理解。这当然给老师提出了更高的要求。我觉得这是最实在的。文学史上的政治运动，在今天的环境下有些可以讲清楚，有些还不能彻底讲清楚，这些事关中国知识分子与现实政治、自身传统的大问题，对那些毫无生活经验的大学生很难讲清楚。要展示历史真相，我觉得最有效的办法是诉诸感性，让他们对什么是美的、什么是丑的有明确的分辨能力。在旧小说《说岳》里，王佐帮助岳飞去游说陆文龙，先要断臂让陆文龙同情他，再通过讲故事获得陆文龙的感情认同，然后才能说出真相，随即自刎，让陆文龙又一次产生感情上的震撼，幡然猛醒。其中讲故事一环，也就是我们的阅读作品。本科生和大专生可以通过阅读作品（尤其是阅读潜在写作的作品）来理解历史背景，了解中国知识分子的命运。以后如果他们进一步深造，攻读现当代文学专业的研究生，可以在这样的基础上来研究历史经验和知识分子的道路，不仅顺理成章，而且也能够获得比较实在的成果。历史不在个人切身体会之中，是很难真正理解的，这些人生经验需要一步一步地来获得，而感性的阅读作品和讲解作品是第一步。所以，我在文学史中尽量少写文学运动和文学论争，用正面介绍的方式向学生介绍有价值的东西，尽量少提没有价值或已经不再在今天生活中发生影响的东西，都是出于方便教学的目的，并不是我故意不讲历史背景。

四、尽量将学术思考放进文学史的教学中

不能用对立的观念来处理文学史理论。我们过去研究文学史的基本思路有一种战争文化思维在起作用，喜欢强调几大斗争、几大运动，以及双方的理论观点等。从思维特点来说就是二元对立模式。比如：学术/教学就是一个对立范畴，以为学术上可以自由讨论的东西不宜在课堂里讲授；还有民间/国家也是一个对立范畴，似乎一谈民间立场就是淡化国家立场；等等。我编这部文学史，尝试的目标之一，就是要沟通和消除二元对立的简单化思路。为什么学术研究的成果不能进入教学？这种思维的潜在台词是不信任当前的学术研究，认为学术研究是探索性的，而教育需要稳定性。这种思维定式造成的后果就是教育严重脱离学术，成为一种没有生命力激荡的陈腐教条。我们培养的大学生，特别是师范大学和师范专科的学生，如果不能在接受高等教育期间培养起独立思考的能力和激发起关心学术、投身学术研究的热情，反而把他们接受教育的过程与学术发展分离开来，当这一批大学生将来走上学术、编辑、教学等工作岗位以后，如何来推动学术的进一步发展？学术是有传统的，需要一代一代学人前赴后继。不断将新的生命信息夹杂着时代信息带进学术传统，使学术传统丰富起来。我们身处的现当代文学的研究传统就比二十年前严家炎老师、樊骏老师一代所身处的学术传统资源要丰富得多，因为我们正是在他们的成果基础上发展起来的，并融入了我们这个时代的经验。现在张新颖一代身处的学术传统显然比我们更丰富，道理也是一样。但如果我们自觉地将学生的教育与学术隔离开来，结果是学生每提高一级就要脱胎换骨一次，从高中到大学，必须完全扭转中学教育所灌输的内容，将来考上研究生，又必须换一次"脑筋"，甚至硕士到博士也会有这些差距，学生戏说这是"洗脑"。这样的教学方式不仅浪费了学生宝贵的青春时间，而且可能会给他们以后的学术研究造成混乱。当然，学术研究本身具有探索性，并非传播真理，也需要经过时间与实践的检验，教育工作需要的是相对成熟、被实践检验证明是正确的学术成果。这里确实存在着一些矛盾，但这一矛盾在1949年以后的文学史教学中恰恰表现得不一样。因为当代文学这门学科本身只有二十来年的历史，而且始终随着时代政治的发展而变化，即使已经编入文学史著作的教学内容和学术结论，也很难说经得起时间与实践的检验，很难说是成熟和准确的。相反，倒是随着学术研究的深入，愈加暴露其错误，过时的学术结论也是必须废除的。这门课本身具有探索性质，我每次上课前就告诉学生，这门课本来就没有什么定论的东西，一切需要我们大胆探索，独立思考，让我们用教学与学术研究来参与当代文学建设，推动当代文学发展。探索性就是这门课的特点。我编这本文学史的一个努力，就是尽量将学术思考放进文学史，使研究与教学结合起来。这自然会冲破或动摇现存教学中的一些陈旧规范，但如果不这么做，不但学术研究不会进步，把一些僵化的或无用的甚至错误的文学史知识教给学生，就是误人子弟。许多老师都说这本书应该给研究生读或专家读，现在教学生还是太艰深，我想很可能这也是我们自己预设的一个前提，因为我们对"教育"已经有了设定的内容。我编这本书，正是设想给本科或本科以下的大学生读的，让他们一开始就接触更多的好作品，学会解读作品和分辨艺术美的能力，以此来改变今天当代文学教学的面貌。所以我处处注意到了叙述的分寸感，尽可能用比较中性的、客观的理论话语来解释当代文学现象，使学生尽可能客观地了解当代文学的真相是什么。这项工作要依靠广大老师的理解和共同努力，这也是我的一点心愿。

　　还有，关于民间立场与民间文化形态等问题，我觉得有必要澄清的是，在 20 世纪 50—70 年代的文学创作中，民间与官方并不是二元对立的范畴，中国从未有过脱离了国家主流意识形态的民间，没有绝对的民间。我只说过民间具有非官方的性质，也有藏污纳垢的特点。强调作家的民间立场是为了更好地理解作品的复杂形态，解释作家的创作心理和美学风格追求。有位老师问：你强调民间，那怎么讲官方的文学呢？我觉得不存在这个问题。我只是分析文学作品的民间特点，从中挖掘作品的艺术价值，并不否认这些作品也是宣扬国家主流意识形态的作品。其实在 50—70 年代公开发表的创作都是官方文学，难道《在桥梁工地上》《组织部来了个年轻人》不是官方文学吗？难道"双百"方针不是官方意志吗？任何时代占统治的思想总是统治阶级的思想，怎么可能有脱离了官方意识形态控制的公开文学呢？但文学不是宣传品，一些刻意的宣传品（如歌颂各项政策的文学）都不会在文学史有一席之地。我要分析的是这样一种复杂现象：它既是宣传主流意识形态的作品，又产生了艺术的作用，使广大老百姓喜闻乐见，这两种现象同时产生在一部作品里。我分析《李双双小传》的民间艺术形式，分析《三家巷》《林海雪原》《山乡巨变》等小说时，着重分析的是作家们如何运用民间隐形结构，这都是在分析当时主流意识形态的作品的艺术存在的可能性。这就好像我们在分析古典文学名著时，也会注意到作品有封建性的糟粕与民主性的精华，但不是说那些名著就不是封建时代的作品，就没有封建时代的主流意识。所以，不要一讲民间就以为是与国家对立，难道国家不应该代表最广大人民的利益吗？不应该考虑民间立场吗？强调 50—70 年代的民间因素，就是要强调文化的多层次性。文学不是简单地宣传国家意识形态，它作为一种创作文本，应该是多种话语的结合，既有国家意识形态的内容，也有知识分子的独立思考，也有民间立场的阐释。这样我们才能把握文学所拥有的多种阐释的可能性。

　　要消除二元对立的思维模式，我认为首先要尽可能地使当代文学史学科化，以尽可能客观的态度来研究这段历史和文学。我所做的尝试就是努力将多种立场尽可能客观地并置在同一层面进行比较和展示，这样才能使我们的当代文学史摆脱单调和贫乏，变得丰富起来。我在讲述 20 世纪 50—70 年代文学时引进潜在写作与民间话语，都是为了更加充分和丰富地展现中国当代文学的真实面貌，这当然会在一定程度上淡化原来只强调主流作品和只强调它们的政治宣传功能，我觉得这不是当代文学的损失，而是还原了当代文学史上真正的知识分子的心声和立场，使我们身处世纪末的青年读者能够更加理解和亲近那个时代的文学，把历史的文学与现实的文学自然连接起来。当然这些只是我在主编文学史时的一些不成熟的想法，仅供大家参考。

　　　　本文第一部分"文学史教学的三种对象和三个层面"选自笔者主编的《中国当代文学史教程》"前言"的第一节，编入《思和文存》和《陈思和文集》；第二部分"关于文学史叙事的几个问题"，初刊《郑州大学学报》2001 年第 2 期

第 四 辑

还原民间：读张炜的《九月寓言》

李先锋①兄：

今年沪上特别的热，为了躲开暑气，我先后去了庐山和北京。可是躲了炎热却躲不了你的盛情，就在两次旅行之间收到了你的第二次催稿。说实话，我那时还没有开始读《九月寓言》，只是听了几位爱好文学、眼光又比较挑剔的朋友对它的赞扬。这回是带了那一期《收获》登上北行列车，在穿越齐鲁、华北平原之际我第一次读完了它，窗外茫茫雾气，挟着清香扑鼻而来，似与内心中的茫然连成一片，我感到了茫然。

张炜终也不是写《古船》的张炜了。几年前我曾在一篇通信里谈过《古船》，它无疑是当代长篇小说中的杰作，但若以更高的境界苛评，我认为张炜写《古船》写得太用心思，似恨不得将几年来读书思考的结果都倾注到小说构思中去，大有"精锐倾尽"之感。《古船》对中国历史文化的钻研与总结是相当深刻的，但一部艺术作品立意太深刻、太显露，使人在承受了沉重的理性负荷以后，反倒无暇去体会那语词气韵的生动了……我记忆中突然冒出对《古船》的如许评价完全是有感而生，因为在《九月寓言》里，张炜脱胎换骨似的变了个样，他绘出了一幅别开生面的艺术风情：一样的写小村历史，一样的写封

_____

① 李先锋，文学评论家，曾担任山东作协主办的《文学评论家》刊物的主编。

建意识对人性的压抑，甚至也一样的写农村的民不聊生，可是《九月寓言》让人有说不出的轻松与畅通感，再也没有了通常读长篇时伴有的心灵上不胜沉重之压力，再也没有了对历史与现状无以摆脱的殚精毕力之纠缠，只觉得遥远处传来一支无词的山歌，悦耳好听，却道不出所以然来。

在北京，我一直断断续续地翻阅着这部作品，努力从团团雾气中分辨出这个小村的轮廓。回到上海后，我再一次细细地读了，并与《古船》做了对照。这时候我才彻底认清了自己预设的阅读情绪的错误。若以传统经验论，长篇小说总以内容的厚重取胜，评论者旨在开掘小说通过形象说出了些什么。读《古船》即是很典型的一例。但在《九月寓言》里，一切意蕴尽在叙事话语之中，无须再去寻找微言大义。"九月寓言"，只不过是讲一则则发生在九月田野里的故事，这里所谓的"寓言"，恐也不是通常百科全书中所解释的"以简单短小的形式讲一个有教诲意义的故事"，或可以反过来理解，它只是将繁复的世界和玄奥的意义还原为一个简单的形式，使其民间艺术化。再说得白些，是将通常被认为是真理的东西虚拟化了。这就是"寓言"的功效，至于它有没有教诲之意还在其次，至少在这部小说里是很微不足道的。

小村历史本身就是一则寓言。作者将叙述时间的起点置于十几年后的某一天，村姑肥与丈夫挺芳重返小村遗址，面对着一片燃烧的荒草和游荡的鼹鼠，面对着小村遗留下的废弃碾盘（肥曾经在碾盘上受到小村青年龙眼的强暴），肥成了小村故事的唯一见证，其他一切都消失殆尽。第一章里，作家似采用了肥与挺芳的视角来回忆往事，但自第二章始，作家成为一个独立的叙事者，正式插入故事场景，由回忆带来的真实感逐渐为寓言的虚拟化所取代。小说的结尾处，作家不再回复到叙述的起点，而是结束于小村故事的终点：在一场地下煤矿塌方，也就是肥背叛小村祖训，与工区青年挺芳私奔的时刻，一个神话般的奇景突然出现：

　　无边的绿蔓呼呼燃烧起来，大地成了一片火海。

一匹健壮的宝驹甩动鬃毛，声声嘶鸣，尥起长腿在火海里奔驰。它的毛色与大火的颜色一样，与早晨的太阳也一样。"天哩，一个……精灵！"

无法判断这个结尾的真相是什么，因为小村故事至此完全被寓言化了，由传说始，由寓言终，当事人的回忆在缠绵语句中变得又细腻又动听，仿佛是老年人说古，往昔今日未来成混沌一片，时间在其中失去了作用。

既然小村历史被浓缩成一则硕大的寓言，时间就不再起作用，人们不会去追究一则寓言的时间背景。这并不是说，小村故事缺乏时间概念，而是作家故意淡化了这一叙事的重要因素。我在列车上初读这部小说时，曾粗粗画过小村历史的时间表，尽管作家闪烁其词，毕竟从人物的绰号（如"红小兵"），或从个别村社活动（如"忆苦"），以及一些社会职业（如"赤脚医生"），大致可猜测其背景当在"文革"后期，即20世纪70年代中期，小说中有两个时间是比较明确的，一是作家的叙述时间起点，即肥与挺芳重返小村遗址，开始推出"十几年前"的回忆。另一个是肥回忆小村故事的叙事时间起点：那一年九月的一个晚上。"那一年"红小兵是60岁，他女儿赶鹦是19岁，村姑肥为逃避"赤脚医生"的纠缠，开始加入村里少男少女的游荡队伍，开始了每夜在田野里奔跑的游戏。假如我们以作家创作这部小说的时间为小说叙述时间的起点，即80年代末。那么，由此推出的"十几年前"的叙事时间起点，当是70年代上半期，与小说提供的"赤脚医生""红小兵"等词语概念相吻合。小说中的"那一年"（叙事时间起点）一旦确定，就可以推出一系列的故事时间：小村被发现地下矿，并开始受到工区"工人拣鸡儿"的侵扰，大约也是70年代初或更早一些的时间；而庆余流浪到小村，被金祥接纳，并生下年九，应是50年代末的事情；而庆余烙煎饼，金祥千里买鏊子（一种平底锅儿）的故事，似发生在60年代初；而独眼义士与大脚肥肩这段长达30年的恩怨，可以追溯到40年代；露筋和闪婆的野合则要更早些，大约是30

年代初的时候，而小村历史的结束，地下煤矿塌方，龙眼压死，肥出逃的时间，也就是 70 年代中期。这个时间表相当有意思，它透露了小村的故事时间大致是 20 世纪 30 年代初到 70 年代末，正与《古船》的故事时间重合。但是我们把洼狸镇历史与小村历史略作一比，就不难找出张炜在这部小说叙事中的新的尝试。

《古船》与《九月寓言》的根本差别是在历史与寓言的差异上。故事是由时间构成的，而时间又具体体现在历史事件的排列中，所以一部"史诗"性的长篇作品，不能不将故事发展印证历史事件，在印证中获得自身的存在。在这一点上，《古船》是典范之作。《古船》的人物命运、家族命运，以至洼狸镇的命运，无不一一与重大历史事件相合，曲折地反映了四十多年的中国政治的发展轨迹。张炜在小说中显示了非凡的把握中国社会历史的能力，并能融会贯通，但就小说而言，人物与情节毕竟成了历史的注脚。也许正因为小说被笼上了这个巨大的辔勒，才使他写得那么的沉重。而在《九月寓言》，其妙处、奇处就在历史被隐没在云雾里，似有似无，人物与故事摆脱了历史事件的束缚而呈现出空前的自由。由于叙事中抽去了作为时间参照的历史事件背景，所以前面列出的故事时间表变得毫无意义。用小说中一句现成的话来说，那就是"那时候的事情就像在眼前一样"。几十年前的事，十几年前的事，与叙事时间的现在时态，完全可以在同一叙事空间中展现。招之即来，挥之则去。这种自由的叙事时间甚至也不同于以往小说中所谓的意识流和时间倒错，譬如《布礼》《蝴蝶》的叙事时间自然也是颠三倒四的，但故事年代的先后依然很清楚，不过是交错着写而已，《九月寓言》则表明了作家不但在创作中没有一个清晰的时间意识（即现在、过去、未来之间的明确关系），而且在叙事过程中，有意地抹杀时间的差异。随手可以举一个现成的例子，第二章写庆余在草垛里遭金友强暴，让少白头龙眼无意中撞见。按书中提供的时间来看，大约为 20 世纪 50 年代末的事情，而少白头龙眼直到 70 年代还追求肥，并在碾盘上对她施暴的时候，才"十七八岁"。时间上显然不可能。因而只能说这部小说叙事上采用了寓言的某些特征，不是时间倒错，而是走向无时间性。

我以为无时间性不仅仅是指一些在叙事上能够完全不依从其故事顺序的孤立事件，它还应包括一些故意摆脱了历史参照系的事件，诸如"寓言"中经常出现的"很久以前""从前……""古时候……"等等不确定的时间概念，或者尽管有"在春秋时代……"，但其故事本身内容与这个时代特征游离开去，互不相关。这一特征在《九月寓言》里表现得相当明显。如果我们根据前面所列的时间表去细细分析，不难看出，时代对故事依然投入了某种阴影，或者说，作家在写故事时也或多或少摄下了时代的痕迹。小说第六章"首领之家"，集中写村长赖牙一家的故事，本可以像《古船》中的四爷爷，成为某种统治者淫威的象征，再加之第五章写刘干挣觊觎赖牙的地位而发动"政变"，若放在 20 世纪 70 年代初的中国政治社会背景下去理解，可以找出许多微言大义。但作家显然是有意回避了这类影射，他在赖牙与大脚肥肩的家庭生活中，插入了两个故事，一个是大脚肥肩虐待儿媳的惨剧，另一个是独眼义士 30 年寻妻的缠绵佳话，这两个故事自然也着眼描写大脚肥肩的狠毒、刁辣、薄情以及可怕的心理变态，但更主要的作用是把一个本来含有政治历史内涵的家庭故事消解在民间传奇之中，甚至连刘干挣"起事"失败、屠宰手方起自裁的描写，也含有了几分民间喜谑的成分。我读到这些章节时，自然联想起前不久刚读过刘震云的《故乡天下黄花》，书中也多次写到了村政权的争斗，若对照两者不同的叙事方式，也许对《九月寓言》会有更清晰的理解。再者，小说第二章写庆余烙煎饼的故事，也暗示了 60 年代初"自然灾害"在农村造成的可怕后果（不知尔是否注意到，小说在"忆苦"一个场面里也隐约提到此事），但这个故事的现实主义悲剧很快又被金祥千里买鏊子的传奇所冲淡，后一个传奇可说是无时间性的，插入其中的作用，只是淡化了故事本身的历史背景。从这里我们都能体会到，不是小说没有故事时间，而是作家采用了寓言的写法，一次又一次地在故事时间中插入无时间性的叙事，把故事从历史背景的阴影下扯拉开去，扯拉得远远的，于是小村历史游离人们通常认为的中国历史轨迹，展示出无拘无束的自身魅力。

依传统的现实主义眼光，长篇小说的魅力在于深刻地展示了社会历史的某种本质，这已为以往文学史上大多数作品所证明。但人们很少注意与这一定论相关的另一问题，即对社会历史本质的共识，或者说，衡量艺术反映社会历史真实性与深刻性的某种尺度，都不能不受到国家意识形态的影响。前几年流行的寻根文学，正是为了摆脱这种巨大影响，而不得不借助神话和荒诞，企图以非现实形态来矫正、淡化以至摆脱这意识形态化了的现实主义。《九月寓言》的成功在于它以寓言的虚拟形态来取代非现实形态，从叙事意义上说它依然是现实主义的。由于摆脱了时间对故事的约束，也就是摆脱了作为时间物化的历史事件对故事的辔勒，因此它的魅力只能来自故事本身。我们不妨分析一下，构成《九月寓言》的故事系列，大致有三个部分：一是传说中的小村故事，一是现实中的小村故事，一是民间口头创作。第一部分带有浓厚的民间传奇色彩，如露筋与闪婆野合的故事、金祥千里买鳖的故事等等。第三部分主要是通过人物之口转述出来的历史故事，明显经过了叙述者主观的夸张与变形，成为口头创作文本，诸如金祥忆苦、独眼义士30年寻妻传奇等等。这两部分故事大都流传在小村人的口头传播之中，不可考实。若孤立地看，一个个故事是民间文学的典型材料，它们中有些故事与国家意识形态毫无关系，也有一些故事虽出于意识形态的需要（如忆苦），但已经经过了叙述者的艺术加工，使之民间化了。只有在第二部分即描写现实中的小村故事里，我们才能看到中国20世纪70年代农村的许多真相，但由于它是以寓言的形态出现，小村故事终于淡化了国家权威的痕迹，成为一个自在、完整的民间社会。

我觉得小说关于小村来历的传说很有意思：相传小村人的祖先是一种鱼，叫鲹鲅，这是海里的一种毒鱼，谁都不敢去碰它。其实，"鲹鲅"只是"停吧"之音的误传，小村的历史起源于流浪人，他们从四面八方逃难到平原上，感到了疲惫不堪，于是一迭声地喊：停吧、停吧，就这么安下小村来。所以小村社会形成于某种无政府状态，尽管经过了几代人的传宗接代，繁衍香火，小村人在文化心理上依然向往着无拘无束的田野流浪生活。且不说所有来自民间的传说都与流浪有关，即便在小村人的生活中，一种没有目的的奔跑意象，总是洋溢着青春蓬勃的生命力。然而一旦"奔跑"的意象转化为"停吧"（鲹鲅）的意象，便是善良渐退，邪恶滋生，兽欲开始取代人性力量，于是有了男人摧残婆娘，恶婆虐杀儿媳妇，也有了男人间的自相残害。小村的历史就是一个寓言，有人性与兽性的搏斗，有善良与邪恶的冲突，也有保守与愚昧对人的生存进程的阻碍，一切冲突都可归结为"奔跑"与"停吧"的意象。小村最终在工业开发的炮声中崩溃、瓦解、消失，正如一个人物叹息：世事变了，小村又一次面临绝境，又该像老一辈人那样开始一场迁徙了。"鲹鲅"时代行将结束，小村人将在灾难中重归大地母亲，在流动中重新激起蓬勃的生命力。结尾时的宝驹腾飞，或可以说是小村寓言的最高意象。

在《九月寓言》里，小村的社会并不是一个正常的国家权威统治下的社会形态，尽管它也留下一些时代的痕迹。假如我们用分析正常国家制度下的社会形态的方法去分析小村，就会觉得这样做太无趣了。小村故事反映了一个典型的民间社会形态，它的文化始终处于主流文化之外，这就是当地人把"工人阶级"称作"工人拣鸡儿"的文化心理。小村并不是一个通常所说的"封闭"社会，但它是一个自在自为的社会，它的文化形态是由主流文化之外的民间文化、传统以及口头创作所构成的。在中国广袤的大地上，成群的少男少女在星光下奔跑，他们欢腾、喧闹、寻欢作乐，无拘无束，这也是一种文化，是属于年轻人的文化，任何道德伦理都束缚不了他们。我想，小村拥有的自由感，正是来源于这样一种文化。面对这样一种自由自在、不受任何权威束缚的文化形态，作家的心态会不自由无碍吗？作家的情绪会不热情奔放吗？请问一下张炜吧，我想他创作小村故事时的心情一定要比写洼狸镇故事轻松得多、欢欣得多。小说的叙事语言洋溢着强烈的抒情性，许多片段细细念了，就好像是一首首悦耳的诗歌。我甚至想说，《九月寓言》同样称得上是史诗，不过与传统的"史诗"不同，它唱出了一首瑰丽无比的土地的歌、民间的歌。

我前些天为《文汇报》写了一篇论述新历史小说①的短文，我发现这一类历史小说的成功秘密，也在于作家们开拓了民间社会的新领域。由于作家所写的是国家意识形态所不及的社会领域，无论是来自民间的文化，还是作家们进入这一领域的创作心态，都有一股强烈的自由感扑面而来，读莫言的《红高粱》，读苏童的《米》，甚至读王朔关于黑道社会的小说，我们不正是从这里获得了一种前所未有的满足感么？张炜的《九月寓言》又一次为我们提供了关于民间社会的经典性作品。我想，这个题目将会越来越引起创作界与理论界的注意。

关于《九月寓言》的感受还有不少，一时也写不完，你催稿又急，容不了我仔细消化，只能先写出一些主要的想法，以后再做进一步探讨吧。即颂

夏安

陈思和

1992 年 8 月 20 日于上海新亚公寓；初刊《文学评论家》1992 年第 6 期，编入《思和文存》和《陈思和文集》

---

① 可参阅拙文《关于"新历史小说"》，初刊《文汇报》1992 年 9 月 2 日，后载编年体文集《鸡鸣风雨》，学林出版社 1994 年版，第 80 – 86 页。

营造精神之塔：论王安忆 20 世纪 90 年代初的小说创作

20 世纪 90 年代以来，王安忆总是用一些比较特别的词来解释小说创作：抽象、虚构……心灵世界，似乎急于把她的小说与具体、纪实、现实世界区别开来；同时，她又一再重申，自己正从事着"世界观的重建工作"[1]，并声称自己的小说为"创造世界方法之一种"[2]。在一次谈话里，王安忆宣称，她的世界观、人生观和艺术观已经很成熟了。[3]这些自我宣言伴随着她一系列既密集又重大的小说创作，传递出中国当代精神领域一个不容忽视的信息：在 90 年代文学界的知识分子人文精神普遍疲软的状态下，在相当一部分有所作为的作家放弃了 80 年代的精英立场，主动转向民间世界，从大地升腾起的天地元气中吸取与现实抗衡的力量时，在大部分作家在文化边缘的生存环境中用个人性话语来表达自己的感受时，仍然有人高擎起纯粹的精粹的旗帜，尝试着知识分子精神上自我救赎的努力。这种努力在现实层面上采取了低调的姿态：它回避与现实世界的直接冲突，却以张扬个人的精神世界来拒绝现实世界的侵犯，重新捡拾起被时代碾碎了的知识分子的精神话语。这项不为人注意的巨大精神工程，对王安忆来说似乎是自觉的，

---

① 王安忆：《近日创作谈》，载《乘火车旅行》，中国华侨出版社 1995 年版，第 38 页。
② 王安忆《纪实和虚构》一书的副标题。
③ 《王安忆：轻浮时代会有严肃的话题吗？》，或陈思和等：《理解九十年代》，人民文学出版社 1996 年版，第 48 页。

是她自由选择的结果，为此，她也体尝了力不胜任的代价。

1990 年冬，王安忆发表了搁笔整整一年后创作的小说《叔叔的故事》。这搁笔的一年，后来被她称为"这十年中思想与感情最活跃最饱满的时期"[①]。是生活的严峻性粉碎了她原有的肤浅的人生观，逼使她重新思考面对生活的态度，也就是进行一种"世界观的重建工作"。这一尝试性的工作使王安忆获得了成功，她完成了继 1985 年发表《小鲍庄》以来个人创作道路上最重要的一次转机，精神与创作的危机被克服了，新的叙事风格正在形成，由此，短短的几年里她迅速建立起小说创作的新诗学。

几乎所有关于《叔叔的故事》的评论都注意到小说叙事方式的变化，其实元小说或者后设性小说叙事的方法，早在《叔叔的故事》以前就被人运用了。在我看来，以公布虚构技巧以及自我拆解的诚实来结构小说，并不能真正为小说自身的美学价值提供新的因素。叙事形式的研究，应该有助于具体作品的艺术品位和精神内涵的提升，即与小说的诗学原则结合起来，才会真正有价值。那么，王安忆的新诗学是什么？她曾以惊世骇俗的姿态宣布了自己的四条宣言：一、不要特殊环境特殊人物；二、不要材料太多；三、不要语言的风格化；四、不要独特性。王安忆所追求的新的小说诗学，似乎正是建立在一般小说艺术规律的反面，那势必要冒很大的风险：不仅与 20 世纪 80 年代中国小说叙事的整体风格相违，也不同于 90 年代出现在文化边缘区域的个人化叙事话语。她以知识分子群体传统的精神话语营造了一个客体世界，不是回避现实世界，也不是参与现实世界，而是一种重塑，以精神力量去粉碎、改造日渐平庸的客体世界，并将它吸收为精神之塔的建筑原材料。换一个通俗的说法，王安忆营造的精神之塔正是借用了现实世界的原材料，这就是她反复说要用纪实的材料来写虚构故事的本来意义。

王安忆不是一个理论家，她试图在理论上说明自己的艺术主张，

---

① 王安忆：《近日创作谈》，载《乘火车旅行》，第 38 页。

但总是词不达意。如上述四条"不"的文学主张，只有放在她的新的诗学原则里才能说明清楚。不要"特殊环境特殊人物"是指她放弃了传统艺术反映世界的方法，采取了另外一些人物塑造的方法——类型人物或者纪实性人物来与之对充。不要"材料太多"，哪来的材料，只能是客体世界的材料，这也将有碍于她的精神之塔的构建，因为在她看来艺术并不是要复制一个客体世界。这一条使她与20世纪80年代的自然主义色彩的个人风格告别了。不要"语言的风格化"，很容易被人误解成作家不要语言风格，如结合王安忆的其他文论体散文来看，她这里说的语言风格不是指作家的个人语言风格，而是指作品人物的语言个性化，这是第一条的补充，典型环境中的典型人物的标记之一就是语言的个性化，既然不需要人物的典型化，自然也无须人物的个性化，类型人物或纪实性的人物是无须用语言个性化来塑造的。此外还体现了王安忆的叙事需要，这座精神之塔是作家用语言构筑起来的，它首先需要的是语言风格的统一性和整体性，而不要让过于强烈的个性化语言来破坏这种统一。——以上三个"不要"，表明了作家自觉与传统叙事风格的分离，而第四"不要独特性"，则使她与同时代的叙事风格也划清了界限。90年代文学的整体叙事风格是从宏大的历史的叙事向"无名化"的个人性叙事转化，个人话语正是以强调个人经验的独特性来保护自己被同化的危险。而王安忆拒绝了这种"取巧的捷径"，拒绝独特性也就是拒绝以个人来与客体世界对抗的策略，反之，她的精神之塔正有赖于客体世界的材料，所以她又引进了"经验的真实性和逻辑的严密性"①。"经验的真实性"也就是经验的客观性，这不能由个人来承担，只能是知识分子群体的经验传统；"逻辑的严密性"在她的理解中，似乎正是客体世界自身的发展逻辑，不以作家个人的主观意志为转移的生活本相。这当然不是说王安忆取消了个人风格的独特性，而是以个人的精神立场吸取了知识分子群体的精神资源和涵盖了客体世界。

---

① 王安忆：《我的小说观》，载《王安忆自选集》第4卷，作家出版社1996年版，第332页。

王安忆在她的"四不要"中努力地寻找自己的叙事风格，一场转型中的叙事风格。尽管她对自己所要寻找的诗学并不十分清楚，但通过艰苦的创作实践，正在逐步地接近着这个理想的精神之塔。我用"精神之塔"这个词来取代王安忆自己所归纳的"心灵世界"，是因为我注意到王安忆对这精神构建中的时间因素的重视，王安忆的精神之塔是历史的而非现时的，是立体的而非平面的，精神自成一种传统，犹如耸立云间的尖塔，与务实而平面的世俗世界相对立，大到国家民族，小到一个城市，其悲剧性的历史命运都在精神之塔的观照下深刻地展示出来。本文试图通过对王安忆 20 世纪 90 年代初创作的几部小说的分析，一步步去接近她所建立起来的这座精神之塔。

20 世纪 90 年代初，王安忆连续发表了三部风格相近的中篇小说：《叔叔的故事》《歌星日本来》《乌托邦诗篇》①，这三部作品的创作时间前后不过半年，可以说是一气呵成的营造精神之塔的三部曲，分别以过去、现在和未来三个时间向度来重新整合 80 年代知识分子的精神传统。

《叔叔的故事》是从反省开始的，用王安忆的话说，是"对一个时代的总结与检讨"②，其反省对象是以作家"叔叔"为类型的知识分子叙事传统。反省不同于忏悔，20 世纪 80 年代以来的知识分子为推动社会进步尽了自己的最大努力，但这种努力带有与生俱来的先天性残疾。王安忆之所以不以典型化的方式来塑造"叔叔"，正是为了对这样一种不确定性作出反省：我们的历史从何而来？它在自身的发展中存在着什么问题？它给 90 年代的我们留下的教训又在哪里？这些探索是不可能寻到确定性答案的。作家匠心独运地利用后设小说的手法，公然拼凑出一部"叔叔"的历史，"叔叔"没有具体的名字和社会关系，甚至也不妨把他看作一个时代的人格化。他唯一拥有的作家身份，只是

① 本文所分析的这三部作品，均载《王安忆自选集》第 3 卷，作家出版社 1996 年版。文中所引均出自这个版本。
② 王安忆：《近日创作谈》，载《乘火车旅行》，第 39 页。

表明了一种历史叙事的性质，"叔叔"所有的历史内涵，可能都是通过"叔叔"和下一代的"我"的叙事来体现和完成的。所以说，"叔叔"不是一个艺术典型，而是某种类型的符号，涵盖了某个时代的知识分子的精神史。

《叔叔的故事》是在一个历史特定时刻发表的，王安忆在艺术创作中熔铸了自己的思考与感受，她说："它容纳了我许久以来最最饱满的情感与思想，它使我发现，我重新又回到了我的个人的经验世界里，这个经验世界是比以前更深层的，所以，其中有一些疼痛。疼痛源于何处？它和我们最要害的地方有关联。我剖到了身心深处的一点不忍卒睹的东西，我所以将它奉献出来，是为了让人们与我共同承担，从而减轻我的孤独与寂寞。"① 小说正是从疼痛的反省开始，叙事人"我"不仅完全获知了"叔叔"的全部故事，而且正是在"叔叔"的失败中领悟到叙事的需要。她反复强调了叔叔和叙事人"我"的两个警句：

> （"叔叔"的警句）原先我以为自己是幸运者，如今却发现不是。
>
> （"我"的警句）我一直以为自己是快乐的孩子，却忽然明白其实不是。

叙事人"我"不是作家王安忆的个人指称，他似乎也是一个类的代表，即代表20世纪90年代的一代人对历史的审视。"我"为什么发现自己并不快乐？作家没有说明，借助"叔叔"的故事来表达内心的一点寄托。于是"叔叔"成了傀儡和道具，"叔叔"发现自己并不是"幸运者"的被叙述，与叙事人暗示自己并不快乐的动机构成了某种因果关系。因此，探究"叔叔"为什么不是个幸运者，成了所有问题的关键。

---

① 王安忆：《〈神圣祭坛〉序》，载《乘火车旅行》，第43页。

作家一开始就告诉我们，关于"叔叔"的故事，一部分来源于叔叔自己的叙述，一部分来自传闻或某个心怀叵测的人的恶毒攻击，叙事人还直言不讳地承认有些地方出于他的加工编造，所以"叔叔"的故事其实是很不可靠的。"叔叔"的身份是作家，作为某个历史时期的叙事者，他的历史叙事也是很靠不住的。小说所提供的"叔叔"的精神特征，正是从揭穿原历史叙事的不可靠性着手，展示其以下几个特征：一是苦难神圣化，二是泛政治化，三是精神上的自我放纵。苦难是"叔叔"一代后来得以发达的光荣资本，也是这一代精神史的出发点。正因为它无比重要，所以在历史叙事中被夸大了和扭曲了。当然不能否定和遗忘"叔叔"这一代人所受过的苦难，只是从一开始"叔叔"们对苦难的叙事就包含了虚伪的成分，人类真正意义上的苦难史总是伴随着人自身的许多丑陋特征一起出现的，屈辱与耻辱往往只一步之遥。但在有关"叔叔"一代的苦难史的叙事中，灾祸仿佛总是从天而降，受难者被叙述为英雄或者圣徒，从而掩盖了许多真正值得反省的历史本相。当灾难过去以后，英雄和圣徒们并没有从苦难中获得多少教训，反而轻而易举地因苦难而获得天下，名利双收。由于没有深刻的反省，"叔叔"们在人格上总是缺少了一点什么，他们的叙事始终停留在政治和权力的层面上做文章，却很少与这个民族的真正命脉联系在一起。小说引入"文化寻根运动"，尽管对这场初步的"到民间去"的运动做了过于浪漫的褒扬，但文化上的分野已经存在了。"叔叔"对中国民间发生的事情非常隔膜，他"对世界的看法总是持一种现实的政治态度，国家与政治概括了整个世界"，他要自我掩饰过去的悲惨屈辱的真实历史，唯有把自己挂靠在宏大的国家政治叙事中才能天衣无缝。"泛政治化"是传统士大夫留给现代中国知识分子的胎记，王安忆没有在权力层次上观照"叔叔"们的身影，这样也许从深层意识中看到这一代的缺陷，"叔叔"的频频出国和对女性的频频征服，也可以看成另一种权力的象征。既疏离权力又疏离民间的知识分子，其心态和创作力出现危机是自然的，正如远离了生命之源缺乏健康的人会在自己身上拼命榨取生命的残汁，"叔叔"把生命力的自我证明放在异性身上也是必然的。于是"叔叔"的精神历程进入了第三个阶段：自我放纵。由于苦难的历史做了资本，由于权力话语掌握在他的手中，自我放纵则成了以往人性欠亏的正当弥补。小说中写了古典色彩的大姐、浪漫成性的小米和无数招之即来、挥之则去的现代女孩，其实都只是某种异性的符号，并没有血肉之躯的生命力。这些异性迅速消费"叔叔"日趋枯竭的精神能源，他的末日终于在淫佚过度中来临了。

我们从"叔叔"的故事中仿佛看到某种概括性很强的历史缩影：巨大的灾难和奇迹般的胜利，迅速的膨胀而造成自欺欺人、华而不实的英雄形象，以及同样迅速的自我放纵与腐化，危机终于爆发。这时"叔叔"们才恍然大悟：原来不该忘记的东西一样也没有消失，赫然在目的仍然是本质的丑陋。小说用两个参照系终于让"叔叔"们明白过来：一次是"叔叔"外访时想对一个德国女孩无礼而遭拒绝，他从女孩的眼中看到了"厌恶和鄙夷"，使他感到时光倒流，又回到了"那个小镇上的倒霉的自暴自弃的叔叔"；另一次是至关重要的，即他的儿子出现在他的眼前，一个集他人生中所有的卑贱、下流、委琐、屈辱的场面于一身的儿子大宝。本来以为人生的某些阴暗场面会随着辉煌的结局而被掩盖、被遗忘，英雄也有"摇尾乞食"的难处，很快就会消失在历史之中，可是大宝的出现却使"叔叔"颓然觉悟：他曾经有过狗一般的生涯，他还能如人那样骄傲地生活吗？自然主义作家王安忆在这儿又一次使用了遗传的武器，你能拒绝以往经验却不能拒绝你血缘上带来的儿子。这使人想起一部日本电影《人证》，讲的是辉煌的母亲为了拒绝以往经验而谋杀自己的儿子，而王安忆却让"叔叔"在一场战胜了儿子的准谋杀中意识到：将儿子打败的父亲还有什么希望可言？于是"一夜间变得白发苍苍"的"叔叔"终于想到：他再不能快乐了。我们注意到，这里作家悄悄换了一个词：快乐，本来这个词的失落是由叙事人"我"来感慨的，现在与"叔叔"们的不幸运混为一谈了。两个问题原来就是同一个问题："叔叔"们不再感到自己是幸运者，是他们与生俱来的丑陋与危机所决定的，而认识到这一点，"我"这一代也无从快乐起来。

　　从《叔叔的故事》开始，王安忆摆脱了个人经验的狭小范围，将自己融入一个广袤的精神领域，自觉担当起时代的"精神书记员"。出于自信，她在以后几部精神史的写作中，不再使用身份不明的人来担当叙事人，直截了当由自己充任了这个职责。《歌星日本来》里，她明说叙事人就叫王安忆，她丈夫也充当了其中一个人物；《乌托邦诗篇》里，她如实写进了自己访问美国的经历和创作《小鲍庄》（这是作家早期创作中最成功的一部作品）的体会，她自信个人的经验不再狭隘，不再是雯雯们自作多情的世界了，因为她的精神之塔已经深深铸刻上时代的印记，满溢了客体世界喧哗着的各种声音。

　　《歌星日本来》是对现时社会分化的纪实。如果说《叔叔的故事》涵盖了20世纪80年代到90年代的尖锐冲突和反省，那么《歌星日本来》则平实地描述了知识分子人文传统所面临的另一个挑战：市场经济对人文精神的皇冠——纯艺术的挑战。小说仍然运用叙事人的叙事方式，讲述一个间接听来的关于一个日籍歌星与内地小歌舞团联袂走穴的故事，叙事人与故事之间隔了两个人的转述，一个是单簧管手阿兴，一个是叙事人的丈夫，而这两个人物也带进来自己的故事，这样，故事与间接叙事人、直接叙事人的故事交错在一起，构成一个时代的多声部奏乐。王安忆写这部小说是在1990年底，计划经济向市场经济的大转轨高潮还没有真正到来，但某些文化价值观念的转变已经在内地城市悄悄地发生，首当其冲的是一些旧时代留下的文化陈迹。王安忆的敏锐与准确都是令人佩服的，即使在新的生活现象初露端倪以及被一些耸人听闻的舆论夸大其后果的时候，她的艺术形象几乎像一篇政论文一样，已经在深入地剖析这种文化现象的复杂意蕴了。她强调了内地小歌舞团体的不合理的建制，描绘了一个靠政治权力和群众运动的奇异结合而成的交响乐的普及运动。作家对此做出这样的命名：一个文化绝灭的时代，由于一个权势无边的女人的罗曼蒂克的嗜好，经过野路子的传播，终于合成了一次真正的交响乐运动。内地小歌舞团就成了罗曼蒂克时代的牺牲品，但是在狂热普及交响乐的运动中毕竟唤醒了许多音乐爱好者对艺术的追求热情，小说里的人物阿兴、叙事人的丈夫以及后来成大器的音乐家瞿小松，都被卷入了其中的行列。他们为了追求艺术奉献出自己最美丽的青春和梦想，当时代发生深刻变化时，这些交响乐的追随者们也发生了分化，自然有瞿小松那样的前程远大的幸运者，但更多的是阿兴和丈夫那样被碾到了时代巨轮之下的牺牲者。他们不仅将青春与梦想付之东流，更残酷的是，他们将目睹自己输败给一些极其粗鄙的商业"艺术"，正如那个在茫茫人海中悲怆地孤军作战的日籍歌星。王安忆说，这部小说是写"一个浪漫主义时代的结束"①。

王安忆没有像一般的不适应社会转型者那样断然拒绝市场经济，没有夸大这种日趋粗鄙化的文化危机，但她也并非像有些自以为是的弄潮儿那样公然放弃知识分子的人间情怀和对人文理想的追寻，这一点我们在接下去要分析的第三篇作品《乌托邦诗篇》里看得更为清楚。但从《歌星日本来》中，作家以个体精神对时代的穿透力仍然非常强有力地体现出来，这主要体现在对两个旧时代的牺牲者阿兴和丈夫的青春理想的深切悼亡之上。作品所透露的精神是低调的，但又是极其严肃的，有很多细节不忍卒读，饱含了作家强烈的抒情性。如有这样的一个细节：单簧管手阿兴白天吹着趋时的萨克管，到了晚上，"夜深人静，他悄悄地从床上爬起，也不开灯，摸到了放在窗下的单簧管盒子。他打开盒子，一件一件装好，手指揿着键，键钮发出轻快的嚓嚓声，在月光下烁烁作亮。他感觉到键钮在手指上的凉意，一阵彻心的酸楚涌上心头"。没有一点议论、一点暗示，悼亡的感情饱满地体现在具体的人物动作中。与《叔叔的故事》里那种透辟、抽象的议论不同，这部作品的大量议论中处处渗透了悼亡理想的细节。我们似乎没有必要在这儿讨论作家所悼亡的理想是否具有时代的价值，因为作家通篇都在揭露造成这种理想的虚伪性，可是文学是通过具体人物的命运来展示一般的，一旦着墨于个人的生命，谁又能说他们的青青、理想、梦就没有悼亡的价值？在时代的变更、社会的转型一系列走马灯似的

① 王安忆：《近日创作谈》，载《乘火车旅行》，第39－40页。

运转中，许多美丽的东西会失落掉，而文学就如叙事人王安忆所说的，只是个"拾海人"，弄潮儿不需要文学，拾海人才是属于文学的，王安忆的心灵世界里驱除了弄潮儿，才有可能在普遍轻浮的声浪里高高竖立起精神的灯塔。

走完了反省、悼亡的曲折路程以后，作家又写出她的精神三部曲的最后一部《乌托邦诗篇》，这是一部通向未来的启示录。精神蒙受重重磨难以后，终于从低调转向高亢，火山喷发似的变得势不可当。知识分子对自身精神传统的诘难和面对市场经济的挑战，不过是现代社会转型过程中的自我深化，或可以说是新型的现代知识分子诞生的前兆，并不意味着某些所谓后现代论者所断言的，知识分子应该顺着历史大潮而自我"消解"，放弃对精神传统的根本性依存。知识分子并不是现代经济生活中的某个阶级，它是人类源远流长的人文精神传统的派生体，它经过反省和悼亡两个阶段以后，必然会走向一个重建理想的新生阶段，这就是王安忆《乌托邦诗篇》的核心。精神是极为抽象的，小说作者必须找到一个美学的载体，才能充分地把它体现出来，于是，诗篇的叙事形式就成了精神所依存的美学载体。尽管没有明白地写出主人公的名字，但谁都知道"他这个人"是台湾作家、被看成社会良知的陈映真，但陈的故事仅仅是小说叙事的一部分，应该注意到，这部小说的另外一部分也很重要，那就是作家王安忆的精神自传，即她的访美引起的精神变异、创作中国经验的《小鲍庄》和重返黄土地寻根，这段时间大约也是 20 世纪 80 年代上半期到 90 年代初。[①] 以自己的精神发展历程与对陈映真为象征的理想主义的相知相印紧紧地结合在一起，谱写了知识分子理想之歌的五大乐章，这就构成了《乌托邦诗篇》的基本旋律。这部小说对《叔叔的故事》也是一次小说叙事的颠覆，人们刚刚适应了王安忆用类型的方法来表达时代精神之塔，而这一篇的叙事人"我"和被叙事的理想主义者陈映真都是具体的纪

---

① 王安忆 1984 年夏天与母亲茹志鹃一起参加美国的爱荷华国际写作中心活动，回国后创作《小鲍庄》，1985 年发表后引起轰动，1990 年春天去陕西深入生活，并在同年初重见陈映真，所以其叙事的时间范围应是 1984—1990 年的七年间。

实性人物，材料也完全是纪实的，可是他们之间建构起来的却是虚到不能再虚的精神指代——乌托邦。什么是乌托邦？这是自古以来的理想家都要用一大堆虚拟的材料来描述的，这篇小说却通过两个人物之间的精神呼唤缥缥缈缈地把它建立起来。这是《乌托邦诗篇》的独到的叙事方法。

许多读者会把这篇以怀念为主题的叙事作品看作是真人真事的抒情散文，但一般的个人性散文很难达到这部作品所饱含的精神高度，没有虚拟的精神乌托邦为制高点，就没有这首诗篇的价值。作家从一开始就说明，这部作品是诗而不是一般意义的小说，因为"我将'诗'划为文学的精神世界，而'小说'则是物质世界"。显然作家是把精神乌托邦也作为作品中的一个形象，而且是凌驾于"我"与陈映真之上的一个总体的艺术形象，就像文学名著中出现的"无形的角色"① 那样，小说借助了宗教的形象来达到自己的叙事意图。就在作家讲到她在那个时期创作《小鲍庄》的经验时，她忽略（也许是她根本没有意识到）了一个细节，那就是《小鲍庄》一开始就写了洪水的故事，小鲍庄的村民们因为祖先的罪孽而遭受天谴，主人公捞渣却如神之子，用无辜的牺牲来赎还原罪，使村民们改变了命运。② 但是，一个与《圣经》有关的神话故事的起始却成了这首诗篇的有意识的结构，作家是从巴比塔的宗教故事引出她对陈映真从事的理想主义事业的独特理解，紧接着她强调了一个警句，这是陈映真的身为牧师的父亲对儿子所说的：

> 首先，你是上帝的孩子；
>
> 其次，你是中国的孩子；

---

① "无形的角色"在中外许多文学名著中都是存在的，如现代剧《等待戈多》中的戈多，始终不曾出场。曹禺也曾说过，《雷雨》中的第九条好汉就是"雷雨"。也有更为抽象的角色，如《琼斯皇》里的鼓声，《复活》后半部指引聂赫留朵夫的《圣经》等。《乌托邦诗篇》中的无形的角色，应该属于后一类。

② 关于《小鲍庄》的主题，笔者有专文讨论，请参阅《双重叠影·深层象征——从〈小鲍庄〉谈王安忆的一种叙事技巧》，载《中国作家》2009 年第 1 期。

　　然后，啊，你是我的孩子。

　　"上帝的孩子"更为本质地制约了陈映真的艺术形象，这里作家的小说学原则又一次起了作用，她拒绝艺术的典型化的结果是淡化了人物形象的客观效应，从而使人物存在服从了作家主观精神的需要："上帝的孩子"高于纪实人物陈映真，王安忆也占领了一个精神的制高点。

　　陈映真与"叔叔"是同一时代的人物，"叔叔"是物质的、负面的，而陈映真是这一代知识分子的精神升华。我们从中外文学史上可以知道，在描述人类精神发展史的文学历程中，批判的阶段一般都能获得成功；而理想的阶段，大多作家都陷入到空洞的议论中，进而就失去了形象的感染力。其病就在乌托邦本身只是一种思想而不是一个形象，更不是艺术过程。而王安忆却将精神性的乌托邦当作一种有血有肉的形象来表达，叙事人王安忆的精神自传与陈映真的理想主义不断撞击出相知的火花，像惊心动魄的交响旋律，带领着人们穿越了五大阶段，这五大阶段本身就是一组组具体形象汇集而成的总体叙事形式。由"三角脸和小瘦丫头""看美国足球""做聪敏孩子""耶稣和信仰""感动"构成的五个乐章，总起来包含了这样一些意思：一、爱心，这是人类感情沟通的起点；二、理性，这种以拒绝盲目与平庸为特征的理性力量，是与中华民族与生俱来的苦难与忧郁紧密联系在一起的；三、民族，只有站在自己民族的立场上发现经验和实践理想，才能保证理想的不空洞；四、信仰，人都有自己的民族，唯信仰是跨越国界而全人类；五、感动，这是知识分子回到民间去重新寻求力量而生的感动，理想、信仰与民间不能分开。我想这正是王安忆面对20世纪90年代初种种困境的严肃思考，从形象的立场上展示了当代知识分子应该担当的社会使命和历史使命。这与张炜等站在民间的立场上发出知识分子的抗议，与90年代人文学者寻思人文精神失落的集体行动，完全是殊途同归的一种精神性行为。但王安忆有她的艺术逻辑，在五大乐章中，一个真正的理想主义英雄，高高地举起双手，握成了拳，做成鼓舞的欢乐的手势的形象，终于艺术地完成了，但这并不是真实的作家陈映真，也不是作家王安忆，这个形象恰恰是塑造了海峡两岸知识分子共同建构起来的一个追求理想主义的象征，也就是《乌托邦诗篇》的总形象。

王安忆在三部曲中一步步营造起来的精神之塔，绝不是封闭的象牙塔（尽管有时候她喜欢用"象牙塔"来形容思想的纯净性），而是及时包容汇集了社会转型过程中各种最主要的或者次要的声音，使这座精神之塔成为个人精神的纯净性与时代精神的丰富性紧密结合在一起的艺术表现对象。这与她从一开始就提出的新的小说诗学原则是相吻合的。那四个"不"的原则，不外乎要求打破传统的封闭型的艺术创作方法，这种传统只能使作家局限在个人对客体世界的狭隘经验里，她要求作家主体精神突破客体一般经验的限制，把个人性的精神世界变成为一种包容了时代、社会、历史以及不同时空范畴的开放性的叙事艺术，使主体精神突兀地插在读者与客体世界的中间。但这样一种艺术表达是相当冒险的，特别是当她自觉拒绝了艺术对"特殊环境和特殊人物"的依存关系后，她的读者不能不经受审美趣味上的考验。习惯了故事生动和人物性格鲜明的读者会抱怨王安忆的小说越来越难读，长篇累牍的议论越来越缺乏吸引力；甚至连一些专业评论家与文体研究者对王安忆的作品也失掉了耐心，专家们宁愿认可这些作品的档次很高，却对它们的艺术趣味保持怀疑。事实上是王安忆拒绝了小说媚俗化走向，也拒绝了19世纪以来基本左右了中国政治高层与大众共同审美习惯的现实主义传统，同时她又拒绝了以新潮小说为特征的技巧主义或趣味主义的艺术捷径，浑然地进行着一场很难获得大众的革命性的小说叙事实验。我想，作为一份对王安忆小说的研究报告，如何解释王安忆小说的艺术精神及其追求，将是一个绕不过去的问题。如果要从文学艺术的源流来看，王安忆小说叙事风格变化的主要特征，表现为以崇尚精神的奇特、怪诞与修辞的华丽，来打破一般流行的平庸、世俗和人情味的纪实风格。

20世纪90年代的中国文学处于一个走向"无名"的时代，不再有强大的"共名"来限定文学的趋向，但有一些基本的变化还是能够看得出来，即随着市场经济对文化的影响，80年代有关现代化进程的激情呼唤渐渐转化为对日常生活琐碎欲望的表达，尽管在物质上还远远达不到狂欢的心情，但在肉欲享乐方面的渴望及其无法达到而生的种种玩世态度，都消解了诗情的力量，在叙事风格上，则体现为平实而琐碎的日常性话语。从新写实小说开始，连续性的文学思潮一直是沿着这样的趋势演化着，所谓个人性的叙事特征，也多半体现在个人生活欲望的表达之上。但90年代无名化特征还在于，某一类思潮的存在同时也包容了它的对立面的存在，为了抗衡日渐增长的平庸、琐碎、享乐主义的世俗风气，王安忆等作家对精神的崇尚，就显得特别引人注目。90年代崇尚精神理想的形式有了很大的改变，许多作家都转移了知识分子的精英立场，他们依托民间的力量来传达自己孤独的声音。但王安忆仍然是一如既往地坚守在孤立的知识分子精神阵地上，她苦心孤诣营造着的精神之塔，只能是一种非常抽象甚至连作家本人也难以准确表达的精神之塔，这就使她的小说不能不是晦暗而仄逼的精神通道。她有时候崇尚起古典主义，用词华丽以致烦琐，文学意象突兀性地产生惊世骇俗效应，都反映了一个理性失范的时代在人的精神意识上造成的巨大阴影。

与20世纪80年代中国知识分子多半心怀着明朗而肤浅的理想主义相反，王安忆是从虚幻的理想主义挣脱出来的年轻一代作家，而且，她在理想主义最盛行的80年代就是一个平实而琐碎的写实主义作家，本来她应该是最有资格充当90年代新写实主义潮流的旗手，结果却走向了特立独行。环境使她的艺术创作顾虑重重。王安忆的精神之塔相当晦暗，这表现在叙事人的主观态度是暧昧的：叙事人并不以为真理已经掌握在自己手里，相反是与作品所建构的精神之塔有意识地保持了一段距离。《叔叔的故事》的叙事人是一个持享乐主义态度的年轻作家，他最终是以自己"不再快乐"来否定自己的态度，提醒读者对精神失落的关注。《歌星日本来》的叙事人为了把自己与悼亡理想主义的人们区别开来，特地在结尾加了一大段自我评价，表示自己是个十分平凡而且现实的人，为了怕事情失败就宁可不做事情，她只是通过对那些理想主义者刻骨铭心的纪念表明了自己的精神立场。《乌托邦诗篇》中的叙事人也不断地进行自我反省，以衬托陈映真的理想主义形象。这样就使王安忆对精神理想的呼喊变得十分含混而且狭窄，叙事人并不提供一个清晰可陈的理想主义图式，只是在叙事人与她的对应人物之间的关系中隐隐约约地表达出来。我把这种表达的意象称为"塔"，正是出于这样的理解。

为了使叙事人与对应的人物之间有个可以存放暧昧含混的理想主义的空间，王安忆放弃典型人物的塑造，使人物不含有明确的社会性内容，但她又必须防止另外一种倾向：本来作家笔下的形象都具有某种浮雕感，装饰着精神之塔的内壁，但如果这些形象与叙事人的主观精神贴得太近的话，很容易使人物变成精神的传声筒。所以她故意选择了一些叙事人不可能完全驾驭的纪实性人物或者类型化的人物，这些形象都含有类似欧洲巴洛克风格的夸饰性。如"叔叔"对于"我"来说，尽管"我"已经知道有关"叔叔"的故事结局，但终究是无法掌握那些历史时期的故事真相，所以不能不承认自己讲"叔叔"的故事力不胜任。至于陈映真和《伤心太平洋》里的李光耀，不仅是真人真事，而且在现实世界里具有强大的政治能量，把他们突然地显现出来，与叙事人平平的智力形成鲜明的对照。叙事人总是自称"孩子"，使这种对照成为叙事的风格特征。《纪实和虚构》里，她干脆为一个浩浩荡荡的民族撰写起历史来，显然更加力不胜任。这样，叙事人与被叙事的形象之间，构成了多种声音的合奏，形成较为复杂的想象张力，这种张力就成了存放精神追求的空间。前面分析《乌托邦诗篇》时已经说到过王安忆的这一叙事特点，即作品所张扬的精神既不在叙事人身上，也不在被叙事者那儿，而是在叙事人边叙述边探索的紧张过程中。为了增加其紧张度，作家不惜使其人物形象都极其夸张（如将外国国家元首当作虚构小说的一个人物来写），造成一种奇崛的美学效应。

由于精神形象的含混不清，王安忆的叙事形式打破了一般小说艺术的和谐与完美，她的叙事夹进了大量的抽象性议论，有时重复再三，有时极为拖沓，仿佛在考验读者对她的艺术的忠诚程度。我并不认为王安忆在小说里的议论都是精彩的，她的思想形象和精神形象也没有找到成熟的审美载体来体现，这使她大量的抽象性叙事充当了精神之塔的建筑材料，王安忆深知这样表达的困难，她自己在作品里说："要物化一种精神的存在，没有坦途，困难重重。"因此，她"每写下一个字都非常谨慎，小心翼翼"。在一些具体描写和抽象描写的杂糅中，她非常成功地包藏了精神形象的存在。《歌星日本来》中有两段结构相仿的文字，描写人物的心境：

> 阿兴心里空荡荡的，他不知道这种感觉的名字叫作"怆然"，他脸贴着窗框，心里想：天要黑了。其实这只是接近黄昏的时候，可阿兴心里却想：天要黑了。

> 阿兴怔怔地望着窗外，心里充满了一种震动的感觉，他不知道这感觉的名字叫宿命，他只是惊骇地想：雷雨要来了。其实雷雨的季节已经过去，要等明年夏季再来，可阿兴想道：雷雨要来了。

这两段简单的文字里都含有同样复杂的叙事结构，叙事者的议论与客观描写杂糅一体，似不可分。叙事者对人物心理有自己的概括术语（怆然、宿命），而人物浑然不知，只是从天象中获得启示（天要黑了、雷雨要来了），然后叙事人再次对人物的感觉进行消解，指出那是错的，而人物依然用自己的方法来表达内心抽象的感受。短短几句，几乎每一句都是前一句的否定，人物的思想没有用引号、冒号，使之与叙事者的语气在外观上保持一气呵成的形式，但内部结构却充满矛盾的诡词，意义层出不穷，新上翻新，如果说人物的前一句启示是具体心境描写，然而经过否定之否定，第二次重复便上升为抽象物的象征。

小说语言的重修辞、夸张、奇崛、怪诞等特点，在王安忆这一时期的小说里也有相应的表现，但完全是王安忆式的语言风格。她以往（20 世纪 80 年代）的语言是相当简洁的白描，总是用短语来表现人物的心理，在她当时看来，中国人（尤其是中国的农民）的用语是单纯朴素的。但在 90 年代她一反本来的风格，化白描为独白，变朴素为夸饰，整篇作品就像一道语言的瀑布，浩浩荡荡，泥沙俱下，一方面是元气淋漓，由语言来支撑作品的感情、人物、逻辑等小说艺术的基本生命体；另一方面是过于繁复的比喻意象和过于抽象的议论，都使她的叙事语言脱离活生生的人间烟火，甚至全然排斥了作品的现实性和可能性，语言成了人物灵魂存放的精神通道。如《乌托邦诗篇》中精神相交接的五个段落逻辑性递进，虽然都有具体的故事做依托，但抽象的议论远远超脱了故事本身的含义，议论大于形象，叙事人的主观情绪倾诉淹没了客观逻辑的推演，以至小说结尾时叙事人顺理成章地用整个生命在呼喊："呵，我怀念他，我很怀念他！"写到这儿，作家仿佛把所有现实层面的羁绊全部粉碎了，远远地丢抛在一边，精神力量喷薄而出，人也被烊化了。

如果说，以抽象的精神性因素取代了以人为中心的世俗文化，必然会导致趋向天国的神秘主义倾向，幸好王安忆的艺术道路没有走到这一步，这也是中国的现实环境与文化环境没有允许她继续朝这一方向发展下去。但《小鲍庄》时期她只是将宗教故事作为隐喻融化在故事背后，而到了《乌托邦诗篇》已经堂而皇之地把陈映真写成"上帝的孩子"，这样的倾向不是没有可能的。长期脱离了民间大地之根的写作使王安忆心力交瘁，孤独、寂寞、执着的精神追求使她陷入了"高处不胜寒"之境。一次在书店签名售书时有读者问她："你写到这个份上，还怎么作为普通人去生活？"仿佛是异人点悟，王安忆一下子醒悟到这话说出她"感觉到却还没认识到的事情真相"。她终于承认："我们都是血肉之躯，无术分身，我们只能在时间和空间中占据一个位置，拥有两种现实谈何容易，我们是以消化一种现实为代价来创造另一种现实。有时候，我有一种将自己掏空的感觉，我在一种现实中培养积

蓄的情感浇铸了这一种现实，在那一种现实里，我便空空荡荡。"① 从
《叔叔的故事》到《乌托邦诗篇》再到《纪实和虚构》和《伤心太平
洋》，在五六年的时间里，王安忆却是走过了一段非凡而危险的写作探
险之路，辉煌是明的，危机却是暗的。从 1995 年起，她开始试图走出
这样的精神阴影，向一个新的精神载体走去，王安忆与 20 世纪 90 年
代的诸位精神界战士将殊途同归了。

初刊《文学评论》1998 年第 6 期，编入《思和文
存》和《陈思和文集》

---

① 见王安忆《关于〈纪实与虚构〉的对话》一文，收《乘火车旅行》，第 104 页。这篇对话中所谈的是
"纪实与虚构"，在刊物上发表时的标题以及单行本的书名都叫《纪实和虚构》。笔者为此请教作家本
文，她认为准确的是《纪实与虚构》。所以，笔者在行文中采用初刊文和单行本的标题，但在引用作
家的文章时则尊重她在本文的表述。

试论张炜小说中的恶魔性因素

欲望是一种真正的能，它有点像等待开发的铀——那种威力啊……

——张炜《外省书》

为什么要用恶魔性因素来解读张炜的小说

能想到这样一个题目，是源于我不久前读到的一篇论述德国伟大作家托马斯·曼的小说《浮士德博士》的论文①，虽然论文所论述的《浮士德博士》我没有机会阅读，但从德国文学以至欧洲文学传统中提炼出来的恶魔性因素，引起我极大的兴趣。世界性因素②有没有可能在中国当代文学中有所反映，是否体现出中国作家在全球性的格局下与外国作家同步性思考，以及何以显现世界性因素的本土环境特点，都是我所关注的领域。为此我曾尝试将恶魔性因素移用到中国当代文学研究，讨论全球化历史进程中的恶魔性因素的特征及其相关问题。伴

---

① 我指的是中国社会科学院外文所杨宏芹副研究员的学位论文《试论托马斯·曼的〈浮士德博士〉中的恶魔性的意义》。该论文后有部分章节载《当代作家评论》2002 年第 2 期与《复旦学报》2003 年第 3 期。

② 关于世界性因素的理论，请参考拙文《20 世纪中外文学关系研究中的"世界性因素"的几点思考》，载《中国比较文学》2001 年第 1 期。现改名为《20 世纪中国文学的世界性因素》收入本书。

随着新世纪的到来，有两个事件都可能直接影响我们对人文精神的思考模式和认知当前世界的方式，那就是中国进入世界贸易组织和"9·11"以后的世界性对峙的新格局，前者是中国从经济到文化的发展都被有效地纳入全球化体制的分水岭，而后者是当意识形态的对立而形成的世界性冷战消解以后，世界霸权所面对的主要挑战对手变得更加暧昧，更加血腥和疯狂，以致形成非理性化或者恶魔化的对抗。如果从恶魔性因素来考察这些现象，有可能会给我们更多的启发。

我曾经表达过类似的意思：当代人的社会生活都是从历史发展而来，当代人也总是生活在历史之中，正如我们都意识到"文革"这场灾难不是从天而降的一样，中国当代生活也不是从天而降的，它是从历史的阴影里走过来的，所以我们在考察当代知识分子的人文追求的时候，不能不注意到即使是受到全球性经济利益的横向制约，当代中国的现象仍然需要有一个历史的总体把握，历史的阴影总是存在的，恶魔性因素在不同环境下会呈现不同的意象。20世纪的最后十年，出于对知识分子传统道路及其价值取向的绝望，有一批真正对社会有所期待的作家此时此刻转向了历来被主流文化形态所遮蔽的"民间"，虽然民间只是作家笔下的一个文学性的想象世界，而且用以与现实的浮夸世界对立的形态也各各不同，但在作家们的心里，他们一致地把民间当作理想和人格的寄托地，同时也作为他们向社会现状发出质疑和批判的根据地。张炜是最早寻找到他的"民间"世界的作家之一，他的民间就是元气充沛的大地上的自然万物竞争自由的生命世界，《九月寓言》曾把他的民间理想主义发挥得淋漓尽致。但是张炜没有把民间世界视为逃避现实的世外桃源，他仍然坚持了《古船》时的知识分子精英的批判立场，创作了一系列引起争议的中长篇小说。近几年他连续创作长篇小说《外省书》和《能不忆蜀葵》，引起的争论更加激烈，我发现这种近于偏执的争论与其所批评的对象中，隐含了批评者对张炜的某些传统风格所不能涵盖的新的因素的陌生感与焦虑感，那包括了作家超越现实的政治层面和自然的民间层面、直接面对中国现代化进程中出现的复杂状况而发出的心声，以及作家个人所特有的思想探索与人格冒险。由于这样一些因素的怪诞显现，其遭到误解以至引起争论都是正常的。但是我仍然以为这两部作品对张炜来说是重要的，它们不是张炜向新的创作高峰过渡的标记，而是文学直接面对当下生活的血肉相连的展示，并在展示中隐含了传统的批评术语所无法涵盖的新因素。生活中无法命名的东西应当先由文学来命名，对此评论界可以用各种术语来命名它，而于我来说，为论述的方便，则借用现成的英语 daimonic 的中译：恶魔性。

有关这命名的定义，那篇关于《浮士德博士》的论文中对恶魔性因素的研究给了我很有力的鼓励，与《浮士德博士》的主人公一样，《能不忆蜀葵》的主人公也是一位被誉为天才的艺术家，他同样有一个象征性地把自己的灵魂抵押给魔鬼的奇遇，由此使我联想到西方文学中浮士德式的追求模式，再由此上溯到《外省书》两位主人公的怪僻性格，用恶魔性因素来给这种怪诞性格以命名是可以成立的。这个概念还可以从《蘑菇七种》的"文革"书写中延伸过来，构成一个完整的"'文革'时期的夺权斗争——改革开放时期的自我释放——全球化时期的欲望追求"的中国式恶魔性因素的发展轨迹。这些行为心理或多或少都碰触到一些概念，诸如疯狂、原欲（里比多）、破坏欲、原罪感等等，美国心理医生、《爱与意志》的作者罗洛·梅曾说到心理治疗中命名的重要性："我们依靠命名，直接地面对了病魔的世界。医生和我站在一起，在这个炼狱中，他知识比我丰富，他知道更多的魔鬼的名字；正因为如此，他就能在技术上充当我的向导，给我指引下地狱之路。在某种意义上，诊断可以被看作是现代人大声叫出暗中作祟的魔鬼的名字的一种方式。"① 命名是为了更好地面对，所以我把张炜等作家创作中的某些性格命名为"恶魔性因素"，也正是鼓励了这种面对恶魔性的必要勇气。

对"恶魔性"这个概念，英语里有两个词表示：the demonic 和 the daimonic（daemonic），这两个词有时可以互相替代使用，但细微的差

---

① 罗洛·梅：《爱与意志》，冯川译，国际文化出版公司 1987 年版，第 185 页。

别仍然是存在的。demonic 的含义有两种：一种是指恶魔性的、魔鬼似的、邪恶的、残忍的；第二种是指力量和智慧超人的，像一种内在的力量、精神或本性那样激烈的、有强大和不可抗拒的效果和作用的，非凡的、天才的等。当用作第二种含义时，为了区别，一般拼写成daemonic，而 daimon 又与 daemon 等同①，所以，使用 daimonic 可以更突出 demonic 的第二个含义。结合本文使用"恶魔性因素"的意义，我比较倾向于 daimonic，这意味着恶魔性因素其实是深深隐藏在人自身的内在性里，面对恶魔性也具有了真正面对自己的勇气，看到了人性中所含有的恶魔性的因素。那篇关于《浮士德博士》的论文作者把恶魔性定义为："它是指一种宣泄人类原始生命蛮力的现象，以创造性的因素与毁灭性的因素同时俱在的狂暴形态出现，为正常理性所不能控制。随着人类文明的进步与理性的增长，它往往被压抑，转化为无意识形态。在人的理性比较薄弱的领域，如天才的艺术创作过程，某种体育竞技比赛活动，各种犯罪欲望或者性欲冲动时等等，它都可能出现。它也会外化为客观的社会运动，在各种战争或者反社会体制、反社会秩序以及革命中，有时也会表现出来。还要补充说明的是，在其创造性与毁灭性俱在的运动过程中，毁灭性的因素是主导的因素，是破坏中隐含着新生命的可能，而不是创造中的必要破坏。但如果只有破坏而没有创造，单纯的否定因素，也不属于 Das Dämonische。"虽然论述的是德语的"恶魔性"，但其解释很符合本文所要表达的思想。

既然恶魔性因素是"一种宣泄人类原始生命蛮力的现象，以创造性的因素与毁灭性的因素同时俱在的狂暴形态出现，为正常理性所不能控制"，那么，它必然是以某种非理性的形态展现其本来面目，为我们日常生活中的道德因素和社会规范所不能容忍，同时它又是深深扎根于人类原始生命的本能之中，总是以与人性相沟通的形态发出它的存在信息，唤起人们对快乐和欲望的记忆。这是一种在文学长廊里新

---

① 以上内容参见：*Webster's Third New International Dictionary*；*The Oxford English Dictionary*，Vol. III，Oxford University Press，1978；C. T. Onions（ed.），*The Oxford Dictionary of English Etymology*，Oxford University Press，1966.

型的、充满内在辩证性的性格形象，认识这种性格形象就要求我们打破传统的二元对立的思维模式，将艺术视界由外部世界转向内心深处，使一切明朗化的对立和冲突都变得暧昧而且暗淡。以张炜的创作为例，这几年他的小说创作发生了很大的变化，原来他在创作中所依据的二元对立的绝对叙事模式——这在《古船》里表现为隋、赵两家水火不容的家族复仇①，《柏慧》《家族》里更加鲜明地表现为两个家族、两种血统的对立②——均被轰然灌毁，《外省书》的人物结构里，虽然还保留着二元对立模式的残余，但人物性格的复杂含义已经模糊了森严壁垒。如果我们以习惯上的正反两组人物来排列，师麟（鲈鱼）、史珂（鲷鱼）、师香（狒狒）、师辉为一组，史东宾、史铭、马莎为一组，两组之间的差异只在道德范畴的高低而不在形而上的人格优劣，无所谓"好人"与"坏人"之分。小说里企业家史东宾最后如痴如醉地爱上师辉，流浪女狒狒脱离保护人师麟而投向史东宾的保镖电鳗怀里，都消解了张炜原来小说世界留下的泾渭分明的人物图像。鲈鱼与电鳗最后的身体器官比试也很有意思，它意味人物在意识形态或人格立场上的对立已经过渡到一种纯粹的生命形态的比试；里比多的强弱成为对人的命运的根本性嘲弄。再进而到了《能不忆蜀葵》中的两个主要人物桤明与淳于阳立，构成了一种互补的关系而不再对立。张炜小说创作的另一个变化是，作为一位对社会发展形态持有清醒反思的作家，在保护自然生态与破坏性的经济开发之间，张炜毫不犹豫地站在保护自然生态的一边，反对人们以任何理由对自然生态进行掠夺和破坏。这种不无极端的态度使张炜对近十多年来的经济开发始终怀有戒心。早在 20 世纪 80 年代中期，《古船》的结尾部分有个意味深长的细节：在一场旷日持久、极其残酷的阶级斗争终于结束的时候，在洼狸镇的芦青河水又重新高涨了的时候，人们听来一个不祥消息，地质队为寻找地下水失落了一个置镭的铝筒，在这里，镭元素无疑象征了科学时

---

① 关于《古船》的分析，可以参见拙文《关于长篇小说结构模式的通信·致张炜谈〈古船〉》，载《笔走龙蛇》，山东友谊出版社 1997 年版，第 395 – 400 页。
② 关于《柏慧》《家族》的分析，可参见拙文《良知催逼下的声音》，载《犬耕集》，第 161 – 178 页。

代的新的矛盾和困境，也暗示了新经济时代知识分子人文关怀的新的指向。在 90 年代，随着张炜对民间世界的重新发现，他对于现实生活中的经济开发总是采取拒绝和逃避的态度，在日甚一日的经济大潮的催逼下，《柏慧》里的主人公一退再退，传说中的徐芾东渡的史诗歌谣不绝于耳，虚构的民间世界总是他的理想乐土。《九月寓言》的结尾更是地下矿井塌方使小村陷落，但小村的精魂则如宝驹腾空而起，象征着民间所升腾的勃勃生机，民间理想主义完成了"卒章显志"的艺境。而《外省书》虽然也弥漫了绝望的氛围，但张炜却以极为复杂的感情描写了海边的开发事业，他对开发商史东宾等人的欲望追求没有给以简单否定。关于这个变化，批评家雷达最早看到了，他指出："张炜创作上的变化还表现在：更加客观，冷静，平和地看待一切生灵，不是从观念和义愤出发，而是从生活出发。如果说张炜原先对商品化时代道德沦丧现象的疾愤有点隔岸观火式的距离，那么现在他进入了某些人事的内部，将之视作整体生活中的必然。史东宾也好，马莎也好，皆有其存在的理由。"① 这种变化不仅仅意味着张炜原来小说中的人物图列有所改变，更重要的是标志了他不再从以往历史或者虚拟的民间世界里去寄托灵魂和理想，而是直接面对了鱼龙混杂的当下社会生活，并企图在介入这种生活中探索出知识分子的人文理想来。

　　但这又绝不意味张炜对现实生活状况的认同和妥协，他的批判依然悲怆而尖锐，他的绝望依然迷茫而高贵，让人很容易联想到俄罗斯古典作家们面对那个"一切都翻了一个身"的社会变革时的忧伤。主人公对现实的批判和绝望都真诚而严肃，他们面对着社会剧变，仿佛是眼睁睁地看着至爱的人患了绝症，原先健壮的身体在恶性细胞的侵袭下寸寸溃烂，不断地被戕害、被蚕食，他们心如刀割，却只能体验无能为力的沮丧与痛苦。面对了这样的现实生活，也就是面对了现实生活的藏污纳垢和生机勃勃同时并存的客观状况，也就是面对了"恶魔性"定义所说的"以创造性的因素与毁灭性的因素同时俱在的狂暴

---

① 雷达：《激愤过后的沉思——张炜〈外省书〉》，《光明日报》2001 年 2 月 15 日。

形态"，这不仅仅是原生态的生活状况，同时还包含了介入这样的生活的人格内涵。张炜所关心的当然是后者，他是要问在经济大潮的呼啸中人文精神的声音何在。这种探索使他的小说充满了辩论色彩，好像他又一次随着《古船》里的隋抱朴去读屈原的《天问》，他有一系列的疑问尖锐地指向苍天、大地和人间。但是生活毕竟发生了巨大变化，今天社会生活的庞杂步伐里混杂着千百万人的巨大欲望和追逐热情，一方面是盲目的群众被这时代赋予的千载难逢的时机激发起无穷无尽的欲望和想象力，他们要求改变贫困命运而不惜铤而走险；另一方面则是权力者、钻营者、冒险家、投机分子、腐化乱纪者、暴发户、外国资本势力等等精心编织起来的一张笼罩全部社会的上下网络，毁灭性地制造着一个个所谓的"奇迹"。这种时候最为本质地构成人们的行为动机的，或者最大力度地刺激起人们追逐热情的，只能是人自身所激发起来的欲望而不是外在的所谓理想或客观生活的目标，我把这种内在欲望称为"原欲"。如果从西方文学传统来说，原欲也包含在恶魔性的表现之中，因为恶魔性是可以通过多种形态表现出来的。

当我使用"原欲"这个词的时候我曾经犹豫过，因为我不太了解西方是否也有相应的概念，虽然这个汉语单词被社会广泛接受正是来自西方术语的译介。大约比较早地用这个词来翻译弗洛伊德著作的概念是台湾学者，如林克明译的《性学三论》里，libido 译作原欲[①]，中国大陆的学者中也有把这个词译作原欲的，但现在通用的是音译"里比多"，弗洛伊德早期著作里把与性有关的各种欲望本能及其能量称作里比多，后期著作里扩大了这个概念的含义，包罗了一切的生命本能，包括自爱、他爱、自我保存、性、繁衍种族的愿望、生长及实现自己潜能的倾向等等。荣格也认为凡是与本能有关的均可以称为里比多。而本能（instinct）的概念在精神分析学的解释中是指构成人格的下层基础，指人在进化过程中残留的生物心理，即无法排除干净的原始欲

---

① 参见弗洛伊德的《爱情心理学》，林克明译，本书依据的是作家出版社 1986 年版。

望。① 我想对原欲（里比多）、本能这些概念的理解中还应该引进一个概念"生命"，本能离不开生命的原始构成和冲动，也就是弗洛伊德所归纳的"生本能"和"死本能"。在"原欲—本能—生命"三位一体的结构里，原欲是最基本的、与性冲动有关的因素，生命又是最终的范畴。在西方的文化传统里，宗教的传统是不可忽视的，《圣经》中说伊甸园里有两棵树，一棵知识之树，一棵生命之树，人类的祖先因为破了知识树上的密码才有了原罪，所以，以知识为基础的文明造成对人的生命本能的压抑，而抵制这种压抑的力量只能是来自人类还没有解码的那棵生命之树，只有对生命之树的孜孜不倦的探索和追求，才构成人类真正地摆脱原罪意识、肯定自我存在的人文的进步。原欲理论正是生命树上结出来的果实，所以它不可能用理性和文明的标准去规范，也不可能用人类知识谱系来归纳，原欲/原罪的对立与冲突我们将在张炜的小说里进一步认识到。

但是，当原欲（里比多）这一纯粹西方概念移植到以描写中国社会现实为特征的当代小说世界，仍然是存在着严重错位的。在今天的社会发展中，原欲当然起到重要的作用，但在中国古代文化传统里，性压抑并不能构成人的生命原欲的全部内涵，所以当我们借助恶魔性因素来解释"原欲"这个汉语词，我想，这个词不应该解释成"原始的欲望"（仅仅指"里比多"），而应该解释为"原型的欲望"，即人们在长期的社会实践中构成的几种基本的欲望目标和形态。我们将要讨论的是，在中国当代社会的巨大欲望浪涛中，哪些欲望是属于原型的欲望，也就是最为本质的欲望，而这与恶魔性因素又是怎样的关系？这一点正是要通过对张炜近期小说的探讨来解决的。

张炜小说里的恶魔性因素——原欲诸种

我曾经例举了古希腊有关文献中"恶魔性"一词的各种复杂含义，

---

① 本段落参考了鲁枢元等主编的《文艺心理学大辞典》，湖北人民出版社 2001 年版，第 198 – 200 页。

大致可以肯定，在古希腊人的观念里这不是一个反面的词。它仿佛与神明相通，但又有着巨大区别，是介乎人神之间的中间力量。它神通广大，常常在人的理性比较薄弱的时候推波助澜，构成对社会某种文明秩序或正常权威的颠覆，其颠覆对象包括社会意识形态的正统性、社会伦理道德的制约性以及对自然界规律的神圣性，在这种强烈的颠覆动机里仍然包含了创造的本能。罗洛·梅在分析恶魔性这种现象时，把它定义为："能够使个人完全置于其力量控制之下的自然功能。性与爱、愤怒与激昂、对强力的渴望等便是例证。它既可以是创造性也可以是毁灭性的，而在正常状态下它是同时包括两方面的。"① 如果以这样的标准来解读张炜小说中的恶魔性因素，我觉得应该以张炜在 20 世纪 80 年代创作的中篇小说《蘑菇七种》为开端，90 年代创作的长篇小说《外省书》和《能不忆蜀葵》为主体，综合地探讨张炜小说中的"原型的欲望"以及恶魔性的因素。

"欲望三部曲"是我对张炜的这三部作品的艺术概括，"欲望"在张炜创作中是一个不自觉的隐形结构。在显形层面上，张炜是一个持二元论的作家，政治为中心的现实层面和自然为中心的民间层面始终交织在他的艺术世界里，常常互不相容。在描写前一层面的《古船》《家族》里，民间层面退出了他的艺术视野；而表现后一层面的《融入野地》《九月寓言》等，美丽的大地哲学又淡化了现实层面的严酷斗争。正因为读者对张炜的阅读期待有所不同，他的每一部创作都引起过激烈争论。但我以为，前一层面是社会环境与社会教育造就的张炜人格的自觉投射，表达了知识分子精英批判的立场；而后一层面的民间世界更能体现张炜的阴柔含蓄的艺术风格，他毕竟是一个属于大地的民间歌者，有一种与现实世界格格不入的民间因素制约着他的创作倾向。而恶魔性因素则是在这两个层次以外的第三个层次，代表着人类精神世界的一部分。我研究当代文学中的民间形态时，一直有个很难说清的感受，我觉得民间世界本来不是给作家提供与现实社会尖锐

---

① 罗洛·梅：《爱与意志》，第 126 – 127 页。

冲突的战场空间，它是一种自在的世界，与现实世界并存而又格格不入的空间，因此它保存了许多现实世界所不容的审美因素，同时也显现了个人性自由发展的理想所在，它的许多怪诞和狰狞现象显示的另一种粗糙的生存方式，只是证明了多种生活方式都有存在的合理性，而不是要取而代之。所谓的"民间理想主义"的乌托邦性质也往往体现在这里，张炜的《九月寓言》在这一特征上表现得非常出色。而恶魔性因素则是另外一个显在的精神审美空间，它不回避现实世界矛盾冲突的尖锐性和残酷性，或者说，它本身就是来自现代文明推进过程中的负面效应，同时又是以毁灭性的姿态表现了生命意义的对立和文明制度的精神反抗。张炜对现代性的质疑态度和对生态环境的关注，以及对民间藏污纳垢审美精神的融会贯通，都引导了他对恶魔性因素这一精神领域的发掘和表现。但要指出的是，关于恶魔性的审美因素及其精神构成在中国当代文学中还远远没有充分地展开，张炜的小说所呈现的恶魔性因素仅仅在原欲（原型的欲望）的层面上有所涉及，还没有达到西方现代文学具有的令人战栗的深刻程度，诸如"恶"的人性因素、罪感与忏悔、复仇与恐怖等等。张炜创作中的恶魔性因素是无意识的流露，我们读张炜小说时，发现恶魔性因素往往是破碎的、混乱的、复杂的，但又恰恰是从这些不自觉的流露中，我们似乎更加清楚地看到了恶魔性因素的原始的状态。

《蘑菇七种》："文革" 时期的权欲斗争及原欲的雏形

在张炜的小说系列里，较早地体现恶魔性因素的是一部怪诞的中篇小说《蘑菇七种》，这部小说一直没有引起研究者的重视，它不仅比较早地体现张炜的民间追求，而且处处着墨于恶怪意象的描写。小说开始第一段就这样写道：

> 叫"宝物"的是一条丑陋的雄狗，难以驯化。它的品行实际上更接近于狼。给他取名字的人是这方世界的君王，叫"老丁"。

它从小就皮毛葬臭，神气凶悍，咬死了很多同伴和猫。……很多
人想打死它，都没有得手。可是老丁的话它句句听，二者之间心
心相印。老丁说，"宝物，你遭嫉了。"它的恶毒的眼睛湿润着，
盯着这个像石头刻成的老人：消瘦矮小，额头靐鼓，口是方的，
张开很大。智慧的主人哪，英勇无敌，威震四方。[①]

这段描写已经把恶犬宝物的魔鬼性凸显出来，再配上一个诡计多
端的主人，仿佛是浮士德主仆的出巡。恶犬宝物横行森林中了蜘蛛的
剧毒，神智昏迷中却看到了人世间恐怖的恶毒景象，结果被唱进民间
歌谣里："毒蘑菇演化出的故事万万千，俺宝物也通晓一二三。"故事
所描写的时间背景是"文革"，叙述语言、故事细节都带有那个时代的
特点。那个神秘莫测的树林是一个与外部世界（场部）对立的独立王
国，小六是总林场指定的组长，但在树林里没人理会。老丁是自封的
场长，却受到了包括恶狗宝物在内的树林众生的拥戴。由此建构起一
个神话般的民间世界。这也是一个欲望充溢的世界，在森林外的贫穷
农民的眼里，树林是个天堂般的好地方，贫穷的姑娘要假扮鬼来偷取
玉米饼；而在权力部门的眼里，树林又是个可怕难驯的独立王国。小
说里最精彩的一幕是总场派工作组下林子调查，树林里的枯木朽株一
起努力演化出种种凶象，把他们吓得狼狈鼠窜，赶出了树林。故事发
展荒诞不经，叙事视角忽人忽狗，却把"文革"中司空见惯的基层夺
权运动写得出神入化。

"暮色苍茫，树影如山，宝物出巡了。"这既是神话的开始，也是
欲望的发端。真正"出巡"的当然不是一条狗，而是恶犬宝物的主人、
森林里的君王老丁，恶犬只是他内心世界的恶魔性的同外投射。他横
行森林却义薄云天，为了保持森林君王的地位，使出全部权术与场部
指定的组长小六作惊心动魄的斗争，最后利用神巫力量把小六置于死
地。小六固然是一个小丑式的角色，但在争权夺利中置人于死地也忒

---

① 张炜：《蘑菇七种》，山东文艺出版社 2001 年版，第 1 页。

恶毒，除了用恶魔性来解释，无法为老丁作出辩护，因为本来就是恶魔的人格化才无所顾忌。老丁战胜小六的手法也是妖魔化的，介于社会斗争与民间巫术之间。他最初使用的是意识形态的斗争：通过故事、歌谣和大字报来编造历史罗织罪名，造成小六的心理压力；其次对付上级派来调查的工作组，使用的是民间巫术，而最后迫害小六致死的却是间接利用社会上的恶势力，一切都恶毒无比又让人啼笑皆非。这场斗争若发生在正常社会必定是惨烈酷劫冤假错案，可发生在民间的魔幻世界里却变成魔鬼玩弄的一场恶作剧。而且可笑的是，老丁的对手小六其实早已放弃争夺权力之心，是因坠入了情网丧魂落魄，才被落井下石惨遭横死；而"英勇无敌，威震四方"的君王加恶魔的老丁也因为失恋而形容憔悴无计可施，终于堕落为一个小丑，与小六殊途同归。

作家张炜这样描写老丁："这个人年事虽高，但血气旺盛，欲望像火焰一样熊熊燃烧，新异的想法一串串从鼓鼓的脑壳生出。老家伙曾经爱上的女人也很多，而每一个都伴有激动人心的故事。"① 作家的笔下老丁几乎是一个欲望的象征，爱权力、爱女人，同时也对控制这片森林里的一切资源充满信心。他的另外一个"壮举"是精通森林里的蘑菇种种，终于将积几十年心得的《蘑菇辨》写出，成就了一项重大科研项目。蘑菇七种，优劣并存，破译其生命密码，当是人类征服自然的最原始的激情和凤愿的象征。浮士德经魔鬼诱惑，驰骋于权力与性的欲望中并无满足，最后在填海造田的愿望中迷失本性，喟叹世界的美丽，灵魂差点为魔鬼所俘，暗示了人类对征服自然、攫取更大财富的巨大欲望。大到填海造田，小到蘑菇七种，都印证了人类欲望的重要原型——对自然的征服进而对财富的攫取，也可以归结为物的欲望。综观老丁的欲望原型：权欲、性欲和物欲，正好应对了古希腊文献中有关恶魔性的三种诠释，包含了原欲的基本雏形。蘑菇既能养人又能毒人，蘑菇七种其实也是象征了种种欲望神魔共生。为了实现这

---

① 张炜：《蘑菇七种》，第 29 页。

种种欲望他不惜调动一切手段。其中欲中之欲不是性欲的里比多，而是权欲的里比多，这固然与中国历史长期处于君主集权的统治分不开，多妻制的社会里性的欲望容易满足，但集权制的国家里权的欲望很难实现，"彼当取而代也"，一句话浓缩了多少中国人的原始欲望。这也就是原型的欲望。

《蘑菇七种》写的是"文革"背景下发生的故事，虽然以寓言的形式展现森林里的奇观，但其把权欲作为原欲的主要表现对象还不仅仅是强调了中国文化的传统特色，而且凸显了"文革"的时代特征。随着"文革"的结束和改革开放时代的到来，政治的可怕阴影终于逐渐退出了人们的日常生活，人性首先在思想解放运动中觉醒，人性解放的欲望开始成为新的时代精神，自我里比多的释放比物质欲望更早进入中国人的日常生活，20 世纪 80 年代中国社会无数婚姻家庭的解体和重新组合，洋溢着人们对个性解放的浪漫想象，整个社会风气和人性解放运动都具有空前绝后的理想色彩。张炜的"欲望三部曲"的第二部《外省书》写的正是这样一个社会转型的年代，人性解放的欲望不能不成为其描写的主题，成为原型的欲望，虽然这原欲里仍然包含着极为丰富的内涵。

《外省书》：人性解放时代的生存欲望与生命欲望

《外省书》① 直接描写了正在进行中的经济开发，但叙述结构非常奇特。张炜通过史珂这一复杂的艺术形象，以透彻的了悟态度构筑起一个社会发展和个人命运的关系：主人公史珂是个百无聊赖的知识分子，身在经济开发大潮中处处感到是局外人，扮演着当下社会的多余者和批判者的角色。但吊诡的是，指挥这场经济开发运动的真正主人不是政府的市长，而是史珂的侄子、当年赫赫有名的资本家的孙子史东宾，今天轰轰烈烈的海边开发事业，正是当年史家老一辈梦寐以求

① 张炜：《外省书》，作家出版社 2000 年版。

的理想。所以，"史珂望着即将消失的海岸边，终于说：'史家从上一代就打这个主意，到了这一代才得逞。'近百年来史家历史就是一部现代中国史，这里有宏图有血腥，有逃叛有抗争，苦难重重，历史在不断地回旋着，史家终于又返回了社会的中心。然而只有一个真正的人看破了红尘一梦，退身出走海边，像一块出污泥而不染的顽石，写出了一部《外省书》。"① 小说打破了张炜原来小说世界里的家族式的人物分布，构成为一个人与一个世界之间的对立。史珂从京城退居济南，又从济南退居海边，为的是躲避尘世喧嚣，埋头写一本莫名其妙的书。这本书的书名一直没有决定，内容也只是一些零星的思想笔记，史珂最后说，既然自己身处外省的外省的——外省，那么这本书也可以称为《外省书》了。这一连三个"外省"，既可以读作京城/省会/海边的三级差别，也可以理解作全球化/国家化/乡土化的三级差别，然而当平静的海边也被经济开发的浪潮席卷的时候，就如史珂所感到的：真是无路可退了。在这种退却又退却中，我们看到小说里的二元对立模式变了形：与史珂相对立的不再是一群人或者一个阵营，而是整个欲望的世界。当他如顽石跳出红尘一梦时，那"梦"本身则是一个如火如荼开展着的声色世界，在这个世界里，几乎所有的人都为欲所驱而苦逐不休。史珂与欲望世界相对立，可是站在他这边的人数极少，而且面目不清，冰心玉洁的师辉、善良而无能的捡松果老人等等，形势实在是令人沮丧。而那象征着欲望的世界里，却活跃着一大群血脉偾张、精力过人的人们，他们为时代推波助澜，为自己伸张个性，在罪恶与创造的刀锋边上，把生命过程有声有色地留在人生的舞台上。

　　如果我们从原欲的角度来解释史珂所面对的欲望世界里的人物，如果我们暂时借助西方精神分析学把原欲解释为里比多的话，那么，我们就能解释为什么作家通过师麟之口为每个人物都取了一个动物外号。这些外号在小说里没有实质性的意义，看上去似乎只是为了加强

---

① 许俊雅：《两个乌托邦英雄的时代见证——评张炜的〈外省书〉》，《中央日报》副刊 2002 年 1 月 14 日。

小说的寓言性，但如从原欲的理论来理解，人向动物性的退化或者返回生命祖先的潜在意向，正是被压抑的动物内驱力的无意识流露，小说里主要人物的动物外号几乎都是鱼类（鲈鱼、鲷鱼、鳄鱼、鳗鱼）和灵长类（狒狒），含有一种贴切生命初始状态的意向。这些在原欲支配下的人物可以分作两大类，一类属于生存的欲望者，一类属于生命的欲望者。前类有史铭、史东宾、马莎等，后类有师麟和狒狒，作为两类欲望的基础——原型的欲望，是性的欲望。

前类人物都曾经有过一段人性被极端压抑的生活痛史，以致他们把争取生存的权利看成唯一的奋斗目标。以史铭为例，他幼年时代有过一次可怕经历，使他一生都处于被阉割的恐惧和焦虑中。他在恐怖年代里利用出访机会毅然叛逃去国，又用狂热的性欲追求来掩盖幼年时代留下的性恐惧烙印，以致被弟弟史珂骂为："在你嘴里好色倒也成了爱国。"但史铭的强烈的生存欲望是成就他一生事业的最大动力，他的精力旺盛、知识渊博、性格趋新，善于接受新的科学信息，与未老先衰、信息闭塞、知识陈旧、语言乏味的弟弟形成了鲜明对照。史铭的恶魔性体现在他的性冲动里，为了个人生存机缘而冲动，他可以不顾连累家人，用毁灭国族观念、家庭利益和亲友的生命为代价，来创造自己的生存与发展机会，终于完成了破坏与创造的同一性。连与他格格不入的弟弟史珂也忍不住对他发出这样的赞叹："欲望是一种真正的能，它有点像等待开发的铀——那种威力啊……"史铭不是一个简单化的人物，他的性格里所含的超越一切道德的复杂因素，使这个形象闪耀着奇魅的光彩。史铭的儿子史东宾几乎是父亲的翻版，如果寻找张炜小说里的人物谱系，大致上是《古船》里的隋见素一流的落难英雄。他也同样有过恐怖年代被摧残的经历，但遇到了经济开发的有利时机，他血液里流淌着家族的恶魔性遗传因子，像一条扬子鳄不动声色地利用权力的腐败，创造出一个家族王国（这个秘密发家的故事被作家隐蔽在史东宾与市长的关系里）。这样的形象在张炜以前的笔下本来是恶俗至极的人物，可是在史东宾的性格里却处处埋伏着可能出现的转机，他爱上师辉就是生命中出现的一道超越生存意识的光亮，与《能不忆蜀葵》中的淳于阳立一样，出于对美的感动和出自生命需要的爱，人物的原欲从生存的欲望向生命的欲望提升，人物的性格里就会出现某些亮点（即爱的欲望）。生命的本能集中体现在爱欲上面，一个还能产生真正动情的爱的生命，还是有希望的生命。

小说里真正洋溢着充沛的生命欲望和博大的爱的精灵，就是被称作鲈鱼的师麟。这是生命本能的自然体现，他和另一个人物狒狒都仿佛从远古的生命场里走来，极不合时宜地走到了现代文明制度里。师麟参加革命是天经地义的，只有在社会秩序极度松弛、文明的枷锁被革命打成碎末的时候，他的恶魔性格才有可能长驱直入，畅通无阻，这就是充满诗意的"老房东时代"。他无数次爱抚女人，流连忘返于美色之中，成为革命的情种；但是一旦社会秩序重新建立，哪怕他是这个新制度的创建者和功臣，也不得不受到文明制度的压抑与惩罚。马尔库塞引用弗洛伊德理论来解说原欲与文明的冲突："弗洛伊德说：'幸福决不是文化的价值标准。'幸福必须服从作为全日制职业的工作纪律，服从一夫一妻制生育的约束，服从现存的法律和现存的秩序制度。所谓文化，就是有条不紊地牺牲原欲，并把它强行转移到对社会有用的活动和表现上去。"① 这时候再也没有水乳交融的大地般的爱情，"老房东时代"的浪漫精神不得不让位给社会秩序和文明规范，鲈鱼只能在干涸的环境里奄奄一息，悲惨地死去。在革命年代里，师麟一生爱抚女性无数却未曾留下一儿半女，似不能说他完全在精神恋爱，只能理解成他与女性之间的爱是纯粹的生命投入，也就是弗洛伊德所说的，性爱本来是由快乐本能所驱使，只能是两个人之间的事情：一对情人就是一切，无需他们共同生育子女来使自己幸福。② 而到了现代文明制度下，原欲只能向现实妥协，师麟与胡春旖的结婚建立家庭则象征了生命的快乐本能向社会现实的转化，基督教家庭背景的胡春旖代表了文明、理性和责任，他们生育了美好的女儿师辉，建立了为社会

---

① 马尔库塞：《爱欲与文明》，黄勇、薛民译，上海译文出版社 1987 年版，"导言"第 18 页。引文中个别词略有改动。
② 弗洛伊德：《文明及其不满》，转引自马尔库塞的《爱欲与文明》，第 26 页。

称道的家庭。但是，师麟的故事仍然沿着原欲的冲动不可遏制地滑向悲剧，这场原欲向文明的妥协终于被证明是失败的，原欲毕竟无法约束，师麟的泛爱精神至死也没有获得文明制度的宽容，当然也无法获得他的妻子的最终谅解。

如果说师麟象征着"欲"，那么，狒狒则象征了"罪"——这也是恶魔性因素的一个重要概念。狒狒近于巫，她用草药为师麟沐浴，甚至以女体来慰藉性无能的老人，从民俗的角度看都扮演了古代民间巫的角色，所以最后她能够决定师麟的死亡仪式。由于作家所特有的玲珑剔透的民间叙事能力，这个人物成为张炜笔下最生动可爱的女子形象之一，她的个性就仿佛是一只大自然里活蹦乱跳的猿猴，任何束缚对她都无可奈何。在民间的原始观念里，生存是第一需求，也是人生的第一伦理标准，罪的概念是不存在的，只有进入文明时代，国家机器才创造了"有罪"的概念，以便对人们进行统治。狒狒起先被定位在生存本能的原欲上，她的幼年时代极为不幸，堕落的现代都市与被摧毁的家庭背景使她的生长经历充满凶险，但她天生就超越了有罪的概念，每次都能勇敢地面对罪恶环境，甚至以罪恶抗罪恶，保护自己的生存权利。进而论之，生存本能的原欲里不能不包含以罪抗罪的内涵，如史铭的叛国、史东宾的腐败，都含有这类以罪抗罪的意思，不过狒狒所表现出来的是最原始的一层，因而也更加单纯，更加接近生命本原的意义。当狒狒来到海边接受了师麟的保护以后，生存的威胁与焦虑消失了，弥漫在她与师麟之间的是生命的欢娱和生命的开花，这时候她身上的原欲发生了质的转化，由先前的生存本能向更高阶段和更高质量的生命本能转换。小说里有个细节很有意思，师麟身边本来有女儿师辉在照顾，师辉代表着现代文明的最纯洁的理想，可是当狒狒来到以后，师辉感到了失落而有意离开了父亲，她不能容忍这种粗糙的生命状态。师辉和她的母亲一度还猜疑狒狒是否会是师麟乱伦而来的女儿，这种观念正是来自师麟与狒狒之间所存在的某种原始的"血缘"的继承性，那就是共同的原型的生命欲望。狒狒的强烈的生命欲望还表现在对保护人师麟的临终关怀，为了不让老人最后受痛苦折磨，她用砒礵结束了他的生命。从文明社会的法律上说这也是一种谋杀，但在原始的民间观念里她这样做才符合生命中的死亡本能的原欲。狒狒身上最让人费解的细节是她最后向史东宾的保镖电鳗投怀送抱，背叛了保护人师麟，我以为这表明她对人性中的爱欲有了清晰、自觉的意识，由对师麟的博爱的无意识的欲望转向了对电鳗的具体的性意识的欲望。一旦意识到这个转变，她就结束了为师麟所扮演的巫女的角色，学习做一个"正常人"了。正如师麟不得不向文明制度妥协而与胡春旖结婚学做正常人一样，野性的、原始的、充满了生命原欲的狒狒在现代生活制度下终于也不得不妥协而为"人妻"。唯一可喜的是她与电鳗的结合仍然建立在强烈的性的基础之上，保持了某种原欲的因素。

史珂所面对的这个欲望的世界里充满了恶魔性的破坏和创造并存的因素，纵然是分成生存的欲望和生命的欲望，仍然可以看到其中有一致的破坏性因素。史铭破坏的是正统的国族观念，史东宾破坏的是传统的社会观念；师麟破坏的是压抑人性的道德观念，狒狒破坏的是主流的罪恶观念，从现代文明制度的角度来看他们都是罪孽深重的人，但是，生存的原欲在大破坏中创造出一个生机勃勃的社会大变动和人格新精神，生命的原欲在大破坏中不仅创造了新的人格观念和生命观念，同时还逼迫人们透过现代文明制度的种种遮蔽去窥探人性更加合理、更加丰富的另一面。恶魔性因素通常是建立在破坏的基础之上，创造的一面往往是立足于乌托邦的理想之上，我们从师麟和狒狒的意义中可以意识到这一点，而这些创造性因素一旦转为现实，就必然与现代文明制度相对立而冲突，至于更坏的结果，那就是生存原欲中的破坏性因素极大释放，造成人类无法遏制的灾难——譬如 20 世纪 30 年代的法西斯和 60 年代的"文革"。

由于性的欲望及爱的欲望是人类生命本能中的基本欲望，所以在追求人性解放的社会大潮里，性欲成为原欲的最主要的特征。《外省书》把欲望九九归一地纳入性欲大潮来着力表现这个时代的特征。但是中国在 20 世纪 80 年代的社会思潮里，人性的解放始终是以发展社会经济以及改革政治制度的愿望联系在一起的，所以当小说里的人们受到的困扰都归结为性的困扰时，当时另一个同样推动社会发展和人性解放的欲望原型——物的欲望以及由物欲与性欲相结合而形成的恶魔性因素，却没有得到深刻的揭露。史东宾的身上仍然保持了张炜一贯的书生气，一旦真正爱上了师辉，他的百万家产与史家家族的事业都变得微不足道了，他还不能发自本心地做出一个现代资本家的理性判断。马克思主义的经典作家一向认为，在资本的积累与发展过程中，人们对利润与财富的掠夺才是最根本的欲望："随着资本主义生产方式、积累和财富的发展，资本家不再仅仅是资本的化身，他对自己的亚当具有'人的同情感'，而且他所受的教养，使他把禁欲主义的热望嘲笑为旧式货币贮藏者的偏见。"① 马克思所谓的"自己的亚当"正是指资本时代的被膨胀起来的性的欲望消费，而这样一种与"现代化"相吻合的原欲是随着资本与财富的不断扩大而膨胀起来的，正如史东宾与马莎的性爱关系是建立在他的如日中天的事业基础上，他对师辉近于迫害的追逐也是建筑于巨大的财富的自信上面。但史东宾在爱上了师辉以后如何在物欲与爱欲中做出痛苦的而又并不浪漫的选择，张炜无法为我们提供进一步的答案。只是这一探索在作家的创作中依然进行着，于是就有了《能不忆蜀葵》里的艺术家淳于阳立的故事，由此展开了恶魔性因素穿行在物欲时代的新的艺术镜头。

《能不忆蜀葵》：恶魔性在物欲时代的穿行

把资本与财富的欲望置于第一位，从而遮蔽了人性最基本的欲望，这本身就是资本时代人性异化的标志。《能不忆蜀葵》如果仅仅停留在这样的意义上来讨论艺术家与市场经济社会的关系，那也不过是重复了以往许多批判现实主义作家已经做过的工作。我觉得这部小说中可

---

① 马克思：《资本论》第 1 卷，载《马克思恩格斯全集》第 44 卷，人民出版社 2001 年版，第 684－685 页。

贵的是，张炜没有重复前人以及他自己关于这个问题的思维惯性，他所面对的是一个新的课题。小说在叙事上略显有些匆忙、零乱和不够和谐，正是作家面对纷乱现实所做的紧张思考所致。淳于阳立面对的困境也就是史东宾的困惑的延续，但是淳于是个土生土长的中国知识分子，他不仅把主要欲望从性的原欲转移到艺术的升华，而且他勇于面对困境做出认真的实践。我在前面指出过，恶魔性因素既不属于传统的知识分子精英的人文范畴，也不属于虚拟的民间世界的理想范畴，它是来自西方文化的一种精神性的指向，尤其是西方现代主义在整个文化大转型的时刻提出来的一种带有堕落、颓废倾向的精神对策，这种对策及其实践的后果，西方文学中有过深刻的艺术揭示，而在中国文学中至今仍然是空白。不管张炜是否自觉到这一点，他的探索实际上是给当代文学带来了新的话题：恶魔性的因素在物欲时代里表现出怎样一些新的特征？

　　什么叫"物欲时代"？《能不忆蜀葵》① 所描写的时代背景是20世纪90年代的中国社会，一些人在"一部分人先富起来"的鼓励下以及"奔小康"的目标刺激下，狂热追求金钱财富、追求消费享受，市场经济的社会体制保障了他们追求欲望的合法性和可行性，人性的解放从理性走到了"自己的亚当"的原欲大释放，以致80年代在人性问题上所表现出来的理想主义被席卷一空，以财富为基础的欲望吞噬着一切温情脉脉的人性因素，浮士德所想象的人通过征服自然以证明自身的价值，变形为对物质世界的赤裸裸的占有欲，物的欲望成为一切欲望的基础，原欲中的原欲。文学是时代最好的感应与反射，综观20世纪90年代的小说，几乎没有作家描写坚贞动人的爱情故事，取而代之的是妓女和准妓女的故事，或者形形色色以出卖肉体来满足物质享受欲望的新人类宝贝的故事。物的欲望在社会上成为支配一切的怪物，知识分子身处这样一种环境心身所历的煎熬，我们的文学却从未认真表现过，所以当人文精神寻思和呼唤的声音终于嘶哑淡去的时候，恶魔

---

① 张炜：《能不忆蜀葵》，华夏出版社2001年版。

性的因素宿命般地到来了。

淳于阳立的故事让我联想到托马斯·曼的《浮士德博士》，那里也讲述了一个艺术家创造中遭遇了困境，于是受到魔鬼的诱惑，与魔鬼签订合同，由魔鬼来帮助他创造出真正的天才音乐，以便与贝多芬时代的古典音乐划清界限，但付出的代价是他一生不能再拥有幸福。相传这个音乐家的原型是综合了马勒、勋伯格等现代音乐家的故事。① 现代主义艺术就是反传统的、与社会现实格格不入的恶魔性的艺术，以最大的标新立异来拯救大地上弥漫的平庸之气与浮躁之气，企图重新来激活西方文化的生命力。那位音乐家把自己严密地封闭在书斋里，完全与社会隔绝，他的恶魔性因素主要表现于他所创作的两首交响乐——《启示录》和《浮士德博士悲叹之歌》，这些作品的灵感正是在他与魔鬼订交以后被激发出来的，魔鬼本身并无作为，在小说里只是起了一个中介的作用。接下来我们来看，张炜笔下的淳于阳立是如何被激发出魔鬼性，而这些魔鬼性因素又是如何对现代艺术反其道而行之的，这也就是中国式的恶魔性的恶作剧。类似的故事发生在《能不忆蜀葵》第 2 卷第 2 章第 2 段里，淳于阳立正处于艺术创作上走投无路的时候，他遭遇了一个奇迹：在列车上他遇到一个魔鬼般的人——老广建，他是淳于的初中同学，"这人比淳于大一岁，也是中年人了，头发中夹杂了许多银丝，带了眼镜。……皮鞋锃亮，手上有颗大戒指。"② 一副俗不可耐的形象。他在当年是有名的大笨蛋，如今竟成了一个大富翁。淳于出于好奇，想了解"这个无所不能的世界又变出了怎样的魔术"，便随老广建去了一次度假村，这完全是一次游仙窟式的奇遇，淳于在欲望世界里梦游归来就彻底丧失了艺术灵魂，他毅然放弃了自己的艺术生涯（用他自己的话说是暂时"告别艺术"或者"搁置艺术"），投身到现实世界的欲望旋涡中去，开始了他的恶魔性的冒险生涯：下海经商以及他的大败而归。

---

① 杨宏芹：《试论"恶魔性"与莱维屈恩的音乐创作——关于托马斯·曼的〈浮士德博士〉研究》，载《当代作家评论》2002 年第 2 期。
② 张炜：《能不忆蜀葵》，第 120 页。

　　从表面上看，淳于的道路与那个中了魔鬼蛊惑的音乐家的道路正好相反，但从他们与所生存的环境不能相容的态度中，又可以感受到同类艺术家的气质。他们都是不受社会欢迎的人，又都自标为天才——这与 19 世纪以来恶魔性因素从宗教神话题材转向世俗文化相一致。淳于出身于"红色革命家庭"，"文革"的特殊背景培养了他无所畏惧的骄傲与贵族气；他从小又在乡村贫苦环境中长大，一次因食鱼中毒被农村养母用蜀葵叶救活，但民间的"毒"已经深入骨髓，加深了他桀骜不驯、愤世嫉俗的性格，被人称作"土驴"。他的成长史中第一个导师是他的陶陶姨妈，又是一个张炜最擅长写的亦巫亦母式的人物，给了他完全一种我行我素的教育。纵观淳于阳立的天才生长之路，血缘、环境和教育为他创造了非常有利的条件。他所做的第一件反叛社会流行观念的行为，就是出于纯粹的艺术冲动去寻找另一个天才少年桤明，而后者当时正因为家庭出身不好陷于极度的孤独寂寞之中。淳于的登门造访是桤明人生的转折点，也是淳于作为一个敢于视流行的阶级观念为敝屣的英雄证明。他具备了天才的一切素质：智力、胆识、精力都有过人之处，人性的欲望也有强大的魅力。可是当他和桤明后来都成为艺术家的时候，桤明由于中规中矩地顺从社会的要求和市场的规律而为世俗所接受，成为一个名利双收的"成功人士"；而淳于却依然以不屈不挠的好斗性与一切毒害艺术的社会污染作战，结果被一步步赶入了自暴自弃的孤立绝境。这本来应该是一个具有神性的人，却陷于世俗的泥浆里不能自拔。他在"告别艺术"的会上发出宣告："连桤明这样的人都得了洋奖，连靳三这样的人都与联合国官员照了相，伙计们，这就让我们不得不考虑一个严肃的问题了——如今'艺术'这玩艺儿还搞得搞不得？"[1] 这里半掺狂热嫉妒半掺严肃真情，也就是说，当艺术已经被市场所操纵，已经被主流的艺术趣味所左右（在全球化时代，艺术的标准往往取决于艺术市场上买方的金额），那么真正的天才艺术家自觉退出市场化的"艺术"圈子不失为一种洁身自好。他宁可通过其他领域的经济活动来满足物质欲望，但不出卖艺

---

[1]　张炜：《能不忆蜀葵》，第 118 – 119 页。

术良知。这也可以看作他蔑视世俗潮流的最后一搏，他不但没有拒绝社会潮流，反而迎着潮流投身于商海，希望挣扎出一个艺术家的新世界——他流连忘返的小海岛。我觉得淳于阳立向商海的纵身一跃本身就是恶魔性的，就像德国音乐家的创作勇敢地走向地狱一样。

据我所知，淳于阳立作为当下社会的某一类艺术典型，读者对他的性格诠释是相当有分歧的。不同的意见来自两个方面：一方认为他是个堕落的艺术家，或者说根本不是艺术家，而是当代的文化泼皮；另一种意见认为他是当代英雄，是"王子"或者神人，所以他与现实环境格格不入，他的失败具有"英雄末路"的悲壮感。前面一种意见多半是依据了正统的人物性格标准，后一种意见是明显感受到作家的艺术暗示，但双方共同的缺陷是看不到这个人物身上非常特殊的恶魔性因素。前者对恶魔性因素缺乏理解所以把艺术形象的性格标准放在纯而又纯的模子里加以规范，后者则看不到恶魔性因素又如何使这个人物从神性降低到藏污纳垢的境地。其实淳于身上的恶魔性因素并不神秘，那是中国特殊的社会环境所造成的悲剧。淳于阳立是 20 世纪 60 年代的"文革"乱世到 90 年代的全球化大趋势这一特殊年间的产物。少年时代的淳于因为看到一幅画感受到灵魂的战栗，进而不顾世俗偏见去找困厄中的桤明交心，两人一度成为挚友。这个故事放到"文革"的背景下——整个民族精气都被阉割掉、没有独立意志的年代来理解，淳于敢于反叛的天才性格就突兀而现，换句话说，这种破坏与创造并存的恶魔性因素正是"文革"时期的反叛特征。但是当中国走进全球化趋势的 90 年代，一切都趋向体制化、规范化、商品化的年代，当人们再一次在社会大趋势下丧失自我的独立精神与生命原欲，亦步亦趋臣服全球化的强势的时候，当多少平庸之材呼风唤雨沐猴而冠的时候，像淳于阳立那样元气淋漓的个性魅力则失去了社会青睐的可能性，创造性的一面失去了生存的条件，无法再创造出新的生命力，那就只能剩下恶魔性的放肆破坏和粗俗反抗了。这是社会造成的悲剧，也是淳于阳立个人的悲剧，是"文革"与"全球化"两个看似截然不同的时代在他身上"共谋"的结果。淳于的缺陷是很明显的（也可以说是中国式的恶魔性的特征之一），他所缺乏的，一是必要的"才"，二是应有的"德",而这两者正是"文革"时代教育普遍缺失所造成的整整一代人的悲剧:艺术(专业)上无足够的天分与才力来应对时代挑战和全球化的新统治,人格上又缺乏应有的道德能力来约束自身的欲望和调节个人与社会的关系。所谓人在天地之气中,要紧的就是有天高的才华与地厚的道德,天才地德不足,面对社会的大趋势要么就随波逐流丧失个性,要么就妄自尊大被焦虑、烦躁和愚蠢拖着奔向泥淖。有些个人悲剧,看上去是全球化造成的"因",其实追究到底还是"文革"时代的愚昧和野蛮统治结下的"果"。不幸,淳于阳立正是被迫驱入了后一条道,他与无意识走前一条道路的楷明,正好形成当代全球化趋势中中国知识分子的两种悲剧性下场的概括。

淳于的另一个中国式的悲剧是社会不良群体的包围。张炜在这部小说里完全摆脱了过去以"家族"分类的二元对立的人物谱系,他在淳于阳立的"城堡"里安置了一群社会小人:蛐蛐、谷仓、教授……这是中国知识分子在社会上遭遇的"被包围"的典型环境。对照托马斯·曼笔下的那个音乐家,他是把自己的活动严格限定在书斋里,完全与社会孤立起来,卢卡契评论说,这是因为"这位新浮士德所接触的知识界迈着一种反动透顶的假绅士派荒唐可笑的死人舞蹈的舞步,匆匆迎向法西斯主义的野蛮行径",所以这位音乐家"怕见世界",而把恶魔性看成内心世界的一种原始情感和驱动力。① 而在中国,像淳于那样的知识分子失望于知识界与庙堂以后,仍然是有一个文化上的退路,那就是民间的社会。所谓"隐身江湖"历来是知识分子精英的最后退路,所以中国知识分子对恶魔性的想象往往反映在对外部世界的争斗之上(所谓"替天行道"就是这种思想,侠文化也是一种中国式的恶魔性)。但是在现代社会中,民间不能不是庙堂和时代大潮的透影,它自身的道德规范已经在历来的社会大变动中被摧毁无遗,反过来民间的藏污纳垢特征又会滋生出一批社会渣滓——鲁迅谓之"包围者",这些不良群体是民间藏污纳垢中最不具有创造意义的生命体,不

① 卢卡契:《现代艺术的悲剧》,载《卢卡契文学论文选》第1卷,范大灿译,人民文学出版社1986年版,第566页。

会产生出积极的意义，他们靠寄生于一些权势力量兴风作浪来制造自身生存的空间。他们所依附的权势力量，也即鲁迅所说的"猛人"（包括名人、能人和阔人三种）。鲁迅一针见血地指出：谁一旦成为"猛人"，"则不问其'猛'之大小，我觉得他的身边便总有几个包围的人们，围得水泄不透。那结果，在内，是使该猛人逐渐变成昏庸，有近乎傀儡的趋势。在外，是使别人所看见的并非该猛人的本相，而是经过了包围者的曲折而显现的幻形。"① 张炜第一次在文学作品中如此真切地创造了这么一种民间社会的"猛人"与包围者的关系。在对待雪聪及其他人的关系中，淳于被人所包围的结果，是增加了他的恶魔性的丑陋与狰狞。

既然恶魔性穿行在物欲时代是那么的丑陋和狰狞，那么它给人性建设带来了什么？张炜又是如何来处理这一现象？在西方文学里，恶魔性被理解为一种与神性相反意义的精神现象，以原型的欲望为基础，从道德上说总是含有堕落的一面。托马斯·曼笔下的音乐家第一次遭遇魔鬼就是在妓院里，魔鬼化作妓女，在音乐家身上播下了梅毒。这是恶魔性因素最物质也是最动物性的本质。尼采曾经把恶魔性看作是人性下坠的标记，他在《查拉斯图拉如是说》第 3 部的《幻象与谜》里，通过查拉斯图拉之口讲了一个故事：他在向上走，魔鬼却化作侏儒压在他身上拼命地把他往下拖，于是出现下面的句子：

> 向上去：——反抗着拖它向下，向深谷的精神，这严重的精神，我的魔鬼和致命的仇敌。
>
> 向上去：——虽然严重的精神半侏儒半鼹鼠似的瘫坐在我身上，使我也四肢无力；同时他把铅滴倾入我耳里，铅滴的思想倾入我脑里。
>
> "啊，查拉斯图拉，"他一字一咬地讥刺地说，"你智慧之石啊！你把自己向空高掷，——但是一切被抛的石块，必得落下！
>
> 啊，查拉斯图拉，你智慧之石，被抛的石，星球之破坏者啊！

---

① 鲁迅：《而已集·扣丝杂感》，载《鲁迅全集》第 3 卷，第 486 页。

你把自己向空抛掷得很高，——但是一切被抛的石块，必得落下！

啊！查拉斯图拉，你被判定被你自己的石块所击毙：你把石块抛掷得很远——但是它会坠落在你自己的头上！"①

有的研究者认为：恶魔变幻的侏儒形象正是潜藏在查拉斯图拉——尼采身上的平庸形象的象征，而平庸是尼采在自己身上看到的最令人心悸、最令人厌恶的东西。尼采已经发现了人性的阴影和里层，他已经正确地看到它是每个人身上不可避免地要存在的一面。② 但是这种事实正是尼采难以接受的，所以他让查拉图斯特拉最后战胜了内心的平庸，他说："我！或是你！但是，我是我俩中的强者：你不知道我最深的思想，你不能藏孕它！"③ 他确实想以自己思想的深刻性和精神的高贵性来与内心世界里趋向平庸的恶魔性划清界限。如果我们认真读张炜的"欲望三部曲"，也会发现，只有第二部《外省书》所描写的性的原欲与中国知识分子追求的人性解放有着自觉的联系，而第一部《蘑菇七种》里的权力欲望和第三部《能不忆蜀葵》里的物质欲望都是与知识分子的良知背道而驰，这里就显示了作家的批判色彩和神性与恶魔性的冲突。张炜在淳于阳立的艺术形象里熔铸了他关于知识分子人文精神面临时代挑战的严肃思考，原先习惯于以"上升"和"下沉"构成两个对立家族的思维模式被转换为同一体中恶魔性的思考，即在淳于阳立身上同时具有"上升"与"下沉"两种因素。"上升"的因素来自一个艺术家对美的天才领悟，从一个自然小岛到满是蜀葵的油画，以及他在雪聪与苏棉之间因善良与巨大的爱而忍受内心分裂的痛苦，这都是小说中最为动人的抒情篇章，象征了这个人物性格里所具有的亮色和理想性，用以抗衡恶魔性的下沉与毁灭。仿佛是一部精神性的抒情长诗，主人公淳于的灵魂在巨大的内在分裂中忍受

① 尼采：《查拉斯图拉如是说》，尹溟译，文化艺术出版社1987年版，第159页。查拉斯图拉，现一般译作查拉图斯特拉。

② 巴雷特：《非理性的人：存在主义哲学研究》，段德智译，上海译文出版社1992年版，第204－205页。

③ 尼采：《查拉斯图拉如是说》，第160页。

煎熬，作家好几次把他安排在昏迷或者半昏迷的状态，无论是爱还是痛，都是以一种类似梦境的形态呈现出来，也表现出小说本身具有的高度抽象性的艺术特点。

张炜小说里恶魔性因素的整体性局限

我在前面论述张炜小说里的恶魔性因素是有意回避了对一个元素的分析，即作为原欲的对立者的形象，在《外省书》里是史珂，在《能不忆蜀葵》里是桤明。这是最引起争议的形象。我读过一篇批评文章，直言不讳地指出这部小说的失败主要就在于桤明的故事和淳于的故事缺乏整体结构的关照，"桤明只是个木偶、傀儡，他被作家拿来作对比和陪衬，对淳于的故事桤明只是起被动的说明作用。"① 如果就结构而论，这位批评家所说的并不错，问题在于他的批评前提已经假设了桤明的故事与淳于的故事在小说里具有同样的重要性，所以必然要构成某种对称性；但如果小说的原有结构就不是以两人的对称为结构的呢？正如史珂与师麟也不是一种对称结构，这两部小说在结构上都设计了一个特殊的叙述者，即一个人与一个欲望的世界。那个叙述人基本上是一个有点老派的人文主义者，对欲望世界持保守的批判的看法，整个欲望世界是在他们的冷眼观察、思索、反诘中逐渐展开的，当然他们也不仅仅是冷静的观察者，他们同样也是物欲时代中的人，也能参与到种种潮流中，甚至还是得益者，因此他们在小说里所起的支点作用，本不在他们自己的故事，而在他们的思考、辩论与诘难，——这种结构与托马斯·曼的《浮士德博士》的叙述方式也有某种相似性。

如果是这样的话，那么，师麟的故事与史铭父子的故事构成某种并置关系而展开，淳于的故事是与他的包围者以及几个女性的关系独立展开的，他们的故事与他们的叙述者自身的故事没有也不需要构成对应的或者对称的结构。但这并不是说，叙述者自身的故事不重要，

---

① 吴俊：《另一种浮躁——从〈能不忆蜀葵〉略谈张炜的小说写作》，《文汇报》2002 年 3 月 22 日。

但比起叙述者承担的叙述任务，其故事显然只是为了进一步说明叙述者的思想观点而已。比如我们在史珂身上看到的是一个性无能者的痛苦和无奈，以此来反衬欲望世界里蓬勃的性欲在一个健全的人性（师麟）中是如何势不可当。但是问题也随之深入地提出：张炜即使把叙述者作为某种观念的代表，那么，他是否把他们的观念表达得很好了呢？在这点上我同意那位批评家的意见，这两部小说的最大问题是没有把他们所面对的欲望世界的恶魔性因素给以充分地表达出来、描绘出来，并给以及时到位的批判。

由于这两位叙述者在小说里并不是第一人称的叙述者，他们介于叙述者与具体角色之间，所以他们对欲望世界的态度、观点和立场，不完全是通过他们的声音来表现的，还通过他们的形象来间接地表现。他们的许多行为本来就是为了说明他们的某种思想和观念，所以，他们的形象是否饱满在这个意义上变得至关重要。应该说，张炜在这两个叙述者的形象塑造上充满了前所未有的矛盾，这种自相矛盾来源于张炜本人的主观世界对生活激变的认识还停留在传统人文主义的态度，但是出于一个作家对生活的敏感，他已经感受到生活激变中出现的新的人性因素——恶魔性因素的威慑性，接连几部作品他不断关注到这些恶魔性的因素，并切实塑造出在当代文学创作中几乎全新的人物形象，但对于如何阐述这些他新发现的人物形象，他的叙述话语却不得不哑然失效了。所以我们不能不看到，《外省书》里的叙述者史珂的整个形象是干瘪无力的，他曾经引用一位西方诗人的诗："为那无望的热爱宽恕我吧/我虽已过四十九岁/却无儿无女，两手空空，仅有书一本。"[1] 可是他缺少的恰恰是那无望而真挚的热爱，他也不了解那"仅有书一本"正是诗人用全部生命的能量吟唱出来的，离开了对全部生活的热爱，对变动中的生活处处感到陌生也不去了解，那么，盲目的逃避、拒绝和否定决不是致对方于死命的有效斗争，也不是富有战斗力的批判。所以我们读到史珂笔记里的那些议论、与他哥哥的那些辩论，都不能不感受到一种陈腐的味道。而楷明呢？他虽然顺应社会潮

---

① 张炜：《外省书》，第 4 页。

流而成为一个成功人士，但是他在应对生活中的阴暗力量挑衅时完全丧失了积极的斗争性，甚至对生命中的至爱也变得冷漠无奈，失去了任何可能的生命勃动。只要对照淳于对雪聪的狂热痛苦的爱与桤明对小天使的虚假鬼祟的爱，两人品格之高下已经有了分野，桤明的恋爱故事虽然也有催人泪下的细节，但终究是一个社会名流的风流史，离开原欲的爱已经很遥远了。

应该说，把史珂和桤明塑造成干瘪无力的形象本不是张炜的本意，塑造这类人物原来是张炜所擅长的，如《古船》里的隋抱朴，但为什么会在这两部小说里给人产生相反的印象呢？我想这不是张炜的无力，而是他所依据的批判世界的武器的无力。既然他所面对的恶魔性是来自人性深处的根本之欲，那就不能简单地否定它，而是要把它融入人性中去，发挥它的积极的创造性的一面。就在我刚才所列举的尼采关于恶魔下坠性的议论以后，就有研究者指出：如果尼采对恶魔性不是如此清晰地划清界限，不是"我！或是你！"这样泾渭分明地相对立，而是强调"你和我本是同一个自我"，那就会显得更加明智和更加有勇气。事实上，人是无法将自己内心世界里的恶魔性完全剔除掉的，正确的态度应该像歌德笔下的浮士德那样充满面对的勇气，把魔鬼作为自己的仆人和部属：恶魔"如果同我们自己结合起来，就可能成为一种富有成果的积极力量一样；……歌德完全知道传统的恶魔象征内蕴着的模棱两可的力量。尼采的非道德主义，虽然表述得激烈得多，却不过是在精心阐发歌德的论点：人必须把他的恶魔与自己融为一体，或者如他所说，人必须变得更善些和更恶些；树要长得更高，它的根就必须向下扎得更深"[1]。事实上，史珂与桤明都不具备这样的浮士德精神，所以他们不能一往无前地向积极、完善的人性推进。

从"文革"到全球化大趋势，中国社会经历了翻天覆地的变化，在一场场的大变动中，人性深处的恶魔性因素一次次从所罗门的瓶子里冒出来，可以说恶魔性的存在直接颠覆了古老中国文化中温情脉脉的人性理论，同时也颠覆了几十年来支配着中国社会的信仰、伦理、

---

[1] 巴雷特：《非理性的人——存在主义哲学研究》，第 201 页。

人文以及种种意识形态，这种来自西方的人性观念在它的故乡甚至也颠覆了传统的宗教观念，促使人们对上帝都需要有新的认识。面对这种深刻的观念变革，文学仍然总是最敏感的，我们在张炜等的近期创作中不约而同地读到了类似的艺术形象，他们以极为复杂的人性内涵以及突出的欲望内涵，给当代文学创作注入了新的时代诠释，给艺术形象理论提供了可供解读的文本。但是我觉得对这些艺术形象的解读，包括作家本人的诠释都是不成功的，理论上的滞后性已经束缚了人们对这些创新作品的艺术内涵的进一步理解。艺术创造需要时时面对新的生活现象，理论也同样需要研究新的人性因素和文学因素，以此来解释生活中出现的新现象。面对恶魔性其实就是面对人性自身在当今社会的种种考验与应对，因此研究恶魔性因素不仅对艺术创作，而且对社会发展中某种人格重铸都会带来积极的意义。至于这一来自西方的理论概念对于中国社会和文化的发展会产生什么样的独特的因素，将是世界性因素的另一个课题，我们将会在继续研究中做进一步的阐明。

2002 年 7 月 30 日写于黑水斋；初刊《文学评论》

2002 年第 6 期，编入《思和文存》和《陈思和文集》

试论贾平凹《山本》的民间性、传统性与现代性

　　春节期间，我没有做其他事，除去正常的会客应酬贺年，只读贾平凹新近创作的长篇小说《山本》。厚厚的四大册手稿，不分章节，不设标题，绵绵密密，一气贯通，由作者风格鲜明的文字连缀组成。作者为小说题记道："一条龙脉，横亘在那里，提携了黄河长江，统领着北方南方。这就是秦岭，中国最伟大的山。《山本》的故事，正是我的一本秦岭志。"在后记里，作者又写道："秦岭里就有了那么多的飞禽奔兽，那么多的魍魉魑魅，一尽着中国人的世事，完全着中国文化的表演。当这一切成为历史，灿烂早已萧瑟，躁动归于寂静，回头看去，真是倪云林所说：生死穷达之境，利衰毁誉之场，自其拘者观之，盖有不胜悲者，自其达者观之，殆不值一笑也。巨大的灾难，一场荒唐，秦岭什么也没改变，依然山高水长，苍苍茫茫……"① 再就是小说结尾，涡镇毁灭于炮火之中，女主人公陆菊人说："这是有多少炮弹啊，全都要打到涡镇，涡镇戓一堆尘土了？"另一个主要人物陈先生回答："一堆尘土也就是秦岭上的一堆尘土么。"于是，作者写道："陆菊人看着陈先生，陈先生的身后，屋院之后，城墙之后，远处的山峰层峦叠嶂，一尽着黛青。"②

---

① 贾平凹：《山本》（精装本），人民文学出版社 2018 年版，第 541 页。
② 同上书，第 539 页。

读着这些文字，恍惚觉得，作者化身为秦岭山脉博物风情的说书人，一个从历史烟尘中慢慢走出来的老者，他引导读者举头远眺——看得远，看得更远，直到你看懂了苍茫间一片黛青山色，若有所悟。前文所引倪云林语录，在"殆不值一笑也"后面，还是被略去了一句重要的话："何则？此身亦非吾所有，况身外事哉！"[①] 这句话才传递出作者此时此刻的苦涩心情。人在苍茫历史面前，就如同飞入秦岭的一只小小的鸟，微不足道犹如芥子之渺，复何言哉？然而作者终究是"言"了，那就是《山本》。大山的山，本来的本。山指秦岭，但秦岭又不仅仅是秦岭，它熔铸了一部家国痛史；本即真相，也是根本之本，本来应该是隐藏在世间万象演化之中。作者既然想说出他所感悟的历史真相，那也只能是依靠世间万象演化本身，在贾雨村言中，透露甄士隐（真事隐）去的某些故事。

上篇：民间说野史
——《山本》中"民间说史"的传统与特点

《山本》的故事当然是中国故事。如果中国就是 CHINA（瓷器），那么，作者要讲的故事也是一地破碎的瓷片，既有飞禽奔兽，也有魑魅魍魉，前者是自然，后者是人事，都依托了秦岭这个大背景，絮絮叨叨地显现本相。这个言说结构，在《老生》的叙事中已经演绎过一次。不过在那里，自然是通过典籍《山海经》来呈现，而在《山本》里，演示自然的部分被融化到了人物口中，成为故事的一部分。如麻县长在秦岭任上无所作为，只留意秦岭的草木虫鸟，辛苦采集标本，编撰了两本大书，一本是秦岭的植物志，一本是秦岭的动物志。尽管这两本书到了小说最后也没有完成，写成的部分也将毁于炮火。但是不管有没有秦岭博物志，秦岭依旧巍然存在。炮火可能毁了麻县长的著作，但秦岭的黛青山色苍茫依旧。麻县长的故事也是作家胸中块垒，

---

① 　陈雨杨：《倪瓒》，河北教育出版社 2003 年版，第 13 页。

《山本》里大量描写秦岭博物风情的段落，可以看作作家创作这部小说的初心所在。《山本》作为秦岭志的存在，其寿命要比山本各路贤愚性命长得多，但是《山本》在巍然存在于世的秦岭面前，同样也是微不足道的。这就是来自秦岭的自然、人事与言说的关系。

然而《山本》是小说，秦岭博物风情只能通过人物故事传递出来方才有趣，所以，在小说言说中，人事又转化为秦岭的主人，上演了一幕幕威武雄壮、可歌可泣的悲喜剧。作者说他要写一本秦岭志，"志"也包括了秦岭的民国史，从历史故事中呈现博物与风情。但是如何来叙述历史？这要比描绘博物风情复杂多多。作者在后记里坦陈《山本》开始构思于 2015 年，"那是极其纠结的一年，面对着庞杂混乱的素材，我不知道怎样处理"。纠结在于言说立场的选择。回顾文学史传统，历史题材叙事从来就分两类：一类是官史，是胜利者帝王将相文治武功的历史，那是被钦定正史作为维系统治者意识形态的教材，所谓孔子作《春秋》而乱臣贼子惧，就属此类；还有一类是失败者流传到民间乡野的口传史、歌谣史、戏文史，野调无腔，却构成正史不载的野史。文艺创作起源于民间，在被士大夫文化改造之前，它是走在后一脉野史的源流之中。这已经被文学史无数作品所证明。中国当代文学发展到 20 世纪 90 年代，最为绚烂的成果，就是作家重归民间的自觉，贾平凹与莫言为佼佼者。当代民间说史滥觞于 20 世纪 80 年代的《红高粱》，中经 90 年代刘震云的故乡黄花系列，到了 21 世纪贾平凹的《老生》《山本》，已经日臻成熟，俨然形成创作流派。民间说史的特点在于：它自觉分离庙堂话语编构的正史，另筑一套民间话语体系，这一点与 20 世纪五六十年代的《红旗谱》《林海雪原》等寄民间因素于正史话语体系的革命历史小说有所不同；同时与"五四"新文学传统中的知识分子说史的话语体系也有所不同，它更多偏重民间小道的传播、街头巷尾的流言、青山渔樵的讲古，荒诞不经，藏污纳垢，为官家御用所扼腕，为知识良心所不齿，但是它以老百姓喜闻乐见的低端形态赢得民间草莽的倾心欢迎，故而禁毁不得，与世长流。古代文学的民间说史传统里犹有庙堂的权力话语渗透，如《三国》《水浒》之正统思想，依然不脱旧文人腐酸窠臼，但当代民间说史，可贵的也就是摆脱了这一大阴影，形成新世纪文坛上活泼健康的审美风格。

以《山本》为例，我们不妨探讨民间说史的一些叙事特点。首先就是历史时间的含混处理。一般正史叙事里，时间是最重要的线索，也是叙述统治者走向权力顶端的重要节点。没有时间就没有历史，没有准确时间的历史就是靠不住的历史；但是在民间说史的传统里，时间永远是模糊的，正是为了要避免清理历史故事的精准性（所谓甄士隐）。民间故事的开端总是：从前啊……，或者：古人说……，民间说史的历史往往是虚拟的，就如《红楼梦》讲述的是清朝故事，叙事时间竟追溯到女娲补天，一下子就变得含混了。但是没有谁会去认真纠正这些故事细节的真实性，只是在更广泛的审美领域，人们可能宁愿相信小说所提供的艺术真实。读《山本》第一个感觉就是故事时间的不确定。小说开篇第一句："陆菊人怎么能想得到啊，十三年前，就是她带来的那三分胭脂地，竟然使涡镇的世事全变了。"① 也就是说，小说叙述的历史内容，大致在十三年的范围内。我粗粗查阅了陕西近代史，冯玉祥部队进驻长安围剿土匪白狼，是在 1914 年，小说一开始写陆菊人与杨钟结婚不久，便发生冯玉祥与白朗（白狼）的激战，应该是在那个时候。但紧接陆菊人怀孕期间，就发生了井宗丞参加红军绑票自己父亲的事件，由此牵连弟弟井宗秀坐了一年的牢，出狱后杨掌柜把三分地送井宗秀葬父，那正是陆菊人坐月子的时候。当然 1914 年以后几年里不会有红军这个名词出现。陕北红军早期组建是在 1927、1928 年间。从 1914 年到 1927 年前后，差不多十三年。但小说叙事中的"十三年"与现实历史上的"十三年"内容完全不一样。现实历史中相隔十多年才发生的故事，在小说里几乎是连成一气发生了。这就是民间叙事的时间模糊性。又如，小说里曾写到时间背景：

　　形势已经大变，冯玉祥的部队十万人在中原向共产党的红军

---

① 贾平凹：《山本》（精装本），第 1 页。

发动进攻，红军仅两万人，分三路突围，一路就进了秦岭。秦岭特委就指示游击队一方面与冯部十二军周旋，牵制他们对进入秦岭山区的红军的堵截，一方面还要护送一位重病的中原部队首长尽快通过秦岭去陕北延安。[①]

这段描写中夹杂了许多个时间节点，冯玉祥与蒋介石联合反共，应该是在 1927 年以后不久，但那时反共主要是清党，还轮不到大规模作战。1927 年毕竟是陕北红军草创时期，小说写到阮天保与井宗秀分裂，从保安团倒戈为红军，可能是影射 1927 年 10 月共产党人唐东源、李象九、谢子长等利用陕北军阀井岳秀部第十一旅第三营发动清涧起义，创建陕北红军的历史事件。红军与冯玉祥的军事交锋应该是发生在 1928 年 6 月，冯玉祥以三个师的兵力围剿唐东源、刘子丹等人创建的工农革命军，革命军失败后，有一路军队进入洛商山区，与当地零星的游击武装结合在一起，也就是小说里蔡一风、井宗丞领导的游击队。而冯玉祥在中原发动战争，是与奉系军阀以及河南当地军阀作战，不是与红军的中原部队作战。至于游击队护送首长去延安的事迹更加离奇，在 20 世纪 20 年代末红军既不可能有中原部队也不可能有延安根据地，护送事件只能发生在抗战以后（刘志侠的小说《铁道游击队》描写过护送首长去延安的故事）。但是在民间传说里，因为没有准确的时间坐标，才可能把不同时间的历史事件混合在一起加以编纂传说。贾平凹巧妙运用这样一个看似明显有误的叙事时间，透露了民间说史无时间感的叙事特点。

其次，民间说史脱胎于民间说书。早期的话本小说擅长表现市井故事，反映了古代农耕社会向都市商业社会转化过程中的人性向往。中国是史传大国，正史向来是皇家重臣、儒家圣人的禁脔，老百姓无缘染指。因此，民间说史起源渔樵讲古、戏文传授以及民间歌谣的流传，以后才慢慢形成文字读本。老百姓对历史真相并不感兴趣，替古

---

① 贾平凹：《山本》（精装本），第 252 页。

人担忧只是一种审美功能，并无功利实效。但是它从民意的角度补充了正史之不足，《说岳》《杨家将》《包公案》等都是属于这类作品。在现实历史中遭遇了不公冤案的人物，在演义里总是冤情得以昭雪。民间说史传统的道德基础是民间正义，它虽然被掺入传统道德说教的成分，但更多的还是民间的想象力与正义感，这也是读《山本》的一条路径。《山本》写到了两个真实的历史人物，冯玉祥是实写，指名道姓，但只是一笔带过；另一个是井岳秀，则是以虚拟手法，塑造了井氏兄弟井宗丞、井宗秀两个人物，似为井岳秀树碑立传，但是真名真事皆被隐去，留下的全是假语村言。井岳秀被称为"榆林王"，在治理榆林地区经济建设、维护汉蒙领土统一等方面政绩显著，可以说是与冯玉祥、杨虎城等并称的一流枭雄。但是在国共争斗中井岳秀倾向反共，这与冯、杨后期亲共不同，所以他们在民国史的地位也明显不同。《山本》对冯玉祥的介绍凸显了与红军作战的经历，而对以井岳秀为原型的虚构人物井宗秀则给予了很深的同情。这也可能是作者在创作这部小说初期的纠结原因。但是从民间说史的角度看，井岳秀其人对榆林地区的治理和保护，还是功不可没的。《山本》不是故意做翻案文章。

陕北军阀井岳秀本人就是一部传奇。他兄弟井勿幕是陕西辛亥革命先驱，曾被孙中山誉为"西北革命巨柱"，仅 31 岁就被人暗杀。井岳秀为兄弟报仇，将仇人李栋才活捉回来，用砍头、挖心、抽筋等酷刑祭兄灵前，还剥了人皮做成马鞍，整天骑于胯下解恨。有了这段历史做垫底，小说写到井宗秀派人剥了奸细三猫的皮做鼓，为兄报仇肢解邢瞎子的身体，也都落到了实处。井岳秀擅长骑马，治理榆林二十余年，每天晚上都骑马巡察，这一点在小说里刻画井宗秀时也被描写出来。井岳秀之死也充满传奇性，据说是在看家眷打牌时，自己身上的手枪坠地走火，命中要害而死。但也有传说是被共产党指使刺客暗中枪击而亡。小说取后说，暗示被阮天保行刺。从小说文本结构来分析，井宗秀作为一个民间英雄，这样的死亡甚为尴尬，但是从民间野史传统中寻找，同样的例子仍然存在，《三国演义》猛将张翼德一世英雄，最后死于两个裁缝的行刺，何况阮天保在书中作为井宗秀生死宿敌，身怀绝技，也算是旗鼓相当死得其所。从这样的构思安排也可以体尝作者当初的纠结之情，既从民间正义出发为井岳秀讨个公道，也在国共军事争斗的钢丝绳索上把握了平衡。

民间说史的第三个叙事特点，就是历史与传奇的结合。这也是民间说史最凸显的娱乐功能。正史不录的怪力乱神，在民间说史里却是不可缺少的元素。贾平凹的小说叙事里不缺因果因缘，但传奇成分都是在无关紧要处聊添趣味，真正涉及历史是非处则毫不含糊。读《山本》，最重要的传奇是通过三个人物来传达的。第一个是女主人公陆菊人，小说开始就说，因为她的陪嫁三分胭脂地暗通龙脉，带到涡镇造就了"官人"井氏兄弟，但同时也给涡镇带来了毁灭。小说里以铜镜为鉴作为线索，构成了陆菊人与井宗秀的对应关系。第二个是民间医生陈先生，是个瞎子，但能洞察世事，逢凶化吉，此人提供的神秘信息都是正能量，与另一个以邪术蛊惑人心的周一山形成对应关系。第三个是地藏王菩萨庙里的哑巴尼姑宽展师傅，她不言不语，却以尺八音乐来普度众生，她是出世的、无声的、精神的，与小说里所呈现涡镇内外的现实的、混乱的、欲望的世界构成对应关系。以铜镜立戒指向过去，以救世行医指向当下，以宗教慈悲指向未来，三世均有指点。但是铜镜无声，瘖哑具残，对于这个杀人如麻的无道世界，充满无奈与慈悲。

小说结尾处，涡镇己经毁灭，各路英雄都化为灰烬，唯独陆菊人、陈先生和宽展师傅还在人世间的苦难中继续生存。这又让人的思考回到小说最初要表达的秦岭意象。这些传奇人物本身就是秦岭的一部分，经历自然荣枯，阅尽人间苦难，而秦岭一脉的青山默默，成为永恒，既包容了自然、人事与言说，也包容了前世、今生与来世。

中篇： 当代 《水浒》 魂
—— 《山本》： 向古代小说致敬

　　仍然以《山本》为例。贾平凹对当代小说民族风格的建构，有着非凡意义。中国"五四"新文学一脉传承的当代小说，基本上是在西方近代文学（尤其是俄罗斯文学）现实主义传统的余荫下发展而来。其发展中略有变异。以赵树理为代表的西北乡土文学是一次向传统文学的自觉回归，在当时（抗战）的环境下，回归传统即被视为顺应社会潮流，但顺应的是抗战教育与启蒙需要，却回避了反省与批判中国文化自身的缺陷。赵树理对中国农民的理解及其美学表达朴素而真切，贴近生活本来面貌，从而在一定程度上所达到的艺术真实，比意识形态化的创作要高明得多。但毋庸讳言，赵树理朴素的现实主义创作未能贯彻到底，也未能达到应有的深度，在越来越严峻的政治权力干扰之下，赵树理后期创作动辄得咎，他本人也死于非命。但是他为新文学传统开创了一条有别于西方现实主义创作方法的本土化道路，成为当代文学民族风格的先驱者代表。贾平凹是赵树理文学道路最优秀的继承者。新世纪以来他创作的《秦腔》等一系列长篇小说的艺术风格，都是带有原创性的、本土的，具有中国民族审美精神与中国气派。贾平凹既能够继承"五四"新文学对国民性的批判精神，对传统遗留下来的消极文化因素，尤其是体现在中国农民身上的粗鄙文化，给以深刻的揭露与刻画；然而在文学语言的审美表现上，他又极大地展现了中国本土文化的力量所在。他所描绘的人物都仿佛是从古老中国的土地上走过来的，风尘仆仆，扎扎实实，原汁原味，他不仅褒扬农民身上善良醇厚的文化因素，还连同他们性格里与生俱来的恶魔性因素，也一股脑儿地赤裸裸地呈现出来，真正做到了一鞭一条痕，一掴一掌血，毫不留情。他所采取的创作方法，没有新文艺腔的做派，也不同于典型环境典型性格的概念先行，他遵行的是法自然的现实主义。什么叫"法自然"？春夏秋冬自行运转，人不能左右，自然变化不是通过个别的标志性事件来显现，而是依据自然运行规律自然而然地发生。这样的自然生态也可以用于观察人事社会的运行演变，尊重社会现象的本然发展，也就是法自然。一切皆来自于自然法则，天地、山川、人事都是自然而然地演绎自己的运作轨迹，极其琐碎的万象叙事中保持了完整的艺术张力。读贾平凹的作品能够强烈感受到天地运行四季轮回，草木盛衰人事代谢，一切的一切都是在动态当中，又是被平平淡淡地叙述出来。这就需要非常高超的写作手段与艺术能力。而贾平凹之所以能做到这一切，主要是得益于中国传统文化的营养熏陶。

《山本》来自民间说史的传统，也是法自然的叙事传统。人事社会的运行演变有其自然规律，也同样是自然的一部分。贾平凹善于把书写自然规律的方法用于描写人事社会。《秦腔》平平淡淡、琐琐碎碎就把农村衰败的演变轨迹写了出来，读者读到最后，才发现社会已经发生了天翻地覆的变化。《山本》同样如此，通过大量细节的琐碎叙述，历史轨迹在其中慢慢发生变化。《山本》的叙事很有特点，无章无节，仅以空行表现叙事节奏，人事浑然一体，时空流转有序。这种叙事形式可以看作是对世道自然形态的高级模仿，所谓山之"本"也就隐在其中了。虽然作家没有明确告诉我们山之"本"究竟是什么，但是从文本展示的大量细节（如小说里写到大批人兽微不足道的死亡、老皂角树的神秘自焚、人性的残忍与酷刑种种、涡镇在炮火下遭受的灭顶之灾等）中，我们不仅感受到作家对秦岭自然形态的敬畏之心，也能体会他面对秦岭人事兴衰生活形态的认知与悲悯。在大祸临头前夕，中医陈先生与陆菊人有一段对话：

陆菊人说：那你看着啥时候世道就安宁啊？陈先生说：啥时候没英雄就好了。陆菊人愣了，说：不要英雄？先生，那井宗丞是英雄吗？陈先生说：是英雄。陆菊人说：那井宗秀呢？陈先生说：那更是英雄呀。陆菊人就急了，说：怎么能不要英雄？镇上总得有人来主事，县上总得有人来主事，秦岭里总得有人来主事啊！是不是，英雄太多了，又都英雄得不大，如果英雄做大了，只有一个大英雄了，便太平了？陈先生说：或许吧。[1]

陈先生一言道破天机。陆菊人却不理解，她虽然也看不惯井宗秀嗜血成性，但是她认为这个世界还是需要有英雄来主事，她只是希望英雄不能太多，要少些，要做大英雄，天下才能够太平。陆菊人代表了中国百姓最善良的愿望，也是中国文化传统里的皇权正统意识。正如鲁迅在《文化偏至论》里讨论的"一独夫"与"千万无赖"之关系，而"不堪命"之民则希望把"独夫"的暴虐统治压缩到最低限度。[2] 但是，大英雄救世观还是给中国传统的吃人文化留下了余地。《山本》里嗜血成性也可能被人视为英雄，却不是世道所需要的英雄。遵循道家哲学的陈先生意识到这一点，在他看来，英雄辈出，恰恰是反自然的，但他也不便明说出来。其实这就是尊自然为至高无上的法自然观，也就是山之"本"，继而是世道之"本"。

《山本》还是一本向古代伟大小说《水浒传》致敬的书。《山本》是写山的大书，写了秦岭，也写了秦岭里世代居住的百姓们在官、匪、兵三大压力下毫无人权保障的生活现实，一部分不愿任人宰割的底层百姓如何在自己的领袖发动下揭竿而起。小说里的井宗秀当然不是现代史上的军阀井岳秀，而是以井岳秀部分故事为原型虚构的艺术形象。井宗秀领导的涡镇预备团有点像民团，既与官府军队（冯玉祥部下）有一定的联系，又与县政府保安团有冲突，是独立的武装组织，旨在维护自己家园（也不能排除他们一旦武装力量壮大，可能成为割据一方的地方军阀），如果在《水浒传》里，那就是祝家庄、曾头市等民团武装。再进而分析，《水浒传》所写的梁山好汉打着"替天行道"的旗号只反贪官不反皇帝，也属于这类地方武装割据，官匪不过是其身份的两面。以往当代文学所描写的农民武装，要么是农会，要么是土匪，或者就是被改造了的土匪，总是不脱国共两党军事势力的诠释。

① 贾平凹：《山本》（精装本），第 515 页。
② 鲁迅：《文化偏至论》，载《鲁迅全集》第 1 卷，人民文学出版社 2005 年版，第 47 页。

直到 20 世纪 80 年代口期出现了《红高粱》为标志的民间说史，土匪形象（余占鳌）直接登上了文学叙事舞台，体现出鲜明的民间性。《山本》在民间说史的基础上有了新的创意，第一次正面描写了民国时期西北地方武装在国军与红军之间反复周旋。民国史上陕西地区红枪会等民间武装组织可能是其原型。《山本》用复调结构写了井氏兄弟的行状，哥哥井宗丞组织红军武装需要经费，设计绑架自己父亲，导致井掌柜之死，弟弟井宗秀被牵连入狱。宗秀被麻县长释放后周旋于官府与土匪之间，终于成为民间武装领袖，名义上则是国民党军队所属预备团（后改编为冯玉祥军队的预备旅）的最高长官。兄弟俩从此走上不同的政治道路，但彼此内心常有牵挂。哥哥曾建议红军与预备团两不相犯，后被党内当作右倾机会主义整肃；弟弟获知哥哥被害，为报仇不惜与红军对立，导致全军覆没。预备团主体是涡镇的底层市民，也有农民与收编的土匪，是含混着民团、土匪、军队三合一的地方武装组织。预备团在民国乱世中从崛起到覆灭的经历，充分表现出中国旧式农民武装的复杂性、局限性及其悲剧性下场。他们在现实利益面前，有可能联共，也有可能投靠政府军队，甚至可能勾结土匪为害一方。我读《山本》不止一次联想到肖洛霍夫描写顿河边上哥萨克民族武装军队在红军、白军之间反复周旋的伟大史诗《静静的顿河》，但是我更愿意把《山本》与《水浒传》联系在一起来讨论。梁山好汉们从单纯的反抗压迫，到一个个被逼上梁山，再到千军万马抗击朝廷军队，最后又被招安转而去镇压别的农民起义，在这样的大反复大起落的过程中，我们可以领略农民革命在历史洪流中呈现的复杂性，体会到《山本》是对《水浒》做了一个历史的回响，因为千百年来中国农民阶级的文化性格并没有脱胎换骨的变化。

其次，《山本》对农民革命残酷性的描写，也是对《水浒传》暴力书写的一个辩护。《水浒传》的英雄人物几乎个个嗜杀成瘾，在安良除暴的过程中不仅对坏人施以酷刑，也多次滥杀无辜，如武松血溅鸳鸯楼，石秀大闹翠屏山。最让人不忍的是，扈家庄在投降以后还遭到李逵的灭门屠杀，其残酷令人发指。即便是正义惩罚邪恶，如宋江之杀黄文炳，卢俊义之杀李固，也是种种酷刑无不用其极。为此《水浒传》经常遭人诟病，尤其受到当代学者的严厉批判。其实，古代文明形成过程中，人性尚未完全摆脱进化中残余的兽性基因，这种兽性基因在以往历史的政治斗争、军事斗争中被认为是英雄行为，嗜血成为英雄标记。种种酷刑首先来自官府刑律，来自统治者无上权力，其次才会在民间被效仿而流传，成为普遍的野蛮风俗。中外风俗，莫不如此。刘再复先生称屠杀快感是国际性现象，非中华民族独有。① 诚哉斯言。从进化论的角度来考量，血腥残酷都是人类生命中的坏基因，在当代中国人性的展示中也不乏血腥残酷的残余物。在文化上，从古罗马斗兽场到现代战争暴力影视与游戏，都是血腥残酷的美学道具。既然血腥残酷来自人性坏基因，文学作品自然可以给予刻画描写，这也是法自然的一种形态。但作家以何种态度去表现血腥暴力，却是一个问题。在罗贯中、施耐庵的时代，游牧民族统治中国，仁义充塞，率兽食人，人将相食而天下亡。视人兽同列，草菅人命不足为奇。统治者可以食人，被食者也可以食人，而且还被蒙上一层正义复仇面纱，所以李逵抡起板斧"排头儿砍将去"，也会让人觉得出一口恶气。暴力美学由此而生。所以在《水浒传》里，杀人者，英雄也。但是在文明日益坚固的当今，这类暴力只能产生在艺术创作中，而不允许在现实生活中被激活（如土改时期、"文革"时期因鼓励阶级斗争而产生的种种暴行）。弄清楚这个前提，我们才能来讨论《山本》中的残酷书写。贾平凹在《山本》里以空前胆识书写了人性残酷基因与人类暴行，而且这些暴行不是发生在侵略者或者统治者一方，施暴者正是来自农民和下层市民参与的各种武装力量，既包括了土匪，也包括所谓的英雄。上篇说到过，井宗秀为兄报仇的酷刑取材于现实生活中军阀井岳秀对仇人剖心剥皮的事例，也就是说，直到民国时期，中国还大量存在着对人体施行各种酷刑的事实，这正好证明了新文学初期鲁迅对中国传

---

① 刘再复：《双典批判：对〈水浒传〉和〈三国演义〉的文化批判》，生活·读书·新知三联书店 2010 年版，第79－83 页。

统文化"吃人"的控诉。"吃人"既是一种象征性修辞，但也不能排除中国文化中确实含着摧残人的身体、性命的"吃人"基因，如果把这类嗜血暴行仅仅说成是来自侵略者或者统治者一方，那就大大减轻了文化反省的责任。《山本》的严肃性与批判性就在于深刻揭露了普通人性中遗传的坏基因。小说在叙述这些残酷的细节时，仿佛是不经意的，没有过于渲染和耸人听闻，却达到了令人战栗的效果。如写到预备团袭击保安队，结果卖凉粉的唐景被打死，他的儿子唐建为报仇又杀了保安队长阮天保的父母。小说里这样写道：

> 土屋门前有人在看守着，他（唐建——引者）爬上后墙的小窗，跳进去。阮天保的爹娘在草铺上睡着，老汉抬起头说：你是来救我的？唐建说：先睡好，不说话。老汉就睡下。唐建说：你儿杀我爹，我就杀你！一斧头劈过去，老汉的头成了两半。老婆子拿眼睛看着，却一声没吭，唐建说：你儿没杀我娘，我也不杀你。老婆子还是一声没吭。唐建再看时，老婆子死了，是吓死的，眼还睁着像鱼。①

这段描写是典型的贾平凹叙事风格，没有夸饰性的描写，没有呼天抢地的感情，而是纯然客观地描写了一个杀人事件。唐建杀人复仇自有理由，两个老人却是无辜的，唐建杀人时还没有完全丧失理性，只杀阮父不杀阮母，但阮母还是受惊吓而死。寥寥几笔，把三个人的惨状都写出来了。本来井宗秀成立预备团得到了全镇人民的拥护，镇民们愿意靠自己的力量来抗击土匪侵袭保卫家园，结果因为有了武装，镇上死的人更多了。小说里杨掌柜临死前有一段沉思：井氏兄弟与杨钟、阮天保都是从小一起长大的，为什么现在要闹得自相残杀，让镇上死了那么多的人？杨掌柜至死也想不明白这个道理，英雄井宗秀到死也没有反思自己的行为，他的人格在厮杀中渐渐异化，朝着兽性转

---

① 贾平凹：《山本》（精装本），第214页。

化，于是大毁灭就跟着来了。

井宗秀是个残忍而且虚伪的人，但是涡镇居民都把他当作救星似的大英雄。如果对照《水浒传》，井宗秀就是宋江一流的人，从文字表层上看，他是呼保义及时雨，但是在细节描写上却不断透露出另外一种信息。井宗秀在陆菊人的陪嫁土地里葬父，受人大恩，可是当他意外从土地里获得宝藏时，却有意瞒过了陆菊人，宝藏成为他发迹的第一桶金。陆菊人的弟弟陆林保护井家祖坟有功，后来陆林患狂犬病发了疯，井宗秀却对他毫无体恤。还有，井宗秀与宋江一样被戴了绿帽子，但他谋害妻子的手段比宋江杀惜要残忍得多也虚伪得多，不仅不露痕迹害死妻子，还设计谋害小姨和岳父一家。他不动声色地利用土匪力量谋取了涡镇上吴、岳两家富户的家产，取而代之。他每一次发迹都制造了血债，又偏偏瞒过全镇居民，包括善良的陆菊人。唯有陈先生没有被瞒住，但陈先生是瞎子，宽展师傅是哑巴，一个看不见，一个说不出，于是涡镇居民就有祸了。《水浒传》里称宋江是呼保义及时雨，那是叙事人对宋江的性格行为都有所认同，而《山本》的作者则用非常高明的反讽手法来写一个嗜血成性的英雄人物。这种冷峻无情的批判，不动声色的反讽，在《水浒传》的境界上又大大提升了一个台阶。

《山本》是一部向传统经典致敬的书。所谓致敬，不是对传统经典顶礼膜拜，而是处处体现了对传统经典的会心理解，对于传统经典的缺陷则毫无留恋地跨越过去，以时代所能达到的理解力来实现超越。读《山本》以《水浒传》为参照，可以看出《山本》在精神认识上怎样超越《水浒传》，从而达到对中国传统文化的深刻洞察与批判；然而在细节描写与笔法运用上，又处处可见传统小说的影响。贾平凹在继承古代白话小说遗产方面显示了炉火纯青的化解能力。小说里写陆菊人的宽厚胸怀以及对井宗秀的真挚感情，写井宗秀因性无能而生出阴毒之心，都是通过一系列传神的细节给以展示；小说塑造的人物对话精练隽永，行动干脆利索，用不同层次的笔法，刻画出不同的性格。如井氏兄弟、陆菊人、杨钟、陈来祥、周一山、夜线子、杜鲁成、阮天保、麻县长等贯穿全书的人物，都性格卓然，栩栩如生。还有一些次要人物，通过一两个故事，把人物性格鲜明突出，让人读过难忘。如井掌柜为还债奔波而死，杨掌柜毅然把三分胭脂地赠送葬人是一个故事，把老一代秦岭人的古道热肠就刻画得入木三分。崔掌柜起先不服陆菊人掌茶行，故意拿架子，后来服了，便忠心耿耿，后被保安队抓去逼供，为维护茶行咬舌而死，又是一个故事，写出了秦岭人朴实刚毅的传统美德。更有许多人物在小说里只有几个细节、几个片段，如那个专治骨折的莫郎中，那个被奸死的井宗秀的小姨，那个发疯了的井宗秀岳父，那个为父报仇的唐建，那被杀害的阮氏父母，等等，都是寥寥几笔，也能给人留下深刻印象。这都是来自中国古典小说的叙事传统。小说中许多桥段，都会让人联想到《水浒传》《三国演义》。譬如，冉双全被派去请莫郎中来为剩剩治病，结具误会打死了郎中，让人想起李逵斧劈罗真人、曹操误杀吕伯奢等故事；井宗秀为邀周一山参加预备团，先将其母迎来供养，以安其心；阮天保投奔红军，先举枪射鸟炫耀枪法，这些也都是传统小说里的常见手法。虽然像《水浒传》也无法把一百零八将的每个形象都写得很鲜明，但《山本》大致上能够分层次把各种人物性格貌容都清晰地刻画出来，让人记得住、说得出，可见贾平凹对古代小说融会贯通的功力之深。

下篇：文学现代性
——《山本》中的决绝与茫然、自我救赎和破碎意象

在贾平凹的小说创作中，其所呈现的现代性特征比较复杂，较之前两者——民间性与传统性，似乎更有探讨的空间。文学的现代性并不等同于西方现代主义文艺，而是指人类社会摆脱了传统农业生产关系以后，人们在现代生产方式中感受到的人性异化与精神困惑，并且把这种强烈感受熔铸于文学创作之中，以追求美学上的震撼效应。现代性包含了自身内在的分裂。和古代田园风味与小农经济生产方式之间的和谐关系不同，它以内部尖锐冲突的不和谐性构成时代特点。在

中国现代文学初期，现代性通过作家描绘出的一系列分裂与不安的画面传递出时代信息。最明显的是郁达夫的《春风沉醉的晚上》。他笔下的烟厂女工陈二妹，依靠出卖劳力换取薪酬，维持着低端生活标准；她对自己的劳动产品非但不爱惜，反而特别憎恨，她劝小说的叙事者，为爱惜身体最好不要抽烟，如果一定要抽，那就不要抽她所在工厂生产的烟——并不是这家厂生产的烟质量特别差，而是她痛恨自己所在的厂，连带痛恨自己的劳动产品。这就形成了现代工人阶级的早期精神特征。郁达夫也许并不自觉，但他的创作表现出劳动使人性异化的现代生产规律，这与传统农民对土地、对庄稼的深厚感情完全不一样。再讨论现代乡土题材的创作，可以说，中国古代文学很少涉及农村镜像与农民形象塑造，恰恰是现代化进程启动以后，文学创作才出现了"乡土"这个视角，用以反衬现代化的艰巨与必要。所以，中国乡土题材从一开始就呈现出在现代性巨大压力下令人不安的艺术图像，用沈从文在《长河》里的说法，就是仿佛"无边的恐怖"压顶而来。鲁迅在为数不多的小说里描写了这种危象。如《故乡》，作家不仅仅描写了农村的凋敝与农民的艰难生机，也不仅仅要为民请命、提出"何以为蒸黎"的发问，从小说结尾部分的艺术处理来看，鲁迅对于衰败的农村（即便是自己的故乡）以及生活在这块土地上的人们绝无眷恋，他要求人们义无反顾地摒弃旧的生产关系与旧的生活方式，同时又犹疑着未来能否走上一条目前尚不存在的新路。这种决绝与茫然，正是现代人身处急剧变化中的社会所产生的特殊感情。从精神现象上说，这也正是我们所面对的现代性。然而这种本质地反映现代人精神特征的文学现代性，随着20世纪30年代抗日战争发生以及民族主义复兴而悄然隐没，尽管现在学界有人将随后出现的社会主义进程也列入现代性进程，但是无论如何，在意识形态与审美范畴里，代表着权力意志的社会主义文艺是不提倡也不存在鲁迅式的主体的决绝与茫然。社会主义文艺对未来充满自信与乐观，所以才会描绘农民创业的"艳阳天"与"金光大道"。这样一种创作模式作为国家文艺主流，一直延续到20世纪80年代末，其余流还延续到90年代。在21世纪以后才出现了新的美学范式的嬗变，仿佛又重新回到鲁迅所发出的现代性的追问。这是以贾平凹的《秦腔》为标志的。

对于旧的生产关系及其经济制度崩溃的大量细节的真实描述，对于未来世界的发展充满茫然与怀疑，是《秦腔》所呈现的文学现代性的两个标志，缺一不可。20世纪80年代许多农村题材作品一方面真实揭露了人民公社制度对生产积极性的破坏，同时又把农村的未来放在家庭联产承包责任制等一系列新经济政策之上，并以全力讴歌之。如高晓声、何士光等作家在当年的创作。这当然是真实反映了农村经济政策改变的情况以及作家当时的心情，是现实主义的创作，但很难说已经达到现代性的高度。包括贾平凹本人以前创作的《腊月·正月》《鸡窝洼人家》等农村题材作品，都可以做此类解读。我觉得一直到20世纪90年代的《浮躁》，贾平凹创作中仍然保留了五六十年代社会主义文艺传统的基因。然而《秦腔》就不一样了。关于这一点，我在《试论〈秦腔〉的现实主义艺术》①一文里已经有过分析。不过在那篇文章里，我主要分析的是法自然的现实主义的创作特点，没有具体讨论现代性的问题。但是我们读到夏天义葬身山崩之中，读到夏天智死后无人抬棺，以及白雪生育的孩子是个怪胎（学界有人把这个细节纳入文学创作中的"无后"现象）等细节，都能强烈感受到现代人面对命运的无奈与痛切。现在，这种感受又一次从《山本》中弥散开去，而且更加浓烈呛鼻。我们不妨将两部小说的某些情节做个对照比较。

其一，以夏天义对照井宗秀。夏天义的理想是某种已经被实践证明失败了的社会经济制度（人民公社），井宗秀的理想则是旧式农民（城镇市民）通过武装斗争来实践自治的社会制度。两者均有乌托邦性质。夏天义固然有很多缺点，但他的人格力量、政治立场与信仰都是一贯坚定的，夏天义最后的死，显得轰轰烈烈，山崩地动，这个结局与他的形象内涵是一致的，具有古典的悲壮；井宗秀则不同，他的性

---

① 此文初刊《中国现代文学论丛》2006年1卷1期（创刊号），后收《当代小说阅读五种》（复旦大学出版社2010年版），也可参见《陈思和文集》第3卷，广东人民出版社2018年版。

格发展始终在变化中，是由小奸小坏朝着大奸大恶转化，影射了农民在追求自己理想的过程中，精神与人格都将会产生异化。井宗秀之死不但不崇高，反而有些匆忙、意外，更有些猥琐不堪（如洗脚、看内眷打牌、莫名死亡等细节）。而另一个英雄井宗丞的下场也同样如此。井氏兄弟在人生道路上充满凶险，并不像夏天义那样有所依持、有所信仰。而无所依持、无所信仰造成的人生价值的虚无感，正是现代人的精神特征之一。《山本》最后写到涡镇被炮火轰毁，人的生命如覆巢危卵，无枝可依茫茫然的精神现象，正是从这种虚无的价值观延续而来。

其二，以夏天智对照麻县长。夏天智是一个传统文化熏陶下的农村文化人，他着迷于秦腔艺术，但仅止于画脸谱，说空话，并无实际作为。夏天智在日常生活中是庞然大物，空架子十足，但死后连棺材也无人抬得动。这是一个被嘲讽的形象。作家通过夏天智与白雪两人对秦腔艺术不同的承扬态度，提出了民间艺术要在民间大地上自由发展才能激活生命力的重要思想，指出了像夏天智那样仅仅满足于符号化的保护民间艺术，并不能真正促使民间艺术自然生长。作家通过这个人物，对传统文化及其在当下的保存方式，提出了批判性反思。而《山本》里麻县长的形象，则是从正面阐释了作家的文化思想。麻县长与井宗秀在艺术形象上有合二为一的功能，麻县长肥胖臃肿的外形，来自军阀井岳秀的真身。也就是说，人物原型井岳秀的某些特征，分别体现在麻县长与井宗秀两个人的身上，两个形象互为映衬。井宗秀的人生道路表现为权力对人造成的腐化与异化，麻县长正相反，他的人生道路是从权力阴谋的陷阱中及时抽身，以研究民间文化为自遣，造福于秦岭的自然生命。这个人物身上寄托了作家的夫子自道。《山本》也可以被视为麻县长身后留下的两卷《秦岭志》的续篇。

尽管作家对两卷《秦岭志》评价很高，但是这两卷手稿的最终下落还是耐人寻味。我们不妨读下面一个段落：

蚯蚓抱着纸本一时不知道往哪里去。他家没有地窖，他也不晓得他家是不是被炸了，就想把纸本藏到这家门楼脑上，藏好了，又觉得不妥，看到巷子中间有一棵桐树，树上一个老鸹窝，立即跑去爬上树，就把纸本放在了老鸹窝里。桐树或许也会被炮弹击中的，可哪儿有那么准，偏偏就击中了树？蚯蚓却担心天上下雨淋湿了纸本，脱了身上的褂子把纸本包了，重新在老鸹窝里放好。①

这段引文里，"桐树或许也会被炮弹击中的，可哪儿有那么准，偏偏就击中了树？"是人物的心理活动，是意识流，被天衣无缝地衔接在客观描写的叙事中，看似随意，却道出了重要信息：在炮火连天的涡镇，蚯蚓竟把麻县长的两卷手稿藏于树上鸟窝里，必毁无疑。但有意思的是，这个段落里隐藏了好几处耐人寻味的符号。首先是"纸本"，即麻县长长期研究著述的两卷《秦岭志》手稿，一卷《草木部》，一卷《禽兽部》。其次是"蚯蚓"，即井宗秀的勤务兵。"蚯蚓"之名象征了秦岭土地，蚯蚓是低端动物，生于土，食于土，无声无息，秦岭大山中最微不足道的生命。由蚯蚓在炮火下获纸本手稿，千方百计予以保存，正适得其所。其三是"桐树"，树的意象：树根深深扎入大地，树枝又不断地往上生长，不断伸向天空，树就成了天地间的连接物。蚯蚓把手稿纸本藏于树上的老鸹窝，树杈枝枝丫丫，鸟窝只能置放于树杈间，即"丫"的开叉口。"丫"字倒置便是"人"字。因此，"丫"在天地之间，构成了天、地、人三元素的诗学意象。《秦岭志》的手稿最终被人置于树杈鸟窝，将化入天地之间。因此，依我分析，这个段落应该是暗示了两卷《秦岭志》无论是否毁于炮火，都已经化入天地，回归秦岭土地了。这也是应验了本文前面所引陈先生说的话："一堆尘土也就是秦岭上的一堆尘土。"

这段文本分析，是为了联系《秦腔》来说明作家对民间文化的基本观点。《秦腔》嘲讽夏天智满足于表面的、符号化的保护民间艺术，

他虽然爱好秦腔艺术，但对秦腔艺术在八百里秦川劳苦农民日常生活中的精神慰藉意义，却非常漠然，甚至及不上疯子引生，所以他始终写不出一篇像样的关于秦腔的文章。然而白雪正相反，作为秦腔剧团的当家花旦，她酷爱秦腔，宁可拒绝城里剧团的聘用，与下岗的演员们一起穿街走巷为普通人家办红白事，企图让秦腔重新回归民间大地，回归到民间日常生活中去，一切都从头开始，从生活实践中一点一点积聚精气，真正来激活已经被国家体制窒息了的秦腔艺术的生命力。于是，在疯子引生的眼里，白雪就成了救苦救难的观世音菩萨。由此来理解《山本》里麻县长的《秦岭志》手稿最终消失于天地之间，便可理解作家基本一致的文化立场。麻县长撰写的秦岭博物志，取材于秦岭，也属于秦岭，人们认识大自然，不是为了攫取自然或者统治自然，而是需要回归自然，把自己也奉献给自然。麻县长最后含笑自沉，他是意识到了这一点。① 从夏天智到白雪再到麻县长，体现了贾平凹一贯的文化思想。贾平凹的文化思想是符合现代精神的，但是在实践的过程中又是充满凶险、毫无胜算的把握。在权力意志与权力资本的双重制约下，文化艺术回归民间既是走向昌盛的自然之道，又不能不是暂且无法实现的乌托之邦。作家把这种深刻的悲观非常隐晦地熔铸在独特的艺术构思之中，感知者不能不为之动容。

　　其三，以白雪的女儿牡丹对照陆菊人的儿子剩剩。《秦腔》中女演员白雪生有一个女儿取名牡丹，患有先天性肛门闭锁。以此疾暗喻秦腔处境，既可联想为毫无出路，或也可悟为衰运见底，一阳可生。两面均可领会。与《秦腔》里的女孩牡丹相对应的，是《山本》里陆菊人的儿子剩剩。牡丹的残疾是先天的，剩剩的残疾是后天的，牡丹的性命与秦腔有缘，剩剩的人生命运与小说的一只猫的隐喻有关。而那

---

① 麻县长这个艺术人物，就其官场上不得志，转而发奋著述，研究秦岭生态，继而战争毁灭了一切，手稿失落，最后含笑自沉于水潭等元素来看，如果以古典文学的创作手法来写，就是又一个呼天抢地的三闾大夫的悲剧人物。但是现在出现在读者眼前的，是一个带有几分玩世不恭、滑稽小丑式的形象，他在整本小说里虽然贯穿始终，但其性格形象一直都是模糊不确定的，是老于世故？是谙于官场？是悲愤欲绝？是大智若愚？很难做具体推测。我以为在这个人物的塑造上，足以可见作家非常谙熟的现代艺术创作手法。

只仿佛不死的猫，又似乎与秦岭的某种命数相关。小说结尾写到战火中万物皆毁，唯独剩剩没死，他抱着精灵似的老猫，默默地站立在废墟上，这似乎也可以理解为作家对秦岭文化精神的自信。如果做进一步思考：以上所分析的，都是建筑在象征文学手法上的认知，即牡丹象征了什么，剩剩又象征了什么，但我们如果摆脱象征主义文本分析的思维模式，把这两个形象直观为艺术创造的世界里的两个自然人物（法自然的现实主义描写的人物，应该都是来于自然生活状态的），那么，围绕这两个生命诞生过程中出现的各种异象都可理解为目前人们还无法科学解读的神秘生活现象，但即便如此，我们直面这两个孩子的命运，将会产生怎样的联想：幼小的生命，经历了残酷的遗弃、疾病、伤残、浩劫、战争等等磨难，终将还要带着凶险的预兆，浑然无知地走向未来。这种感觉不正是现代人面对荒谬世界的决绝与茫然吗？

夏天义、井宗秀指归在政治理想，夏天智、麻县长指归在文化传承，牡丹、剩剩指归在人类命运，三者之间环环相扣。现代革命骤起，中断了传统农业社会的生产关系及其道德理想，杨掌柜、井掌柜等一代老人的死去，便是一例；农民的政治乌托邦在实践中失败，导致了传统文化的崩溃与人类未来命运的凶险莫测，夏天智、麻县长之死与牡丹残疾便是两例；但《秦岭志》寄托于天地之间，万物生命皆归于秦岭，"山本"即民间大地，而剩剩、蚯蚓等下一代决绝与茫然地崛起，又预兆了作家所期盼的现代人的自我救赎。在这一点上，《山本》比《秦腔》更加强烈、更为悲壮。我们通常理解的现代性，是意味着与传统的彻底断裂，而断裂所引起的各种强烈的反应与突变（物质的和精神的异化），由艺术家通过天才想象力给以诗学的衰达，由此形成文学的现代性特点之一。关于这一点，我们在贾平凹的创作中能够深刻地感受到。

关于现代人的自我救赎，这是文学的现代性的又一个特点。一般来说，救赎观念来自传统宗教，不为现代人所独有。在贾平凹以往的小说里，救赎往往与民间宗教意象联结在一起，如白雪、带灯等形象，在故事的结局里，都变形为某种民间宗教的菩萨。一边是对现实中人类困境无伪饰的描写，一边又是通过虚无缥缈的宗教想象来祈求救赎，这是中国语境下文学的现代性与民间性相妥协与融合的结果。然而在《山本》里，这一类民间宗教的救赎祈求都被严肃的现代意识所取代。《山本》里虽然有民间幻想的神道异人隐身尘世，如陈先生、哑尼姑等，但是作家用现实主义的笔触无情地写出了这些形象的虚无性，他们眼睁睁地看着世风衰败与人性堕落，竟毫无办法，于是最后就出现了人类自我的救赎——剩剩。

剩剩的艺术形象值得我们进一步分析。首先是血缘上的传承，古道热肠的杨掌柜体现了老一代伦理代表自不用说，杨钟也是文本里难得的一个淳朴单纯的赤子形象。他恰如《水浒传》里的李逵，莽撞、粗鲁，不失童心。作家把杨钟写成一个患多动症似的成年顽童，做事毛手毛脚，说话无心无肺，甚至还有尿床宿疾。然而唯有他，直接喊出了"要背枪我也要当井宗丞"的想法，那时井宗丞已经当了红军闹革命，犯下杀头之罪，旁人（包括井宗秀）听了无不大惊失色。于是接下来有这样一段描写：

> 井宗秀一下子闭了口，眼睁得多大。杨钟却还说：你平常眯了眼，一睁这么大呀！井宗秀拧身就走，不再理他。陈皮匠说：杨钟杨钟，你狗日的信嘴胡说了！杨钟说：我说井宗丞又咋啦？他井宗秀不认了他哥，我认呀，小时候，我和井宗丞就投脾气嘛，如果他现在还在镇上，我两个呀……他翘起了大拇指，又对着井宗秀伸出小拇指，还在小拇指上咂了一口。①

其实杨钟对井宗秀也是忠心耿耿，最后还牺牲了生命。杨钟身上具有的革命性，本能地偏向井宗丞参加的红军革命。后来井宗秀起事当了预备团团长后，杨钟还偷偷外出寻找井宗丞的游击队，希望井氏兄弟的武装合在一起，也未尝没有投奔红军的可能。在《山本》里，

---

① 贾平凹：《山本》（精装本），第86页。

杨钟与井宗秀是一个对照，就像是《水浒传》里李逵与宋江的对照，一个率真可爱，一个虚伪狠毒。杨钟所代表的社会底层的革命本能正是传统社会正统伦理最不能容忍的罪孽，连深明大义的陆菊人也瞧不上丈夫，而感情别移到井宗秀身上。也许是陆菊人本来也不相信杨钟及其后代能够做官发迹，愿意把三分胭脂地的风水运气转让给井宗秀，使其权力、财富集于一身，结果却是给涡镇带来了毁灭。但是在无意中被剥夺了风水运气的杨钟却并非一无所有，他为涡镇人留下了最宝贵的一条命脉，那就是剩剩。剩剩继承了杨钟的血脉与基因。

我这么分析剩剩的血缘关系，与"红色基因"无关。文学是一种象征艺术。文学作品所表现的人物血缘与人生命运有着密切的关系。我在分析《秦腔》时曾经特别分析了牡丹名为白雪与夏风所生的孩子，其实作家借用太阳光射使女人受孕的神话传说，暗示了牡丹应该是疯子引生的孩子。[①] 这样就使现代人类自我救赎的象征与灵间底层的文化力量紧密联系在一起。剩剩与杨氏父子的血缘关系同样如此，前面已经引用过小说开篇的第一句话："陆菊人怎么能想得到啊，十三年前，就是她带来的那三分胭脂地，竟然使涡镇的世事全变了。"这句话更应该是在小说结尾时陆菊人由衷发出的感叹，也是对十三年来涡镇历史发展发出的忏悔。但是陆菊人到最后也没有这个觉悟，她还是沉醉在世界需要有大英雄的儒家道统观念里。而剩剩的诞生与崛起，则指归在另外一路之上，那就是在底层的民间文化中寻求自我的救赎力量。杨钟与引生终究是这一路上的人。这也是作家贾平凹就其知识背景与认识能力所达到的最为深刻的一个境界。

除此而外，剩剩这个形象还包含了以下若干特征：其一，剩剩的出生与杨掌柜把三分胭脂地转让给井宗秀葬父，是同时发生的，井宗秀获得那三分地，亦即他发迹的开始。这也就是说，剩剩诞生于一个错误时代的开始。后来剩剩身体致残，井宗秀虽然对他视如己出，但

---

① 关于《秦腔》里引生与白雪、牡丹的复杂关系，请参考拙文《再论〈秦腔〉：文化传统的衰落与重返民间》，初刊《扬子江评论》2006 年 12 月创刊号，后收《当代小说阅读五种》，也可参见《陈思和文集》第 3 卷。

终究没能治好他的残疾。所以剩剩的残疾既是后天所致，也是命中注定不可改变。其二，剩剩的命运与某种民间神秘文化力量有关，那就是猫的意象。剩剩的名字最初是叫"猫剩"，即"猫吃剩下来"的意思，暗示人类劫难所剩。陆菊人出嫁，携带物中有两样东西被写出来，一样就是三分胭脂地，另一样是那只神秘的猫。这两样"嫁妆"暗示了截然相反的方向：一个是物质的、世俗的、财富权力的方向，也是灾难的方向；另一个却是精神的、神秘的、精灵古怪的方向，也是救赎的方向。财富、权力的运气都给了井宗秀，而猫却属于剩剩，这样就平衡了这个世界。剩剩是从井宗秀的爱马上掉下来身体致残的，在骑马之前，那只精灵古怪的猫发出了唯一的一次警告，企图阻止，但终究没能挽回剩剩致残的命运；涡镇成为废墟时，炮火中那只猫陪伴着剩剩，暗示了某种来自民间神秘文化的救赎。其三，剩剩在成长道路上是受过教育的。陆菊人最后把剩剩交到陈先生的安仁堂当学徒，请陈先生培养孩子的德行。如果说，猫代表着"巫"，即民间底层的神秘文化力量，那么陈先生则代表了"道"，即中国古代文化的最高境界，两者的结合，指示中国语境下的现代人类自我救赎的文化力量所在。

我阅读中外文学史，一直持有这样的认识：文学作为人类精神史的审美表达，与人类的救赎希望紧密相关，但是不同时期的文艺思潮，对于希望所在的认识是不同的。在以往的浪漫主义与批判现实主义文艺思潮里，人们的救赎希望在于不同的空间，所以作家往往把天国、教义或者原始蛮荒之地，视为拯救灵魂的空间。雨果、夏朵勃里盎、托尔斯泰都是其代表。在社会主义现实主义文艺创作思潮里，作家在批判了旧世界的罪恶与不义之后，往往把人类社会的希望寄托于未来时间，也就是相信未来能够出现一个类似天国的救赎之地。至于中国封建时代的传统文学中，救世主则是帝王、清官或者圣人，即现世的权力集团。然而俱往矣，自从尼采以后，现代人已经感受到"上帝死了"以后无所依凭的孤独感与罪恶感，人类精神再度陷入被抛弃在旷野的巨大恐怖与无助，依靠上帝、圣人、天国异地以及未来时间获得拯救已经绝无可能。于是，在现代主义文艺思潮中，救赎也只能是自我救赎，依靠人自己的力量来拯救自己。但是，这个"自己"不再是古典的救世主或英雄，也不是未来的超人，"自己"不仅做不到十全十美所向披靡，而且只能是现代社会中一条带着伤残的渺小生命。张爱玲说过，她遇到真爱时，就会变得很低很低，低到尘埃里，但她心里是欢喜的，从尘埃里开出花来。这是一个比喻，但这个自我矮化到尘埃里后自由开花的比喻，可视为现代人的自我救赎的生动写照。我们对照剩剩形象里的几个重要特征，一个带着"伤残"沉沦到民间底层的"尘埃"里，依靠民间文化力量开出"花"来，实现自我救赎的形象，正是现代人自我救赎的希望所在。如果套用法国哲学家萨特的话："存在主义是一种人道主义"，那么文学中的现代性，也是一种现代的人道主义，它不是体现在对帝王将相或者现代流氓的崇拜之上，而是抛弃一切宗教迷信与神话鬼话，带着千疮百孔的肉身，依靠自己的力量，站在民间底层的文化力量之上，自己拯救自己。这，就是现代人的自我救赎。从《秦腔》到《山本》，体现了从民间文化（秦腔）到民间大地去寻求自我救赎的力量，贾平凹的自我救赎的观念越来越深入，因为文化（包括文学艺术）只是依附于人类生活之上的精神与物质的象征，文化本身不可能脱离生活实践去拯救现代人的命运，一切都只能回归普通人生活的民间大地，与这个世界的物质与精神的真正创造者结合在一起，这样，现代人才能够有望被拯救，有望再生。

我还想指出的是，《山本》的现代性不仅仅表现在具体的人物关系以及某些典型的细节描写中，而是浸透在文本的整体叙事风格之中，整部小说就是现代风的产物。这是作家有意追求的叙事风格，也是他在强调"三性合一"的整体风格时将"现代性"置于首位的用意所在。我以往读贾平凹的小说，有一个长期未解的困惑，就是在贾平凹小说中创造的艺术世界里，描述的总是北方落后简朴的农村生活，语言也是乡土气十足的地区方言，叙事风格更是朴实无华，似乎无法与现代性联结在一起解读，所以阐述贾氏文本，往往偏重在民间性与传统性两个方面。但是读他的文字以及由文字构筑起来的文学意象，却一点也不觉得压抑枯涩，细节密布的文本非但没有窒息气韵游动，反而使隐伏在文字意象下的一股股生气蓬勃上升，气象充沛。我以前一直没有想明白，在他的叙事作品里，这种气象究竟来自何处，是怎样一种文字才能推动艺术气流的涌动？直到解读《山本》文本时我才突然意识到，这种语言艺术的魔力正是来自他的叙事里隐含的一个大意象——破碎，而破碎正是文学现代性的关键词。

从《秦腔》起，贾平凹的叙事艺术进入到一个大象无形的境界。他解构了许多传统小说不可或缺的元素，诸如典型人物、完整故事、重要情节等等，他的叙事几乎是细节衔接细节，细节叠加细节，细节隐藏细节，细节密密麻麻浑然不分，显现出大千世界林林总总的生命本然现象，如千百群鸟顿时密布云天，如上万条鱼同时跃江蹈海，苍茫读去，仿佛小说的无数细节描写遮蔽了生活内在本质的揭示，一切都被化解为偶然和无常，就如波德莱尔所言的："现代性就是过渡、短暂、偶然。"然而这种过渡性、短暂性、偶然性的根本特征，就是破碎。破碎的对立面是建构，建构是从无形到有形，而破碎相反，将有形化为无形。但破碎不是空无，破碎还是有形的，是碎片式的形体，碎片与碎片之间存留了大量的空隙，开拓了形体的外延，这就使形体内部凝聚的气韵流动起来，茫然转为"无形"的境界。用一个通俗的比喻，好比我们面前有两幅画，一幅画面上是一只瓮，瓮的形体大小都清楚地呈现在我们眼前；另一幅画面上布满了瓮的碎片，这些碎片加在一起正好能够拼接起一个瓮，与前一幅画上的瓮同样大小，但因为它是碎片，而且布满画面，所以在我们的视觉里，碎片瓮的形体要比完整的瓮大得多，也许整个画面的空间都转换成瓮的空间了。

在叙事对象上，贾平凹不停描绘旧世界的破碎。《秦腔》写的是农村经济体制崩坏以后的破碎，《古炉》写的是"文革"中民间道德伦理丧失后的破碎，而《山本》里出现的是历史叙事的破碎。可以说，贾氏后期创作的主要贡献就是描绘了碎片般千姿百态的世界。我们不妨将《白鹿原》与《山本》做一比较。《白鹿原》是一部建构型的小说：在清王朝崩溃以后，北方乡绅白嘉轩、朱先生等人企图建构一个民间宗法社会的秩序，他们自立乡规，阐明理法，驱逐鬼魂，正气凛然，具有史诗般的历史建构，是一部描写从无序（形）到有序（形）的历史小说。《白鹿原》算得上一部优秀厚重的作品，但是我们也毋庸讳言，《白鹿原》里处处有建构，却又处处为自己的叙事设下人为之墙，艺术气韵凝重但不扬通。尤其是《白鹿原》的结构是按照官方设定的近代历史框架来演绎民间故事，民间故事就不能不受到官方历史言说体系的制约，无法自由发挥。这一点也是当代历史小说创作带有普遍性的问题。而《山本》则不同，它以民间说史的方法，让民间言说的野马由缰奔驰，民国时期的涡镇社会在王纲解纽、礼崩乐坏后一直朝着无序形态发展下去，土匪、刀客、逛山、军阀、革命、预备队等各路武装力量交织在一起，构成了一个混乱的世界，并且越来越混乱，直至毁灭。井宗秀、麻县长、井宗丞、阮天保、陆菊人……几乎所有英雄的努力都是微不足道的。在这里，有关正邪、官匪、红白、是非等二元对立的价值评价都被超越，传统历史的英雄史观全被解构，文本以一种碎片化的开放形态，还原了秦岭的自然本相。

现在，我们终于回到了本文的起点，一起来讨论秦岭的意象。相对于秦岭孕育的千百万生命不过朝夕的破碎意象，秦岭本身的意象则是完整而永恒的。在《山本》里，唯一完整的有形本尊就是秦岭，但秦岭就是宇宙天地，所有的故事都发生在浩浩瀚瀚、郁郁葱葱的秦岭之中，所有的故事都属于秦岭，又都只是秦岭的一部分，而秦岭的本尊还是若隐若现，起到了大象无形的艺术效应。秦岭是完整的，但是呈现在我们眼前的，则永远是局部的、破碎的；秦岭是永恒的，但当它以各种生命、各种现象以及各种故事的碎片形态展示出来，它又是偶然与无常的。波德莱尔用了"过渡、短暂、偶然"这三个词来归纳现代性艺术特征以后，还继续说下去："这就是艺术的一半，另一半是永恒和不变"，他认为在艺术创作中艺术家不应该忽略现代性，一个好的艺术家应该"从流行的东西中提取出它可能包含着的在历史中富有诗意的东西，从过渡中抽出永恒"①。波德莱尔的话具有天才的预见性，仿佛是针对了《山本》这一类作品而说的。《山本》当然不是纯粹意义上的现代主义作品，但是在其特色鲜明的法自然现实主义创作方法中，隐含了深刻的现代性。在《山本》中，"一半"的艺术是表现永恒和完整，秦岭就是永恒和完整的象征，它像造物主一样，创造了一切，阅尽人间春色；秦岭又是有生命的，它演化为大千世界，孕育了林林总总的生命现象，都如春草秋虫，稍瞬即逝。短暂而且破碎、偶然而且无常，此乃是"另一半"的秦岭生命的故事。贾平凹在《山本》里用秦岭一脉青山来默默呈现碎片似的现代性，秦岭也就包容了碎片似的现代性，现代性本身具有了中国文化特点的呈现形态。秦岭的自然荣枯与人世风雨都是短暂的，但秦岭伟大而永恒，因而也将是人类的真正归宿。"一半"与"另一半"两者达成了高度的统一。

贾平凹在《山本》后记中透露，他在创作《山本》期间，书房里挂了两个条幅，左面写着"现代性，传统性，民间性"，右面写着"襟怀鄙陋，境界逼仄"。甚有趣味。前者说的是作品追求的境界，后者是夫子自道写作状态。一部优秀文艺作品，如果"现代性，传统性，民间性"能够统一于文本，那自然是上上乘。至于文本是否能够达到这个"三性合一"的境界，作家心中自有预设标准，读者也有自己的理解，作家的预设与读者的理解未必就是同一回事。本文仅通过《山本》的文本细读分析，以探讨文本中的民间性、传统性与现代性等各种元素，来寻求对作家"一尽着中国人的世事，完全着中国文化的表演"的真正理解。

　　　　　　　　　　本文第一节初刊《收获》长篇专号 2018 春卷；第二节初刊《书城》2018 年第 5 期；第三节初刊《探索与争鸣》第 6 期

---

① 波德莱尔：《波德莱尔美学论文选》，郭宏安译，人民文学出版社 1987 年版，第 484 – 485 页。

第 五 辑

重读有关《新青年》阵营分化的信件（之一）

前些日子，为编辑《史料与阐释》①，我邀请王观泉先生著文介绍香港收藏家许礼平先生提供的三幅书信手迹。王观泉先生认定这三封信件均与现代史上"《新青年》分化"事件有关，他特意撰写了有关《新青年》思想发展及后分化的研究大文《光芒四射之余辉，也光芒四射》，浩浩瀚瀚，势不可收。我读之怦然心动，勾起进一步探幽析微的兴趣，于是把有关《新青年》分化的信件文献重新系统阅读，现把阅读体会及一些不成熟的想法整理如下，以求教于方家。

《新青年》阵营 "分化" 书信的文献来源

王观泉先生在文章里提到学术界研究"《新青年》分化"的资料来源时，有如下介绍：

> 上世纪50年代，出版界大老张静庐主编的《中国现代出版史料》分甲、乙、丙、丁（上下卷）四编出版，在第一卷《甲编》第7—16页题为《关于〈新青年〉问题的几封信》，开启了对于早已被遗忘了三十多年的《新青年》的研究。……又等候了四十年

---

① 此处所指是陈思和、王德威主编的《史料与阐释（总第三期）》，后由复旦大学出版社2015年出版。

于 2001 年，出版了由另一出版大老宋原放主编、陈江辑注的《中国出版史料（现代部分）》两卷（山东教育出版社 2001 年 4 月第一版），在上册第 10—17 页刊登题为《涉及〈新青年〉分化的几封信》的一组信件。从标题看是，张编是没有倾向性的史料汇集；宋编陈辑的资料却有倾向性，指为"分化"，必有"左""右"之分。此为一。二，陈江的辑注多出一封信。现在，我因为要考释许礼平先生提供的李大钊致胡适的一封信和周启明致李大钊的两封信，再广收遗漏，列出一份清单……①

我在编辑时，出于校对文献的需要，参考了欧阳哲生的两篇文章：《新发现的一组关于〈新青年〉的同人来往书信》与《〈新青年〉编辑演变之历史考辨——以 1920—1921 年同人书信为中心的探讨》。② 前一篇文章里叙述了作者 2002 年在美国胡祖望家中获得《新青年》同人书信十五封的经过，并且发表了这些信件的抄件，其中包括许礼平收藏的三封信件。这些书信中有些内容后来被学界引用，发挥了重要的作用，但书信原件依然保存在胡祖望家属手中。2009 年 5 月，这批信件首次由中国嘉德拍卖公司公开拍卖，6 月，国家文物局从嘉德拍卖公司购得，于同年 7 月整体移交中国人民大学博物馆收藏。2012 年《中国人民大学学报》第 1 期正式公布这批书信共十三封③，其中有十一封陈独秀致胡适等人的信件，两封钱玄同信件。对照欧阳哲生发表的十五封信件，有十封陈独秀信件是重合的，中国人民大学博物馆收藏的陈

---

① 王观泉：《光芒四射之余辉，也光芒四射》，载陈思和、王德威主编：《史料与阐释（总第三期）》，第 142–153 页。
② 前一篇载《北京大学学报（哲学社会科学版）》2009 年第 4 期，后一篇载《历史研究》2009 年第 3 期。这两篇文章后经修订收入作者的《五四运动的历史诠释》，北京大学出版社 2012 年版。
③ 该期学报以《中国人民大学博物馆藏"陈独秀等致胡适信札"研究》为总标题，发表三篇文章：黄兴涛、张丁整理《中国人民大学博物馆藏"陈独秀等致胡适信札"原文整理注释》、黄兴涛《中国人民大学博物馆藏"陈独秀等致胡适信札"释读》、齐鹏飞《文物价值和史料价值俱珍的重要历史文献——中国人民大学博物馆藏"陈独秀等致胡适信札"刍议》。其中第一篇的"原文整理注释"包括十三封陈独秀等致胡适信札。

独秀信件中多了一封 1932 年 10 月 10 日陈独秀致胡适的信①，为欧阳哲生发表的信件所无。两封钱玄同信件与欧阳哲生发表的信件也相重合，只是其中一封因为钱玄同用罗马拼音签名，被专家误认为是陶孟和②。唯有欧阳发表的信件中李大钊致胡适一封、周作人致李大钊两封尚无着落。那么现在清楚了，这三封信件的原件已经被许礼平先生所收藏。

欧阳哲生在《新发现的一组关于〈新青年〉的同人来往书信》一文中，除了公布十五封信件外，还提供了一组有关"《新青年》分化"的资料来源，十分详尽，比王观泉提供的资料目录更加丰富。如下：

第一批为 1954 年 2 月北京中华书局出版的《中国现代出版史料》甲编，内收《关于〈新青年〉问题的几封信》一文。这篇文章共收入陈独秀、胡适、鲁迅、李大钊等人的六封信。这些信注明原件保存在北京大学。……

第二批为 1979 年 5 月北京中华书局"内部出版"的《胡适来往书信选》上册，内又增收了七封与《新青年》转折时期相关的信……这些信来源于保存在中国社科院近代史研究所的"胡适档案"。在"胡适档案"中还保有陈望道致胡适（1921 年 1 月 15 日）一信，当时没有公布，后来收入《胡适遗稿及秘藏书信》第35 册（黄山书社 1994 年出版）。

第三批是鲁迅博物馆于 1979 年为纪念五四运动六十周年，在《历史研究》（1979 年第 3 期)③、《复旦学报》（社会科学版，1979 年第 3 期）两刊发表了一批与《新青年》有关的信件。1980年鲁迅博物馆为纪念"左联"成立五十周年纪念，再次公布其收藏的一批书信（内含此前在《历史研究》、《复旦学报》两刊公布

---

① 关于这封信件的考释与研究，请参见王观泉《〈资本论〉在中国》，载《史料与阐释（贰零壹贰卷合刊本)》，复旦大学出版社 2014 手出版。
② 黄兴涛在《中国人民大学博物馆藏"陈独秀等致胡适信札"释读》中对此有详尽说明，可以参考。
③ 这条信息有误，应该是《历史研究》1979 年第 5 期。

的信)①。此外在《钱玄同文集》第六卷《书信》里还收有一封李
大钊致钱玄同信（1921 年 1 月）。

此外，"第四批"就是中国人民大学博物馆收藏的十三封信件加许
礼平收藏的三封信件，其中陈独秀致胡适信中有三封信件的时间分别
为 1925 年 2 月 5 日与 2 月 23 日、1932 年 10 月 10 日，内容无涉《新青
年》分化，今姑且不计在内。四批信件，可以说是目前研究《新青年》
从一个坚持启蒙主义立场的同人刊物转变为宣传马克思主义的共产党
组织的机关刊物及其阵营由此分化的最重要的资料文献。

根据王观泉与欧阳哲生提供的文献目录，汇总起来大约如下：

一、宋原放主编的《中国出版史料（现代部分）》第一卷上
册（陈江辑注）所收《涉及〈新青年〉分化的几封信》七封：
　001②，陈独秀致李大钊等（未注明日期)③
　002，陈独秀致胡适、高一涵（1920 年 12 月 16 日）
　003，胡适致陈独秀（未注明日期）
　004，鲁迅致胡适（1921 年 1 月 3 日）
　005，胡适致李大钊等八人（1921 年 1 月 22 日）
　006，李大钊致胡适（未注明日期）
　007，陈独秀致胡适（1921 年 2 月 15 日）
二、选自《胡适来往书信选（上）》的信件六封：
　008，陈独秀致李大钊、胡适等（1920 年 4 月 26 日）
　009，陈独秀致胡适（残）（1920 年 8 月 2 日）
　010，陈独秀致胡适（1920 年 9 月）

---

① 鲁迅博物馆 1980 年公布的书信刊载《上海现代文艺资料丛刊》第 5 辑，上海文艺出版社 1980 年 12
　月出版。题为《胡适、刘半农、陈独秀、钱玄同、郑振铎、傅斯年、陈望道、吴虞、孙伏园书信选》
　（1917 年 9 月—1923 年 8 月），鲁迅研究室手稿组选注，共六十三封信件，包括《历史研究》和《复
　旦学报》已经刊登过的八封书信。但其中内容与《新青年》阵营"分化"相关的，一共有十五封。
② 这里编号是笔者为方便讨论而设，特此说明。
③ 编号 001 的"陈独秀致李大钊等信（未注明日期）"，为张静庐主编的《中国现代出版史料》甲编内
　收《关于〈新青年〉问题的几封信》所无，其余六封，两者收录相同。特此说明。

011，陶孟和致胡适（1920 年 12 月 14 日）

012，胡适致陈独秀〔稿〕

013，钱玄同致胡适〔残〕（1921 年 1 月 29 日）

三、来自《胡适、刘半农、陈独秀、钱玄同、郑振铎、傅斯年、陈望道、吴虞、孙伏园书信选》中相关信件十五封：

014，陈独秀致周作人（1920 年 3 月 11 日）

015，陈独秀致周作人（1920 年 8 月 22 日）

016，陈独秀致周作人（1920 年 9 月 28 日）

017，陈独秀致鲁迅、周作人（1921 年 2 月 15 日）①

018，陈望道致周作人（1920 年 12 月 16 日）

019，陈望道致周作人（1921 年 1 月 28 日）

020，陈望道致周作人（1921 年 2 月 11 日）

021，陈望道致周作人（1921 年 2 月 13 日）②

022，陈独秀致周作人（1920 年 7 月 9 日）

023，陈独秀致鲁迅、周作人（1920 年 8 月 13 日）

024，陈独秀致周作人（1920 年 9 月 4 日）

025，钱玄同致周作人（1920 年 8 月 24 日）

026，钱玄同致周作人（1920 年 9 月 25 日）

027，钱玄同致周作人（1920 年 12 月 16 日）

028，钱玄同致周作人（1920 年 12 月 17 日）③

四、来自《钱玄同文集》第六卷的信件两封：

029，李大钊致钱玄同〔1921 年 1 月〕

030，钱玄同致鲁迅、周作人（1921 年 1 月 11 日）

五、来自《胡适遗稿及秘藏书信》书信一封

031，陈望道致胡适（1921 年 1 月 15 日）

---

① 编号 014—017 的四封信先曾刊登《历史研究》1979 年第 5 期。

② 编号 018—021 的四封信先曾刊登《复旦学报》1979 年第 3 期。

③ 编号 025—028 钱玄同致周作人信件，内容丰富，不完全针对《新青年》，但偶尔有些段落涉及对《新青年》的看法，在此存以备考。

六、来自《中国人民大学博物馆藏"陈独秀等致胡适信札"原文整理注释》公布的信件十封：

032，陈独秀致胡适、李大钊（1920 年 5 月 7 日）

033，陈独秀致胡适（1920 年 5 月 11 日）

034，陈独秀致胡适（1920 年 5 月 19 日）

035，陈独秀致胡适（1920 年 5 月 25 日）

036，陈独秀致高一涵（1920 年 7 月 2 日）

037，陈独秀致胡适（1920 年 9 月 5 日）

038，陈独秀致胡适、高一涵（1920 年 12 月 21 日）

039，钱玄同致胡适（约在 1920 年 12 月 21 日至 1921 年 1 月 3 日之间）

040，陈独秀致胡适等（1921 年 1 月 9 日）

041，钱玄同致胡适（1921 年 2 月 1 日）

七、《新发现的一组关于〈新青年〉的同人来往书信》首次公布、原信为许礼平先生收藏的三封：

042，李大钊致胡适

043，周作人致李大钊（1921 年 2 月 25 日）

044，周作人致李大钊（1921 年 2 月 27 日）[①]

全部信件四十四封。[②]

《新青年》阵营 "分化" 的背景

这四十四封信件中，最早是 1920 年 3 月 11 日陈独秀致周作人信（编号 014）。陈独秀于 2 月 19 日除夕之日定居上海后才二十二天，就

[①] 编号 032—044 的信，初刊于欧阳哲生的《新发现的一组关于〈新青年〉的同人来往书信》，但个别文字、署名有出入。

[②] 根据欧阳哲生《〈新青年〉编辑演变之历史考辨——以 1920—1921 年同人书信为中心的探讨》一文提供的新材料，陈独秀于 1920 年 6 月 15 日、17 日，8 月 2 日、7 日都有信给程演生，内容都是为了《新青年》筹款。这四封信件尚未完整公布。故没有列入这批书信目录。

围绕着《新青年》的稿子筹划致信周作人。其内容有：策划七卷六号（5 月份出版）的劳动节专号、代周氏兄弟向群益书社联系出版《域外小说集》、向周氏兄弟索稿等等。信中透露，之前他还有一信致钱玄同，但未见回信，内容不外是索稿。当时京沪之间邮路时间较长（书刊邮寄时间五天，信件可能快些），陈独秀在 3 月 11 日信中催问此事，估计他在 3 月上旬已经开始《新青年》的正常编辑工作。当时陈独秀战斗生涯尚未进入建党阶段，也不存在《新青年》编辑部内部的分裂。陈独秀编《新青年》还是依仗北京同人，在信中对守常、玄同、周氏兄弟都充满怀念之情。

这组信件的最后两封都是周作人致李大钊的信，时间是 1921 年 2 月 25 日（043）与 27 日（044），内容差不多，主要是声明他赞同《新青年》的分裂："《新青年》我看只有任其分裂，仲甫移到广东去办，适之另发起乙种杂志，此外实在没有法子了。"但他不希望胡适在北京办刊继续用"新青年"之名："适之的杂志，我也很是赞成，但可以不必用《新青年》之名。《新青年》的分裂虽然已是不可掩的事实，但如发表出去（即正式的分成广东、北京两个《新青年》），未免为旧派所笑。"（043）周作人的态度，大致也代表了鲁迅。周氏兄弟此时对《新青年》转向共产主义的政治宣传是有思想准备的，表示同情的理解。但他们也有自己的底线："如仲甫将来专用《新青年》去做宣传机关，那时我们的文章他也用不着了；但他现在仍要北京同人帮他，那其内容仍然还不必限于宣传可做了。"（044）这话表明，周氏兄弟虽对陈独秀的"专用《新青年》去做宣传机关"表示理解，但他们并不准备介入这种转变。这两封信是写给李大钊的，之前李大钊似乎是反对《新青年》分裂的，但在周作人的信里可以看出，《新青年》阵营之分裂已经成为定局了。也就是说，1920 年 3 月 11 日到 1921 年 2 月 27 日不到一年的时间，新文化运动以来最重要的思想文化阵营——《新青年》编辑部同人之间发生了极为深刻，以致影响 20 世纪中国走向的

"分化"①。

王观泉先生是一位学术视野宏大的学者，他在论文《光芒四射之余辉，也光芒四射》里论述了《新青年》编辑部同人从发展到分裂的过程，正折射出国际社会在一战前后形势变化的大趋势对中国思想精英的深刻影响。他把1914年9月5日《青年杂志》的创刊日与欧战中第一次马恩河英法联军击溃德军、促使中国加入协约国同盟，宣布"绝德"（1917年3月14日）的过程联系在一起，如此描述："《青年杂志》以民主和科学为远程目标。眼下全线投入第一次世界大战与中国之命运。从一卷一号起，选择政治和军事进展的顶级论文和战场信息和报道，如透视日本绝德的《大隈内阁之改造》以及《巴尔干半岛之风云》《德意志邻近中立国之态度》《波斯湾排除英法势力之风波》《英法阁员会商军事》等等。大概由于《青年杂志》的走向，特别登出如《共和国家与青年之自觉》《战云中之青年》《德国青年团》《英国少年团规律》《巡视美国少年团》《青年论》等等，迟到的《青年杂志》不说超越，至少是跻身于名刊《东方杂志》《晨报（副刊）》等，并且与梁启超、梁士诒、刘彦、伍廷芳父子以及张君劢等朝野时贤多共同语言，更不必提及在全国名牌大学中的影响了。"② 王观泉注意到当时笼罩欧洲大陆的战争已经吸引了急于想走进世界格局的中国知识分子的注意力，无论梁任公、梁士诒、刘彦、伍廷芳父子以及张君劢，"朝野时贤"，政治立场未必相同，但是对于欧战的关注显示了他们思想的超前性和宽广度。陈独秀主编的《新青年》正是在这一时代"共名"的维度里后来居上，成为一个携带着较多国际视野和信息的广受欢迎的思想刊物。

近期学界论述《青年杂志》在上海创刊时期，往往强调其"是一

---

① 王观泉是不赞成用"分化"来形容《新青年》阵营的分裂事件的，他认为"指为'分化'，必有'左''右'之分"，不赞成简单地以"左""右"来划分《新青年》这一战斗团体，我对此表示赞成；其实《新青年》"分化"无关左右，而是一部分先锋分子接受俄国第三国际的建议，从理论走向实际运动而发生的结果。

② 王观泉：《光芒四射之余辉，也光芒四射》，第144页。

本青年文化修养的时尚读物"①，或者说"是一本以当时的中国青年为
预期读者的杂志"②，说它是本青年读物总不会错，但是作为一本自觉
引领青年文化潮流的读物，陈独秀的"自觉"，首先是在培养青年获得
世界视域的制高点，而不是其他。他在创刊之初就向青年读者公布了
自己的办刊方针："今后时会，一举一措，皆有世界关系。我国青年，
虽处蛰伏研求之时，然不可不放眼以观世界。本志于各国事情学术思
潮，尽心灌输，可备攻错。"③ 为了这个目的，前有陈独秀、高一涵、
李亦民等人，后有周作人、胡适、陶孟和等人，或写或译，介绍西方
的各种思想学术潮流，"国外大事记""世界说苑"等栏目重点介绍世
界形势和正在发生的事情，基本上是围绕着欧战的进展而展开。1918
年11月11日欧战以德国战败宣告结束，中国作为战胜国也曾扬眉吐
气于"列强"之中，北京的学校宣布11月14日、15日、16日连续放
假三天，市民学生集会庆祝，学者教授登台演讲，欢腾一片；李大钊、
蔡元培、陶孟和都在公众集会上发表了演讲，李大钊、陈独秀、蔡元
培撰写文章，与那些演讲稿一起刊登在《新青年》第五卷第五号，这
一期刊物几乎成了庆祝一战胜利的专号。如果说，从《青年杂志》第
一卷第一号撰文介绍第一次世界大战中"华沙战役"等开始，到第五
卷第五号庆祝协约国的胜利，《新青年》同人中有一部分人始终密切关
注世界战争的情报，紧跟着世界大势探寻中国的出路何在；那么，整
个世界大势走向也将反过来影响《新青年》同人的思想。再进而论之，
发生在第一次世界大战期间的俄国爆发的推翻沙皇统治的"二月革
命"，紧接着又爆发的以列宁为首的布尔什维克领导的"十月革命"，
都不能不给以《新青年》同人以深刻的刺激。

　　我以前曾经讨论过"五四"新文化运动的先锋性因素④，主要是
体现于《新青年》同人倡导的"文学革命"和以鲁迅为代表的新文艺

① 庄森：《飞扬跋扈为谁雄——作为文学社团的新青年社研究》，上海东方出版中心2006年版，第26
　 页。
② 左轶凡：《〈新青年〉的青年形象塑造》，载陈思和、王德威主编：《史料与阐释（总第三期）》。
③ 《青年杂志》1卷1号，社告第二条，1915年9月15日。
④ 参阅拙作《试论"五四"新文学的先锋性》，初刊《复旦大学学报》2005年第6期，已收入本书。

创作实绩。而"先锋"的文化意义绝不局限于文艺思潮，它的彻底反现状、反传统的姿态和立场，必然要以更为直接与社会变动发生关系的形态展现出来，政治斗争往往成为先锋运动最终选取的领域。这也是当时世界大势所致，法国的超现实主义、俄罗斯的未来主义等文艺运动，最终都与正在新兴过程中的激进的左翼政治思潮相结合，成为革命浪潮中的弄潮儿。相反的例子是意大利的未来主义领袖马里内蒂最终走向了法西斯主义运动。但不管最终目的怎样，先锋运动的政治指向是一致地反对平庸的、物质的、死气沉沉的中产阶级社会生活。所以，作为一种先锋运动的旗帜《新青年》，同人们中最激进者必然会把注意力转向正在崛起的俄罗斯革命。而李大钊、陈独秀是其中的佼佼者，先锋运动中的急先锋。俄罗斯爆发的革命对这个先锋运动群体多少都有一点影响，包括鲁迅、钱玄同和胡适等，但是站在先锋立场上最坚决最敏感的是陈、李二人。陈独秀始终是站在时代的前沿，紧紧盯住了欧战大势所趋，1917 年中国朝野热议加入协约国参战时，陈独秀就在《新青年》第三卷第一号发表《对德外交》，呼吁"绝德"而加入协约国，刊物出版日期为 3 月 1 日，到 3 月 14 日中国政府正式宣布与德国绝交，参加第一次世界大战，陈独秀在《新青年》第三卷第二号又发表《俄罗斯革命与我国民之觉悟》，针对刚刚发生的俄罗斯二月革命推翻沙皇政权以后是否会与德国单独媾和问题发表见解，他说："吾国民所应觉悟者，俄罗斯之革命非徒革俄国皇室之命，乃以革世界君主主义侵略主义之命也。"[①] 陈独秀所说的"君主主义"，是与民主主义相对立；"侵略主义"，与人道主义相对立，陈独秀站在民主主义和人道主义的立场上，歌颂了俄罗斯革命的世界性意义。李大钊对俄罗斯革命更为敏感。在 1918 年 11 月欧战胜利的庆祝期间，他连续发表《法俄革命之比较观》、《庶民的胜利》和《Bolshevism 的胜利》三篇文章，热烈歌颂列宁和托洛茨基等领导的俄国十月革命。随之他的世界观朝着马克思列宁主义转变，在由他轮值主编的《新青年》第

---

① 　陈独秀：《俄罗斯革命与我国民之觉悟》，初刊《新青年》3 卷 2 号，1917 年 4 月 1 日。

六卷第五号，他不但发表了著名的《我的马克思主义观》，还策划了一个关于马克思主义的讨论专号，发表了不同立场的学者对马克思主义的论述。很显然，李大钊、陈独秀的立场一直在往前推进，由先锋立场走向了以马克思主义为旗帜的列宁主义，也就是从事实际的革命运动了。

再回过来看《新青年》杂志同人的本来立场，一般来说，民国初期的知识精英都经历了传统士大夫阶层向现代知识分子的转型，但相对于梁启超的研究系、章士钊的《甲寅》以及商务印书馆的《东方杂志》等带有浓重庙堂气息的学术派系而言，《新青年》的立场则更接近知识分子的"广场"价值取向：《新青年》阵营基本上采取了拒绝庙堂的立场，偏重思想启蒙、民众教育，批判社会上种种落后和愚昧现象，从事文化领域的"革命"。这一群由留日、留美、留法的海归知识分子构成的新思想阵营，携带了国外引进的不同的思想流派和思想方法，也包括西方的民主精神和自由思想，独立于传统庙堂与社会民间之间，形成了一股新的社会力量。这才是《新青年》阵营所显示的区别于别的学术团体的新气象，也是在当时的社会风气中最吸引人的新鲜活泼、充满生命力的精神力量。胡适在 1917 年回国时"打定二十年不谈政治的决心，要想在思想文艺上替中国政治建筑一个革新的基础"① 的计划就是从这个背景而来。"不谈政治"并不是他们真正的目的，也不是《新青年》同人必须遵循的约束，只是他们自觉拒绝庙堂的一种姿态。客观环境不利于谈政治，或者说，政治黑暗到无从谈起，才迫使知识分子放弃谈政治，发奋在思想领域努力。而作为一种先锋运动，其本质就在于对当下社会环境的批判，先锋文化团体即使在艺术领域或者思想领域做功夫，最终目的仍然在于调整与社会的关系，指望通过先锋运动来激化社会批判和社会冲突，先锋运动导致政治介入是有其内在规律的。陈独秀主编的《新青年》屡屡发表有关世界大战的报道，讨论中国的外交立场，对欧战、"绝德"以及俄罗斯革命，

---

① 胡适：《我的歧路》，载欧阳哲生编：《胡适文集》第 3 册，北京大学出版社 1998 年版，第 363 页。

难道都不是谈政治吗？待到欧战结束，全民沸腾，中国第一次在列强面前有了面子，谈政治更加受到社会欢迎而变得自然而然了，《新青年》催生了《新潮》《每周评论》等卫星刊物，非但不再回避谈政治，反而大张旗鼓地领导了民众爱国运动。思想启蒙运动的结果总不外乎唤醒人们对于自己命运的自觉，对于社会进步的责任，最终导致社会变革、政治动荡甚至改朝换代，是必然的结果。欧洲的思想启蒙运动导致了法国大革命的流血，俄罗斯革命民主主义者的思想启蒙导致了推翻沙皇统治的二月革命与十月革命，都是历史的先例，因此我们讨论新文化启蒙运动与1919年的"五四"学生爱国运动，无法将两者截然分开甚至对立起来，以其之矛攻其之盾。从思想启蒙发展到社会运动，继而唤起实际革命，都是由其内在的逻辑发展所决定的。

所以，我们今天谈论《新青年》的"分化"，其实就是《新青年》阵营中几位文化先锋走出了原来的鼓吹"民主"与"科学"的思想革命藩篱，从《新青年》阵营中分离出来，单独前进，从而促使了原来阵营的瓦解。为什么李大钊发表《我的马克思主义观》，欢呼"布尔什维克的胜利"的时候没有引起《新青年》的"分化"？为什么1919年下半年胡适与李大钊发生"问题与主义"争论的时候没有"分化"，而要到1920年陈独秀南下以后才出现了无可挽回的分裂——完成了所谓的"分化"？事实上，只要把"主义"分歧停留在思想理论的讨论范围，坚持民主、自由和尊重对方的立场的《新青年》同人就不会走向分裂。《新青年》不是一个政党，更不是权力机构，只是一个基于民主理想、先锋做派而自由结合的文人团体，更何况从这个团体建立之初，同人之间就充斥着善意的互相批评，胡适有在《新青年》上宣传实验主义的自由，李大钊当然也有宣传马克思主义的自由，所以"问题与主义"争论并没有影响李大钊与胡适个人之间的关系，在陈独秀南下，与胡适发生"短兵相接"、分裂几乎无可避免的时候，李大钊依然苦口婆心地做和事佬，希望弥合两者的关系，维护《新青年》团结，从这一点上来看，我们过去把"问题与主义"争论的意义看得过于严重了。

但是到了 1920 年 4 月陈独秀接受了共产国际的建议，秘密组织建党以后，一切都发生变化了。1919 年是陈独秀命运急剧转变的一年。那年 3 月 26 日，蔡元培在汤尔和、沈尹默等人怂恿下，决定变相免去陈独秀文科学长之职。原因是陈独秀的嫖妓风波引起了媒体舆论的关注，但这事件正值新旧势力斗争激烈的关键时刻，容易被人理解为社会新旧势力冲突的结果。后人叙述中也未免夸大这个事件的性质，汤尔和几乎成了千古罪人。① 也有学者把汤尔和、沈尹默等人怂恿蔡元培罢免陈独秀，视为浙江籍与安徽籍之间的派系斗争。这些说法都有一定的片面性。陈独秀为人桀骜不驯，对周围人群可能多有得罪，他主编《新青年》的先锋立场和激进态度也让周围在场的知识分子感到不舒服，所以被小人落井下石是可以想象的。至于说到嫖妓，民国初期还保留晚清社会的遗风，文人嫖妓并未触犯法律，北大延续了京师大学堂的许多恶俗风气，只要想想一个文科学长、一个理科学长为嫖妓闹出风波，甚至大打出手，校园风气之污秽可想而知。但作为社会名流、新思想领袖，陈独秀在私德上确有不可推卸的责任。蔡元培为端正校风特设进德会，陈独秀是骨干，明知故犯又惹出媒体风波，蔡元培免其文科学长是必要的措施。但为了顾全两位学长的面子，蔡还特意将早已在议的《文理科教务处组织法》提前实施，用教务长来取代两科学长，而夏元瑮出国放洋，陈独秀留任教授，应该说是一种稳妥的处理方法，体现了蔡元培与人为善的厚道与原则。汤尔和、沈尹默都是当年向蔡元培推荐陈独秀的人，对陈独秀素有厚望，如今风波骤起，舆论危及北大声誉，两人急于摆脱干系，建议蔡元培免去陈独秀文科学长之职，也是可以理解的。事实上，被免职以后的陈独秀并未因此降低其作为思想明星的声誉，这从两个月后陈独秀被捕而激起声

---

① 胡适一直坚持这个观点。1935 年 12 月 28 日，事隔 16 年之后，胡适仍致信批评汤尔和："当时外人借私行为攻击独秀，明明是攻击北大的新思潮的几个领袖的一种手段，而先生们亦不能把私行为与公行为分开，适堕奸人术中了。"胡适对 1919 年 3 月 26 日之夜的汤宅会议耿耿于怀，上纲上线，在 1935 年 12 月 23 日致汤尔和信中甚至说："然独秀因此离去北大，以后中国共产党的创立及后来国中思想的"左"倾，《新青年》的分化，北大自由主义者的变弱，皆起于此夜之会。……不但决定北大的命运，实开后来十余年的政治与思想的分野。"引自《738．胡适致汤尔和（稿）》和《736．胡适致汤尔和（稿）》，载中国社会科学院近代史研究所中华民国史组（编）：《胡适来往书信选》（中册），中华书局 1979 年版，第 290、281—282 页。

势浩大的社会营救事件可以证明。而且，陈独秀这样一个大无畏的人，生命欲望必有异于常人之健旺强烈，他既是清政府也是北洋政府的不妥协的敌人，生命都在所不惜，哪会把陈腐道学、媒体舆论放在眼里？即使不当文科学长，他依然是北京大学的名教授，思想界的大明星，《新青年》的主编，照样叱咤风云。如果以为被免职事件刺激了陈独秀，让他脱离自由主义而变成共产党，胡适也太低估了陈独秀。在我看来，真正刺激陈独秀的，还是越来越激进的社会环境，当时的社会风潮推动他走向社会前沿，从书斋走向监狱。"五四"运动骤然爆发，作为一个文化先锋走向街头散发传单，唤起民众，不管是不是文科学长，陈独秀都会做如是选择。被捕入狱也是他早有思想准备的，他发表随感录《研究室与监狱》才几天①，就以身试法被捕了。1919 年 9 月 16 日陈独秀被保释出狱，还是受到警察的监视，人身行动都不自由。经过这三个多月的狱中考验和社会营救，陈独秀从思想明星变成政治明星，其思想在特殊环境的刺激下日趋偏锋，同时政治活动也深深吸引了他，不能想象这时候的陈独秀还能沉住气在书斋里做一个稳稳当当的教授。既然从研究室走到了监狱这一步，等他出了监狱以后，就再也回不到研究室了。这是典型的先锋做派。这时候唯一能够把他拴在研究室的工作就是编辑《新青年》。10 月 5 日，陈独秀在胡适寓所召开《新青年》同人会议，会议决定《新青年》自第七卷起仍归陈独秀一人主编。据胡适说，陈独秀在上海失业，编辑部同人请他专任《新青年》的编辑，给他一个具体的职业。② 胡适这话似不完全准确，因为 1919 年 10 月 5 日陈独秀收回《新青年》的主编权，还没有到上海定居的准备。③ 编辑部同人之所以同意他一人主编刊物，还是从道义

---

① 《研究室与监狱》发表于 1919 年 6 月 8 日出版的《每周评论》第 25 号。陈独秀在 6 月 9 日和 11 日两次上街散发传单。根据京师警察厅档案，6 月 11 日被捕。

② 《胡适口述自传》，载欧阳哲生编：《胡适文集》第 1 卷，北京大学出版社 1998 年版，第 355 页。

③ 关于陈独秀何时离开北大，似乎没有定论。陈明远《文化人的经济生活》一书中引用《北京大学 1919 年职员薪俸册》记载，陈独秀薪俸 300 银元发到 6 月份，说明陈独秀被解除了文科学长以后两个月仍然拿的是文科学长的薪水。陈独秀 6 月 11 日被捕，9 月 16 日出狱，他的薪俸是否因为被捕而没有发？还是因为他已经离开了北大而没有发？现在没有可靠证据。但是，他出狱后的身份仍然是北大教授。11 月份他主持了刘海粟的葬礼时，对他的学生陈钟凡说："校中现已形成派别，我的改组计划已经实现，我要离开北大了。"可见 11 月份还未离开北大。（参见陈钟凡《陈仲甫先生印象记》未刊手稿，转引自唐宝林：《陈独秀全传》，社会科学文献出版社 2013 年版，第 225 页。）

上鼓励他重回研究室的努力。《新青年》的同人刊物性质没有变化，仍然由编辑部同人提供稿件。所以第七卷前几期的内容也没有什么特别的变化，第七卷第一号的《本志宣言》更加强调了编辑部同人的统一立场，议论政治的倾向更加明显。到了 1920 年 2 月，陈独秀去上海定居，《新青年》也被带到上海去编辑，胡适的回忆材料可能针对这个阶段暗示了一个事实：陈独秀离京南下后是否还能继续担任《新青年》的主编工作，编辑部同人对此有过讨论意见，可能在这个时候，胡适强调陈独秀的生计问题。陈独秀到上海后主编《新青年》是有薪水的，一百五十银元。①

1920 年 4 月，俄共（布）西伯利亚局东方民族部代表维经斯基来到上海与陈独秀见面，商定成立中国共产党，具体日期已无考。当时的情况是，十月革命后不久，联共布尔什维克政权还处于欧洲帝国主义的包围之中，出于稳定大后方的战略，1920 年 3 月，俄共中央正式决定建立远东局（又称西伯利亚局），负责领导远东各国革命的工作。维经斯基就是这个组织派往中国的，任务是建立中国共产党和考察在上海设立共产国际东亚支部的可能性。当时列宁领导的联共（布）政权和第三共产国际派出许多人秘密深入东方各国（中国、朝鲜和日本等)②，寻找那些国家内部的反叛力量，组织革命政党来推翻或牵制本国政府，稳定俄苏政权的大后方。③ 联共（布）政权以及第三国际派往中国的人员起先并没有具体的对象，他们在混乱形势中广泛接触中

① 根据《〈新青年〉编辑部与上海发行部重订条件》第六条款："发行部每期赠送编辑部一百份外，并担任编辑费一百五十元。"陈独秀的编辑费应该是一百五十银元。
② 任建树根据《共产国际、联共（布）与中国革命档案资料丛书》第 1 卷所载来华人数统计："苏俄政府的这两个不同职能的外交渠道，其对华实施从 1920 年起渐渐加强。从这一年的 4 月到 1922 年 12 月止，由俄共或政府先后派遣来举的有 14 人，由共产国际派来的 6 人，共有 20 人。"［任建树：《20 年代初联共对华政策的制定——〈共产国际联共（布）与中国革命档案资料丛书〉研究札记》，《上海行政学院学报》2001 年第 1 期，第 123 页。］
③ 唐宝林根据《共产国际、联共（布）与中国革命档案资料丛书》发布的资料："当时派维经斯基来华的俄共（布）远东局海参崴分局领导人、俄罗斯联邦驻远东全权代表维连斯基把俄共中央政治局给他的指示归纳为四条，其中第一条是'我们在远东的总政策是立足于日美中三国利益发生冲突，要采取一切手段来加剧这种冲突'，其次才是'支援中国、蒙古、朝鲜、日本的革命'。这就是说维经斯基以及以后一切来华代表，执行援助中国革命的政策，必须要服从苏俄的外交政策即苏俄国家利益。当时苏俄对华政策最大的国家利益是什么呢？是追求苏俄远东边界线上的安全……"（唐宝林：《陈独秀与共产国际（1920—1927）》，《湖北行政学院学报》2002 年创刊号，第 51 页。）

国各种政治力量，物色他们在中国的代理人。为此，他们对吴佩孚、陈炯明、孙中山都产生过兴趣，维经斯基这一路从东北到北京、天津主要接触当时社会革命力量中最有影响的无政府主义组织，以及知识分子领袖李大钊。那是 1920 年 4 月，李大钊身居北京大学图书馆馆长和北大教授，在社会上有崇高的威望，而且公开宣布自己的马克思主义信仰。维经斯基对他肯定抱有期望。但那时候李大钊所信仰的马克思主义理论体系十分复杂，在具体的政治主张里，还是比较倾向于无政府主义的工团主义和克鲁泡特金的互助思想①，这一点陈独秀也一样②，他们对于十月革命之"庶民之胜利"高声欢呼，但对于列宁强调的阶级斗争、无产阶级专政并非心仪，维经斯基与李大钊的会晤似乎没有产生具体成果，于是李大钊推荐他去上海与陈独秀见面，可能是李大钊认为陈独秀对中国革命未来途径的判断更具有敏锐性。

维经斯基在上海与陈独秀有过多次商谈。当时的陈独秀正处于人生的十字路口：一方面因为主编《新青年》、发表惊世骇俗的言论、因散传单被捕入狱引起全国性营救的不平凡经历，把他从思想明星一步步推向政治明星，他迫切需要寻找到一种可靠的政治力量来支持他从事社会活动。在 1919 年 11 月，陈独秀对他的学生陈钟凡说要离开北大，离开北大后做什么？陈独秀明确表示："专心从事社会运动。"③

---

① 唐宝林在《陈独秀全传》中这样评价李大钊："一般认为，李大钊是中国接受马克思主义第一人。但是细读他的代表作《我的马克思主义观》却发现，李大钊接受的是近似马、恩晚年的思想，即恩格斯领导的第二国际社会党的思想——'社会民主主义'。所以他用'总觉有些牵强矛盾'的评说，委婉地批评了马、恩在《共产党宣言》、《资本论》中'经济（即物质生产）决定一切'、'阶级竞争'（即阶级斗争）是历史发展动力，忽视伦理、道德、人道主义、宗教等精神方面的作用的观点。因此，他庄严地宣告：'我们主张以人道主义改造人类精神，同时以社会主义改造经济组织……我们主张物心两面的改造，灵肉一致的改造'。"（第 231 页）我同意这个观点。李大钊、陈独秀、毛泽东等早年都接受过无政府主义的影响，把马克思主义与无政府主义的某些观点进行了调和。1920 年以后，陈、李都是在共产国际指导下才转向列宁主义，强调阶级斗争和无产阶级专政。
② 1919 年 11 月 2 日，陈独秀出狱不久写作了《实行民治的基础》，公开宣布："我们所渴望的是将来社会制度的结合生活，我们不情愿阶级争斗发生，我们渴望纯粹资本作用——离开劳力的资本作用——渐渐消灭，不至于造成阶级争斗。"（载《新青年》7 卷 1 号）表明这时候的陈独秀还不是一个自觉的马克思列宁主义的信徒。唐宝林在《陈独秀全传》里说到：陈独秀出狱以后，"与蔡元培、李大钊等人发起成立了北京工读互助团运动，进行空想社会主义的试验。……这个运动最早是外来的'新思潮'——克鲁泡特金的无政府共产主义、托尔斯泰的泛劳动主义和日本武者小路实笃的新村主义——在中国进步青年中影响的结果。"（第 224 – 225 页）
③ 唐宝林：《陈独秀全传》，第 225 页。

这表明陈独秀对北大教授岗位已经无心恋战，决定转向"广场"，从事更为直接的政治运动。但从另一方面来说，书斋里奢谈社会主义比较容易，一旦离开北大跑到上海，等于跃入社会运动的汪洋大海，而那时社会上主要的反抗组织大多是倾向无政府主义和基尔特社会主义，而陈独秀没有扎实的社会基础，具体能够做什么，怎么做，都是需要实践的未知数。唯一能够被他紧紧抓在手里的，就是《新青年》及其产生的社会影响。这种压力对陈独秀来说可想而知。但是在与维经斯基见面以后，这一切都变了。陈独秀有了共产国际的支持，他立刻抓住从天而降的机会，迅速调整自己的行动目标，坚决反对与无政府主义组织合作，要求独立地成立中国共产党。他第一举措就是向昔日盟友无政府主义①开炮，以清理自己的阵营。

在这个问题上，不仅维经斯基及时地支持了陈独秀，陈独秀也及时为维经斯基提供了中国革命的途径。② 以陈独秀的果断强悍、富有革命经验以及置之死地而后生的状况，他无疑成为维经斯基最理想的革命领袖人选。我们现在从维经斯基 1920 年 6 月致组织的信件里所汇报的工作情况来看，他已经明确选定了陈独秀为领袖，但是维经斯基对他在中国接触到的无政府主义者还是保持了好感，所以他开始着手进行的工作，是让陈独秀与中国无政府主义谋求联合。维经斯基给组织汇报工作的信件中有一段十分重要的话，描绘了 1920 年 4 月到 6 月期间他在上海的工作情况：

> 目前，我们主要从事的工作是把各革命团体联合起来组成一个中心组织。"群益书店"可以作为一个核心把这些革命团体团结在它的周围。中国革命运动最薄弱的方面就是活动分散。为了协调和集中各个组织的活动，正在着手筹备召开华北社会主义者和

---

① 陈独秀在李大钊掩护下从北京到天津，再转道上海的路途上已经接触了一些无政府主义组织，到上海以后，他也曾经尝试与无政府主义组织和其他社会革命力量谋取合作。当时，另一个共产国际安排来华的代表鲍立维（柏烈伟）也在天津谋求建立包括无政府主义在内的"社会主义同盟"。此事与陈独秀也有一定的关系。

② 这个观点也是来自唐宝林的推测（《陈独秀全传》，第 250 页），笔者觉得是对的。

无政府主义者联合会议。当地的一位享有很高声望和有很大影响的教授（陈独秀），现在写信给各个城市的革命者，以确定会议的议题以及会议的地点和时间。①

　　根据这段话我们可以找出三层意思，与本文要解读的文献有直接关系：其一，维经斯基确认了陈独秀在未来中国革命中的领袖地位，安排陈独秀出面来整合"活动分散"的各派革命力量；其二，他之所以选择陈独秀，是因为陈独秀在中国"享有很高声誉和有很大影响"，而这些声誉和影响来自《新青年》，所以出现了以"群益书店（社）"为核心的意思；其三，当时着手协调和集中各派组织的目标中包括了社会主义者和无政府主义者。广义上说，无政府主义者也是社会主义者，所以这里特指的社会主义者，应该是指不是无政府主义者（但可能受无政府主义影响）的社会主义者。

　　在俄罗斯十月革命初期，无政府主义与布尔什维克也有过短暂的联合，但不久，无政府主义者遭到了布尔什维克政权的镇压，克鲁泡特金从欧洲回到俄国，曾经企图说服列宁放弃暴力镇压，列宁拒绝了。克鲁泡特金遭到软禁。但在中国，为了组织反叛力量必须调动一切可能参与革命的因素，那些涣散的无政府主义组织也成了俄国布尔什维克的团结目标。据书信的注释者说明，信里说的这个会是 1920 年 7 月 19 日在上海召开的"最积极的中国同志"会议，为中国共产党的成立奠定了基础。但是唐宝林在《陈独秀全传》里认为维经斯基信中筹划的那些与无政府主义者联合的活动最后都没有落实，原因是陈独秀的抵制。后来的事情显然不是按照信中的设计进行的，1920 年 5 月，上海建立了共产国际的东亚书记处，指导东亚国家的革命运动，这以后，钦差大臣频频降临，在上海举行了一系列的会议指导中国革命。8 月，以陈独秀为核心的中国共产党发起组正式成立，真正地为建立中国共

---

① 《维经斯基给某人的信》，载中共中央党史研究室第一研究部（译）：《共产国际、联共（布）与中国革命档案资料丛书》第 1 卷，北京图书馆出版社 1997、1998 年版，第 29 页。

产党奠定了基础。1920 年 8 月 2 日，陈独秀致信胡适（009）约稿："我近来觉得中国人的思想，是万国虚无主义——原有的老子说，印度空观，欧洲形而上学及无政府主义——的总汇，世界无比，《新青年》以后应该对此病根下总攻击。这攻击老子学说及形而上学的司令，非请吾兄担任不可。"这时候《新青年》第八卷第一号已经付印，陈独秀正在筹备第二号的稿子，《新青年》的经费已经落实，陈独秀心情大好，摆出一副大干一场的姿态，他希望得到好朋友胡适的支持，把古代思想史的老子批判与现实斗争中无政府主义批判巧妙地结合起来，并且把胡适推为"司令"。显然，陈独秀这时候意气风发，又恢复了 1917 年与胡适联手发起新文学运动时期的勃勃雄心。由此也可见陈独秀成功地改变了共产国际原来联合无政府主义的想法，独立地担当起领导中国革命的重任。

从这时候开始，《新青年》阵营的分化才渐渐凸显出来了。

完稿于 2015 年 2 月 24 日；初刊《上海文化》2015 年第 2 期，编入《陈思和文集》

重读有关《新青年》阵营分化的信件（之二）

1920年4月26日陈独秀在上海致信给十二位北京同人（008）：

守常　孟余　慰慈

适之　孟和　抚五

申甫　百年　遏先　　　诸兄公鉴：

玄同　尹默　启明

《新青年》七卷六号稿已齐（计四百面），上海方面，五月一日可以出版，到京须在五日以后。

本卷已有结束，以后拟如何办法，尚请公同讨论赐复：

（1）是否继续出版？

（2）倘续出，对发行部初次所定合同已满期，有无应予交涉的事？

（3）编辑人问题：

（一）由在京诸人轮流担任；

（二）由在京一人担任；

（三）由弟在沪担任。

为时已迫，以上各条，请速赐复。

　　　　　　弟　独秀　四月廿六日①

---

① 录自耿云志主编：《胡适遗稿及秘藏书信》第35册，黄山书社1994年版，第569－570页。此信首次公开发表于中国社会科学院近代史研究所中华民国史组编：《胡适来往书信选》（上册），中华书局1979年版，第90页。但是整理本文字与原文有出入。本文根据手稿录入。特此说明。

这是一封值得我们认真解读的信件，从中可以帮助我们解决若干问题。

一、《新青年》编辑部同人的构成

这是一封陈独秀写给北京十二位同人的公开信（公信）①，内容完全是履行公事：《新青年》七卷编完了，合同已经到期，接下来怎么办？很显然，这十二位收信人构成了《新青年》在京同人的基本名单。那么，笔者首先想了解的是：这十二位收信人怎么会成为《新青年》同人的？陈独秀为什么要向他们汇报和请示工作？这涉及《新青年》编辑部同人的构成。

本文先梳理一下这些人与陈独秀及《新青年》的关系。

《新青年》（原名《青年杂志》）1915 年在上海创办，最初的编辑人员很简单。陈独秀一人担任主撰，其他撰稿者基本上是《甲寅》杂志的班底、陈独秀的安徽籍老乡或多少与安徽有关的人，其中积极撰稿的有高一涵、易白沙、刘叔雅、谢无量、陈嘏等，但在这封信的收信人名单里，一个也不见。而这十二位收信人中，名字最早出现于《新青年》的是李大钊和胡适。1916 年 9 月出版的《新青年》二卷一号上有李大钊的散文《青春》和胡适的翻译小说《决斗》，紧接着二卷二号上，又有胡适致陈独秀信，提出文学改良的主张。而胡适的论文《文学改良刍议》要到 1917 年 1 月出版的《新青年》二卷五号才发表，同期刊出的还有陶孟和②的社会学文章《人类文化之起源》。（插一句，《新青年》二卷二号起，刘半农的创作频繁发表。）到了 1917 年 2 月出版的《新青年》二卷六号，钱玄同以通信的形式声援北大文科

---

① 1920 年 5 月 7 日，陈独秀致胡适、李大钊信中有"日前因《新青年》事有一公信寄京……"（见黄兴涛、张丁：《中国人民大学博物馆藏"陈独秀等致胡适信札"原文整理注释》，载《中国人民大学学报》2012 年第 1 期，第 25 页。）

② 据陈万雄《五四新文化的源流》，陶孟和于 1913 年进北大任教，教授社会学、社会问题与英文学戏曲等课程。（生活·读书·新知三联书店 1997 年版，第 31 页。）据 1918 年 2 月编制的《国立北京大学廿周年纪念册》中《职员一览》记载，陶孟和担任文本科教授，兼法本科教授和哲学门研究所教员。据 1918 年 9 月编制的《国立北京大学职员履历表》记载，陶孟和：日本东京高等师范学校和英国伦敦大学毕业，从事社会学研究。（陈初辑：《京师译学馆校友录》，文海出版社 1978 年版。）

改革以及文学革命的主张。——此时开始，陈独秀已经应蔡元培邀请，携带着《新青年》杂志进入北京大学担任文科学长，刘叔雅、刘半农、胡适等也前后进入北京大学①，加上先在北大任教的钱玄同、沈尹默，"四大台柱"② 为主角的《新青年》阵营已经布局成功。《新青年》三卷二号通信栏里还出现了张嵩年（申府）③ 的名字。1918 年 1 月，《新青年》第四卷起改为同人刊物，由编辑部同人轮流执编。四卷一号开始，频繁出现周作人④ 和沈尹默的作品，四卷四号刊化学教授王星拱（抚五）⑤ 的科普文章，四卷五号又刊心理学教授陈大齐（百年）⑥ 批"灵学"文章，同期还发表鲁迅的《狂人日记》和白话诗。——这里

① 陈独秀于 1917 年 1 月始掌北大文科学长时，沈尹默与钱玄同已经在北大任教。

刘叔雅于 1917 年上半学期进北大任教。据《钱玄同日记》1917 年 4 月 14 日记载："大预中新请来一国文教习，为刘叔雅，合肥人。曾在《青年杂志》上登有《叔本华自我意志说》，年纪甚轻，问系刘申叔之弟子。"［杨天石主编：《钱玄同日记》（整理本），北京大学出版社 2014 年版，第 313 页］《职员一览》记载，担任理科预科教授，兼文科预科教授和国文研究所员。

刘半农于 1917 年 9 月由陈独秀介绍进北大任教。《职员一览》记载，担任法科预科教授，兼理科预科教授和国学门研究所员。

胡适于 1917 年 9 月起任北大文科教授。《职员一览》记载，担任文本科教授兼哲学门研究所主任，又兼国文、英文两门研究所员。

钱玄同从 1913 年开始在北京高等师范学校历史地理部及附属中学任国文、经学教员，兼任北大预科文字学教员。（见曹述敬：《钱玄同年谱》，齐鲁书社 1986 年版。）1917 年秋被聘为北京大学文本科教授（《钱玄同日记》1919 年 1 月 24 日所记）。《职员一览》记载，担任文本科教授兼国文门研究所员。

沈尹默于 1913 年在北大预科任教。蔡元培引进陈独秀为文科学长，沈尹默、汤尔和都有引荐之功。《职员一览》记载，担任文科预科教授兼国文门研究所主任。

② 1917 年 10 月 16 日刘半农致钱玄同信："先生试取《新青年》前后所登各稿比较参观之，即可得其改变之轨辙。……譬如做戏，你，我，独秀，适之，四人，当自认为'台柱'，另外再多请名角帮忙，方能'押得住座'。"四大台柱是指陈独秀、胡适、钱玄同和刘半农。（载《中国现代文艺资料丛刊》第 5 辑，上海文艺出版社 1980 年版，第 303 页。）同信中，刘半农又说："信中不能多说话，望先生早一二天来谈谈！愿为你之好友者！"从语气上看，这应该是钱、刘最初交往，有相见恨晚之意。《钱玄同日记》1917 年 10 月 18 日记："三时至大学法科访半农，谈得非常之高兴。"（第 323 页）是应邀约谈的记录。

③ 张申府于 1917 年秋北大数学系毕业留校。《职员一览》记载，担任预科补习班教员。

④ 周作人于 1917 年 4 月附聘设国史编纂处任职，9 月正式任北大文本科教员。（张菊香、张铁荣编：《周作人年谱》，天津人民出版社 2000 年版，第 121、125 页。）《职员一览》记载，担任文科本科教授兼国文门研究所员。

⑤ 据《五四新文化的源流》记载，王星拱于 1916 年毕业于英国伦敦大学理工学院，获硕士学位。回国被聘北大任教。（第 17 页）1918 年 2 月编制的《职员一览》记载，担任文本科兼预科讲师。1918 年 9 月编制的《国立北京大学职履历表》记载，他毕业于英国帝国科学工程学院，担任文本科教授，薪水二百四十银元。后一条信息比较可靠。

⑥ 陈大齐于 1914 年进北京大学任教，初授哲学概论、心理学、理则学课程，后授认识论、陈述心理学等课程。（见周进华：《经师人师——陈大齐传》，台湾商务印书馆 1986 年版，第 9 页。）《职员一览》记载，担任文本科教授兼哲学门研究所员。

除了鲁迅，其他都是北大的教员。到了 1919 年出版的六卷四号和六号，连续出现朱希祖（逷先）① 的文章，五号又出现了顾孟余②的头条文章。——到此为止，《新青年》进入全盛时期，也就是第二阶段的同人刊物时期。《新青年》的社会影响与发行量都是在这个时期获得充分的扩大。十二位收信人中的大部分进入了《新青年》同人行列，唯有张慰慈③在《新青年》第七卷前几期才开始露面。第七卷虽然由陈独秀主编，依然属于同人性质。

现在，我们似乎可以看清楚这 12 位撰稿人与《新青年》关系的深浅了。如果以陈独秀为标杆，以出现于《新青年》撰稿行列的先后及其关系亲疏为序列，大致可以排为三列：

1. 1915—1916 年陈独秀主撰时期的朋友：高一涵、胡适、李大钊、刘叔雅等，他们的主要特征是安徽籍人，或者是《甲寅》老臣。

2. 1917 年陈独秀进入北大掌文科学长后的朋友：钱玄同、刘半农、陶孟和、沈尹默、周作人和张申府等，他们的主要特征是北大文科教员；鲁迅也是这时期的朋友，但不是北大专任教员。

3. 1918 年《新青年》轮流执编以后陆续加入的撰稿人：王星拱、顾孟余、陈大齐、朱希祖、张慰慈等，他们与陈独秀及《新青年》的关系不会很亲密，专业背景也很广泛，化学、经济学、心理学、政治学都有，留学背景也比较复杂。

---

① 朱希祖于 1913 年受聘任北大预科教员兼清史馆编修。袁世凯称帝时辞去编修，专任北大教授。《职员一览》记载，担任文本科教授兼国文门研究所教员。

② 顾孟余又名顾兆熊。1917 年任北京大学教授兼文科德文门主任，后任经济系主任。《职员一览》记载，担任文本科教授兼理预科教授。《国立北京大学职员履历表》记载其毕业于德国柏林明星工科大学。

③ 张慰慈名张祖训。《职员一览》记载担任法本科兼预科教授。《国立北京大学职员履历表》记载其为美国埃哀亚省立大学（似乎是 University of Illinois 即伊利诺伊大学）博士。张慰慈参与《新青年》同人较晚。据《周作人日记》（上）1918 年 11 月 27 日记载："下午至学长室议创刊每周评论十二月十四日出版任月助刊资三元。"［见《周作人日记》（影印本）（上），大象出版社 1996 年版，第786—787 页。］《每周评论》出资人中有张慰慈的名字。可见他参加了 1918 年 11 月 27 日的会议。尽管他那时还没有在《新青年》上发表文章，但已经加入《新青年》同人行列。

在陈独秀写这封信的 1920 年 4 月，刘半农已经脱离了《新青年》①
并在法国留学，高一涵也出国②，不在收信人名单里可以理解。但是第
三序列的名单为什么会进入《新青年》编辑部同人行列的？撰稿人与
编辑部同人是不是一回事？如果说不是一回事，那么，第三序列的名
单似乎不应该成为陈独秀汇报和请示工作的对象。如果说，他们因为
撰稿人身份而可以成为收信人，那么，鲁迅、吴稚晖、沈性仁、任鸿
隽、陈衡哲等都是同时期《新青年》的重要撰稿人，发表数量也远在
上述若干收信人之上，为什么他们不是收信人？因此，弄清楚这十二
位收信人在《新青年》编辑部里扮演什么角色，究竟是哪些人在领导
《新青年》，是解决这个问题的关键。

于是，我们还是要回到《新青年》发展史上的第一次重要改革
（1918 年 1 月），即由陈独秀主撰向轮流执编的同人刊物转变开始说起。

《新青年》三卷六号出版以后，曾经停刊数月，其间酝酿了一项极
其重要的改革方案：从 1918 年 1 月 15 日起，《新青年》四卷一号以全
新面目推出，标志就是建立《新青年》编辑部，集体执编。《新青年》
四卷三号正式刊出"本志编辑部启事"，是这样写的：

> 本志自第四卷一号起，投稿章程业已取消。所有撰译悉由编
> 辑部同仁共同担任，不另购稿。其前此寄稿尚未录载者，可否惠
> 赠本志，尚希投稿诸君，赐函声明，恕不一一奉询。此后有以大
> 作见赐者，概不酬赏。录载与否，原稿恕不奉还。谨布。

这是写给投稿者和读者看的通告，其背后隐含了一场深刻的革命。
这里关键的信息有三点：拒绝外稿、编辑部同仁担任撰稿、取消稿费。
拒绝外稿，不仅拒绝了一批社会上的盲目投稿者，《新青年》第一阶段

---

① 刘半农在 1919 年初就脱离了《新青年》。据《钱玄同日记》1919 年 1 月 24 日记载："午后三时，半
农来，说已与《新青年》脱离关系，其故因适之与他有点意见，他又不久将往欧洲去，因此不复在
《新青年》上撰稿。半农初来时，专从事于新学。自从去年八月以来，颇变往昔态度，专好在故纸堆
中讨生活。"（第 343 页）刘半农于 1920 年春赴法国留学。
② 据高大同编著《高一涵先生年谱》（上海文化出版社 2011 年版）记载，高一涵于 1919 年 12 月 27 日
离开北京去日本，1920 年 6 月 18 日乘船从日本回国。

即陈独秀主撰时期的同乡关系户投稿者基本上也被拒绝在外。编辑部同仁担任撰稿，体现了《新青年》作为一个集体阵营已经布局完成，《新青年》代表了一种新的理想的传播平台和传播方式。取消稿费，同人撰稿没有稿费，体现了"同人刊物"的原则：为了一份理想而写稿。这样做，对于所有的撰稿者而言，他与刊物的关系就发生变化了：不再是刊物与作者的关系，写稿也不再以换取稿费为目的。撰稿者与刊物之间产生一种新型关系：同人与平台的关系。也就是胡适在家信中说的："这是我们自己办的报。"① 这种新型的办刊形式，后来成为"五四"新文化运动中涌现出来的大量同人刊物的模型。

既然是同人刊物，谁主编并不重要，同人刊物是集体议稿制度，仅仅是委托某人负责集稿，轮流执编。一般情况下，撰稿者仅限于自己的团体人员，不接受外稿；反过来说，程序上是先允许某人成为同人团体成员，才登载其稿件。那么，《新青年》编辑部同人到底有多少人，又是怎么形成的？我读了许多相关研究文章，觉得研究者都无意中把《新青年》编辑部同人与轮流执编的编辑混为一谈，其实细究起来，两者是不一样的。按照这份"启事"的意思来看，广义地说，《新青年》编辑部同人是刊物的主要撰稿者，并且承担了刊物发展的某种责任，而轮流分期主编则是更为亲密地团结在陈独秀周围的工作班子。用现在的人事关系而言，有点像刊物的编委会与编辑部的关系。

参与轮流执编《新青年》编辑，回忆者各有说法，研究者也多有猜测，通过白纸黑字留下来的文献，有如下几种：胡适在《五十年来中国之文学》说："民国七年一月，《新青年》重新出版，归北京大学教授陈独秀、钱玄同、沈尹默、李大钊②、刘半农、胡适六人轮流编

---

① 胡适：《致母亲》（1918 年 3 月 17 日），载《胡适书信集》（上），北京大学出版社 1996 年版，第 140 页。
② 据朱文通主编《李大钊年谱长编》，李大钊于 1918 年 1 月就任北京大学图书馆主任。（中国社会科学出版社 2009 年版，第 241 页。）又：《年谱长编》依据《国立北京大学廿周年纪念册》中 1918 年 2 月编制的"职员一览"的"前任职员录"（甲类）记载，前图书馆主任章士钊于"民国七年一月"离职，李大钊接任图书馆主任。《现任职员录》已经有李大钊的名字。又，1918 年 1 月 20 日《北京大学日刊》载"进德会通告"，其中甲种会员名单里也有李大钊的名字。可以确定，李大钊到北大图书馆任职时间的应是 1918 年 1 月 20 日之前。

辑。"① 胡适是当事人，说这个话的时候，离开1918年不过四年，应该记忆不会出错。但他说的六人，是指1918年上半年的《新青年》第四卷的轮流编辑人员，中间也不排除有其他人一起帮忙。周作人回忆说，陶孟和也编过他的稿子。② 那是指《新青年》第五卷六号，说明刊物第五卷的执编人员有变动。而第六卷编辑人员，据《新青年》六卷一号刊登"本杂志第六卷分期编辑表"，轮流执编的六人依次是陈独秀、钱玄同、高一涵、胡适、李大钊和沈尹默。所有加起来，参与轮流执编的同人，大约不会超过八个人。

另外有一条信息，1918年10月21日，据周作人日记记载："玄同说明年起分编新青年凡陈胡陶李高钱二沈刘周陈（百）傅十二人云。"③ 这条记载一般研究者不甚注意，或以为后来没有实施。其实这里保留了一个重要信息，即在1918年下半年《新青年》编辑部同人已经从上述八人扩大到十二人，但不是陈独秀"公信"所列的十二位收信人，而是从原来的八人增加了周作人、沈兼士④、陈大齐和傅斯年。因为事涉周作人本人，所以他特别在日记里记载下来。而此事又是钱玄同转告的，说明周作人原先确实没参与编辑部工作。傅斯年身份还是学生，因为屡屡在《新青年》写稿，又兼主编《新潮》，也被考虑吸收了。这个决议并非没有实施，因为十二人轮流编辑需要一年两卷，事实上《新青年》第六卷只公布了前六卷的执编人，到了第六卷编完，第七卷情况发生变化，才没有轮到另外六人。但作为编辑部同人，上述十二位名单都应该算在内的。也就是说，到1918年10月，这个编辑部同人的名单里还没有朱希祖、顾孟余、张慰慈、王星拱和张申

① 见《胡适文集》第3册，第255页。但张耀杰提出质疑，认为《新青年》四、五卷轮流执编的六位编辑应该是陈独秀、钱玄同、刘半农、陶孟和、沈尹默和胡适。（参见张耀杰：《北大教授与〈新青年〉》，新星出版社2014年版，第2—8页。）张耀杰的说法可以从罗家伦1931年的口述回忆里得到印证。口述材料被罗久芳编入《我的父亲罗家伦》，商务印书馆2013年版。

② 周作人《知堂回想录》记载："在这以前，大约是五、六卷吧，曾决议由几个人轮流担任编辑，记得有陈独秀、适之、守常、半农、玄同和陶孟和这六个人，此外有没有沈尹默，那就记不得了，我特别记得是陶孟和主编的这一回。"（香港三育图书有限公司1980年版，第357页。）

③ 《周作人日记》（上），大象出版社1996年版，第779—780页。

④ 据《五四新文化的源流》，沈兼士于1913年到北大任教。《职员一览》记载，任文预科教授。周作人在《知堂回想录》里讲到沈兼士患有一种奇怪的肺病，身体状况不好。

府——前面三位的名字都要在第六卷和第七卷撰稿者队伍里才出现，而王星拱、张申府两人的身份只是讲师和助教，不是教授。

我们接下来讨论'启事'所说的《新青年》"编辑部同仁"的概念包含哪些内容。既然"启事"声称"所有撰译悉由编辑部同仁共同担任"，那么，我们就从《新青年》四卷一号的撰稿名单来看——论文著译：陈独秀、高一涵、周作人、胡适、陶孟和、钱玄同、刘半农；诗歌创作：胡适、沈尹默、刘半农；读者论坛：傅斯年、罗家伦；通信：胡适、钱玄同、刘延陵。这是一份经典的同人刊物名单，我们大致可以从中了解《新青年》编辑部"同仁"的基本人员：傅斯年与罗家伦的身份是学生，所以在"读者论坛"栏目上出现，刘延陵的"通信"是外来稿①，都可以不计在内。那么，成为同人刊物的《新青年》最初同人，就是陈独秀、高一涵、胡适、钱玄同、刘半农、沈尹默、陶孟和、周作人八个教员。傅斯年、罗家伦两个学生以后还继续在《新青年》上发表重要文章，但不一定参与编辑部工作。教员中唯周作人没有参与编辑，只是积极承担撰稿的工作，但当以同人视之。另外《钱玄同日记》记载，他编第二期时有李大钊的稿件②；李大钊自然在同人之列。但他的身份是图书馆主任，高一涵的身份是编辑，均不在北大教授之列。③

《新青年》第四卷二号到六号的半年里，撰稿者（读者论坛和通信栏目除外）的队伍逐渐增加，粗略统计如下：

第二号增加：刘叔雅、林语堂、吴稚晖；

① 据《钱玄同日记》1918 年 1 月 2 日记载："午后至独秀处检得《新青年》存稿。因四卷二期归我编辑……略检青年诸稿，有刘延陵论文学二篇，笔杂已甚。"（第 326 页）
② 《钱玄同日记》1918 年 1 月 12 日记载："独秀交来《新青年》用稿一篇，题为《人生真义》，约千八百字左右，做得很精，又李守常《论俄国革命与文学》一稿，可留为第三号用。"（第 328 页）李大钊的稿子后来未发表。
③ 据《李大钊年谱长编》1920 年 7 月 8 日记载："北京大学评议会议决将图书馆主任改为教授。"（第 304 页）据《五四新文化的源流》，高一涵是 1918 年到北大，先在北大丛书编辑委员会工作，1921 年任教授。（第 54 页）但是高一涵不见名于《职员一览》，说明 1918 年春季，高一涵还没有进北大，1918 年 9 月编制的《国立北京大学职员履历表》，高梦弼任编译处编译员兼编，月薪一百八十银元。高梦弼是高一涵的庠名。所以，高一涵应该是 1918 年秋天进入北京大学担任编辑。

第三号增加：吴祥凤、张祖荫；

第四号增加：林损、王星拱；

第五号增加：陈大齐、鲁迅、俞平伯、陵霜、叶渊、蔡元培；

第六号增加：吴弱男、袁振英。

我们不妨分析这些名单：吴稚晖是中国无政府主义的先驱，陈独秀的老朋友，也是《新青年》的老作者；林语堂当时是清华大学英文教员，他发表的是有关汉字检索的文章；吴祥凤是北京医学专门学校教员，发表的是关于瘟疫的医学文章，显然都是外来稿。张祖荫发表的是社会调查报告，属于陶孟和主持的研究课题的参与者；叶渊也属这种情况，这两人可能都是陶孟和的学生。袁振英（震瀛）、俞平伯、陵霜都是北大的学生。此外，撰稿者中还有蔡元培、鲁迅和吴弱男，蔡元培身为校长，鲁迅在教育部任职，两人都不适合参与这类活动；吴弱男是章士钊的夫人，陈独秀、胡适的朋友，应该也是外稿。以上这些人都不是《新青年》同人，只是一般撰稿者。剩下刘叔雅、王星拱、陈大齐、林损都是北大教员；而林损①是北大国文系著名旧派人物，与新文化运动观点相左，不可能是同人。

我们再往下看，《新青年》第五、六两卷中新增加的撰稿者（读者论坛和通信栏目除外）名单大致有：杨昌济、沈兼士、陈衡哲、沈性仁、顾兆熊（孟余）、张申府、朱希祖、任鸿隽、邓萃英等，其中在北大担任教员的有杨昌济、沈兼士、朱希祖、顾兆熊、张申府。

这样，我们似乎可以揭开"《新青年》编辑部同仁"的神秘面纱了：《新青年》编辑部启事中所说的"编辑部同仁"，应该是指一批有志于推动新文化运动、并自觉为《新青年》撰稿的北大教职员（主要是教授）。符合三个条件：一是志同道合，二是自觉写稿，三是北大教员。（如胡适所说的："《新青年》重新出版，归北京大学教授……轮流编辑。"突出了铿锵有力的"归北京大学教授"七字。）以这三个条

---

① 据《职员一览》记载，林损任法预科教授。

件为标准，可以解释一系列的问题：其一，鲁迅不是北大教授，他虽然在《新青年》上发表了重要的作品，但他不直接参与其活动，不能算是编辑部同人，只是一个重要的作者。但从广义上来说，鲁迅是属于《新青年》阵营中的成员。其二，北大学生活跃地支持了《新青年》的工作，但也不参与编辑部的工作，也不算是同人。他们有《新潮》杂志作为自己的阵地。（唯傅斯年例外，他可能部分参与过编辑部同人的工作。其他学生如张申府、袁振英等，都是在毕业以后才参与刊物的编辑活动。）其三，凡不是北大教员，虽然是刊物的老作者，或者主编者的私人关系，他们给刊物写稿，但不算是编辑部同人。前者如吴稚晖、易白沙、吴虞等；后者如胡适的朋友任鸿隽、陈衡哲，陶孟和的太太沈性仁，章士钊的夫人吴弱男等。其四，开放性和流动性的特点：《新青年》的北大同人是在不断变化的，离开了北大（如出国）就不再过问编辑部事务（如刘半农、高一涵）。而较迟参与撰稿的，只要志同道合，也立马成为编辑部同人，拥有对编辑部的发言权（如张慰慈）。就这样，《新青年》编辑部同人由 1918 年 1 月的六人执编，到 1919 年 10 月 5 日的会议，已经发展到了十二人以上了。

现在我们再排列一下《新青年》编辑部同人的名单：

1918 年 1 月（《新青年》第四卷轮流执编）起：陈独秀、李大钊、胡适之、钱玄同、刘半农、沈尹默、陶孟和、高一涵（八人）；

1918 年 10 月 21 日（会议决定扩大到十二人担任编辑），上述名单再加周作人、沈兼士、陈大齐、傅斯年；

1919 年 10 月 5 日起（会议决定刊物第七卷归陈独秀一人主编），上述名单再加：朱希祖、王星拱、顾孟余、张慰慈、张申府，去掉刘半农、高一涵、傅斯年（三人均出国）。

与刊物保持密切关系，可能也是同人之列：刘叔雅（疏离）①、杨昌济（去世）②和程寅生（陈独秀的同乡）③。

还有一个问题是，《新青年》四卷三号的"启事"中，明确了"志同道合"和"同仁撰稿"两个条件，而第三个所谓"北大教员"是笔者根据上述分析推断出来的，从未被当事人明确表述过，也不见诸任何当事人的回忆材料。唯一有相应关系的公开文本，是刊载于《新青年》第六卷二号的编辑部"启事"：

> 近来外面的人往往把《新青年》和北京大学混为一谈，因此发生种种无谓的谣言。现在我们特别声明：《新青年》编辑和做文章的人虽然有几个在大学做教员，但是这个杂志完全是私人的组织，我们的议论完全归我们自己负责。和北京大学毫不相干。此布。

从外界谣言来看，当时人们印象中把《新青年》编辑部同人与北大教员身份是联系起来混为一谈的。而这则启事也承认了《新青年》是一个"私人的组织"，并且其中有几个大学的教员。所以，笔者把第三个条件理解为当事人并不自觉、但自然而然形成的事实。当时刊物是跟着陈独秀走的。陈独秀在上海时有一批朋友帮忙撰稿和编稿，到了北大以后，原来的朋友就逐渐淡出，他在北大单枪匹马寻找新的盟友。于是就有了轮流执编的"编辑部同仁"，形成了以陈独秀为核心的新的圈子。1917年10月，胡适刚刚到北大任教才一个月，在蔡元培的

---

① 刘叔雅从各方面看似乎都应该是同人，他不仅是早期《新青年》的重要撰稿人，而且参与了同人刊物时期的《新青年》撰稿，据说担任过《新青年》的英文编辑，还参与批判灵学的斗争。但在六卷二号发表翻译赫克尔的《灵异论》以后，再无作品发表于《新青年》。什么原因我们不得而知。关于刘叔雅脱离《新青年》的问题，章玉政《狂人刘文典》一书里有所涉及，但语焉不详。（广西师范大学出版社2008年版，第95－100页。）

② 据《五四新文化的源流》，杨昌济1917年进北大任教。《职员一览》记载，任文本科教授。1920年去世。

③ 程寅生，安徽籍人士。《职员一览》记载，任文预科讲师。《国立北京大学职员履历表》记载，任文预科教授。

推动下，陈独秀、胡适等人提出一系列关于北京大学行政的改革方案，并得到了实施。其中最重要的一条，就是仿欧美大学实行教授治校，建立教授评议会作为学校最高立法机构和权力机构。北京大学治校理念和方法都改变了。这一极为深刻的改革，不会不触动《新青年》主编陈独秀，促使他对《新青年》的编辑理念和形式做出相应的改革。《新青年》编辑部的建立以及轮流编辑、民主决策等一系列方式的产生，与蔡元培、陈独秀、胡适等人推动北大治校理念和形式改革是相一致、同步进行的。这才会产生北大教员志同道合地团结在一起，无偿为《新青年》撰稿，推动新文化运动，同时又拥有对刊物的发言权，用民主表决的方法来处理刊物的"同仁"。毫无问题，这个民主评议决策的理念是胡适从美国带来的，但在具体的实行过程中，陈独秀是主要的推手，如果陈独秀对这个改革的意义缺乏足够认识，《新青年》不可能以雷霆万钧之力实现了同人刊物的理想。换句话说，所谓"一刊一校"的强强结盟，是从1918年《新青年》第四卷建立北大编辑部开始的。

不过，《新青年》的改革，除了在形式上确立了编辑部制度和同人撰稿方式外，真正的民主决议可能是逐渐形成的。从《新青年》第四、五两卷的内容上看，陈独秀始终还是占有主导位置，第四、五两卷中各有四期都发表他的重要文章，其他主编的风格并不突出。编辑之间的稿子也是互相通用的。从这些迹象看，最初的轮流执编可能只是一种分工，每期有人主要负责，其他人帮忙组稿议稿①，没有那么严格的分工。1918年陈独秀在北京大学参与顶层设计力挺改革，是最忙碌的时候，编辑部有了这帮同人帮忙，他可以轻松许多。以陈独秀惯常的家长独断式的工作方法而论，他能够在主编《新青年》这样的大事上放弃独断，用人不疑，显现了他性格中重视友情、大度待人的一面。但是具体工作也未必就完全按照民主决策方法来处理。周作人在回忆

---

① 鲁迅在《忆刘半农君》里曾经说："《新青年》每出一期，就开一次编辑会，商定下一期的稿件。"（见《鲁迅全集》第6卷，人民文学出版社2005年版，第73—74页）。现在看来，没有证据可以证明鲁迅参加过这类编辑会，也可能并不存在如鲁迅描写的定期编辑会议。但是不能排除同人们在组稿过程中互相沟通讨论商量稿件，包括为批判王敬轩、批判张厚载、讨论宋春舫文章等所引起的争论，除了书信交流形式以外，同人们集体聚会讨论稿件以及刊物方针，应该是存在的。

中说："《新青年》同人相当不少，除二三人时常见面之外，别的都不容易找，校长蔡子民很忙，文科学长陈独秀也有他的公事，不好去麻烦他们……平常《新青年》的编辑向有陈独秀一人主持（有一年曾经六个人，各人分编一期），不开什么编辑会议……"① 这里说的二三人，应该是指与周作人关系比较好的沈尹默、刘半农和钱玄同。周作人是在1918年才开始为《新青年》写稿，他回忆的情况应该是那一年以后的状况，陈独秀仍然发挥着核心的作用。② 但是，由于胡适的参与，《新青年》编辑部出现了另一种新的因素。那就是胡适从美国带来的民主决议的现代观念。《新青年》编辑部同人中间，钱玄同与胡适代表了两种完全不同的编辑组稿方式：钱玄同的组稿方式经常是呼朋引类，啸聚起哄，与刘半农、沈尹默、周作人（背后还有鲁迅）一起在刊物上呼风唤雨，战斗性十足；而胡适的方法经常是主持饭局，邀人讨论，商量办法，明辨是非，理性占上风。陈独秀本人倾向钱玄同一伙的做派，但渐渐受到胡适的影响。经过差不多一年的实践，才有了1918年10月21日会议，决定扩大北大同人轮流分编范围，并在第六卷一号③公开实施。第六卷的每一期内容都体现出主编者鲜明的主导风格：第一号的《本志罪案之答辩书》（陈独秀）、第二号的全力推出周氏兄弟（钱玄同）、第三号的《斯宾塞的政治哲学》（高一涵）、第四号的《实验主义》（胡适）、第五号的《我的马克思主义观》（李大钊）等等，都体现了主编们各有特色的风格。1919年以后，周作人日记里屡屡出现"适之招饮"的记载，说明胡适这种用饭局把工作放在桌面上商量讨论的方式逐渐占了上风。同时，在陆陆续续增加的撰稿者队伍中，倾向于胡适的欧美海归者居多，这才导致了1919年10月5日在

---

① 周作人：《知堂回想录》，第470页。

② 傅斯年在《陈独秀案》中回顾说："《新青年》可以分作三个时期看，一是自民国四年九月创刊时到民国六年夏，这时候他独立编著的。二是自民国六年夏至九年初，这是他与当时主张改革中国一切的几个同志特别是在北京大学的几个同志共办的，不过他在这个刊物中的贡献比其他人都多，且他除甚短时期以外，永是这个刊物的编辑。"（载《独立评论》第24号，1932年10月30日。）文章里说的"除甚短时期"应该是指1919年6月11日陈独秀被捕入狱的一段时期，即陈独秀在同人刊物期间依然把握着刊物的主要方向。

③ 《新青年》第6卷1号正式刊登《本杂志第六卷分期编辑表》，公布了每卷主编的名单。

胡适家里召集编辑部同人会议，虽然决定《新青年》第七卷仍归陈独秀一人主编①，但这个"归"不是无条件的，编辑部同人的决议对陈独秀有所制约，包括：刊物的同人性质不变，仍由同人担任主要撰稿，以及对于陈独秀收回主编权的时限（只限于一年时间）。这就是陈独秀1920年4月26日给这十二位同人写那封公信的主要原因。

在读解陈独秀致《新青年》在京同人的公信之前，笔者一直以为"《新青年》同人"是一个含糊的概念，撰稿者就是同人，或者说，撰稿频繁者就是同人。但从这封信的十二位收信人名单来看，"同人"是一个实有的概念，是有具体的人员，也有不是"同人"的界限。事实上，确有一些虽列名于同人的北大教授对编辑事项并不热心，他们除了写稿以外，并不愿多参与《新青年》事务，就如周作人自称的"客师"②身份，周作人自然是一个，另外像刘叔雅、沈兼士、顾孟余（可能还有杨昌济、程寅生等人）也都属于此类。在当时，这样一个自然形成的、比较松散的编辑委员会，对于非北大或者非编辑部同人的其他撰稿者来说也没有构成多大的压力。尤其是那些认同《新青年》立场的撰稿者，他们把为《新青年》撰稿看作是自己理想和立场的表述，把《新青年》视为同道，引为知己，是很正常的。鲁迅就是一个例子。③ 吴虞也是一个例子。④ 他们都是把《新青年》作为他们理想和

---

① 关于这次会议，《周作人日记》有记载：1919年10月5日："下午两时之适之寓议新青年事自七卷始由仲甫一人编辑六时散适之赠实验主义一册。"［《周作人日记》（影印本）（中），大象出版社1996年版，第52－53页。］会议开了整整四个小时。同日，钱玄同的日记也记下了这件事："下午三时至胡适之处，因仲甫函约《新青年》同人今日在适之家中商量七卷以后之办法，结果仍归仲甫一人编辑。在适之家中吃晚饭。"（第351页）可以看出，这个主张其实是陈独秀提出，由胡适出面召集编辑部同人会议。会议中胡适俨然以会议主人的身份，又是招待又是赠书。

② 周作人致曹聚仁信。转引自张菊香、张铁荣编《周作人年谱》，天津人民出版社2000年版，第862页。

③ 鲁迅在《〈呐喊〉自序》里说到自己在《新青年》上发表小说时，这样说："旦既然是呐喊，则当然须听将令的了，所以我往往不恤用了曲笔，在《药》的瑜儿的坟上平空添上一个花环，在《明天》里也不叙单四嫂子竟没有做到看见儿子的梦，因为那时的主将是不主张消极的。"（《鲁迅全集》第1卷，人民文学出版社2005年版，第441页。）自觉把《新青年》编辑视为"主将"而自己听从"将令"，不惜修改了小说的细节。由此可以感受到鲁迅对《新青年》阵营的认同。

④ 据《吴虞日记》1919年8月21日："君毅灭信，附来高一涵一函，予《道家去家均反对旧道德说》已编入《新青年》第五号内，恰好这一期是钢常名教号，所以欢迎得很。《星期日》已收到，读了喜欢了不得，我们的同志越发多了，不怕孤掌难鸣了。"（《吴虞日记》上册，中国革命博物馆整理，荣孟源审校，四川人民出版社1984年版，第481页。）这里看得出吴虞的心态，完全以《新青年》马首是瞻，以《星期日》视为同志。

立场表述的一个平台，站在与《新青年》同一立场上发表文章，参与破旧立新的文化革命。所以他们对《新青年》的贡献和影响，可能要大于有些列名于编辑部同人的北大教授。对此，我们可以用另外一个更为确切的概念来称呼：《新青年》阵营。这是一个更为广泛的而且更加倾向于志同道合、共同反对旧文化势力的阵营。至于对《新青年》阵营的成员，鲁迅有一个更为确切的称呼：战士。①

二、群益书社与陈独秀的关系

陈独秀在 4 月 26 日的公信中，主要是征求北京同人意见的三点内容，其实第一、第三点都不成问题，也无讨论之必要。而真正要做出决定的是第二点：倘续出，对发行部初次所定合同已满期，有无应予交涉的事？看上去这仅仅是一个履行公事的问题，即与群益书社继续合同。但这里我们似乎读出一点暗示：《新青年》与群益书社的关系即将发生变化。

信中所说"对发行部初次所定合同"，是指《〈新青年〉编辑部与上海发行部重订条件》②，其合同文本内容如下：

一、自七卷一号起，印刷发行嘱上海发行部办理。二、中国北部约每期可销一千五百份，由发行部尽先寄与编辑部分派，以后如销数增加，发行部应随时供给。三、以后发行部当担任每期

① 鲁迅在《忆刘半农君》称刘半农："他到北京，恐怕是在《新青年》投稿之后，由蔡孑民先生或陈独秀先生去请来的。到了之后，当然更是《新青年》里的一个战士。"（《鲁迅全集》第 6 卷，第 73 页。）

② 这个合同文本，各家引用著述里都说是初刊于《新青年》第七卷第一号，但笔者在人民出版社 1954 年影印版与 1988 年上海书店的影印本里都没有找到该文件。据周楠本在《鲁迅研究月刊》2011 年第 12 期发表《一篇新发现的鲁迅手稿》透露，该文编印在中国历史博物馆编的《中国近代史参考图片集》（20 世纪 50 年代出版），后被有心人翻拍下来，认作鲁迅手迹。北京大学历史学系博士生王波在《近代史研究》2013 年第 5 期发表《关于〈新青年〉的两个问题》对这个文件的初刊提出质疑，他声称遍查北京、上海、成都等地所存的原版《新青年》，从第六卷第一号到第七卷第三号，均未见刊印有此合同。该文件最初发现于北京历史博物馆编的《中国近代史参考图片集》（下册），原注为"北京历史博物馆藏片"。（上海教育出版社 1958 年版，第 161 页。）笔者非常赞赏王波博士严谨的治学态度，现在唯一需要查核的是，1935 年亚东重印版是否添加了该合同？待查。按常理，出版社不会把一份出版合同印在杂志上。

至少添印二百五一份。四、编辑部担任如期交稿。五、发行部担
任如期出版。六、发行部每期赠送编辑部一百份外，并担任编辑
费一百五十元。但编辑员于所著稿仍保留版权。凡《新青年》刊
载之小说、戏剧，如发行部欲另刊单行本，其相互条件由著作人
与发行部商定之。著作人亦可在别处另刊单行本，但承认发行部
有优先权。七、此上各条以第七卷为试行期。第八卷以后应否修
改，由编辑部与发行部商酌定文。

　　这个文本的第七条明确指出："此上各条以第七卷为试行期"，也
就是说，这些条款是针对《新青年》第七卷合作条款的调整，含有试
行性质。第七卷结束，陈独秀必须面临要续订合同的问题。这里暗示
了一个学界疏忽的前提：那么，在前六卷的编辑发行中，《新青年》编
辑部（具体地说是陈独秀）与群益书社的关系如何？学界对此似没有
做过深究。以往的研究文献中，研究者把两者关系都理解成一种亲密
无间的合作，群益书社是投入了巨大的资金运作，保证了刊物的顺利
运行。在刊物转亏为盈以后，双方都获得了利益。而在这时候，陈独
秀单边毁约，决议独立办刊，造成了分裂。现在给人的印象，似乎就
是这样一种结论。但是笔者在阅读相关资料时隐隐约约地觉得，陈独
秀与群益书社之间的不愉快，可能是冰冻三尺非一日之寒，只是还没
有找到相关的可靠资料。所以，我们的讨论还要从《新青年》第七卷
以前的两者关系开始。

　　关于群益书社的资料，现存极少。虎闱根据群益创办者后人采访
而写成的《出版〈新青年〉的群益书社》是目前最翔实的材料。据
此，我们大致了解群益书社的历史：

　　群益书社是晚清时期创立的书店。1899 年，湖南长沙人陈子沛、
陈子寿兄弟和堂兄陈子美结伴去日本留学，接受新思想。1901 年，陈
子美在东京神田区南神保町七番地出资创办群益书社，主要出售教材
和小说、哲学书籍。1902 年，陈子沛、陈子寿兄弟把一批日本畅销书
带回家乡，在长沙府正中街创办集益书社，1907 年又在上海福州路惠

福里开设群益分社，形成鼎足三分的格局，后来调整为上海总社、东京和长沙分社。陈子美不久退出，书店主要是陈子沛、陈子寿兄弟经营。陈氏兄弟都有较高文化，策划和编辑出版过不少教材和工具书，我们从《新青年》的广告上可以略见一斑。他们是湖南人，又有留学日本的经历，与章士钊等同乡革命者保持了良好的关系，政治上倾向于反清和革命。① 群益书社有一定的经济实力，主持人也有眼光，有胆识，看重江湖道义。它因为出版《新青年》而留名史册。这一点是我们要充分肯定的。

研究群益书社一定会涉及亚东图书馆。这在当时是出版界的一对双子星座。亚东图书馆是安徽人汪孟邹创办。汪孟邹受大哥汪希颜的影响，接受新思想，1903 年在芜湖开办了一家书店科学图书社，以卖新书报为主。因为销售《安徽俗话报》而结识陈独秀。1913 年汪孟邹移居上海，在陈子沛兄弟的支持下，开始经营亚东图书馆，以绘制、印刷新式地图为主要特色。因病早逝的汪希颜与章士钊等是好朋友，汪孟邹延续了他们的友情②，章士钊主编的《甲寅》由亚东承担出版发行。因为这层关系，章士钊、陈独秀、汪孟邹、《甲寅》和即将诞生的《新青年》，都联系在一起了。汪孟邹办亚东之前就在上海设了一个点，叫申庄，依附于群益书社。③ 亚东图书馆在创办过程中也得到了陈子沛兄弟的帮助，这样就把一家以湖南籍人士为核心、一家以安徽籍人士为核心的两家书店紧紧结合在一起了。

接下来可以讨论陈独秀与群益的关系。汪原放在《回忆亚东图书馆》里引用汪孟邹的回忆："民国二年（1913 年），仲甫亡命到上海来，'他没有事，常要到我们店里来。他想出一本杂志，说只要十年、八年的功夫，一定会发生很大的影响，叫我认真想法。我实在没有力

---

① 本段参考虎闱《出版〈新青年〉的群益书社》，初刊《世纪之窗》2000 年第 1 期。收入俞子林主编的《百年书业》，上海书店出版社 2008 年出版。
② 在汪原放《回忆亚东图书馆》的修订版《亚东图书馆与陈独秀》（学林出版社 2006 年版）中，第 7 页编者添加了一个注："郑超麟说：'（陈独秀、章士钊、汪）三人感情极好，惜汪早死，否则也是中国文化界一个有贡献的人。陈、章二人都对汪希颜的弟弟汪孟邹有生死之交情，就是由此来的。'"
③ 本段参考《汪孟邹：行走在文化风云人物之间》，载俞晓红主编：《20 世纪徽州文化名家评传》，安徽师范大学出版社 2013 年版。

量做，后来才介绍他给群益书社陈子沛、子寿兄弟。他们竟同意接受，议定每月的编辑费和稿费二百元，月出一本。就是《新青年》（先叫做《青年》杂志，后来才改做《新青年》）。'"① 为什么陈子沛兄弟会贸然答应陈独秀编刊物的计划，并以每月二百元的编辑费和稿费作为酬劳呢（应该说，这在当时属比较慷慨的举措）？我觉得汪原放在转述其叔的回忆时，混淆了两个时间点。陈独秀亡命到上海的时间是 1913 年，也就是亚东图书馆刚刚创办的时候。那时陈独秀非常贫穷，经常靠汪孟邹的接济。他提出办刊物设想正是这个时期。但当时汪孟邹的亚东在草创阶段，经济上没有条件实现陈独秀的理想。所以说"实在没有力量做"。至于"后来才介绍他给群益书社……"，已经是 1915 年了。那个时候陈独秀在日本帮章士钊编《甲寅》杂志，妻子高君曼在上海贫病交困，咳血住院，汪孟邹写信催促陈独秀回上海。陈独秀于 1915年 6 月回到上海。近一年编《甲寅》的经历促使陈独秀携带了一个宏大计划回来——办《新青年》仅仅是其中一部分。我们不妨看一下汪孟邹的日记：

> 6 月 19 日。到志孟处谈。
>
> 6 月 20 日。晚间为志孟、白沙洗尘。
>
> 6 月 22 日。下午赴叔潜等通俗图书局开会之约，回家已六钟有零。
>
> 6 月 23 日。上午十一点钟至子寿宅，会议三家合办之事。终以分别筹款为主，回家已五钟。
>
> 7 月 4 日。在子寿处晚饭后，往志孟宅上谈事，将十二钟方返。
>
> 7 月 5 日。子寿来告以《青年》事已定夺云。②

① 汪原放：《回忆亚东图书馆》，学林出版社 1983 年版，第 31－32 页。
② 转引自沈寂：《陈独秀传论》，安徽大学出版社 2007 年版，第 195、347 页。并有注："《梦舟日记》即汪孟邹日记，稿本，共三本。一、民四（1915）3 月 20 日至 7 月 30 日；二、民五（1916）正月至 7月；三、民五（1916）8—12 月，封面由旨素题词，旨素即陈子寿。日记的稿本今佚。这里是由汪原放《六十多年来：回忆亚东图书馆》的手稿本中辑出。"（第 347 页）据《回忆亚东图书馆》的《编后记》介绍，汪原放的回忆录原稿有一百多万字，未能定稿。现出版的篇幅不足二十万字，肯定还有很多珍贵材料被遗漏。沈寂先生从手稿本辑录的材料便是一例。

陈独秀（志孟）是 1915 年 6 月 19 日与易白沙一起由日本回到上海。当天晚上，他不是在医院里陪伴病重的妻子，而是与汪孟邹连夜谈话。第二天汪又为陈独秀洗尘宴请，继续谈话。谈什么呢？《青年》杂志自然是其中一个话题，但还不仅限于此。从汪孟邹日记看，紧接着连续几天，汪孟邹就积极行动起来，找了汪叔潜（通俗图书馆老板，安徽籍人士）、陈子寿分别"开会"，讨论三家合办之议。汪原放回忆录里说："1915、1916 年间，酝酿过一个'大书店'计划。起初曾有群益书社、亚东图书馆、通俗图书局三家合办之议，未果。后又打算群益、亚东图书局合并公司，并由此而有仲甫、孟邹北上之行。"[①] 这个大书店计划显然不是汪孟邹、陈子沛兄弟他们设想的，但确是他们所希望的；而这样一个宏大计划，只有雄才大略的陈独秀能够提出来。这个计划的背景是：随着商务印书馆、中华书局等庞然大物的崛起，当时一般中小书店都感到了威胁。汪原放回忆录里引当事人的议论："群益过去好，近来听说也不很好了。他们的《英汉词典》、《英汉双解辞典》，不如以前了。从前，连商务印书馆也要向他们配不少《辞典》，据说月月结账，要用笸斗解不少洋钱给他们。后来商务出了《英华辞典》等等，价钱比群益便宜，内容也很好。群益也急哩。""中国图书公司都搞不过商务，群益怎么搞得过。而且，中华书局也在出英汉小字典等等了。群益实在很危险，搞不过资本大得多的商务、中华的。""恐怕子沛翁、子寿翁有眼光，和亚东一并，靠湖南、安徽的资本来大干，也来一个大公司，也说不定。"[②] 汪孟邹在 1916 年 5 月 19 日致胡适信中也抱怨："时局如斯，百业停滞，吾业尤甚，日夕旁皇，真不知所以善其后，奈何奈何！"[③] 事实上是，民国以来文化事业迅速发展，出版商业机构竞争日益激烈，陈独秀看准了这样一个时机，建议几家小书店合并改组为大公司，召集徽商、湘商两帮财力资金，树

---

① 汪原放：《回忆亚东图书馆》，第 34 页。
② 同上书，第 36 页。
③ 中国社会科学院近代史研究所中华民国史组编：《胡适来往书信选》（上册），第 2 页。

立起《青年》杂志的大旗，再把胡适从美国请回来当主编，准备轰轰烈烈地大干一场。这已经远不是办一个刊物，做十年、八年才发生影响的小打小闹了。我觉得正是陈独秀这个鼓舞人心的计划激动了书店老板，才使得《青年》杂志的计划得以顺利通过落实。

这个三家书店合并的计划因为通俗图书局的退出或者资金问题而搁浅，一年以后，在汪孟邹日记里又一次提到了群益、亚东两家合并的计划：①

> 9 月 18 日。……二时回社，予遂办公，未几仲甫、己振同来，根本赞成竭力相助亚东与群益合并另行改组之事。云俟子寿回申，拟出"计划书"。渠等二人北上一行，以便搜集资本。此事如就，关系甚大，非仅予一人之所愿也。
>
> 10 月 19 日。（在芜湖）黄昏接仲甫讯，云秋桐已回申，嘱首途回沪。
>
> 10 月 24 日。……今晚电子佩、子寿"速来"。
>
> 11 月 1 日。午刻子寿自湘回申，即来畅谈。
>
> 11 月 2 日。上午九时即到陈宅，与子佩子寿议论各事件。复至己振宅，未几，而仲甫到。互论亚东与群益合并扩充之事。首即资本问题，次即人才问题。然后方及内部如何组织之法。初次会议，结果尚佳。但子寿似乏猛进之气。……
>
> 11 月 3 日。晚间，仲甫、己振、子佩、子寿同来此间开二次会议，并拟"意见书"及"招股章程"，各稿议归子寿起草。谈至十二时方归。
>
> 11 月 5 日。……晚间略具粗肴，仲甫、己振、子佩、子寿同来此小饭后，即开三次会议，决定各稿，亦近十二时方散。
>
> 11 月 7 日。晚间秋桐来小饮，予及仲甫、己振、子佩、子寿

---

① 下面这段日记在汪原放的《回忆亚东图书馆》与沈寂的《陈独秀传论》里都有摘录，但内容文字略有差异。本文引用根据《陈独秀传论》，第 348－349 页。特此说明。

与他商量书店事甚详。

11 月 10 日。晚间为书店事，请烈公（柏烈武先生）、秋桐晚餐。予与子佩、子寿均到。此是仲甫主人，即在仲甫宅上设席。菜至丰美异常。谈到十点放散。结果甚佳。

11 月 11 日。午后仲甫来此，谈及黄钟人君愿为吾辈努力，可认一万云云。晚间与子寿谈应预备事务。

11 月 23 日。上午往访仲甫，又同访己振，决定二十六号首途北上。

我们细读目前能够读到的汪孟邹日记，从 1915 年 6 月陈独秀由日本回到上海，到 1917 年 1 月去北大任职，这期间陈独秀几乎一直在与汪孟邹策划合并重组书局的计划。大致分三个阶段。第一个阶段是陈独秀刚回来的 1915 年 6 月，是陈独秀策划，汪孟邹奔走，汪叔潜和陈子寿加入讨论，计划是三家合并。第二个阶段是 1916 年的 9 月到 11 月，策划人和怂恿者依然是陈独秀，积极响应的还是汪孟邹，被说服的是陈子寿，议论的话题是群益、亚东两家合并。民国政治人物章士钊、柏文蔚以及国民党背景的张己振①等都参与其间。章士钊是湖南籍人士，柏文蔚是安徽籍人士，两人也可以看作是两家书店的政治背景。可见这次合并计划的讨论非常慎重和具体。第三个阶段就是陈独秀和汪孟邹北上筹款。时间是 1916 年 11 月 26 日启程北行，1917 年 1 月 17 日，汪孟邹回上海，而陈独秀则留在北京到北大担任文科学长了。

陈独秀在 1917 年初致信远在美国的胡适："弟与孟邹兄为书局招

---

① 据沈寂主编《陈独秀研究》（第一辑）记载：张己振为安徽桐城人，清宰相张瑛的后裔，早年留学日本。中华人民共和国成立，曾任上海市高等法院院长。（东方出版社 1999 年版，第 381 页。）据滕一龙主编《上海审判志》记载：张鸿鼎（1881—1957），曾用名张己振，安徽桐城人。宣统元年（1909 年）毕业于东京明治大学。回国后，担任安徽江淮大学法科教员，讲授理学及刑法课程。民国元年（1912）加入国民党，并任国民党安徽省党部政治部部长，长期追随孙中山。次年兼任安徽高等审判厅厅长，后在讨袁运动中离职赴广州。民国七至十年（1918—1921），任广州护法国会参议院议员。民国十七年（1928），退出国民党。同年，任芜湖安徽公立职业学校董事长。1949 年 9 月，被邀为第一届中国人民政治协商会议特邀代表。1950 年 1 月在北京参加中国民主同盟。5 月，任最高法院华东分院副院长。1954 年，任上海市人民代表大会代表。1955 年，任政协上海市委员会特邀委员。5 月，任上海市高级人民法院副院长。（上海社会科学院出版社 2003 年版，第 481 页。）

股事，于去年十一月底来北京勾留月余，约可得十万余元，南方约可得数万余，有现金二十万元，合之亚东、群益旧有财产约三十余万元，亦可暂时勉强成立，大扩充尚须忍待二三年也。书局成立后，编译之事尚待足下为柱石，月费至少可有百元。"① 由此可以看到，陈独秀对筹建大书局不是停留在嘴上空谈，而是深深投入其中，具体着手招股事项。如果不是横道插进蔡元培三顾茅庐把他请进北京大学当文科学长，这个计划没准就可以实现了。所以陈独秀起先并不愿意去北大就任文科学长，只答应是做三个月而已。

钱玄同 1917 年日记所记，1 月 4 日："今日蔡子民校长莅大学视事。……得大学信，悉六日午前十时，子民先生将与文科教员开谈话会。"1 月 6 日："十时至大学。……陈独秀已任文科学长，足庆得人，第陈君不久将往上海，专办《新青年》杂志，及经营群益书社事业，至多不过担任三月。颇闻陈君去后，蔡君拟将自兼文科学长，此亦可慰之事。"② 这条日记内容重要，可以肯定，日记所记旳，是那天谈话会中获得的信息：就在蔡元培、陈独秀第一次与北大文科教员见面时，陈独秀就申明只任三个月，急着要回上海"专办《新青年》，及经营群益书社事业"。这与陈独秀致胡适的信所说的内容可以互相照应。③ 蔡元培是 12 月 26 日去陈独秀下榻的旅馆邀请陈独秀出任文科学长，起先陈独秀没有答应，"蔡先生差不多天天要来看仲甫"。④ 这样，陈独秀答应文科学长之约，大约也要到 12 月底，然后 1 月 6 日就到北大上任。而汪孟邹是 1 月 17 日才返回上海。也就是说，陈独秀答应蔡元培"暂充乏"以后还在与汪孟邹积极筹款。令人奇怪的是，为什么钱玄同日记里没有提到亚东，而是"经营群益书社事业"呢？由此可见，当时汪孟邹和陈独秀都是把眼睛盯住了群益，因为群益书社经济实力比

---

① 《胡适来往书信选》（上册），第 6 页。
② 《钱玄同日记》，第 297－298 页。
③ 陈独秀于 1917 年 1 月致胡适的信中说到："蔡孑民先生已接北京总长之任，力约弟为文科学长，弟荐足下以代，此时无人，弟暂充乏。"［《胡适来往书信选》（上册），第 6 页。］可见当时陈独秀并未长久在北大当文科学长的计划。
④ 汪原放：《回忆亚东图书馆》，第 36 页。

亚东雄厚，如果改组为股份制，群益不仅占着重要的比例，而且是以群益书社为主来进行资本重组。日记里所说的群益书社，显然不是陈子沛兄弟经营的群益书社，而是陈独秀计划中的以群益为基础的"大书局"。所以陈独秀当时在进北大当文科学长还是回上海办书局之间摇摆不定。

然而，最后群益亚东合并重组的计划没有成功，具体原因不清楚，汪原放在回忆录里只是含糊地借别人之口说了"同行必嫉，合作很不容易"。① 但亚东还是获得了一些利益，陈独秀推荐亚东在上海代理经售北京大学出版部的书籍。为此，汪孟邹在经济上有了底气，把亚东图书馆从弄堂里搬到了五马路（广东路）棋盘街。而陈独秀也到了北京大学当文科学长，每月薪水三百银元。但是，合作没有成功，群益书社与陈独秀的关系如何呢？这个问题我们一直似乎没有讨论。

首先，陈独秀办《新青年》前两卷非常有声有色，也产生了一定的影响。否则不会有上海基督教青年会来打官司，诉讼刊物的名称侵权；② 也不会有汤尔和等在蔡元培面前推荐陈独秀时，特别举了《新青年》的成绩。③ 但是，在精英圈里叫好的刊物，未必在市场上卖得也好。《新青年》前三卷的销路是否好呢？很难说。尤其是当 1917 年初陈独秀把《新青年》搬到了北京大学，引来了一批志同道合者的积极响应，前两卷以社会文化批判为主、以世界大战的信息传播为辅的编辑方针被打破，内容逐渐变成了讨论文学教学、语言改革等学院派话语，尤其是海归留学生的加入，刊物变成了知识精英的高端论坛，这

---

① 汪原放：《回忆亚东图书馆》，第 36 页。

② 关于《青年杂志》改名的最初记载，来自汪原放的《回忆亚东图书馆》，以后学术界基本延续旧说。石钟扬《酒旗风暖少年狂——陈独秀与近代学人》（山东画报出版社 2014 年版）第 228 页引用叶再生的《中国近代现代出版通史》第 2 卷第 243 页的材料如下："这里的《上海青年》的名称可能有误。若其名为《上海青年》则与《青年》杂志不存在雷同。《上海青年》则可能是中华基督教青年会 1897年创办的《青年》杂志之误。这份基督教杂志，由上海昆山花园 4 号青年协会书报部发行。到 1917年 3 月与创刊于 1911 年 11 月的另一个基督教杂志《进步》杂志合并为《青年进步》杂志。这样，才会有'名字雷同'之嫌，并由上海基督教青年协会向群益书社发难。"

③ 蔡元培在《我在北京大学的经历》中说："我到京后，先访医专校长汤尔和君，问北大情形。……汤君又说：'文科学长如未定，可请陈仲甫君。陈君现改名独秀，主编《新青年》杂志，确可为青年的指导者。'因取《新青年》十余本示我。"［见中国社会科学院近代史研究所编：《五四运动回忆录》（上），中国社会科学出版社 1979 年版，第 174 页。］

不能不损害了刊物的市场效应。钱玄同、刘半农演双簧骂倒王敬轩，无非是因为响应者寥少，编辑者感到了寂寞的缘故。事实上，《新青年》第一卷和第三卷结束时，都遇到了停刊的危机。第一卷结束后停刊数月，陈独秀在 1916 年 8 月 13 日致胡适的信中解释为"以战事延刊多日，兹已拟仍续刊"。① 这是可以理解的，但没有想到陈独秀把刊物北迁，《新青年》被一群北大教授搞得轰轰烈烈的第三卷结束时，又面临了一次停刊。

鲁迅在 1918 年 1 月 4 日致许寿裳信中说："《新青年》以不能广行，书肆拟中止；独秀辈与之交涉，以允续刊，定于本月十五日出版云。"② 这封信注意者不多，但似乎透出了《新青年》改组为同人刊物的背后原因，并非全是为了理想，而是面临了停刊的危机。胡适称《新青年》改组为同人刊物"复活"③，既有复活，之前必有过"死亡"，也就是胡适在《五十年来中国之文学》中所说的："民国七年一月，《新青年》重新出版，归北京大学教授……轮流编辑。"④ 胡适用了"重新出版"这个词，也暗示了《新青年》第三卷以后曾经停刊的事实。鲁迅信中所说的"独秀辈与之交涉"，可见不仅是陈独秀一人交涉，而是"辈"——他们一群，至少应该包括了胡适。这次与群益书社交涉的结果，应该就是群益不再支付每期二百银元的编辑费。《新青年》同人在北京大学另设编辑部，对外宣布不再支付稿费（当然也无法接受外稿），改由同人撰稿来维持刊物的运行。除此以外，书社在排版印刷发行方面，对刊物也有所制约。汪孟邹 1918 年 10 月 5 日致胡适信中说到："《新青年》过期太久，炼亦深不以为然。但上海印业，商务、中华不愿代印，其余民友各家尚属幼稚，对于《新青年》以好花头太多，略较费事，均表示不愿。目前是托华丰，尚不如前之民友。炼今日代群益向民友相商，子寿之意如可如期，绝不惜费，奈民友竟

① 《胡适来往书信选》（上册），第 3 页。
② 《鲁迅全集》第 11 卷，人民文学出版社 2005 年版，第 357 页。
③ 胡适在《中国新文学运动小史》中说："民国七年一月《新青年》复活之后，我们决心做两件事……"（《胡适文集》第 1 册，第 135 页。）
④ 《胡适文集》第 3 册，第 255 页。

一意拒绝，使人闷闷，拟明日更至别印所接洽。"① 从信中也可以看到《新青年》对群益印刷发行延期多有抱怨。另钱玄同 1918 年 11 月 26 日致陈独秀等人的信中也说道："上月独秀兄提出《新青年》从六卷起改用横行的话，我极端赞成。今见群益来信，说，'这么一改，印刷工资的加多几及一倍。'照此看来，大约改用横行的办法，一时或未必实行。"② 看来陈子寿在打造《新青年》品牌方面也不是"绝不惜费"的。

出版社印刊物要考虑成本，通过降低成本来确保商家利益，这本无可厚非。但是这些细节上的摩擦，对性格暴烈的陈独秀而言，是有刺激的。这就是陈独秀与群益决裂以后，在给胡适的信中所说的"我对于群益不满意不是一天了。最近是因为六号报定价，他主张至少非六角不可，经我争持，才定了五角；同时因为怕风潮又要撤销广告，我自然大发穷气。冲突后他便表示不能接办的态度，我如何能去将就他，那是万万做不到的。群益欺负我们的事，十张纸也写不尽"③ 的来历。

所以，我们在穷究群益与《新青年》的合作关系的历程时，不能简单地认为两者在第七卷结束前一直保持亲密互利的关系。我们如果把两者合作历程各个阶段都假定用合同形式来表达的话，他们至少应该有三个"合同"。第一个合同是 1915 年 7 月，陈独秀提出组建大书店计划时定的，内容是群益决定发行《青年》杂志，聘陈独秀为主编，每期支付二百银元编辑费与稿费；陈独秀的身份不但是刊物主编，而且将是未来大书店的参与者。第二个合同是 1917 年秋天，大书店计划泡汤，陈独秀北上当北大文科学长以后，群益取消了每期二百银元编辑费和稿费，同意另建北京大学编辑部，无偿为群益工作。群益负责印刷发行和广告运作。第三个合同才是 1919 年 10 月以后订的、恢复支

---

① 汪孟邹原信刊于耿云志主编的《胡适遗稿及秘藏书信》第 27 册，黄山书社 1994 年版，第 276 页。
② 《钱玄同文集》第 6 卷，中国人民大学出版社 2000 年版，第 127 页。
③ 《陈独秀致胡适》（1920 年 5 月 19 日），见黄兴涛、张丁：《中国人民大学博物馆藏"陈独秀等致胡适信札"原文整理注释》，《中国人民大学学报》2012 年第 1 期，第 27 页。

付每期编辑费一百五十银元，并且重新规定北方编辑部和南方发行部的任务与责任。因为陈独秀被捕以后失去了北大的教职，仍需要靠编辑刊物来维持生活。群益老板还是向陈独秀伸出了友情之手。当然还有一个理由是《新青年》从1919年开始深受社会欢迎，印数猛涨。汪原放回忆录里说："《新青年》愈出愈好，销数也大了，最多一个月可以印一万五六千本了（最初每期只印一千本）。"①《新青年》是什么时候开始印数暴涨的？现在没有准确的资料，直到1918年5月29日，鲁迅在给许寿裳的信中仍然抱怨刊物销路不佳，青年学生对新文化运动反应冷淡，此时正是鲁迅开始投稿发表《狂人日记》的时候。② 我认为《新青年》扭亏为盈，销路好转是在1918年的下半年，随着刊物改由北大明星教授轮流执编，又加重了新文艺创作的分量，刊物逐渐获得了首先是北京各大学学生们的欢迎和支持。尤其是《每周评论》和《新潮》两个卫星刊物的推出，形成鼎足三分的掎角之势。加之1918年世界大战的结束，公理战胜强权的社会心理被普及，激起了全社会对世界局势和中国命运的关注。1919年初新旧冲突加剧，庙堂压迫，媒体起哄，主编陈独秀的嫖妓风波以及被捕入狱，以及"五四"学潮的兴起等等，这一连串的政治风波、社会风波、媒体风波以及私事国事天下事纠合在一起，导致了《新青年》销路猛涨。从1919年的合同内容来看，光北方订户就有一千五百多，势头还在看涨。刊物为群益书社挣得巨大的利益，使得老板也心甘情愿对编辑部有所迁就。在1919年4月中上旬之间，汪孟邹有一封致胡适的信件，经常被人引用："仲甫去职，已得他来讯。务望兄等继续进行奋身苦战不胜盼念之至。《新青年》四号起决就北京印行。与子沛函亦已阅悉，子沛今日已函复矣。"③ 有学人依据这封信推论《新青年》自六卷四号起改在北京印

① 汪源放：《回忆亚东图书馆》，第32页。
② 鲁迅1918年5月29日致许寿裳信中说：'《新青年》第五期大约不久可出，内有拙作少许。该杂志销路闻大不佳，而今之青年皆比我辈更为顽固，真是无法。"（引自《鲁迅全集》第11卷，第362页。）鲁迅不是《新青年》圈内人，有关销路佳否的信息，可能来自钱玄同等人的转述。但《新青年》销路不佳只是指不畅销而言，它在圈内仍然是深受欢迎的。《吴虞日记》1917年4月17日记载："晚陈岳荃来谈，云《新青年》三十份、《甲寅》二十份均售罄，现又往续带。……"（第301页）
③ 《汪孟邹致胡适》，见耿云志（主编）：《胡适遗稿及秘藏书信》第27册，第235页。

刷。这可能过于草率。"北京印行"说明了《新青年》在北方印数上升，为方便发行而议。但即使群益同意在北方印刷，连同排版印刷发行等事务综合起来绝不是小事，等于群益要在北京另办一个发行部，谈何容易。北大的一批知识精英大约无法承担这些工作。所以，第七卷合同第二条规定"中国北部约每期可销一千五百份，由发行部尽先寄与编辑部分派，以后如销数增加，发行部应随时供给"的条款，应为双方最后协商的结果。但不妨猜想，陈独秀在 1919 年 4 月之前，仗着刊物在北方地区印数大，确实对群益提出北京另设发行部来印行刊物。群益为了迁就编辑部也可能做过让步，但因为双方是通过亚东的汪孟邹在中间周旋，具体经过未必像他所说的那么简单。

把所有的因素都考虑进去后，我们对第七卷重订合同的条款背景大致可以了解了。合同重点是为了陈独秀去职后，重新以执编《新青年》为主要经济来源，群益也相应地重新支付一百五十银元的编辑费。其二是编辑部在北京自行发行刊物的问题，通过第二条款来协商解决。其三是强调了编辑部和发行部双方的责任：编辑部担任如期交稿，发行部担任如期出版。然而其四，也是最重要的一个条款，《新青年》编辑部拥有刊物所发稿件第二次发表的权益。因为第一次发表没有稿费，第二次结集出版，必须照顾到撰稿者的权益。这一切都可以看作是编辑部向出版社争取自己的利益。这些条款是双方谈判的结果，似乎也不是最满意的结果。于是条款的第七条说明，这一切都只是"试行"，到第八卷的时候再议。①

完稿于 2015 年 5 月 7 日；初刊《上海文化》2015 年第 6 期，编入《陈思和文集》；本篇与上一篇获上海市第 13 届哲学社会科学优秀成果奖论文类一等奖（2016 年）

---

① 本文写作过程中，许俊雅教授提供了丰富的网络数据库资料，郭新超在复旦大学图书馆寻找了大量旧版图书，没有他们的帮助，笔者无法完成这篇论文。谨此鸣谢。

陈思和著述编辑目录

一、专著

甲种：巴金研究

1. 《巴金论稿》，与李辉合著，人民文学出版社，1986 年。

   修订版：《巴金研究论稿》，复旦大学出版社，2009 年。

2. 《巴金研究的回顾与瞻望》，天津教育出版社，1991 年。

   修订版：《巴金研究十年（1978—1988）》，香港文汇出版社，2009 年。

3. 《人格的发展——巴金传》，台湾业强出版社，1991 年。

   简体字版：上海人民出版社，1992 年。

4. 《巴金晚年思想研究论稿》，复旦大学出版社，2014 年。

乙种：文学史研究

1. 《中国新文学整体观》，上海文艺出版社，1987 年。

   繁体字版：台湾业强出版社，1990 年。

   韩文版：韩国青年社，1995 年。

   增订版：上海文艺出版社，2001 年。

2. 《新文学整体观续编》，山东教育出版社，2010 年。

   繁体字版：《文学史理论的新探索》，台湾新地出版社，2012 年。

3. 《中国现当代文学名篇十五讲》，北京大学出版社，2004 年。

   修订版：北京大学出版社，2013 年。

二、编年体论文集

1. 《笔走龙蛇》，1988—1989 年文集，台湾业强出版社，1991 年。
   增订版：山东友谊出版社，1997 年。

2. 《马蹄声声碎》，1990 年文集，学林出版社，1992 年。

3. 《羊骚与猴骚》，1991—1992 年文集，上海人民出版社，1994 年。

4. 《鸡鸣风雨》，1993 年文集，学林出版社，1994 年。

5. 《犬耕集》，1994 年文集，上海远东出版社，1996 年。

6. 《写在子夜》，1996 年文集，上海人民出版社，1996 年。

7. 《豕突集》，1995 年文集，汉语大词典出版社，1998 年。

8. 《牛后文录》，1997 年文集，大象出版社，2000 年。

9. 《谈虎谈兔》，1998—1999 年文集，广西师范大学出版社，2001 年。

10. 《草心集》，2000—2002 年文集，广东教育出版社，2003 年。

11. 《海藻集》，2003—2006 年文集，广西师范大学出版社，2007 年。

12. 《献芹录》，2006—2008 年读书随笔，复旦大学出版社，2009 年。

13. 《萍水文字》，2006—2010 年文集，上海文艺出版社，2011 年。

14. 《昙花现集》，2007—2014 年文集，上海人民出版社，2015 年。

15. 《耳顺六记》，2012—2015 年文集，云南人民出版社，2015 年。

16. 《流水账》，2015—2016 年文集，上海科学技术文献出版社，2017 年。

17. 《未完稿》，2015—2018 年论文集，东方出版中心，2019 年。

18. 《碌碌集》，2016—2020 年随笔集，复旦大学出版社，2020 年。

三、选集

甲辑：自选集

1. 《还原民间》，论文集，台湾东大图书公司，1997 年。

2. 《黑水斋漫笔》，学术随笔集，四川人民出版社，1997 年。

3. 《陈思和自选集》，论文集，广西师范大学出版社，1997 年。

4. 《新文学传统与当代立场》，论文集，山东教育出版社，1999 年。

5.《中国当代文学关键词十讲》，论文集，复旦大学出版社，2002 年。

6.《不可一世论文学》，论文集，人民文学出版社，2003 年。

7.《当代小说阅读五种》，三联书店（香港）有限公司，2009 年。

简体字版：复旦大学出版社，2010 年。

增订版：陕西人民出版社，2021 年。

8.《脚步集》，复旦大学出版社，2010 年。

9.《当代文学与文化批评书系·陈思和卷》，北京师范大学出版社，2010 年。

10.《思和文存》，共 3 卷，黄山书社，2012 年。

11.《批评与想象》，华东师范大学出版社，2014 年。

12.《陈思和文集》，共 7 卷，广东人民出版社，2018 年。

乙辑：他人编选

1. 王光东编：《秋里拾叶录》，山东友谊出版社，2005 年。

2. 宋炳辉编：《中国文学中的世界性因素》，复旦大学出版社，2011 年。

3. 徐昭武编：《文学是一种缘》，江苏文艺出版社，2013 年。

4. 张安庆编：《从鲁迅到巴金——陈思和人文学六演讲录》，中西书局，2013 年。

5. 颜敏编：《行思集——台港澳暨海外华文文学论稿》，花城出版社，2014 年。

四、主编教材

1.《中国当代文学史教程》，复旦大学出版社，1999 年。

繁体字版：台湾联合文学出版社，2002 年。

韩译本：韩国文学村出版社，2008 年。

缩写本：《新时期文学概说（1978—2000）》，广西师范大学出版社。

2.《20 世纪中国文学精品·当代文学 100 篇》（3 册），李平合编，学林出版社，1999 年。

修订版：宋炳辉合编，四川人民出版社，2018 年。

3.《20 世纪中国文学精品·现代文学 100 篇》（2 册），李平合编，学林出版社，1999 年。

修订版：宋炳辉合编，四川人民出版社，2019 年。

4.《中国当代文学作品选》，李平合编，学林出版社，1999 年。

5.《中国现代文学作品选》，外语教学与研究出版社，2013 年。

6.《中国当代文学作品选》，外语教学与研究出版社，2013 年。

7.《中国现代文论选》，上海教育出版社，2010 年。

8.《中国当代文论选》，上海教育出版社，2010 年。

9.《人文知识读本》，海南出版社，2001 年。

10.《中国现代文学读本》，许俊雅合编，台湾二鱼文化有限公司，2006 年。

11.《中外文学关系史资料汇编：1898—1937》（2 册），贾植芳合编，广西师范大学出版社，2004 年。

12.《中学文学读本》（6 册），黄玉峰合编，广西师范大学出版社，2011 年。

五、文学创作

1.《鱼焦了斋诗稿初编》，旧体诗集，漓江出版社，2013 年。
　　线装本：漓江出版社，2013 年。

2.《1966—1970：暗淡岁月》，回忆录，上海书店出版社，2014 年。

3.《星光（散文集）》，东方出版中心，2018 年。

4.《我的老师们》，散文集，香港城市大学出版社，2019 年。

5.《鱼焦了斋诗稿二编》，旧体诗集，商务印书馆，2020 年。

六、文学对话录

1.《夏天的审美触角》，工人出版社，1987 年。

2.《理解九十年代》，人民文学出版社，1996 年。

3.《谈话的岁月》，复旦大学出版社，2004 年。

七、图传

1.《巴金对你说》（大型图册），少年儿童出版社，1992 年。

2.《巴金图传》，广东教育出版社，2002 年。

3.《墨磨人生：柯灵画传》，上海书店出版社，2001 年。

八、主编单行本（主要）

1. 《中外文学名著精神分析辞典：人类精神自画像》，工人出版社，1988 年。

2.《文学中的妓女形象》，人民日报出版社，1990 年。

3.《青少年巴金读本》，台湾业强出版社，1991 年。

4.《巴金域外小说》，上海文艺出版社，1992 年。

5.《艺海双桨：名作家与名编辑》，虞静合编，山东画报出版社，1999 年。

6.《开端与终结：现代文学史分期论集》，章培恒合编，复旦大学出版社，2002 年。

7.《巴金：新世纪的阐释》，辜也平合编，福建教育出版社，2002 年。

8.《解读巴金》，周立民合编，春风文艺出版社，2002 年。

9.《无名时代的文学批评》，王光东、张新颖合编，广西师范大学出版社，2004 年。

10.《贾植芳文集》（4 册），上海社会科学出版社，2004 年。

11.《思想的尊严——胡风百年诞辰学术研讨会论文集》，张业松双主编，宁夏人民出版社，2008 年。

12.《贾植芳先生纪念集》，复旦大学出版社，2011 年。

13.《大学：MBA 的神话》，王晓明合编，浙江教育出版社，2004 年。

14.《生命的开花》，李存光双主编，文汇出版社，2005 年。

15.《一粒麦子落地》，李存光双主编，上海三联书店，2007 年。

16.《一双美丽的眼睛》，李存光双主编，上海三联书店，2008 年。

九、主编丛书（主要）

1. "火凤凰新批评文丛"，王晓明合编，共 12 种，学林出版社，1994 年开始出版。

2. "世纪回眸·人物系列"，上海文艺出版社，1994 年开始出版。

3. "火凤凰文库"，共 25 种，李辉合编，上海远东出版社，1995—1996 年出版。

4. "逼近世纪末小说选"，张新颖、郜元宝、李振声合编，上海文艺出版社，1995—1998 年出版，共 5 卷。

5. "逼近世纪末批评文丛"，共 7 种，山东友谊出版社，1997 年。

6. "逼近世纪末人文书系"，共 10 种，山东友谊出版社，1997 年。

7. "火凤凰青少年文库"，共 90 种，海南出版社，1998 年开始出版。

8. "火凤凰学术遗产丛书"，贺圣遂合编，共 6 种，复旦大学出版社。

9. "'海边书'系列"，共 5 种，2004—2005 年出版。

10. "汉语言文学原典精读系列"，已出 10 种，汪涌豪双主编，2005 年开始出版。

11. "潜在写作文丛"，共 10 种，武汉出版社，2006 年。

12. "'中国现代文学社团史'研究书系"（第一辑），丁帆双主编，共 7 种，上海东方出版中心，2006 年。

13. "'中国现代文学社团史'研究书系"（第二辑），丁帆双主编，共 6 种，武汉出版社，2012 年。

14. "世纪的回响·外来思潮卷"，共 9 种，江西高校出版社，2009 年。

15. "都市文学研究书系"，共 4 种，广西师范大学出版社，2006—2008 年出版。

16. "新世纪小说大系"，共 9 卷，上海文艺出版社，2014 年。

十、主编文学刊物

1. 《上海文学》（月刊），共 36 期，2003 年 7 月—2006 年 8 月。

2. 《诗铎》（年刊），胡中行双主编，共 4 卷，2011 年—2016 年。

3. 《文学》（半年刊），王德威双主编，共 10 卷，2013 年—2018 年。

4. 《史料与阐释》（年刊），王德威双主编，共 5 卷，2013 年—2018 年。

后　记

前几年，我在一篇谈治学道路的文章里这样回顾自己：

　　"回顾起来，我的学术道路大致有三个方向：从巴金、胡风等传记研究进入以鲁迅为核心的新文学传统的研究，着眼于现代知识分子人文精神和实践道路的探索；从新文学整体观进入重写文学史、民间理论、战争文化心理、潜在写作等一系列文学史理论创新的探索，梳理我们的学术传统和学科建设；从当下文学的批评实践出发，探索文学批评参与和推动创作的可能性。如果说，第一个方向是作为一个现代知识分子追求安身立命的价值所在和行为立场，第二个方向是建立知识分子的工作岗位和学术目标，那么，第三个方向则是对于一种事功的可能性的摸索，它既是对于社会生活的理解和描述，也是对我们改变当下处境的可能性道路的摸索。

　　"这三个方向不是我在事先策划好的，而是在生活实践中根据外界条件和内心需要而逐步形成、渐渐明了的；这三个方向也不是可以截然分开的，它是一个互相渗透的行为整体。第一个方向不仅仅是一种理想的信仰，它也是文学史研究的一个有机的组成部分，可以被融入后两个方向；第二个方向也不仅仅是孤立的学理研究，它立足于文学史理论的创新，是因为既定的文学史观念以及教条主义、意识形态化在今天的某些领域还产生着欺骗性的作用，指归仍是在于当下的批判；第三个方向虽然是直接面对当下的文学现象和文学创作，其批评精神自然也贯穿了前两个方向的宗旨。这样的批评，不是消极的否定，而是建设性的，始终将批评者理想中的'应当怎么样'放入具体的批评分析中，希望批评成为一种实践，以求改变社会生活与文学创作中的不尽人意的因素，有利于文学创作的繁荣和发展。"①

广东高等教育出版社策划"学术中国文丛"，邀约我加盟其中。我听从了一位朋友的意见，把上面讲的三个方向的文章分别选了几篇，构成第一、二、四辑的内容，以方便读者大致了解我所努力的目标。第三辑是我在编写中国现代文学史和中国当代文学史的一些私人心得，这也是我的主要工作之一，与第二辑的内容有关联；最后一辑是我最近几年新的研究题目，还没有做完，还有一些新的念头吸引着我——我之所以把这几篇断尾蜻蜓似的论文排列在这里，就是想提醒自己：我的学术工作还有新的空间，在等待着我去探索和努力。

我一生的经历极其简单：安身在上海，岗位在复旦，立命在学术。从青涩到白头几近没有变化。所以，我把书名取为《走在复旦的支路上》。我感恩复旦，是因为复旦大学赋予了我的人生和人格。如果没有复旦大学在近四十年自由、宽松、尊重师道、立人为本的校园气氛，没有复旦大学校歌高唱的"学术独立思想自由，政罗教网无羁绊"的先贤遗训，我的人格发展就可能会不健全，精神上可能会畏畏缩缩、怯懦可怜，就不能够干干净净地治学，也不能够坦坦然然地为人。也许我所努力走的路，并非唯一的大道，但至少是复旦校园里的一条支路，绿茵下的小道，伸向遥远的地方。

我的学术道路也极其简单，几乎从一开始就有了内在的核心，以后就逐渐去接近这些目标，就像一棵树，从树苗长起慢慢地拔高最后

---

① 陈思和：《当代文学与文化批评书系·陈思和卷》，北京师范大学出版社 2010 年版，自序第 1 页。

蔓生枝枝叶叶。应该说，我一开始对此也是模模糊糊、不自觉的，但是经过了学习、立身、不惑、知天命达到耳顺之时，一切都比较清楚起来。这难道是冥冥中真有什么命运的安排？当然不是的，我不过是比较不易为外界的各种影响所支配，也比较不易为内在的些微成绩所满足而已。大象无形，就如如来之掌心，小小个体率性翻腾究竟能进多远？任重未必，道远确是必然，渺渺茫茫，心向往之，故而不曾逾矩。我有幸在 2005 年被教育部聘为人文学科首批"长江学者"，这要感谢在我的人生道路上多有提携的章培恒先生和项楚先生，现在回头看去，"长江学者"当然不是人生目标。编了这本选集，只是不想拂出版社好意，也滋润我昏月灯下读书写字与鼠相伴甘苦自知的心灵。①

2019 年 5 月 28 日修订于海上鱼焦了斋

---

① 本书在编辑和校订过程中，我考虑到丛书编者强调论文的代表性，因此除了常规性地把每篇论文的发表刊物及时间标注出来以外，还特意注明了论文收录我的两种选集版本和获奖情况。这两种选集版本分别是《思和文存》（三卷本），黄山书社 2013 年初版；《陈思和文集》（七卷本），广东人民出版社 2017 年版。特此说明。

 学术中国文丛

策 划：黄红丽　　主 编：张 江

文学卷

陈思和：《走在复旦的支路上》

曹顺庆：《中国比较文学话语建构》

吴承学：《近古文章与文体学研究》

王一川：《修辞论美学述略》

张福贵：《走向历史的深处》

陈晓明：《纯文学的困境与拓路》

孙　郁：《新旧文学的话语维度》

王　尧：《如何现实，怎样思想》

袁毓林：《认知科学背景上的汉语语法研究》

程章灿：《走进古典的过程》

历史学卷

桑　兵：《历史研究的碎与通》

阎步克：《爵秩品阶：权势金字塔的结构原理》

朱　英：《近代中国商人与商会》

张国刚：《大唐气象：制度、家庭与社会新论》

李剑鸣:《美国社会和政治史管窥》

霍　巍:《吐蕃与高原丝绸之路》

荣新江:《丝绸之路与中古中国》

韩东育:《学理日本》

黄　洋:《古希腊史散论》

包伟民:《两宋社会与读史心路》

哲学卷

俞吾金:《思想史视域中的马克思哲学》

吴晓明:《马克思哲学与当代中国》

杨　耕:《多维视野中的马克思》

倪梁康:《意识现象学的理会与践行》

杨国荣:《史与思：面向具体的存在》

万俊人:《他山问石：西方伦理学撮义》

孙周兴:《哲思的迷局：从现代哲学到当代艺术》

朱　菁:《认知、意志与行动》

王中江:《道通万有：本源·本真·本善》

韩水法:《未来之思》